GOLDMANN

Buch

Lady Emily DeBrett ist die Herrin auf *Flamingo,* dem Familienbesitz der DeBretts im Rifttal, Kenia. Als sie ihre Nichte Victoria bittet, aus England nach Kenia zurückzukommen, weiß diese sehr wohl, daß sie dort ihrem früheren Verlobten Eden DeBrett begegnen wird. Allerdings ahnt sie nicht, daß sie in eine verlassene und unruhige Gegend kommt, die sich noch nicht von den blutigen Mau-Mau-Aufständen erholt hat, ganz zu schweigen von den lebensbedrohenden Begebenheiten auf *Flamingo.*

Autorin

Mary Margaret Kaye wurde in Simmla, einer Stadt im Vorhimalaja geboren. Ihre Familie ist fest in Indien verwurzelt: Schon ihr Großvater war in Kolonialdiensten dort. Den größten Teil ihrer Kindheit verlebte sie in Indien, heute ist sie in ihre Heimat England zurückgekehrt. Spätestens seit dem *Palast der Winde* gehört M. M. Kaye zu den erfolgreichsten Schriftstellerinnen unserer Zeit. Auch ihr zweites Buch *Inseln im Sturm* war ein Beweis dafür, daß hier eine Erzählerin schreibt, die in einem Atemzug mit Margaret Mitchells *Vom Winde verweht* zu nennen ist.

Außer dem vorliegenden Band ist von M. M. Kaye
als Goldmann-Taschenbuch erschienen:

Die Spur führt nach Berlin (8352)
Vollmond über Kaschmir (6842)
Es geschah auf Zypern (6749)
Tod in Sansibar (6648)
Nacht über den Inseln (9106)

Als Goldmann-Taschenbuch liegt außerdem vor:

M. M. Kaye (Hrsg.), Mein Rudyard Kipling-Buch (9767)

M. M. KAYE

Tod in Kenia

Roman

Aus dem Englischen
von Rosemarie Hundertmarck

GOLDMANN VERLAG

Titel der englischen Originalausgabe: Death in Kenya
Zum ersten Mal erschienen 1958 unter dem Titel:
Later than you think
Die überarbeitete Neuausgabe erschien 1983
im Verlag Allan Lane, London

Der Goldmann Verlag
ist ein Unternehmen der Verlagsgruppe Bertelsmann

Made in Germany · 9. Auflage · 5/92

Umschlaggestaltung: Design Team München
Umschlagfoto: Connie Kraft
Satz: Presse-Druck Augsburg
Druck: Elsnerdruck GmbH, Berlin
Verlagsnummer: 6682
Lektorat: Elga Sondermann/AK
Herstellung: Peter Papenbrok/Sc
ISBN 3-442-06682-4

Vorbemerkung der Autorin

Nur noch wenige Leute werden sich heute an die Aufstände der Mau-Mau-Terroristen in Kenia erinnern, und Millionen weiterer werden nie von ihnen gehört haben. Sie waren eine unerfreuliche Angelegenheit. Zufällig lebte ich gegen Ende dieser Zeit in Kenia, denn das Regiment meines Mannes war hingeschickt worden, um sich der »Krise« – so nannten die weißen Siedler es – anzunehmen. Und trotz einiger Augenblicke der Angst und des Schreckens muß ich ehrlich gestehen, daß ich jede Minute meines Aufenthalts in diesem wunderbaren und aufregenden Land genossen habe.

Die Idee für diese Geschichte kam mir eines Abends in den Sinn, als ich in der Dämmerung auf unserer Veranda stand und unten in dem Papyrussumpf am Rand des Naivasha-Sees die Vögel rufen hörte. Aber das Buch selbst, ursprünglich unter dem prophetischen Titel *Später, als du denkst* veröffentlicht, nahm erst nach unserer Abreise von Kenia Gestalt an. Ems Haus *Flamingo* ist zusammengesetzt aus verschiedenen Häusern, die von den ersten Siedlern im Rifttal oder auf dem Kinangop erbaut wurden. Ich verlegte es jedoch an die Stelle, wo unser eigenes Haus stand. Die Meinungen, die die handelnden Personen äußern, entstammen dem wirklichen Leben und sind aus erster Hand. Denn obwohl sich der Sturm, der alles verändern sollte, schnell erhob, wollten nur sehr wenige der in Kenia geborenen Siedler glauben, er könne stark genug werden, um sie aus einem Land zu vertreiben, das jeder einzelne von ihnen als das Land seiner Väter betrachtete und liebte.

1

Eine Schar Pelikane, die weißen Schwingen von der untergehenden Sonne aprikosenfarben getönt, flog mit einem Geräusch wie reißende Seide im Tiefflug über die Akazien des Gartens. Ihr plötzliches Auftauchen und Verschwinden erschreckte Alice so, daß ihr der Atem stockte. Die Schatten der mächtigen Vögel huschten über sie hin. Sie lehnte sich schwach an das Tor in der Plumbagohecke und rang um Selbstbeherrschung.

Sie empfand es als absurd und kindisch, sich von der Angst so überwältigen zu lassen, daß sie beim Vorüberziehen einer Vogelschar zusammenfuhr und sich duckte. Aber sie konnte nicht anders. Sie hatte zu lange dagegen angekämpft, und jetzt war sie am Ende ihrer Kraft. Sie mußte Kenia verlassen, und Eden mußte mit ihr kommen. Sicher sah er ein, daß sie mehr nicht ertrug. Denn jetzt kam zu ihrer Angst vor dem Land noch der Schrecken, der von dem Haus ausging.

Alice hatte sich immer vor Kenia gefürchtet. Es schien ihr ein wildes und unzivilisiertes Land voll dräuender Gefahren zu sein, in dem allein Ems luxuriöses Haus ihr eine kleine Oase der Sicherheit und des Komforts geboten hatte. Und nun gab es nirgendwo mehr Sicherheit, denn seit kurzem geschahen seltsame Dinge in dem Haus. Unerklärliche, bösartige, furchterregende Dinge...

Es war Pusser, die Katze, behauptete Zacharia, oder der alte, grauhaarige Kikuju, der Em seit beinahe vierzig Jahren diente. Damit wollte er das erste Auftreten des Gespenstes, das sich angewöhnt hatte, im Haus zu spuken, verharmlosen. Wer anders hätte die K'ang-Hsi-Vase von dem Schränkchen werfen können, wo sie seit so vielen Jahren gestanden hatte? Es war völlig windstill gewesen. Und was das offene Faß mit roter Tinte anging, die über den für die Herrin des Hauses so kostbaren Teppich gerollt war, so mußte ein Vogel im Zimmer gewesen sein – sieh an, da lag eine Feder! Sicher hatte Pusser den Vogel verfolgt und dabei Tintenfaß und Vase umgeworfen.

Em hatte es nicht geglaubt. Sie hatte getobt und gewütet und die afrikanischen Dienstboten verhört, doch alles vergeblich. Und später, als andere Dinge zerbrochen oder beschädigt wurden, hatte Zacharia Pusser nicht mehr erwähnt. Er und die anderen Hausdiener waren ihren Pflichten mit verängstigten Mienen und unruhigen Blicken nachgegangen, und auch Em hatte nichts mehr gesagt. Sie war nur stiller geworden – und sah grimmig und grau und sehr alt aus.

Lady Emily DeBrett – Em DeBrett von *Flamingo* – war in der Frühzeit der Kolonie als Jungvermählte nach Kenia gekommen. Sie und ihr Mann Gerald gehörten zu den ersten weißen Siedlern im Rifttal.

Gerald hatte in Kenia nie etwas anderes gesehen als ein Niemandsland, aber die siebzehnjährige Emily warf einen Blick auf das große, golden leuchtende Tal mit seinen erloschenen Kratern und wilden Lavafällen und verliebte sich in das Land, wie sich manche Frauen in einen Mann verlieben.

Gerald steckte sich ein Claim am Ufer des Naivasha-Sees ab: Morgen um Morgen jungfräulichen Bodens, auf dem er Schafe und Rinder züchten und Sisal und Mais und Luzerne anbauen wollte. Und auf einer Anhöhe, von der man über den See blickte, baute er eine primitive Hütte aus Flechtwerk und Lehm, die im Laufe der Zeit durch ein kleines Steinhaus ersetzt wurde, viereckig, häßlich und anspruchslos. Em gab der Farm den Namen *Flamingo*, weil an diesem ersten Abend eine Schar der wundervoll rosafarbenen Vögel darüber hinweggeflogen war, und bei *Flamingo* war es geblieben.

Kendall, Ems Sohn, wurde in der Lehmhütte geboren und in dem Steinhäuschen, das sie ablöste, getauft. Andere Kinder gab es nicht, denn als Kendall drei Jahre alt war, starb sein Vater durch einen Sturz vom Pferd. Aber *Flamingo* hatte bereits begonnen, alle Hoffnungen Geralds zu rechtfertigen, und Em weigerte sich, nach Hause zu fahren. »Dies ist jetzt meine Heimat«, sagte sie, »und ich werde sie niemals vergessen.«

Der Besitz gedieh, und sie ließ das häßliche Steinhaus abreißen, das Gerald gebaut hatte, und an seiner Stelle ein großes, weitgestrecktes, einstöckiges Haus nach ihrem eigenen Entwurf errichten. Ein strohgedecktes Haus mit breiten Veranden und geräumigen Zimmern, getäfelt mit unbearbeitetem Zedernholz, das allen Regeln der Architektur Hohn sprach und sich trotzdem in die wilde Schönheit des Rifttals einfügte, als sei es schon immer Teil davon gewesen. Em liebte dieses Haus mehr, als sie Gerald oder ihren Sohn Kendall jemals geliebt hatte.

Sie war eine bemerkenswert hübsche Frau gewesen, kaum zwanzig Jahre alt, als ihr Mann starb, aber sie heiratete nicht wieder. Teils, weil sie so in der Arbeit für die Farm aufging, daß ihr wenig Zeit für andere Interessen blieb, teils weil die unaufhörliche Plackerei jener rosa-weißen Niedlichkeit schnell ein Ende bereitete. Em gefiel es, in Hemd und Hose und einem breitrandigen Filzhut umherzulaufen, und als es ihr zuviel Mühe machte, ihr üppiges Haar zu pflegen, schnitt sie es kurz. Mit dreißig hätte sie fünfundvierzig oder fünfzig sein können, und als sie die Vierzig überschritten hatte und ständig an Umfang zunahm, war sie nur noch eine exzentrische Frau, deren Alter unmöglich zu erraten war.

Kendall wurde nach Eton und von da nach Oxford geschickt. Und von Oxford aus schickte er an seinem zweiundzwanzigsten Geburtstag ein Telegramm, in dem er seine Heirat mit der hübschen Clarissa Brook bekanntgab.

Clarissa erwies sich als ein Mädchen nach Ems Herzen, und als Mr. Rycett, Ems Verwalter, sich in jenem Jahr zur Ruhe setzte, übernahm Kendall dieses Amt. Er und Clarissa zogen in das Verwalterhaus, einen hübschen, aus Stein erbauten Bungalow, kaum 500 Meter vom Haupthaus entfernt und durch einen Akazienhain und eine Plumbagohecke versteckt. Aber Eden DeBrett, Ems erster Enkel, wurde im Herrenhaus geboren.

Em hatte darauf bestanden. »Er muß in diesem Haus zur Welt kommen. Eines Tages wird es ihm gehören.« Und als sie das Kind sah, dachte sie voller Stolz: Ich habe eine Dynastie gegründet. Eine

Kenia-Dynastie! In hundert – in zweihundert Jahren werden DeBretts in diesem Haus leben und dies Land bestellen, wenn Kenia keine wilde junge Kolonie mehr ist, sondern ein großes, blühendes Land...

Sie verlangte ungeduldig nach Enkeln, als sei *Flamingo* ein Königreich und die DeBretts ein Königshaus, bei dem für die Erbfolge gesorgt werden mußte.

Aber es gab keine weiteren Enkel mehr für sie. Wie es keine weiteren Söhne gegeben hatte. Kendall und Clarissa kamen bei einem Autounfall ums Leben, und nur Eden blieb übrig. Der kleine Eden DeBrett, der ein so schönes Kind war und den seine Großmutter verzog und vergötterte und nur um ein geringes weniger liebte als ihre Wahlheimat.

Nach Kendalls Tod war ein neuer Verwalter gekommen. Gus Abbott wohnte mehr als zwanzig Jahre in dem Bungalow hinter der Plumbagohecke und starb in den ersten Monaten der Krise bei einem Mau-Mau-Überfall auf *Flamingo*. Seine Stelle übernahm ein jüngerer Mann, Mr. Gilbraith Markham, und Mr. Markhams Frau Lisa wollte Alice an diesem stillen Abend besuchen. Die arme, hübsche, unzufriedene Lisa liebte die Großstadt und das Kino und die Fröhlichkeit, und das Leben auf *Flamingo* hatte sie schrecklich gelangweilt – bis zu dem Tag, an dem ihr das Unglück widerfuhr, daß sie sich in Eden DeBrett verliebte.

Alice stieß das Tor in der Plumbagohecke auf und folgte dem staubigen Pfad, der von Bambusdickichten und Blütensträuchern gesäumt war. Sie dachte an Lisa. An Lisa und Eden...

Es ist nicht seine Schuld, dachte Edens Frau loyal. Er sieht einfach zu gut aus. Und wenn sich ihm die Frauen an den Hals werfen und seinetwegen den Kopf verlieren und sich zum Narren machen, bedeutet das nicht, daß er... – Sie blieb plötzlich stehen und verzog angewidert das Gesicht. Doch der Anlaß war ein Geräusch und nicht ihre Gedanken.

Der Pfad mündete auf einen weiten Rasen vor einem grün und weiß gestrichenen Bungalow, zu dessen Seiten Akazien aufragten. Und in dem Bungalow spielte jemand Klavier. Gilly natürlich.

Gilly Markham war kein besonderer Erfolg als Farmverwalter, und viele Leute im Rifttal schrieben seine Ernennung eher seinen musikalischen als seinen verwalterischen Fähigkeiten zu. Denn es war eine unerwartete Facette von Lady Emily DeBretts Charakter, daß sie eine heftige Leidenschaft für die Musik hegte. Wahrscheinlich war ein Körnchen Wahrheit an dem Gerücht, sie habe sich von Gilly Markhams musikalischem Talent beeinflussen lassen, als Gus Abbotts Tod die Anstellung eines neuen Verwalters für *Flamingo* erforderlich machte.

Allerdings war Alice nicht wegen Gillys Technik stehengeblieben und hatte angewidert das Gesicht verzogen. Die Musik selbst ärgerte sie. Das Rifttal-Konzert. Als sei es nicht genug, daß Em es Tag für Tag spielte! Und jetzt Gilly auch –!

Das Rifttal-Konzert hatte Guido Toroni, ein italienischer Kriegsgefangener, geschrieben. Er war zur Zwangsarbeit nach *Flamingo* geschickt worden, und durch Zufall entdeckte Em, daß er Konzertpianist gewesen war. Er komponierte das Konzert auf Ems Bechstein-Flügel, und später, nach Beendigung des Krieges, ging er nach Amerika und machte sich einen Namen. Dort hatte er auch eine Langspielplatte eigens für Em aufgenommen und ihr zum Dank und zur Erinnerung geschickt. Em hatte sich sehr gefreut, und außer ihr durfte niemand die Platte anfassen. Aber vor zwei Wochen war die Platte in ein Dutzend Stücke zerbrochen gefunden worden.

Unmöglich, daß das ein Mißgeschick war. Es war ein absichtlicher und häßlicher Streich, der Alice Angst eingeflößt und Em in Wut versetzt hatte. Und das war noch nicht das Schlimmste gewesen, denn Em hatte begonnen, das Konzert aus dem Gedächtnis zu spielen: »Damit ich es nicht vergesse.« Sie hatte es in den letzten beiden Wochen immer wieder und wieder gespielt, bis die wilden, unheimlichen Kadenzen an Alices lädierten Nerven rissen. Und jetzt spielte es Gilly auch noch. Genau wie Em, mit Leidenschaft und Wut. Aber dazu mit einer Technik und einem Zauber, der Ems knorrigen, spatenförmigen Fingern trotz all ihrer Liebe nicht gegeben war.

Alice durchquerte das Lilienbeet, lief über den Rasen und die

Steinstufen hinauf, die auf die Veranda führten. Die Tür zum Wohnzimmer stand offen. Sie trat ohne weiteres ein, beugte sich über Gillys Schulter und stieß seine Hände von den Tasten. Es gab einen scheußlichen Klang.

Gilly drehte sich auf dem Klavierhocker herum und blickte in ihr verzerrtes Gesicht.

»Gott! Haben Sie mich erschreckt! Was ist los? Sie sehen ganz aufgelöst aus.« Er sprang auf. »Es ist doch nichts passiert, oder?«

»Nein. Nein, nichts.« Alice tastete hinter ihrem Rücken nach einem Sessel, berührte eine Armlehne und setzte sich schnell. Ihr Atem beruhigte sich; ein bißchen Farbe kehrte in ihre blassen Wangen zurück. »Es tut mir leid, Gilly. Diese Melodie macht mich nervös. Em hat dieses Konzert so oft gespielt, daß ich es einfach nicht mehr hören kann.«

»Ach ja? Hat sie das?« Gilly mixte einen dreifachen Whisky mit Soda und reichte ihn Alice.

Er goß für sich selbst eine noch größere Menge ohne Sodawasser ein und stürzte es hinunter. »Dann wundert es mich gar nicht, daß Ihre Nerven strapaziert sind. Sie ist eine sehr mäßige Pianistin. Diesen dritten Satz nimmt sie wie ein Elefant, mit einem Affentempo.«

Er setzte sich wieder vors Klavier, als wolle er es ihr vormachen, und Alice erklärte mit gepreßter Stimme: »Gilly, wenn Sie das noch einmal spielen, schreie ich. Das ist mein Ernst!«

Gilly ließ seine Hände sinken und musterte sie einigermaßen beunruhigt. »Wirklich, das ist ja schlimm mit Ihnen! Möchten Sie noch ein Glas?«

»Ich habe das erste noch nicht geschafft.« Alice versuchte zu lachen. »Oh, darum geht es nicht. Es ist, weil – nun, weil die Platte zerbrochen worden ist. Davon haben Sie gehört, nicht wahr?«

»Sie meinen den Poltergeist? Natürlich.«

»Das ist kein Poltergeist! Sagen Sie so etwas nicht! Es muß ein – ein Mensch sein. Aber Em legt für alle ihre Diener die Hand ins Feuer. Sie hat sie seit Jahren, und fast alle leben hier schon in der zweiten Generation. Oder sogar in der dritten! Sie will nicht glauben, daß es einer von ihnen sein könnte. Trotzdem macht es ihr große Sorgen. Das weiß ich.«

Gilly goß sich selbst noch einen dreifachen Whisky ein, ging zum Sofa hinüber und trank verdrossen. Er war ein dünner, unordentlich wirkender Mann Mitte Dreißig mit einem blassen, unzufriedenen Gesicht und wäßrig blauen Augen, und er hatte die Gewohnheit, einem direkten Blick auszuweichen. Seine blonde Mähne sah immer so aus, als müsse sie dringend geschnitten werden. Er trug ein schweißfleckiges Hemd mit offenem Kragen, schmierige Khaki-Hosen und einen rutschenden Gürtel, an dem ein Revolver in einem abgenutzten Halfter hing. In Lisas übertrieben zierlichem Wohnzimmer gab er eine unpassende Erscheinung ab. Ebenso unpassend wie Alice DeBrett mit ihrem gepflegten dunklen Schopf, ihrem teuren, dunklen Leinenkostüm, ihren glänzenden Schuhen und makellosen Perlen und ihrem blassen, angespannten Madonnengesicht, das nur einen leisen Hauch von Make-up kannte.

»Schadet Em gar nichts, wenn sie sich Sorgen macht.« Gilly nippte an seinem Whisky. »Habe ihr vor Jahren gesagt, sie solle alle ihre Kikus hinauswerfen. Jeder hat es ihr gesagt! Aber Em bildet sich ein, alles besser zu wissen als andere. ›Behandle sie gut, und sie verhalten sich loyal.‹ So etwas wie einen loyalen Kiku gibt es nicht. Das haben wir alle lernen müssen – auf die harte Weise!«

Alice meinte unsicher: »Aber sie hat ihre Kikuju-Diener gern, Gilly. Und sie sind wirklich während der ganzen Krise bei ihr geblieben, und jetzt, wo alles vorüber ist –«

»Wer sagt, daß es vorüber sei?« fragte Gilly. »Vorüber, hast du Töne! Was ist mit diesem letzten kleinen Scherz – dem Kiama Kia Muingi? *Was uns Rose heißt,/Wie es auch hieße, würde lieblich duften.* So ist das! Geheime Zeremonien, Folterungen, Einschüchterung – die gleichen alten schmutzigen Zutaten brodeln wieder vor sich hin und können jederzeit überkochen. Und doch gibt es Scharen kleiner Optimisten, die herumspringen und behaupten, es sei alles vorüber! Lassen Sie sich nicht zum Narren halten!«

Er griff hinter sich nach der Whiskyflasche, füllte sein Glas noch einmal und verschüttete dabei etwas auf den rosengemusterten

Chintzbezug des Sofas. »Wer kann sagen, wie viele Mau-Mau noch in den Wäldern oder in Nairobi oder im Rifttal auf freiem Fuß sind? Man hat ja noch nicht einmal ›General Afrika‹ gefangen – und behauptet, es sei vorüber! Kennen Sie –« Gillys Aussprache wurde undeutlich –»kennen Schie Hector Brandon? ’türlich! Also, Hector hat eine Menge alter Mau-Mau-Mitglieder verhört, und er sagt, einer von ihnen habe gestanden, in der *Marula*, dem Papyrussumpf, verstecke sich immer noch eine Bande. Das sei der harte Kern. Die afrikanischen Feldarbeiter von den Farmen um den See brächten ihnen Essen. Und Greg Gilbert sagt, er glaube, General Afrika sei immer noch bei einem Siedler in Lohn und Brot. Da könnte er doch jeder von Ems Kikus sein! Wer kann das wissen? Ein netter, ruhiger Hausboy oder Koch oder Viehhirte bei Tage – General Afrika mit einem Hut aus Löwenhaut bei Nacht. Er könnte sogar einer von Hectors Leuten sein. Wenn Sie mich fragen, ist das nur zu wahrscheinlich!«

»O nein, Gilly! Jeder weiß doch, die Mau-Mau haben geschworen, Hector wegen seiner Tätigkeit für die Sicherheitsstreitkräfte umzubringen. Doch das ist nicht geschehen, und wenn General Afrika einer seiner eigenen Leute wäre, hätten sie es leicht tun können.«

»Vielleicht«, antwortete Gilly skeptisch. »Aber ich will Ihnen etwas verraten, was nicht jeder weiß. Einmal hätte Drew Strattons Gruppe den General beinahe gefaßt. Er lief mit fünf seiner Männer in einen Hinterhalt, und wenn er auch entkam, so ließ er doch etwas zurück: ein Jagdmesser. Es hatte in einer Art Scheide an seinem Gürtel gehangen, und durch einen teuflischen Zufall schnitt eine Kugel es glatt ab, ohne ihn zu verletzen. Aber es war das Nächstbeste nach dem Mann selbst, weil ein Satz seiner Fingerabdrücke darauf war. Der einzige Hinweis auf seine Identität, den die Sicherheitsstreitkräfte je in die Hände bekommen hatten. Und was geschah damit? Nun, ich will es Ihnen erzählen. Hector wischte die Fingerabdrücke sorgfältig ab! Ich habe immer geglaubt, daß er das Messer erkannte und es um keinen Preis darauf ankommen lassen wollte, daß einer seiner prächtigen Jungen angeklagt wurde. ›Ehre des Hauses‹ und so.«

»Gilly, nein!« protestierte Alice. »So etwas dürfen Sie nicht sagen! Es muß ein Irrtum gewesen sein – ein Zufall.«

»Das sagt er. Sagt, er dachte, das Messer gehöre Greg, und er habe es von Gregs Schreibtisch nur hochgehoben, um damit herumzuspielen. Greg ist fast explodiert vor Wut. Es hat keinen Zweck, Alice. Sie begreifen einfach nicht, wozu einige dieser alten Siedler hier in Kenia fähig sind und wie ihr eigenes Fleckchen Erde für sie zum Mittelpunkt des Universums wird, nur weil sie es im Schweiße ihres Angesichts aus dem Nichts geschaffen und dafür gehungert und ihre Jugend hingegeben und Komfort und Sicherheit und Zivilisation und eine Menge anderer Nichtigkeiten dafür geopfert haben. *Brandonmead* ist Hectors Stolz. Nein, falsch. Ken ist sein Stolz. *Brandonmead* ist sein Leben, und er hat immer auf seine afrikanischen Arbeiter geschworen. ›Loyal bis ins Mark‹ und so weiter. Wenn sich einer seiner hochgepriesenen Kikus als ein Meisterkiller der Mau-Mau entpuppt hätte, wäre sein Leben verdammt in Gefahr gewesen. Und trotzdem glaube ich, er hätte so gut wie alles getan, um das zu vertuschen, und sein Gewissen hätte er mit dem Gedanken beruhigt, er könne allein damit fertig werden. Hier draußen sind die Leute ganz groß darin, das Gesetz nach ihrem Gutdünken auszulegen. Ist Ihnen das noch nicht aufgefallen?«

Alice wandte verlegen ein: »Aber Em sagt –«

»Em!« unterbrach Gilly sie grob. »Em ist ebenso schlimm wie alle anderen. Schlimmer! Dumme alte Weiber wie sie sind zur Hälfte an all dem Unheil schuld. ›Meine Kikus sind loyal. Darauf wette ich mein Leben.‹ Und dann verlieren sie die Wette... Sie wollen doch nicht schon gehen?«

Alice hatte ihr halbgeleertes Glas abgestellt und war aufgestanden. Sie sagte kühl: »Ich muß leider gehen. Ich bin nur herübergekommen, weil ich eine Botschaft für Lisa hatte, aber wenn sie nicht da ist, können Sie sie ihr vielleicht weitergeben.«

»Sie ist da. Sie ist nur mit den Brandons und Drew Stratton zur Shamba hinuntergegangen. Bleiben Sie doch! Trinken Sie Ihr Glas aus. Ich wollte Sie nicht kränken. Ich weiß, was Sie für Em empfinden. Sie mögen das alte Schlachtroß. Nun, ich auch – wenn sie mich nicht in Stücke reißt. Ganz Kenia schätzt sie. Em steht unter Denkmalschutz. Verzeihen Sie, wenn ich Ihre Gefühle verletzt habe.«

»Schon gut, Gilly«, fiel Alice schnell ein. »Trotzdem möchte ich nicht warten. Es wird spät. Und wenn Lisa Gäste hat –«

Ihre ruhige Stimme verriet eine Spur von Unbehagen, und Gillys schlaue, wäßrige Augen betrachteten sie interessiert. Er sagte: »Ken ist nicht dabei, wenn Sie das beunruhigt.«

Er lachte ein bißchen boshaft, als das Blut in Alice DeBretts blasse Wangen stieg. »Sie brauchen nicht so zu erröten, Alice. Wir alle wissen, daß Sie Ihr Bestes getan haben, um den armen Jungen zu entmutigen. Das heißt, wir alle bis auf Mabel. Aber Sie dürfen von Mabel nicht erwarten, daß sie von ihrem Glauben läßt, jede Frau sei verrückt nach ihrem Söhnchen. Er ist ihr schwacher Punkt. Komisch, das mit Ken. Ich hätte nie gedacht, daß Sie überhaupt sein Typ wären.«

»Bin ich auch nicht«, erwiderte Alice scharf. »Seien Sie nicht albern, Gilly. Ich bin alt genug, seine Mutter zu sein!«

»Langsam! Tun Sie sich nicht Unrecht! Sie können nicht viel älter als fünfunddreißig sein.«

»Ich bin siebenundzwanzig«, sagte Alice langsam. »Und Ken ist noch keine zwanzig.«

»Wenn schon.« Gilly merkte gar nicht, welchen Schlag er ihr versetzt hatte. »Junge Burschen verlieben sich beim ersten Mal immer in Frauen, die älter sind als sie, und es beutelt sie immer mächtig. Er wird darüber hinwegkommen. Hector sollte ihn fortschicken. Wie sehr ich wünschte, ich könnte dies Tal verlassen! Haben Sie schon gehört, daß Jerry Coles bald in den Ruhestand treten wird? Sie wissen doch, der Mann, der den Besitz der DeBretts draußen bei Rumuruti verwaltet. Das ist der Job, hinter dem ich her bin. Aber Em ist standhaft dagegen, obwohl der Job wie für mich gemacht wäre! Ein schönes Haus, gute Bezahlung und zusätzliche Einnahmen – und weit weg von Em, die mir die ganze Zeit tadelnd und kritisierend über die Schulter späht.«

Alice lächelte zaghaft. »Würden Sie es nicht ziemlich einsam finden? Ich glaube nicht, daß es Lisa gefallen würde, so weit von hier weg zu sein.«

Gilly runzelte die Stirn, und seine wäßrig blauen Augen wurden plötzlich traurig und ernst. Er sagte: »Das ist ein weiterer Grund. Es ist weit weg. Mehr als hundert staubige, unbequeme, herrliche Meilen weit weg. Vielleicht weit genug, um sie davon abzuhalten, sich lächerlich zu machen wegen –«

Alice ließ ihn nicht aussprechen. Sie ging auf die Tür zu, das Gesicht weiß und versteinert, und sprach sehr laut, als wolle sie Worte übertönen, die sie nicht zu hören wünschte. »Ich muß wirklich gehen. Es wird spät, und ich sollte mich auf den Heimweg machen. Wollen Sie Lisa sagen, daß –«

»Sie können es ihr selbst sagen«, fiel ihr Gilly ins Wort. »Da kommen sie alle.«

Von der Veranda her klangen Schritte und Stimmen herüber, und einen Augenblick später waren Gillys Frau und ihre Gäste im Zimmer. Die Brandons, deren Besitz sich westlich an *Flamingo* anschloß, waren ein seltsames Paar. Die kleine Mabel mit der sanften Stimme, dem freundlichen, charmanten Gesicht und den grauen Locken schien gar nicht zu ihrem cholerischen Mann Hector zu passen, der seinem Namen alle Ehre machte. Er war groß, sprach mit dröhnender Stimme und hatte ein wettergegerbtes Gesicht. Ihnen folgten Drew Stratton, dessen Farm fünf Meilen das Seeufer hinunter lag, und Lisa selbst. Ihr glänzendes braunes Haar war mit einem Seidenband zusammengebunden, und ihr Kleid mit dem weiten Rock war fröhlich gemustert.

Gilly erhob sich schwankend und verteilte volle Gläser, und Lisa sagte: »Hallo, Alice! Nett, Sie zu sehen.«

Ihre violetten Augen blickten gespannt an Alice vorbei und nahmen den Ausdruck der Enttäuschung an, was Edens Frau nicht nur bemerkte, sondern auch richtig auslegte.

Lisa und Eden! dachte Alice. Sie schob den Gedanken beiseite, als sei er ein fester Gegenstand, und erklärte etwas steif: »Ich bin nur mit einer Botschaft von Em herübergekommen. Sie hatten angefragt, ob sie Sie bei ihrer nächsten Fahrt nach Nairobi mitnehmen könne, und ich soll Ihnen bestellen, sie führe am Donnerstag, um ihre Nichte vom Flughafen abzuholen.«

»Ihre Großnichte sicher?« berichtigte Lisa.

»Nein«, erklärte Mrs. Brandon mit ihrer sanften Stimme. »Es ist die Tochter ihrer Schwester. Guten Abend, Alice.« Sie ließ ihren Strickbeutel aufs Sofa fallen und setzte sich hin. »Lady Helen war Ems Halbschwester und ein Gutteil jünger als sie. Sie lebte während des Ersten Weltkriegs hier bei Em und heiratete Jack Caryll, dem damals die Farm auf dem Kinangop gehörte. Victoria, die Tochter, wurde dort draußen geboren. Ich erinnere mich noch recht gut an sie – ein dünnes kleines Mädchen, das auf einem Zebra ritt, das ihr Vater für sie gezähmt hatte. Er wurde auf der Jagd von einem Nashorn getötet, und nun haßte seine Frau dafür das ganze Land. Sie verkaufte die Farm an die Lumleys und ging nach England zurück, und jetzt ist sie gestorben. Eine merkwürdige Vorstellung, daß sie etwa zwanzig Jahre jünger gewesen sein muß als Em, und doch ist Em immer noch so kräftig. Aber es überrascht mich, daß Em sich entschieden hat, Victoria herzuholen. Das ist doch recht sonderbar – unter diesen Umständen.«

Ihr Ton verriet eine gewisse Verlegenheit, und Alices schlanker Körper verkrampfte sich noch mehr. Sie sagte kalt: »Lady Emily meint, es sei Zeit, daß ihr jemand die Büroarbeiten abnimmt und ihr bei der Buchhaltung hilft. Bis jetzt hat sie das alles selbst getan, aber sie wird alt, und es wird für sie immer mühsamer.«

»Sie hat doch Sie«, wandte Mrs. Brandon ein. »Und Eden.«

»Leider kann ich nicht tippen, und Eden hat nie etwas für Schreibtischarbeit übrig gehabt.«

»Eden«, platzte Hector Brandon heraus, »hat für gar keine Arbeit etwas übrig! Und es hat keinen Zweck, daß Sie mich so ansehen, Alice! Ich habe Ihren Mann schon gekannt, als er noch ein kleiner Junge war, und wenn Sie mich fragen, ist es ein Jammer, daß seine Großmutter ihn nicht öfter übers Knie gelegt hat.«

Mrs. Brandon warf ihrem Mann einen mißbilligenden Blick zu: »Sie dürfen es Hector nicht übelnehmen, Alice. Er sagt immer, was er denkt.«

»Und darauf bin ich stolz!« dröhnte Hector.

Warum? dachte Alice um ihre Beherrschung ringend. Warum halten Leute es für einen bewundernswerten Charakterzug, ihre Meinung ungehemmt auszusprechen, wenn sie damit die Gefühle anderer Menschen verletzen – das ist ungehobelt und unhöflich!

»Kantiger Individualismus«, murmelte Mr. Stratton geistesabwesend in sein Glas.

Er fing Alices Blick auf und lächelte sie an, und ihre feindselige Verteidigungshaltung lockerte sich etwas. Ihre Verkrampfung ließ etwas nach, und sie erwiderte das Lächeln mit sichtbarer Anstrengung.

Alice mochte Drew Stratton. Er war einer der ganz wenigen Menschen, in dessen Gesellschaft sie sich wohl fühlte. Vielleicht, weil er die Leute nahm, wie sie waren, und darauf verzichtete, sich für ihre Privatangelegenheiten zu interessieren. Drew war groß und blond, so blond wie Gilly, aber Gilly ganz und gar nicht ähnlich. Er war sehr braungebrannt von der Sonne, die ihm Haar und Brauen gebleicht hatte. Seine blauen Augen blickten täuschend mild, und wenn er über kantigen Individualismus in irgendeiner Form verfügte, so machte dieser sich nicht in taktlosen Bemerkungen Luft. Auch hielt er es nicht für notwendig, sich wie Hector in schlechtsitzende und schweißfleckige Sachen zu kleiden, um die Tatsache zu betonen, daß er Arbeit, und zwar schwere Arbeit, in einem jungen und wilden Land leistete.

Gilly hatte von neuem das Wort ergriffen. Er sprach undeutlich und überlaut: »Höre, heute nacht sind Ihnen einige Rinder gestohlen worden, Hector. Geschieht Ihnen recht! Sie müssen eben das Gelände einzäunen. Sie fordern den Diebstahl ja heraus, wenn Sie sie frei herumlaufen lassen. Männer wie Sie sind es, die den Banden in die Hände arbeiten. Ich weiß, das hat man Ihnen nicht nur einmal, das hat man Ihnen schon tausendmal gesagt! Eine Einladung zuzugreifen ist das, wenn Sie Ihre Rinder auf dem ganzen Land frei herumlaufen lassen.«

Hectors großes rotes Gesicht ließ einen nahen Herzinfarkt befürchten, und Mabel Brandon erklärte rasch: »Sie wissen, daß wir unser Vieh während der Krise immer in einem Gehege gehalten haben, Gilly. Aber jetzt, wo sie vorüber ist, ist das doch nicht mehr notwendig. Und Drew hat seine Rinder nie in einem Gehege gehabt!«

»Zufällig beschäftigt Drew Massais«, gab Gilly zurück. »Das ist ein Unterschied. Ein verdammt großer Unterschied! Wem hat das Rifttal gehört, bevor die Weißen kamen? Den Massais – denen! Und wenn damals ein Kikuju auch nur seine Nase hineingesteckt hätte, wäre er aufgespießt worden! Darum wurden Leute wie Drew während der Krise in Frieden gelassen. Aber mehr als die Hälfte Ihrer Feldarbeiter sind Kikus. Sie sind ebenso schlimm wie Em! Sie wollen sie nicht entlassen, und Sie wollen kein Wort gegen sie hören.«

»Es ist nicht einer unter unseren Kikujus, denen ich mein Leben nicht anvertrauen würde.« Mrs. Brandon echauffierte sich leicht. »Sie arbeiten schließlich seit zwanzig und mehr Jahren für uns. Samuel war schon bei uns, bevor Ken geboren wurde.«

»Warum haben Sie dann eine Pistole in Ihrem Strickbeutel da?« fragte Gilly. »Mal ehrlich! Dachten Sie, ich wüßte es nicht?«

Mrs. Brandons Gesicht lief rot an. Sie sah so bestürzt und schuldbewußt aus wie ein Kind, das bei einem Fehler ertappt wird, und Gilly lachte laut.

»Ruhig, Gil«, mahnte Drew freundlich. »Sie sind betrunken.«

»Getroffen, offenbar getroffen! Natürlich bin ich betrunken«, gestand Gilly mit entwaffnender Ehrlichkeit. »Einzig möglicher Zustand heutzutage.«

Drew fragte gelassen: »Wovor fürchten Sie sich, Gilly?«

Das vom Alkohol beflügelte Leuchten schwand aus Gillys blassem, aufgedunsenem Gesicht und ließ es erschöpft und alt wirken. Mit einem heiseren Flüstern, das in diesem überladenen Zimmer unglaublich schockierend klang, antwortete er: »Ich fürchte, daß mir dasselbe zustößt wie Em.«

Er sah von einem der fragenden Gesichter zum anderen. Seine Augen flackerten und schossen so unruhig hin und her wie gefangene Nachtfalter, und seine Stimme erhob sich scharf in dem kurzen, unbehaglichen Schweigen: »Es geht etwas verdammt Komisches auf *Flamingo* vor, und das gefällt mir nicht. Ganz und gar nicht! Wissen Sie, was ich glaube? Ich glaube, es braut sich etwas zusammen. Etwas – etwas Rätselhaftes.«

»Wie meinen Sie das?« erkundigte sich Hector Brandon, plötzlich beunruhigt. »Hat Em Schwierigkeiten mit ihren Feldarbeitern? Davon habe ich bisher noch nichts gehört.«

»Nein. Das könnte ich verkraften. Hier läuft etwas anderes. Haben Sie schon einmal beobachtet, wie ein Unwetter gegen den Wind heraufzieht? So ist das! Es lauert. Das gefällt mir nicht. Alice gefällt es nicht. Em gefällt es auch nicht. Sie ist stur wie ein Maultier – will nicht zugeben, daß auf ihrem kostbaren Gut etwas schiefgehen könnte. Aber in letzter Zeit ist sie nicht mehr sie selbst. Es macht sie langsam fertig.«

»Unsinn, Gilly!« widersprach Hector entschieden. »Ich habe sie noch heute früh gesehen. Sie war ganz die alte! Sie bilden sich etwas ein. Das einzige Problem mit Em ist, daß sie langsam ihre Jahre spürt.« Er erlaubte Lisa, sein Glas neu zu füllen, und setzte nachdenklich hinzu: »In Wahrheit ist Em seit Gus Abbotts Tod nicht mehr sie selbst gewesen. Darüber ist sie nie richtig weggekommen. Es belastet sie das Gefühl, sie habe ihn ermordet.«

»Das hat sie ja auch«, behauptete Gilly. »Mord – Totschlag – Ausrutschen des Gewehrs. Kommt es darauf an, wie man es nennt? Sie hat ihn getötet.«

»Gilly, wie können Sie so reden!« protestierte Mabel empört. »Sie wissen ganz genau, daß es mitten in jenem gräßlichen Angriff passiert ist. Und es war zum großen Teil Gus' Fehler. Er sah, wie sich einer der Bande mit der Panga, einem Buschmesser, auf sie stürzte, und sprang ihn an, gerade als Em feuerte. Sie hat sich von diesem Schock nie erholt.«

»Das stimmt«, bestätigte Hector. »Er war seit Kendalls Tod ihr Verwalter gewesen, und sie ist daran zerbrochen. Sie haben sie vorher nicht gekannt – nur vom Erzählen. Aber wir kannten sie. Dies Ereignis ist nicht spurlos an ihr vorübergegangen. Nicht so sehr Gus' Tod, sondern die Tatsache, daß sie ihn getötet hat. Das muß eine grauenhafte Erfahrung gewesen sein. Sie verlor zwei ihrer Diener in dieser Nacht, die von der Bande ermordet wurden, und zwei ihrer Hunde metzelte man nieder. Die Hälfte der Hütten wurde in Brand gesteckt. Aber sie erschoß drei Angreifer und verwundete mindestens zwei weitere und hielt den Rest zurück, bis Hilfe kam. Ein blutiger, großartiger Kampf!«

»*Wohl ist er blutig* – Sch-Shakespeare!« zitierte Gilly mit bellendem Lachen. »Und Sie haben ganz recht, Hector. Ich habe sie vorher nicht gekannt. Andernfalls hätte ich bei diesem Job vielleicht nicht mit beiden Händen zugegriffen. Es ist nicht leicht, für sie zu arbeiten. Sie ist so verdammt tüchtig. Ich mag keine tüchtigen Frauen.«

Er setzte sein Glas an und trank es in einem Zug aus. Lisa ergriff die Gelegenheit, auf ein für sie interessanteres Thema zurückzukommen. »Erzählen Sie uns von dieser Nichte, Alice. Wie ist sie? Häßlich oder hübsch, jung oder schon etwas älter?«

»Ich habe sie nie kennengelernt«, antwortete Alice kurz. »Sie muß ziemlich jung sein.«

Ihr Ton ermutigte nicht zu einem Kommentar, doch dafür war Lisa unempfänglich. Außerdem hatte sie das Unglück, in Alices Mann verliebt zu sein, und hegte deshalb brennendes, eifersüchtiges Interesse an jeder anderen Frau, die seinen Dunstkreis betrat – mit Ausnahme seiner Frau, die sie als farblos und unbedeutend betrachtete, offensichtlich älter als ihr gutaussehender Mann und, abgesehen von ihrem Geld, ohne jede Anziehungskraft. Aber dieses neue Mädchen – diese Victoria Caryll. Sie würde mit Eden unter einem Dach wohnen und täglich in Kontakt sein mit ihm, und sie war jung und vielleicht auch hübsch...

»Ich kann mir nicht denken, warum Em, wenn sie eine Sekretärin wollte, keine Teilzeitkraft unter den hiesigen Mädchen hätte finden können«, nörgelte Lisa. »Es sind weiß Gott genug davon da, und einige unter ihnen müssen auch fähig sein zu tippen.«

»Sekretärin, Blödsinn!« Gilly schwankte zu dem Tisch mit den Getränken hinüber und schenkte sich wieder ein. »Wenn Sie mich fragen, hat sie dies Mädchen mit dem Gedanken hierherzitiert, ihr eines Tages die Hälfte des Besitzes zu übergeben. Ihn zwischen ihr und Eden aufzuteilen. Schließlich sind er und sie ihre einzigen Blutsverwandten. Und es muß da eine Menge zu erben sein. Ganze Säcke voll Beute – auch wenn sie halbe-halbe geteilt wird. Ich wette, Hector hat recht! Ich kann mir wirklich keinen anderen Grund vorstellen, warum sie das Mädchen mit solcher Hast herbeordert hat, und warum sollte das Mädchen bereit sein zu kommen. Ich wette, das ist es!«

»Vielleicht«, meinte Mabel versonnen. »Aber wahrscheinlicher ist das, was Alice sagt. Em wird alt, und wenn man alt wird, gibt es Zeiten, wo einen plötzlich das Gefühl überwältigt, daß die Jahre zu schnell verrinnen. Dann beginnt man, sie wie ein Geizhals zu zählen und sich vor Augen zu halten, daß man es sich nicht länger leisten kann, Dinge hinauszuschieben. Man muß sie gleich tun, oder man wird sie vielleicht überhaupt nicht mehr tun, denn bald mag es zu spät sein.«

»Um Himmels willen, Mabel!« Lisa lachte nervös auf. »Man könnte glauben, Sie seien eine alte Frau!«

»Ich bin keine junge Frau mehr«, gestand Mabel mit kläglichem Lächeln. *»Es ist später, als du denkst.«*

»Nicht!« Alice erschauerte. Die Schärfe ihrer normalerweise ruhigen Stimme überraschte sie selbst offensichtlich ebenso wie Mabel Brandon, denn sie errötete beschämt und sagte etwas verwirrt: »Tut mir leid, aber dieser Spruch war in eine Sonnenuhr bei uns zu Hause eingeschnitzt, und er flößte mir schon immer Angst ein. Ich weiß nicht, warum. Ich – ich nehme an, es war die Vorstellung, daß alles früher endet, als man es erwartet. Jeder Tag, eine Party, ein Vergnügen, die Jahre. Das Leben! Ich fand Vorwände, um nicht in die Nähe der Sonnenuhr zu kommen. Töricht, nicht wahr?«

»Nein« rief Gilly hart und abrupt. »Mache ich selber so. Finde Vorwände, um mich von *Flamingo* fernzuhalten. Genau das gleiche. Etwas, das mir Angst einflößt, nur weiß ich nicht, was es ist. Ein Poltergeist, der Sachen zerbricht, macht mir nichts aus, aber wenn seine Angriffe sich gegen lebende Wesen richten, das ist etwas anderes. Das ist – das ist verdammenswert. Als ob er auf etwas hinarbeitet. Sich einschießt. Man fragt sich, wo es enden wird. Was er im Sinn hat...«

Seine Stimme erstarb im Gemurmel. Mabel maß ihn mit einem mißbilligenden Blick und tadelte mit ungewohnter Strenge: »Wirklich, Gilly, Sie reden heute abend eine Menge Unsinn, und Sie regen die arme Lisa auf. Worauf spielen Sie an? Daß die Mau-Mau-Bewegung noch nicht tot sei und Ems Diener den Eid geleistet hätten? Gut, nehmen wir einmal an, sie sei nicht tot und sie hätten den Eid geleistet. Es ist kaum ein Kikuju im Land, der ihn nicht geleistet hat. Das hat jedoch nichts mehr zu bedeuten. Die ganze Sache hat sich zerschlagen, und die paar Terroristen des harten Kerns, die immer noch in Freiheit sind, sind viel zu sehr damit beschäftigt, ihr Leben zu schützen, um weitere Morde zu planen. Und wenn es die Vergiftung dieses unglücklichen Hundes ist, die Ihnen Sorgen macht, so bin ich überzeugt, daß keine finstere Drohung dahintersteckt. Es ist nicht gerade klug, Hunde wie Simba zu halten, die Fremde auf den ersten Blick angreifen, und es erstaunt mich nicht gerade, daß da irgendwer zur Selbsthilfe gegriffen hat. Sogar ich hätte den Versuchungen erliegen können, sosehr ich Hunde mag, aber –«

»Aber Simba mochte Ken nicht, das ist es, nicht wahr?« fragte Alice, wider Willen zornig werdend.

Mabel wandte sich ihr zu. Ihre sanfte Stimme bebte vor Erregung. »Das ist nicht nett von Ihnen, Alice. Wir alle wissen, daß Simba Sie mochte, und natürlich ist Em verrückt auf Hunde. Aber denken Sie daran, daß dieser Köter sogar einmal Ihren Mann angegriffen hat.«

»Nur weil Eden versuchte, mir ein Buch wegzunehmen. Wir machten Spaß, doch Simba dachte, er wolle mir etwas tun. Er hätte niemandem erlaubt, mich zu berühren, und wahrscheinlich meinte er, daß Ken –«

Sie brach mitten im Satz ab, entsetzt über die Schlußfolgerungen, die sich daraus ziehen ließen. Ihre Worte schienen in der Luft hängenzubleiben, und ihre Bedeutung war jedem im Raum peinlich klar, so peinlich klar wie der Ausdruck auf Mabel Brandons entgeistertem Gesicht und Hectors versteinertes Lächeln.

Das unbehagliche Schweigen wurde von Drew Stratton gebrochen, der einen Blick auf seine Armbanduhr warf und sich erhob. Unbefangen erklärte er: »Ich fürchte, ich muß gehen, Lisa. Es wird spät, und meine Scheinwerfer sind nicht ganz in Ordnung. Danke für den Drink. Kann ich Sie ein Stück mitnehmen, Mrs. DeBrett, oder sind Sie mit dem Wagen da?«

Alice sah ihn dankbar an. »Nein, ich habe die Abkürzung durch den Garten genommen. Und ich muß zu Fuß zurückgehen, weil ich Em versprochen habe, ihr ein paar von den Mardan-Rosen für den Tisch im Eßzimmer mitzubringen.«

Drew sagte: »Dann begleite ich Sie ein Stück. Eden sollte Sie abends nicht allein hier draußen herumlaufen lassen.«

»Oh, jetzt ist ja keine Gefahr mehr. Gute Nacht, Lisa. Soll ich Em sagen, daß Sie am Donnerstag mitfahren möchten?«

»Ja, bitte. Ich möchte zum Friseur. Gleich morgen rufe ich an und mache einen Termin aus. Drew, wenn Ihre Scheinwerfer nicht funktionieren, sollten Sie sich besser nicht zu lange damit aufhalten, Alice auf den Weg zu bringen.«

»Richtig«, fiel Gilly ein. »Denken Sie an Alices Sonnenuhr: *Es ist später, als du denkst.*«

Wieder lachte er, und der Klang dieses Lachens folgte ihnen in den stillen Garten hinaus.

2

Die Sonne war hinter der purpurnen Linie des Berges versunken, und der See spiegelte eine Handvoll rosafarbener Wolken und einen einzelnen Stern wider, der noch nicht mehr als ein silberner Punkt war.

Im letzten Monat war sehr wenig Regen gefallen, und der Pfad, der zwischen den Cannabeeten und den Bambussträuchern hindurchführte, war dick voll Staub. Mr. Stratton paßte seinen gemächlichen Gang Alices kurzen Schritten an, aber er sprach nicht, und Alice war dankbar für sein Schweigen. Im Wohnzimmer der Markhams war zuviel geredet worden. Zu vieles war ausgesprochen worden, was besser ungesagt geblieben wäre, und zu viele Dinge waren aufgedeckt worden, die man anstandshalber hätte verhüllt lassen sollen. Dinge, die Alice bisher nie vermutet hatte. Vielleicht war sie mit ihren eigenen Problemen zu beschäftigt gewesen, um etwas zu merken.

Ob es der Streß während der Krise und das gegenwärtige Nachlassen von Anspannung und Wachsamkeit war, fragte sie sich, die diese kleinlichen und persönlichen Dinge an die Oberfläche geschwemmt und unverhüllt in Lisas Wohnzimmer zur Schau gestellt hatten? Hatte sie, Alice, ihre eigenen Ängste, ihre eigenen Gefühle ebenso deutlich gezeigt wie Lisa und Gilly und die Brandons die ihren? War ihre kurze, kalte Antwort auf Lisas Fragen nach Victoria Caryll so verräterisch gewesen wie Lisas Bemerkungen?

»Achtung«, sagte Drew. Er faßte ihren Arm und riß sie gerade noch rechtzeitig aus ihrer Versunkenheit. Beinahe wäre sie auf ein braunes, sich bewegendes Band getreten, das sich über den staubigen Weg spannte. Ein Zug dahineilender Ameisen – der bösartigen Riesenameisen, deren Biß unglaublich schmerzhaft ist.

»Sie sollten aufpassen, wohin Sie treten«, bemerkte Mr. Stratton milde. »Das hätte eine Schlange sein können. Und von diesen Kreaturen hier möchten Sie sicher auch nicht gebissen werden. Das tut nämlich sehr weh.«

»Ich weiß«, sagte Alice entschuldigend. »Ich war ganz in Gedanken.«

»Das ist in diesem Land gefährlich«, meinte Drew. »Was macht Ihnen denn Kummer?«

Jedem anderen hätte Alice die Frage übelgenommen, oder zumindest hätte sie sie nicht wahrheitsgemäß beantwortet. Aber Drew Stratton war bekannt dafür, daß er Klatsch gleichgültig gegenüberstand, und Alice wußte, er hatte aus Freundlichkeit und nicht etwa aus Neugier gefragt. Sie wandte ihm das Gesicht zu. Sein braungebranntes, scharfgeschnittenes Profil hob sich deutlich vor dem stillen Himmel ab, und plötzlich erkannte Alice, daß sie zu Drew sprechen konnte. Sie hatte es bisher nicht über sich gebracht, mit jemandem über Victoria zu sprechen. Nicht mit Eden. Nicht einmal mit Em, die so ängstlich gefragt hatte: »Es macht dir doch nichts aus, Liebes? Es ist alles vorbei, weißt du – lange Zeit vorbei. Aber sie wird nicht kommen, wenn es dir etwas ausmacht.« Alice hatte Em einfach nicht gestehen können, daß es ihr sehr wohl etwas ausmachte. Doch seltsam, Drew gegenüber konnte sie es zugeben.

»Es ist wegen Victoria«, sagte Alice. »Victoria Caryll. Eden und sie kennen sich seit langer Zeit. Sie ist eine Art Cousine von ihm. Em ist ihre Tante und seine Großmutter, und er hat seine Ferien meistens im Haus ihrer Mutter verbracht, als er in England auf der Schule war – und in Oxford. Sie – sie waren verlobt. Ich weiß nicht, was schiefgegangen ist. Ich habe Eden einmal danach gefragt, aber er wollte nicht darüber reden. Ihre Mutter ist vor ein paar Monaten gestorben, und deshalb kommt sie jetzt hierher...«

Alice machte eine kleine, hilflose Geste mit der Hand, und Drew griff nach dieser Hand und zog sie kameradschaftlich durch seinen Arm. Doch er schwieg, und dies empfand Alice als Erleichterung. Tiefe Dankbarkeit ergriff sie. Sie konnte sich keinen anderen Menschen vorstellen, der nicht mit Fragen und Ausrufen, mit scheinbar mitfühlenden Bemerkungen oder Platitüden auf ihren Bericht reagiert hätte. Drew dagegen akzeptierte diese Eröffnung schweigend, und das führte sie gleichzeitig mit seiner beiläufigen, tröstlichen Geste auf ihr richtiges Maß zurück. Im Grunde brauche ich mir gar keine Sorgen zu machen, dachte Alice. Im Gegenteil, es war ein Akt der Vorsehung, daß Ems Nichte nach Kenia kam. Denn dadurch wurde es für Alice leichter, Em beizubringen, daß sie sie verlassen mußte. Es wäre ausgeschlossen gewesen, Em allein und alt und einsam zurückzulassen. Aber jetzt würde sie Victoria haben. Und mit etwas Glück lernte Em mit der Zeit, Victoria beinahe so zu lieben wie Eden. Und wenn das geschah, vermachte sie Victoria vielleicht nicht nur die Hälfte des Besitzes, wie Hector Brandon gemeint hatte, sondern alles, *Flamingo* und das Land bei Rumuruti, so daß sie, Alice, für immer frei war und niemals mehr nach Kenia zurückzukommen brauchte...

Eine große Eule, grau im grünen Zwielicht, erhob sich vom Stumpf eines umgestürzten Baums und schwebte lautlos über ihren Weg. Alice schnappte hörbar nach Luft und blieb plötzlich stehen. Ihre Finger klammerten sich entsetzt an Drew Strattons Ärmel.

»Keine Angst. Das war nur eine Eule«, beruhigte Drew sie.

»Es war eine Todeseule!« Alice erschauerte. »Die Diener sagen, wenn man eine sieht, wird jemand sterben. Sie fürchten sich vor ihnen!«

»Das ist kein Grund, daß Sie sich fürchten sollten«, mahnte Drew. »Sie sind doch kein an solchen Zauber glaubender Kikuju.«

Er sah stirnrunzelnd auf sie nieder. Er war beunruhigt und ein bißchen ungeduldig, und er legte seine Hand über die kalten Finger, die sich in seinen Arm krallten. Er drückte sie fest und beruhigend. »Mrs. DeBrett, ich weiß, es geht mich nichts an, aber meinen Sie nicht, es wäre an der Zeit, daß Sie sich einen Urlaub in England gönnten? Es kann für Sie in den letzten fünf Jahren nicht leicht gewesen sein. Sie dürfen nicht zulassen, daß dieses Land Sie kaputtmacht. Warum sagen Sie Eden nicht, er solle mit Ihnen für ein paar Monate nach Hause fahren? Es wird Ihnen beiden guttun, und diese Nichte wird Em Gesellschaft leisten, solange Sie weg sind.«

»Ja«, sagte Alice ein bißchen atemlos. »Ich – wir hatten daran gedacht...« Die Farbe kam und ging in ihrem Gesicht, und ihr Atem beruhigte sich. Mit sichtbarer Anstrengung beherrschte sie das nervöse Zittern ihres Körpers. »Es tut mir leid, Drew. Ich benehme mich sehr dumm. Sie haben ganz recht; ich sollte nach Hause fahren. Ich werde zu einem schreckhaften, hysterischen Wesen. Wissen Sie, was Gilly heute abend zu mir gesagt hat? Er sagte: ›Sie können nicht älter als fünfunddreißig sein.‹ Und ich bin siebenundzwanzig. Eden ist erst neunundzwanzig. Ich kann doch nicht sechs oder sieben Jahre älter aussehen als Eden, oder?«

»Gilly war betrunken«, stellte Drew sachlich fest.

Er betrachtete sie ernst und dachte, Gillys Bemerkung sei zwar ungalant, aber verständlich gewesen. Allerdings hatte Drew während der Kampfhandlungen Nervenerschütterungen und Schlaflosigkeit gesehen, und er erkannte die Symptome bei ihr wieder. Er sagte: »In meinen Augen sehen Sie recht gut aus« und lächelte.

Er hatte ein beruhigendes und sehr sympathisches Lächeln, und Alice wurde sich bewußt, daß sie es erwiderte. »So ist's recht«, lobte Drew. »Wenn Sie lächeln, sehen Sie wie siebzehn aus, nicht wie siebenundzwanzig. Sie sollten es öfter tun. Gehen Sie und Eden am Samstag zu dieser Tanzveranstaltung in Nakuru?«

Er sprach über Alltägliches, bis sie die Plumbagohecke erreichten, die die Grenze von Markhams Garten darstellte, und Alice verabschiedete sich am Tor von ihm.

»Ich lasse Sie nicht weiter mitgehen, denn dann kämen Sie vor Dunkelwerden nicht mehr nach Hause. Hier fühle ich mich schon völlig sicher, danke. So nah am Haus wird mich wohl niemand überfallen.«

»Es ist unwahrscheinlich«, antwortete Drew. »Aber die Hälfte aller Frauen hier draußen wird bestimmt noch ein paar Jahre brauchen, bis sie sich wieder ohne Schußwaffe sicher fühlt.«

Er sah ihr nach, wie sie quer durch den Garten davonging. Zu seiner Überraschung wallte kurz Mitgefühl für Eden in ihm auf. Nicht ganz der Typ der Siedlersfrau, dachte Drew. Sie wird sich dem Leben hier nie anpassen.

Ein trockener Zweig knackte in dem weichen Staubteppich hinter ihm, und er fuhr herum. Aber es war nur Gilly Markham.

»Wollte eben mal frische Luft schnappen«, stellte Gilly grämlich fest. »Mabel ist hinausgegangen, um einen Salatkopf oder eine Ananas oder sonstwas zu pflücken, und Hector sagt, er will nach Hause gehen. Deshalb hat Lisa den Schnaps weggeschlossen. Frauen sind des Teufels.«

Er lehnte sich schwer auf das Tor. Seine Augen folgten dem lautlosen Flug einer Fledermaus, die an den blassen Blüten der Plumbagohecke entlangglitt. Plötzlich stieß er heftig hervor: »Gott, was für ein Land! Was würde ich nicht dafür geben, dies gottverlassene, unzivilisierte, von Niggern wimmelnde Loch verlassen zu können! Weiß nicht, wie Sie das aushalten.«

»Kein Grund, warum Sie es aushalten sollten, Gilly«, bemerkte Drew ruhig.

»Das denken Sie!« erklärte Gilly leicht verärgert. »Für Sie ist es ja auch einfach. Aber ich kann es mir nicht leisten, meine Arbeit hinzuwerfen und abzuhauen. Glauben sie mir, ich täte es, wenn ich nur könnte!«

Drew sagte gelassen: »Wenn Sie das gleiche Gehalt bekommen wie Gus Abbott, kann es Ihnen nicht allzu schlecht gehen. Wie man allgemein hört, hat Gus eine ganze Menge hinterlassen.«

»Gus hatte keine Frau!« erwiderte Gilly bitter. »Sie kennen Lisa nicht. Auch wenn ich zwanzigmal soviel verdiente, würde Lisa es ausgeben. Sie bildet sich ein, ich ahnte nicht, warum sie sich andauernd neue Kleider kauft und ihr Gesicht und ihr Haar herrichten läßt. Nun ja, ich mag dumm sein, aber so dumm, wie ich aussehe, bin ich nun doch nicht! Hören Sie auf meinen Rat und heiraten Sie nie, Drew.«

»Ich werde es mir merken«, versprach Drew feierlich. »Bis demnächst, Gilly.«

»Nein, gehen Sie nicht!« drängte Gilly. »Bleiben Sie noch ein bißchen. Heute abend wurde ich auf einmal ganz nervös. Tatsache. Wissen Sie, warum jeder gern mit Ihnen redet, Drew? Ich will es Ihnen sagen. Weil Sie so merkwürdig desinteressiert sind. Sie wollen das alles gar nicht wissen, stimmt's? Aber wenn man irgendeinem anderen etwas erzählt, ist es wie ein Lauffeuer im Nu in der ganzen Kolonie herum. Warum kann sich nicht jeder hier um seine eigenen

Angelegenheiten kümmern?«

»Ja, warum nicht?« sagte Drew. »Tut mir leid, Gilly, aber ich muß gehen. Es ist schon spät.«

Gilly ignorierte die Unterbrechung. »Hector, zum Beispiel. Er hat Eden nie verziehen, daß er eine Frau geheiratet hat, die in Hectors Augen nicht ›der richtige Typ für Kenia‹ ist. Was geht das ihn an? Man könnte meinen, er habe dies Land für sich allein gepachtet! Wahrscheinlich denkt er, sobald Em stirbt, wird Alice ihren Mann überreden, den Besitz an dies Syndikat von Südafrikanern zu verkaufen, die letztes Jahr ein Vermögen für *Flamingo* geboten haben. Das würde Hector gar nicht passen, ein Konzern dieser Sorte an seiner Türschwelle! Dann wäre der Markt für ihn ruiniert. Und ehe er sich's versähe, würden sie eine anständige Straße rings um den See bauen, und er würde platzen vor Wut! Hector und seinesgleichen mögen viel über die Entwicklung der Kolonie quatschen. Aber das eine, wovor sie Angst haben, ist Fortschritt rund um ihr eigenes kleines Stückchen davon. Sie lieben es so, wie es ist. Das ist genau wie –«

Er brach plötzlich ab und hob angestrengt lauschend den Kopf.

An diesem Abend regte sich kein Lüftchen. Der weite See lag glasgrün im Zwielicht, und selbst die Vögel waren endlich verstummt. Aber irgend jemand in dem großen, planlosen Haus jenseits der Pfefferbäume und Jakarandas in Ems Garten spielte Klavier. Der ruhige Abend lieh den fernen Klängen Klarheit und eine unheimliche, melancholische Schönheit. Drew, der sich zum Gehen gewandt hatte, blieb unwillkürlich stehen und hörte zu. »Was spielt sie da?« fragte er.

»Das Rifttal-Konzert«, antwortete Gilly geistesabwesend.

Seine nervösen schmalen Musikerfinger bewegten sich über die obere Stange des Tors wie über die Tasten eines Klaviers. Dann ballten sich seine Hände plötzlich zu Fäusten. Wütend schlug er auf das Tor und explodierte:

»Warum kann sie diesen dritten Satz nicht spielen, wie er gemeint ist, statt draufloszuhämmern, als sei es eine Pop-Melodie?«

Er verfiel in melancholisches Schweigen und ließ sich auf einen viereckigen Betonblock fallen, der neben dem Tor im Gras stand. Sein kurzer Wutanfall wich vom Alkohol begünstigter Verdrießlichkeit. Er nahm keine Notiz davon, daß Mr. Stratton sich zum Gehen wandte.

Alice war auf halbem Weg zum Haus, als ihr die Mardan-Rosen einfielen, die Em für den Tisch im Eßzimmer haben wollte. Sie verließ den Weg und ging durch das hohe Gras und das Meer von Rittersporn. Er wuchs hüfthoch und halb wild am Fluß eines kleinen Hügels, den verfilztes Buschwerk und ein umgestürzter Baumstamm krönten.

Von der Kuppe des Hügels konnte sie durch eine Lücke im Gebüsch das saftige Grün der *Shamba* und den breiten Gürtel graugrüner Vegetation sehen, dunkel jetzt im verblassenden Licht. Das war die *Marula,* der Papyrussumpf, der das Seeufer mit einem dichten, fedrigen und beinahe undurchdringlichen Dschungel umgab, zweimal so hoch wie ein großgewachsener Mann.

Ein abgebrochener Ast des gefallenen Baums stützte eine Kaskade weißer Rosen, die nicht einmal am Tag leicht zu pflücken waren, denn sie waren reichlich mit Stacheln besetzt. Aber Em liebte sie. Während der kurzen Blütezeit arrangierte sie sie gern in den Waterford-Glasschüsseln, die ihrer Großmutter gehört hatten. Hatte sie deshalb heute um diese Rosen gebeten? Damit sie andere Schüsseln damit füllen und so tun konnte, als mache der Verlust ihr nichts aus? Denn die Waterford-Glasschüsseln gab es nicht mehr. Sie waren an einem Nachmittag vor fast einer Woche gefunden worden, in Stücke zerbrochen, obwohl das Haus an jenem Tag ruhig gewesen war und die Hunde nicht gebellt hatten...

»Faß sie nicht an!« hatte Alice zu der völlig aufgelösten Em gesagt. »Vielleicht sind Fingerabdrücke darauf. Wir können herausfinden –«

»Und dann schwärmen Polizisten durchs ganze Haus, trampeln überall auf *Flamingo* herum und schüchtern meine Diener ein! Nein!« erklärte Em. Sie hatte die Scherben mit ihren alten, zittrigen Händen aufgelesen und Zacharia gesagt, er solle sie wegwerfen.

Von Anfang an hatte Em sich geweigert, die Polizei holen zu lassen. Sie hatte eine Reihe von Fallen aufgestellt, aber niemand war hineingegangen. Der Poltergeist schien fähig zu sein, Alarmanlagen, Stolperdrähte und andere Sicherungen erfolgreich zu umgehen. Es wurden Gegenstände mit einer Substanz beschmiert, die garantiert auf jeder Hand, die sie berührte, ätzende Wunden hinterließ. Aber der Poltergeist vermied sie instinktiv. Er demoralisierte den ganzen Haushalt stärker als alle Untaten, die die Mau-Mau in den Jahren der Krise begangen hatten. Die Diener waren in Panik, Eden war wütend und nervös und Em grimmig stur.

»Wenn jemand glaubt, er könne mich hier weggraulen, wird er feststellen, daß er sich irrt«, erklärte sie. »Die Mau-Mau dachten, sie könnten uns so verängstigen, daß wir unsere Farm verlassen, aber wir sind immer noch da. Ich weiß nicht, was sich derjenige davon verspricht, Dinge zu zerstören, an denen mein Herz hängt. Aber was es auch sein mag, er wird es nicht bekommen!« Und als wolle sie ihre Unerschütterlichkeit beweisen, setzte sie sich ans Klavier und spielte Toronis »Rifttal-Konzert« aus dem Gedächnis, zornig und laut und nicht sehr akkurat.

Das war an dem Tag gewesen, als die Schallplatte mit dem Konzert zerbrochen worden war. An dem gleichen Abend hatte Em, die müde und geschlagen aussah, den anderen mitgeteilt, daß sie Victoria eingeladen habe.

Victorias Mutter war in diesem Frühling gestorben, und Victoria teilte sich im Augenblick mit zwei Freundinnen eine kleine Wohnung in London. Sie arbeitete als Privatsekretärin des zweiten Direktors einer Importfirma.

»Ich habe sie aufgefordert, hierherzukommen und für mich zu arbeiten«, sagte Em. Sie sah Eden nicht an. Ihr Blick war unverwandt in die Kerzenflammen auf dem Eßtisch gerichtet und – vielleicht – in die Vergangenheit. »Ich bin langsam zu alt, um die ganze Arbeit allein zu tun. Ich brauche jemanden, der mir die Hälfte abnimmt, eine Sekretärin, die mein Vertrauen hat und der ich viel an Leistung abverlangen kann. Und in dieser Zeit sollte es jemand sein, der – der hierher gehört. Gleichzeitig kann ich damit etwas für

Helens Tochter tun. Ihr ein Heim ebenso wie ein angemessenes Gehalt bieten.«

Jetzt sah sie zum ersten Mal Alice an, die Augen vom Flackern der Kerzenflammen leer und verschwommen. Freundlich sagte sie: »Du bist ebenfalls Waise, und du wirst dir vorstellen können, was es für sie bedeuten muß. Aber sie soll nicht kommen, wenn es dir nicht recht ist, mein Liebes.«

Vielleicht hätte Alice es über sich gebracht zu protestieren, wenn ihr nicht plötzlich der Gedanke gekommen wäre, daß sich damit ein Fluchtweg für sie öffnete. Sie hatte keine Lust, dies Mädchen kennenzulernen, das Eden einmal hatte heiraten wollen und einmal geliebt haben mußte. Und sie wollte auch nicht, daß Eden Victoria wiedersah. Doch wenn Ems Nichte auf *Flamingo* einzog, mochte es ihr, Alice, gelingen, Eden zu überreden. Dann würden sie Kenia verlassen und nach England heimkehren. Dann ließen sie Em nicht allein zurück. Sie hätte ja dann Victoria als Ersatz.

Alice blickte auf die weißen Rosen nieder, die ihre Hände füllten. Sie ließ sie zu Boden fallen, setzte sich müde auf den glatten Baumstamm und dachte mit Liebe und Ärger und Verzweiflung an Lady Emily DeBrett. An Em und an Eden. Es würde nicht leicht sein, Em klarzumachen, daß sie Kenia nicht länger ertrug. Em war bekannt für ihre Ungeduld und Dickköpfigkeit, einen ausgeprägten Geschäftssinn, eiserne Nerven und ihre Unfähigkeit, mit guter Miene törichte Personen um sich zu dulden. Trotzdem hatte sie Edens Frau um sich geduldet, die nach ihren Begriffen töricht scheinen mußte. Sie hatte sie bemuttert, beschützt, ermutigt, sich zwischen sie und die Gefahr gestellt.

Wie sie da in der Dämmerung auf dem Hügel im Garten saß, erinnerte Alice sich an ihre erste Begegnung mit Edens Großmutter. Es war ein Schock für sie gewesen. Eden hatte beiläufig erwähnt, seine Großmutter neige dazu, sich exzentrisch zu kleiden. Und dann hielt das Auto, das sie von dem etwa siebzig Meilen entfernten Flughafen von Nairobi abgeholt hatte, vor dem großen, strohgedeckten Haus am Ufer des Naivasha-Sees. Em erschien auf den Verandastufen, und auf eine so groteske Gestalt war Alice nun doch nicht vorbereitet gewesen.

Die Jahre hatten aus Ems stattlicher Figur mehr als ausladende Proportionen gemacht, ihre Abneigung gegen Röcke jedoch nicht beseitigt. Sie war nie bereit gewesen, weibliche Kleidung anzulegen, aber sie hatte eine Vorliebe für leuchtende Farben und auffällige Accessoires. Ems scharlachrote Kattunkleider und knallige Blusen – beides steigerte den bestürzenden Eindruck noch, den ihre Massen hervorriefen – und die theatralischen breitkrempigen Hüte, die sie sich achtlos auf ihr kurzgeschnittenes Haar stülpte, waren seit mehr als dreißig Jahren für die Leute hier ein ebenso vertrauter Anblick wie die umherstreifenden Zebraherden, die wandernden, mit Ocker bemalten Massai-Krieger und der Schnee auf dem Kilimandscharo. Aber sie waren kein Trost für Alice DeBrett, die erst drei Wochen verheiratet war, als sie benommen von wiederholten Anfällen der Luftkrankheit und staubig und durchgeschüttelt von den letzten fünfzehn Meilen über eine unbefestigte Straße, auf *Flamingo* eingetroffen war, ein Neuankömmling in einem von Wildheit und Gewalt zerrissenen fremden Land, wo sogar die Frauen Schußwaffen bei sich trugen und alle Männer sich vor der Nacht fürchteten. Denn sie wußten nie, was die Dunkelheit bringen würde.

Im Rückblick auf diesen Tag ihrer Ankunft war es ein seltsamer Gedanke, daß Em seitdem Alices einzige Stütze gewesen war. Alice hatte weder Mutter noch Großmutter gekannt, doch Em war ihr beides geworden. Wer sie enttäuscht hatte, war Eden. Andererseits war es sicher auch nicht leicht für Eden gewesen, dachte sie bei sich, so fatal schön zu sein, daß die Frauen sich auf den ersten Blick hoffnungslos in ihn verliebten – wie es ihr selbst auch geschehen war. Jetzt war sie fast fünf Jahre mit Eden verheiratet, und sie konnte ihn nicht ansehen, ohne daß sich ihr das Herz zusammenzog.

Sie liebte ihn so sehr, und wenn er *Flamingo* so geliebt hätte, wie Em es liebte, hätte sie sich gezwungen, für immer hierzubleiben. Sie hätte gegen ihr Entsetzen, ihren Haß auf das Land und ihren schlechten Gesundheitszustand, eine Folge der ständigen Angst, der Höhe und des Klimas, angekämpft. Aber sie glaubte nicht, daß Eden so tief im Boden Kenias verwurzelt war oder daß das Land ihm das gleiche bedeutete wie seiner Großmutter. Und in letzter Zeit hatte sie sich eingeredet, er würde in England mit einem eigenen Landgut ebenso glücklich sein. Vielleicht sogar glücklicher; denn er hatte es nie verwunden, daß Em nicht ihn anstelle von Gilly zum Verwalter gemacht hatte. »*Flamingo* wird eines Tages dir gehören«, hatte Em gesagt. »Dann brauchst du einen Verwalter, und es ist besser, einen zu haben, der sich schon auskennt. Gilly ist im Augenblick nicht von großem Nutzen, doch Verwalter sind heutzutage schwer zu bekommen, und er wird sein Handwerk hier lernen. Außerdem braucht er die Stellung.«

»Ich wußte nicht, daß wir einen Wohltätigkeitsverein leiten!« hatte Eden ärgerlich geantwortet. »Du verlierst deinen festen Griff, liebe Großmama.«

»Da irrst du dich. Einen Mann, der seine Stellung braucht, hat man in der Hand. Einen, der sie nicht braucht, hat man nicht in der Hand. Und ich möchte, daß es nach meinem Kopf geht.«

Eden hatte gelacht und sie geküßt. »Du willst dir nur nicht vorwerfen lassen, du hättest eine schwache Stelle. Du hast Gilly den Job gegeben, weil er pleite war, was du wußtest – und weil er den Unterschied zwischen Bach und Brahms kennt.«

Em hatte eine Grimasse geschnitten, aber geleugnet hatte sie es nicht.

Mehr Ems als Edens wegen hatte Alice versucht, sich mit dem Gedanken auszusöhnen, daß sie den Rest ihres Lebens in Kenia verbringen würde. Denn obwohl sie glaubte, Eden vielleicht für den Verlust von *Flamingo* entschädigen zu können, wußte sie, daß es ihr unmöglich war, einen Ausgleich für Em zu finden, wenn sie ihr Eden wegnahm. Aber jetzt war ihre Geduld am Ende. Nicht Victoria hatte ihr den Rest gegeben, sondern das, was in den letzten Wochen im Haus geschehen war, eine Situation, die Eden einmal als »diese dumme Geschichte« bezeichnet hatte.

»Es ist keine dumme Geschichte«, hatte Alice widersprochen, und zum ersten Mal klang ihre sanfte Stimme hysterisch. »Es ist grauenhaft! Begreifst du denn nicht – alles, was hier zerstört wurde, war etwas Besonderes und Unersetzliches. Es ist, als ob jemand, der

Em sehr gut kennt, ihr ganz gezielt weh tut. Jemand – jemand Böses.«

Eden antwortete scharf: »Das ist Unsinn! Du darfst dich darüber nicht so aufregen, Alice. Glaub mir, Darling, es wird sich herausstellen, daß es irgendein dummer Kiku war, der einen Groll hat oder meint, unter einem Zauber zu stehen. Du darfst den Sinn für das richtige Maß nicht verlieren. Schließlich waren diese Sachen, wenn auch unersetzlich, doch tote Gegenstände.«

Zwei Tage später war Simba das Opfer gewesen.

Alice hatte Em nicht für fähig gehalten zu weinen, und der Anblick ihrer roten, verschwollenen Augen war beinahe ebenso erschütternd gewesen wie die Entdeckung von Simbas steifem, verrenktem Körper zwischen den zerdrückten Geranien unter der Veranda. Alice hatte auch vorher schon Angst gehabt, doch so schlimm war es bisher nicht gewesen. Die absichtliche Zerstörung von Ems geliebtesten Besitztümern war schlimm, doch die Vergiftung ihres Lieblingshundes verriet eine kaltblütige Arglist, die tiefer ging als bloße Bosheit.

Gilly hat recht, dachte Alice. Es lief ihr kalt über den Rücken bei den Vorahnungen. Die Gegenstände waren nur der Anfang gewesen. Simba war der nächste Schritt. Angenommen – das nächste Mal ist es ein Mensch? Jemand, den Em liebt. Eden –! Wir müssen fortgehen. Wir müssen! Solange es noch Zeit ist...

Es war ein besonders zermürbender Tag für Alice gewesen. Eden war nach Nairobi gefahren und wollte erst spät zurückkommen, und Em war seit dem Morgen nervös und leicht reizbar. Offenbar hatte sie im Laufe des Vormittags einen kleinen Streit mit Mabel Brandon gehabt, und es hatte sie gar nicht gefreut, als Ken Brandon am Nachmittag auftauchte und zum Tee eingeladen werden mußte.

Auch Alice hatte sich nicht gefreut. Sie fand Ken Brandons unreife und hartnäckige Schwärmerei für sie sehr lästig. Erst gestern hatte sie ihm eine strenge Predigt über dieses Thema gehalten, aber damit war sie schlecht bei ihm angekommen. Zum Schluß drohte er – nicht zum ersten Mal –, sich zu erschießen. Alice verlor die Geduld mit ihm und bemerkte gereizt, das sei kein Verlust für die Menschheit.

Sie hatte gehofft, das werde seiner Liebe den Garaus machen. Trotzdem erschien Ken an diesem Nachmittag wieder und bat, sie sprechen zu dürfen. Es war klar, daß er die Absicht hatte, sich für seinen Ausbruch vom Vortag zu entschuldigen. Em hatte Alice vor einer weiteren Szene gerettet, indem sie den Jungen mit Tee abfüllte und sie sofort danach abkommandierte, mit ihr auf die Jagd zu gehen.

Alice ging nie mit zur Jagd, wenn es sich irgend vermeiden ließ, aber bei dieser Gelegenheit stimmte sie dankbar zu. Sie nahmen Kamau, einen der Boys, mit und fuhren im Landrover hinaus, um einen Bock für die Hunde zu schießen. Em erlegte ein *Kongoni* und half Kamau, es auszuweiden und den schlaffen, schweren Körper hinten in den Landrover zu wuchten. Dort rutschte er in einer klebrigen Blutpfütze hin und her und verschmierte die Sitze. Ems Hände und Kleider waren voll von häßlichen dunklen Flecken. Alice empfand Ekel. Das war eins der vielen Dinge in Kenia, an die sie sich nie gewöhnen konnte: die selbstverständliche Haltung der meisten Frauen gegenüber Feuerwaffen und dem Anblick und dem Geruch von Blut.

Ich habe keinen Mut, dachte Alice trübsinnig und starrte in die grüne Dämmerung. Vielleicht hatte ich früher welchen, aber er ist weg. Wenn ich nur fort könnte... Wenn ich nur nicht in dieses schreckliche Haus zurückgehen müßte...

Em spielte immer noch Toronis Konzert, und die zu vertrauten Kadenzen, gedämpft durch die Entfernung, zerrten an Alices gespannten Nerven, forderten ihre Aufmerksamkeit und zwangen sie, zuzuhören.

Sie hatte Ems und Gillys Bewunderung für diese Musik nie verstanden. Für sie schien es ein Lärm ohne Melodie zu sein, der von disharmonischen Klängen in unerträgliche Öde überwechselte. Aber heute abend schien sie es zum ersten Mal richtig zu hören, und es war, als spräche das Tal selbst. Das riesige goldene Tal und die großen gähnenden Krater erloschener Vulkane – Longonot und Suswa und Menengai – die den Weg versperrenden Fälle toter Lava – der düstere Abgrund des Höllentors – die weiten, seichten, von

Flamingos wimmelnden Seen und die langen Zwillingshöhen des Mau und des Kinangop, die das große Rifttal rechts und links begrenzten.

Em hatte ihr erzählt, Toroni habe das Tal geliebt. Aber Em irrte sich, dachte Alice, der Musik lauschend. Toroni hatte dieses Tal nicht geliebt. Er hatte es gefürchtet. Wie sie selbst es fürchtete. Alice zitterte und krampfte die Hände im Schoß zusammen. Eine kleine Brise wisperte durch die Büsche und bewegte die hängenden Rosenranken, und irgendwo in ihrer Nähe knackte ein Zweig.

Bei diesem Geräusch schien ihr der Garten plötzlich kein freundlicher Ort mehr, sondern so voll von Drohungen wie das Haus zu sein. Alice stand schnell auf und bückte sich nach den am Boden liegenden Rosen. Das Herz klopfte ihr schmerzhaft gegen die Rippen. Sie hatte gar nicht gemerkt, daß es so dunkel geworden war.

Unterhalb des Hügels und jenseits der Shamba begannen aus dem schattigen Gürtel des Papyrussumpfes Vögel zu rufen. Ihre hohen flötenden Stimmen mischten sich mit den süßen klaren Klängen des fernen Klaviers. Der Tag war fast zu Ende. Schon schimmerten blasse Sterne am Himmel, aber der Mond war noch nicht aufgegangen. Um diese Zeit waren sonst keine Vögel zu hören. Hatte irgend etwas oder irgend jemand sie aufgeschreckt?

Alice fiel eine Bemerkung von Gilly ein, die er vor weniger als einer Stunde gemacht hatte. Etwas über General Afrika – trotz des hohen Preises, der von der Regierung auf seinen Kopf gesetzt war, war er immer noch auf freiem Fuß und vielleicht bei einem der Siedler im Naivasha-Distrikt in Lohn und Brot. Etwas über eine Bande unter seinem Kommando, die sich immer noch irgendwo im Papyrussumpf verstecken sollte und der die afrikanischen Feldarbeiter der Farmen um den See Essen brachten.

Alice hatte nicht sonderlich darauf achtgegeben, aber jetzt erinnerte sie sich mit Schrecken daran, und sie erinnerte sich auch an Ems Anweisung, nach Sonnenuntergang nicht draußen zu bleiben. Doch die Sonne war schon lange untergegangen. Es war fast dunkel, und der Abendwind bewegte die Blätter um sie her und erfüllte die grüne Dämmerung mit leisem, verstohlenem Rascheln.

Wieder knackte direkt hinter ihr ein Zweig. Sie fuhr herum und sah gerade noch eine Bewegung, die nicht der Wind verursacht hatte. Ihre Hände schlossen sich fester um die Rosen und trieben ihr die Dornen ins Fleisch. Im Spinnennetz der Panik gefangen, spürte sie den Schmerz kaum. Ihr Verstand riet ihr, zum Haus hinzulaufen, aber ihre Muskeln wollten ihr nicht gehorchen. Sie konnte nicht einmal schreien, und sie wußte, wenn sie schrie, würde sie doch niemand im Haus hören, denn die Klaviermusik übertönte jeden Laut von draußen. Jemand beobachtete sie aus den Büschen heraus, sie war völlig sicher.

Alice stand ganz still, so hilflos und von Entsetzen gelähmt wie das Opfer eines Alptraums. Und dann, gerade als sie meinte, ihr Herz würde aufhören zu schlagen, kam aus dem Dunkel am Fuß des Hügels eine bekannte Gestalt, und das Blut floß von neuem durch ihre betäubten Adern.

Sie ließ die Rosen fallen, und mit einem erstickten Schluchzen der Erleichterung begann sie zu rennen. Sie rutschte und stolperte in dem unsicheren Licht durch das hohe Gras. Sie war nur noch einen Meter von der verschwommenen Gestalt entfernt, als etwas sie im Lauf einhalten ließ. Ein Geräusch...

Da stimmte etwas nicht. Das war Wahnsinn, war unmöglich. Alice blieb plötzlich stehen und starrte. Ihre Augen weiteten sich in ihrem weißen Gesicht, und ihr Mund öffnete sich zu einem tonlosen Schrei. Denn es war jemand anders. Jemand, der ihr plötzlich grauenhaft unvertraut war.

3

»Und wie ich schon sagte, mit der Einkommensteuer und den Streiks und dem Wetter, ja, da ist es kein Wunder, wenn so viele Leute sich entscheiden, im Ausland zu leben. Tatsächlich, so sagte ich zu Oswin – das ist mein gegenwärtiger Gatte –, ich kann nicht verstehen, warum es nicht mehr tun. Finden Sie nicht auch?«

Es kam keine Antwort. Mrs. Brocas-Gill stellte verärgert fest, daß ihre Nachbarin eingeschlafen war, und wandte ihre Aufmerksamkeit den grünen und braunen Weiten Afrikas weit unter ihr zu, über die die große BOAC-Constellation einen winzigen blauen Schatten hinzog, nicht größer als ein Spielflugzeug.

Miss Caryll schlief jedoch nicht. Nur eine außergewöhnlich willensstarke Frau oder auch eine Schwerhörige hätte in Gesellschaft von Mrs. Brocas-Gill, dieser menschlichen Langspielplatte, schlafen können. Auf Victoria traf beides nicht zu. Aber sie hatte den Monolog der unermüdlichen Mrs. Brocas-Gill seit dem Start der Maschine vom Londoner Flughafen fast pausenlos ertragen. Da sie in Rom wegen eines Maschinenschadens für vierundzwanzig Stunden aufgehalten worden waren, bedeutete das, daß sie fast zwei Tage lang gezwungen gewesen war, ihr zuzuhören. Nicht einmal die Nächte hatten Mrs. Brocas-Gill zum Schweigen gebracht, denn sie hatte mit offenem Mund geschlafen und geschnarcht. Und Victoria wollte nachdenken.

Während der letzten drei Wochen hatte sie sich nicht viel Zeit zum Nachdenken zugestanden. Da sie ihre Entscheidung einmal gefällt und Tante Emily mitgeteilt hatte, sie nehme ihr Angebot an, hatte es wenig Sinn zu grübeln. Außerdem hatte sie sich noch um Hunderte von Dingen kümmern müssen. Aber sie hatte ja den Flug nach Kenia vor sich, vierundzwanzig Stunden, in denen sie ruhig im Flugzeug sitzen und nichts zu tun haben würde. Dann war Zeit genug, das Durcheinander in ihrem Kopf zu klären, der Vergangenheit ins Gesicht zu sehen – und der Zukunft. Nur hatte sie nicht mit Mrs.

Brocas-Gill gerechnet. Und jetzt flogen sie über Afrika, und der dunkle Kontinent breitete sich unter ihnen aus. Bis zum Flughafen von Nairobi war es nur noch eine halbe Stunde.

Eine halbe Stunde! dachte Victoria entsetzt. Eine halbe Stunde, in der sie mit sich ins reine kommen und sich darauf vorbereiten mußte, Eden wiederzusehen. All das hatte sie in den letzten drei Wochen feige verdrängt, und seit mehr als fünf Jahren hatte sie sich gezwungen, nicht daran zu denken. Eine halbe Stunde...

Es war schwer, sich an eine Zeit zu erinnern, in der sie Eden DeBrett noch nicht geliebt hatte. Sie war fünf an dem Tag gewesen, als sie Falda, das kleine Zebra, das ihr Vater für sie gefangen und gezähmt hatte, dazu bringen wollte, über das Rindertor an einem der Wasserlöcher zu springen. Falda hatte darauf sehr unfreundlich reagiert, und Victoria fiel kopfüber in den zertrampelten Matsch bei den Wassertrögen. Ihr blieb nicht nur die Luft weg, sie verdarb auch das saubere Baumwollkleid, in dem sie zu einer Lunch-Party hatte erscheinen sollen.

Eden, neun Jahre alt, war damals über das Wochenende zu Besuch bei seiner Großtante Helen und rettete die Situation. Er zog Victoria aus dem Dreck, trocknete ihre Tränen mit einem schmierigen Taschentuch und regte die sofortige Entfernung von Kleidern, Schuhen und Söckchen und ihre – sowie Victorias – Waschung in den Viehtrögen an.

Sein Rat war mit ausgezeichnetem Resultat befolgt worden. Als der Gong ertönte, war sie imstande, in einem zerknitterten, aber zweifellos sauberen Kleid sittsam zum Haus hinaufzugehen. Niemand merkte, daß die Glätte der langen braunen Zöpfe zum Teil auf ihre Feuchtigkeit zurückzuführen war. Edens überlegene männliche Intelligenz hatte sie vor der Katastrophe gerettet, und von dem Tag an war er Victorias Held.

Sie war ein unscheinbares kleines Mädchen gewesen mit der Neigung zu stottern, wenn sie schüchtern oder aufgeregt war, dünn und langbeinig und sehr braun. Braune, sonnenverbrannte Haut, braune Augen und langes glattes braunes Haar. Aber obwohl es sie nicht interessierte, daß es ihr selbst an Schönheit mangelte, war sie von Edens Schönheit tief beeindruckt gewesen.

Schon als Kind war Eden DeBrett schön, und als er heranwuchs, verlor er im Gegensatz zu so vielen anderen Kindern diese Schönheit nicht. Tatsächlich schien sie zuzunehmen, und sie hatte Wirkung auf jeden, der ihn sah. Deshalb gab es nur wenige Leute, wenn überhaupt welche, die erkannten, wie er wirklich war. Oder, um gerecht gegen ihn zu sein: Ihr Urteil wurde stets von seinem hinreißend guten Aussehen abgelenkt.

Er war zehn, als Em ihn ungeachtet ihrer Gefühle nach England auf eine berühmte Schule schickte. Die sechs Jahre alte Victoria stand mit ihren Eltern auf dem Bahnsteig in Nairobi, um ihm Lebewohl zu sagen. Und sie weinte bitterlich und unbeherrscht.

Ihr fröhlicher, charmanter Vater war zwei Monate später gestorben. Die Tragödie seines Todes, der Verkauf der Farm und der Jammer, Kenia verlassen zu müssen – sogar der Abschied von ihren Ponys und dem lieben fetten freundlichen Falda –, waren sehr gelindert worden von dem Gedanken, daß sie Eden wiedersehen würde. Denn es war zwischen Em und Helen ausgemacht worden, daß Eden für die Weihnachts- und Osterferien zu den Carylls fuhr. Einmal im Jahr sollte er nach Kenia zurückkehren und die zwei Monate Sommerferien auf *Flamingo* verbringen.

In Wirklichkeit war er für die nächsten sechs oder sieben Jahre in sämtlichen Ferien mit den Carylls zusammen und besuchte Em und *Flamingo* zwischendurch nicht. Denn auf der Weltbühne wurde eine Tragödie im Ausmaß eines homerischen Epos gespielt, und der Krieg vernichtete Pläne ebenso wie zahllose Leben.

Eden war nicht mehr an die Front gekommen, aber er hatte seiner Wehrpflicht bei den Besatzungstruppen in Deutschland genügt. Danach kamen drei Jahre in Oxford, in denen die Verbindung mit den Carylls beinahe abriß, denn in den Ferien flog er von London nach Nairobi und blieb bei Em in Kenia. Victoria hatte ihn ein ganzes Jahr nicht mehr gesehen, als Em plötzlich ihre Absicht ankündigte, England zu besuchen und bei ihrer Halbschwester zu wohnen. Sie und Eden würden den Juli und August bei Helen statt auf *Flamingo* verbringen.

Victorias Tante Emily, die Edens Großmutter war, sah genauso aus, wie Victoria sie in Erinnerung hatte. Nur hatte sie mit Rücksicht auf die Nachkriegsnerven der Inselbewohner auf ihre Kenia-Tracht mit scharlachroten Kattunkleidern verzichtet und sich nüchtern und etwas enttäuschend in ein braunes Hemdblusenkleid geworfen. Es roch nach Mottenkugeln und erinnerte an die goldenen zwanziger Jahre.

Eden kam zwei Tage später, und er betrachtete Victoria, als sehe er sie zum ersten Male – als habe er sie nie zuvor gesehen.

Sie hatte Rosen geschnitten, und ihre Arme waren voll der üppigen Blütenpracht mit ihrem reizenden Rosa. Das war Zufall und keine Absicht, denn Eden wurde erst zwei Stunden später erwartet. Sie errötete unter Edens verblüfftem Blick, und Eden hatte töricht gesagt: »Vicky –! Was ist denn mit dir passiert? Du bist – du bist ja erwachsen geworden.«

Darüber mußten sie beide lachen, und er beugte sich vor und küßte sie über die Rosen hinweg. So verliebten sie sich ineinander.

Nein, das stimmt nicht, dachte Victoria. Wenigstens stimmte es nicht in ihrem Fall, denn sie hatte sich viele Jahre früher in Eden verliebt, als er sie aus dem Schlamm bei den Viehtrögen gezogen und ihre Tränen mit einem Taschentuch getrocknet hatte, das nach Teerseife und Kaugummi roch. Und sie hatte nie aufgehört, ihn zu lieben.

Eden war es, der sich an jenem Tag verliebte. Wirklich? War es nur Zuneigung für jemanden gewesen, den er sein Leben lang gekannt hatte? Die Stimmung eines Sommerabends und ein hübsches Mädchen in einem gelben Kleid, den Arm voller Rosen? Irgendein hübsches Mädchen? Nein! dachte Victoria. Nein. Das ist nicht wahr. Er hat mich wirklich geliebt. Doch! Ich habe mich damals nicht getäuscht.

Es war ein verzauberter Sommer gewesen. Sie gingen zusammen zum Tanzen und zum Dinner aus, sie machten Spaziergänge und unterhielten sich und planten ihr gemeinsames Leben. Em war erfreut gewesen. Victorias Mutter billigte Heiraten zwischen Verwandten jedoch nicht und hatte sich von Anfang an dagegengestellt.

»Ich würde dir zustimmen, wenn sie Vetter und Cousine ersten Grades wären«, sagte Em, »aber das sind sie nicht.«

»Eden hat das Blut der Beaumartins«, stellte Helen unglücklich fest.

»Und das der Carterets, der Brooks und der DeBretts ebenfalls! Das ist eine hervorragende Mischung.«

Helen verlangte einen Aufschub. Eden war erst dreiundzwanzig und Victoria vier Jahre jünger. Sie konnten es sich leisten zu warten. Eden sollte einen Jahreslehrgang auf einem landwirtschaftlichen College mitmachen, um sich auf die Übernahme von *Flamingo* vorzubereiten. Seine Jahre in Oxford hatten ihn bereits darauf vorbereitet, so hoffte seine Großmutter, eines Tages in dem Land seiner Geburt, ihrer Wahlheimat, ein politisches Amt zu übernehmen.

»Es ist ein Kenianer der zweiten Generation«, sagte Em, »und von denen gibt es nicht viele. Die Kolonie braucht für die Verwaltung Männer, die das Land lieben.«

Da Helen es so wünschte, gab es keine offizielle Verlobung und keine Anzeigen an Freunde. Em kehrte nach Kenia zurück, als der Sommer zu Ende war, und Victoria widmete sich weiter ihrem Sekretärinnenkurs. Denn, so sagte sie zu Eden, so würde sie auf *Flamingo* einmal eine nützliche Hilfe sein.

Sie wollten heiraten, wenn Eden vierundzwanzig war, und er hatte tatsächlich eine Woche vor seinem vierundzwanzigsten Geburtstag geheiratet. Aber nicht Victoria, sondern Alice Laxton. Fünf Jahre war das her… Doch noch heute brachte der Gedanke daran etwas von dem Schmerz und der Qual dieser Tage zurück.

Es war plötzlich und ohne Warnung geschehen. Eden hatte eines Nachmittags ihre Mutter besucht und war gegangen, ohne auf Victoria, die nicht zu Hause war, zu warten. Helen hatte blaß und aufgeregt ausgesehen, aber nur gesagt, Eden habe nicht bleiben können, weil er das Wochenende mit Freunden in Sussex verbringe. Er werde schreiben.

Der Brief kam drei Tage später, und Victoria erinnerte sich noch an jede einzelne Zeile, als habe er sich in ihr Gehirn eingebrannt. Sie hätten einen Fehler gemacht, schrieb Eden, und verwandtschaftliche Zuneigung und Freundschaft für etwas Tieferes gehalten. Nichts könne jene Zuneigung und Freundschaft ändern, und er kenne sie zu gut, um nicht überzeugt zu sein, wenn sie ihm jetzt nicht beipflichte, werde sie es eines Tages tun. Eines Tages werde sie sich in einen anderen verlieben, wie es ihm geschehen sei, und dann würden ihre Gefühle für ihn an ihren angemessenen Platz rücken. Und da sie nie richtig verlobt gewesen seien, sei keiner von ihnen öffentlich bloßgestellt.

Wie es ihm selbst geschehen sei... Angesichts dieser Feststellung blieb Victoria nichts anderes übrig, als ihm ohne jede Hysterie eine Antwort zu geben, in der sie das Unvermeidliche akzeptierte und seine Entscheidung als richtig hinstellte. Sie hatte ihren Stolz und wahrscheinlich auch Edens Gewissensruhe gerettet, indem sie so handelte. Es fragte sich nur, ob das eine oder das andere es wert war.

Helen war erleichtert und machte keinen Versuch, das zu verbergen. »Ich halte Heiraten unter Verwandten überhaupt nicht für angebracht«, erklärte sie. »Inzucht hat noch nie Gutes bewirkt.«

Em schrieb aus Kenia. Ganz offensichtlich hatte sie sich Edens Ansicht zu eigen gemacht, der Bruch sei gegenseitig gewesen. Der Brief war lieb und drückte tiefes Bedauern aus, und er endete mit der Hoffnung, sie möchten es sich noch einmal überlegen. Aber an dem gleichen Morgen, als der Brief ankam, brachten *The Times* und der *Daily Telegraph* die Anzeige der Verlobung von Eden mit Alice Laxton, und nicht einmal einen Monat später waren sie verheiratet.

Oh, die Pein dieser Tage! Das qualvolle Gefühl des Verlustes. Der Schock, als sie zufällig beim Friseur eine Illustrierte öffnete und ihr ein ganzseitiges Foto von Eden und seiner Braut entgegenstarrte, wie sie die Kirche St. George, Hanover Square, verließen. Eden, ernst, ohne Lächeln und so herzzerreißend schön wie der Traum jeder Frau von ihrem Märchenprinzen. Und Alice, eine anonyme Gestalt in weißem Satin, deren Gesicht zum Teil von dem Brautschleier verdeckt war.

»Sieht besser aus als Robert Taylor oder sonst ein Filmstar«, sagte die Friseuse, Victoria über die Schulter spähend. »Der müßte beim

Film sein, wirklich! Die reine Verschwendung. Die Braut finde ich nicht so besonders – was meinen Sie? Kann mir nicht vorstellen, wie sie ihn sich geangelt hat. Geld, nehme ich an. In den Zeitungen heißt es, sie habe jede Menge davon. Ich wünschte, ich hätte es!«

Jede Menge Geld... Hatte Eden sie deswegen geheiratet? Nein, so schlecht konnte er einfach nicht sein! Nicht Eden. Aber *Flamingo,* das wußte Victoria, hatte in letzter Zeit Verluste gehabt, und Eden besaß einen kostspieligen Geschmack. Em hatte ihn verzogen. Es wäre schön, wenn sie glauben könnte, er habe Alice Laxton nur des Geldes wegen geheiratet. Denn dann könnte sie ihn verachten und Mitleid mit seiner Frau haben, und sie hätte einen Trost für ihren eigenen verletzten Stolz gehabt. Doch was war der verletzte Stolz im Vergleich zu der Qual in ihrem Herzen? Ich will nicht mehr an ihn denken, entschied Victoria. Ich werde mir nicht mehr gestatten, noch einmal an all das zu denken.

Es war nicht leicht gewesen, diesen Schwur zu halten. Harte Arbeit hatte geholfen. Endlich kam eine Zeit, wo die Erinnerungen wenigstens nicht jedesmal, wenn sie müde war oder nicht achtgab, in ihr aufstiegen und sie quälten. In den letzten Monaten, bevor ihre Mutter starb, hatte Victoria nicht mehr an die Vergangenheit oder an Eden gedacht, und danach war sie imstande gewesen, seinen Beileidsbrief zu lesen und darauf zu antworten, als bedeute Eden ihr nicht mehr als die Absender eines Dutzends anderer Kondolenzschreiben. Sie verkaufte das Haus und nahm eine Stellung als Sekretärin in London an. Und dann traf dieser unerwartete Brief aus Kenia ein.

Einen Brief dieser Art hatte Em noch nie geschrieben. Victoria las zwischen den Zeilen eine seltsame und beunruhigende Dringlichkeit heraus. Die gleiche Dringlichkeit, die Victorias Mutter manchmal gezeigt hatte, wenn sie etwas unternehmen oder etwas sehen wollte und fürchtete, sie werde vor ihrem Tod keine Zeit mehr finden, es zu tun. Diese Angst war gleichzeitig unheimlich und mitleiderregend. Aber Ems Brief verriet noch etwas anderes. Victoria gelang es nicht ganz, es zu fassen, und das beunruhigte sie um so mehr.

Der Brief hatte nur eine einzige Anspielung auf die Vergangenheit enthalten: »Du weißt, daß ich Dich nie einladen würde, wäre ich nicht ganz sicher, daß Du und Eden Euch als Freunde gegenübertreten könnt. Und ich bin überzeugt, seine Frau wird Dir gefallen. Alice ist ein so liebes Mädchen, aber stark ist keine von uns beiden, und meine Kräfte lassen erheblich nach. Ich brauche Hilfe.«

Em hatte vorsorglich für sie einen Platz in einer Linienmaschine reserviert, die am 23. des Monats nach Nairobi flog. Das bedeutete, daß Victoria sich sofort entschließen mußte, denn die Fluggesellschaft wollte möglichst schnell die feste Buchung vornehmen. Hatte Em es deswegen getan? Damit sie gezwungen war, ihren Entschluß schnell zu fassen, und nicht schwanken und zögern konnte? Fürchtete auch Em sich davor, zu bald zu sterben, und war sie sich wie Victorias Mutter bewußt, daß es später war, als sie dachte?

Und nun, so kurz vor ihrer Ankunft in Nairobi, träumte sie von dem schönen Rifttal und dem Leben, das vor ihr lag. Sie dachte an die ungeheuren sonnendurchglühten Weiden, wo die Rinder grasten und die Zebra- und Gazellenherden ungehindert unter den blauen Wolkenschatten umherstreiften, die so träge dahinzogen wie Segelschiffe auf einem Sommermeer. Es würde wundervoll sein, das wiederzusehen. Es würde wie ein Nachhausekommen sein. *Flamingo* sollte ein Zuhause für sie werden. Tante Emily hatte es geschrieben. Tante Emily brauchte sie, und es war so tröstlich, wieder gebraucht zu werden. Was Eden betraf, so war er glücklich verheiratet, und Alice war »ein so liebes Mädchen«. Gras war über das Vergangene gewachsen. Sie brauchte nicht mehr daran zu denken.

Die Stewardeß forderte die Passagiere auf: »Bitte schließen Sie die Sicherheitsgurte«, und Mrs. Brocas-Gill sagte: »Wachen Sie auf, Liebes. Wir landen gleich. Geht es Ihnen nicht gut? Sie sehen sehr blaß aus.«

»Doch, mir geht es gut«, antwortete Victoria ein wenig gepreßt. »Danke. Es ist nur, daß –«

Das Flugzeug kippte über eine leuchtende Tragfläche, und der Boden raste ihm entgegen. Und dann flogen sie über Dächer und Bäume und Gras und holperten eine lange Landebahn entlang.

Victoria hatte plötzlich ein Gefühl der Unruhe und dachte verzweifelt und völlig sinnlos: »Ich hätte nicht kommen sollen! Ich hätte nicht kommen sollen! Was tue ich, wenn ich Eden sehe? Es ist nicht vorbei – es wird nie vorbei sein! Ich hätte nicht kommen sollen…«

4

Die Sonne lag gleißend auf den weißen Mauern des Flughafens. Sehr viele Leute schienen auf die Ankunft der Maschine gewartet zu haben. Aber keine Spur von Lady Emily oder von Eden.

Ein kleiner stämmiger Mann mit rotem Gesicht und kahlem Kopf, der einen unglaublich zerknitterten Anzug und erstaunlicherweise einen Revolver in einem großen Lederhalfter trug, winkte hinter der Schranke begeistert mit seinem weißen Panamahut und brüllte jemandem namens »Pet« einen Willkommensgruß zu.

»Da ist Oswin«, sagte Mrs. Brocas-Gill.

»Ihr habt Verspätung!« rief Mr. Brocas-Gill, damit eine offensichtliche Tatsache feststellend. »Hatte dich gestern erwartet.«

Er umarmte seine Frau und wurde Victoria vorgestellt. »Gott im Himmel!« sagte Mr. Brocas-Gill. »Jack Carylls Tochter. Ich erinnere mich noch gut an Ihren Vater – nein, verdammt, ich erinnere mich sogar noch an Sie! Ein dünnes kleines Ding mit Zöpfen. Ritt immer auf einem Zebra. Freut mich, daß Sie wieder hier sind.«

Er nahm seiner Frau einen Kosmetikkoffer und eine Reisetasche ab und trottete neben den beiden Damen in die klimatisierte, angenehm kühle Halle des Flughafengebäudes.

»Bei wem werden Sie wohnen? So, bei Em. Hmm. Sie ist aber nicht hier, oder? Verstehe ich nicht! Dumme Geschichte. Zeigt einem, daß man ja nicht zu selbstgefällig werden darf. Wer holt Sie ab?«

»Ich weiß es nicht«, gestand Victoria unsicher.

»Nun ja, irgendwen werden sie sicher schicken. Vorerst kümmern wir uns um Sie. Hei! Pet –!« Er rannte seiner Frau nach, die sich von ihm getrennt hatte, um eine Freundin zu begrüßen.

Victoria, allein zurückgelassen, sah sich mit einiger Verzweiflung um. Sie suchte nach einem bekannten Gesicht, bis ihr ein Mann auffiel, der soeben die Halle betreten hatte und die eingetroffenen Passagiere musterte, als halte er nach jemandem Ausschau.

Er war ein großer, schlanker, sonnenverbrannter Mann Anfang dreißig, der sich trotz seiner Länge mit eigenartig lässiger Grazie bewegte. Irgendwie erinnerte er an die gängige Vorstellung von einem Cowboy. Diese Wirkung wurde verstärkt durch einen Revolver, der ihm ebenso wie Oswin Brocas-Gill vom Gürtel hing. Aber hier endete die Ähnlichkeit mit einem Cowboy, denn der Schnitt seines mit eleganter Sorglosigkeit getragenen Jacketts, ein scharfer Kontrast zu Oswins zerknautschten Sachen, sprach überdeutlich von der Savile Row, während seine Schuhe zweifellos handgenäht waren – allerdings nicht in Kenia.

Es war jedoch nicht sein Aussehen, das Victorias Aufmerksamkeit erregt hatte, sondern die Tatsache, daß er sie mit Interesse und nicht zu verkennender Abneigung betrachtete. Männer sahen Victoria im allgemeinen mit Interesse an. Das hatten sie ungefähr ab ihrem sechzehnten Geburtstag immer häufiger getan, so daß es für sie nichts Neues war. Neu war die Abneigung. Kein Mann hatte sie je zuvor mit einem so kalten, kritischen Blick gemessen wie dieser Herr da am Eingang. Unwillkürlich versicherte Victoria sich, daß ihr Unterrock nicht etwa unter ihrem Rock vorguckte oder ihre Strümpfe nicht zusammenpaßten. Sie war noch mit dieser ängstlichen Überprüfung beschäftigt, als er die Halle durchquerte und sie ansprach.

»Sind Sie Miss Caryll?«

Es war eine angenehme Stimme – beziehungsweise wäre sie angenehm gewesen, wenn sich in Victoria nicht die Überzeugung festgesetzt hätte, daß dieser Mann etwas gegen sie hatte.

»J-ja«, antwortete Victoria verlegen durch diese Mißbilligung und ihr Stottern.

Der Mann nahm ihr stillschweigend das Köfferchen ab. »Mein Name ist Stratton. Lady Emily bat mich, Sie abzuholen. Geben Sie mir Ihren Paß, die Einreiseerlaubnis und alles übrige, und ich werde jemanden finden, der die Formalitäten erledigt. Haben Sie Geld bei sich?«

»Ein bißchen.«

»Sie werden es in die hiesige Währung umtauschen müssen.«

Er streckte die Hand aus, und Victoria überließ ihm gehorsam ihre Tasche.

»Bleiben Sie hier. Sie können sich ja auf das Sofa da setzen«, sagte Mr. Stratton und verließ sie.

Victoria folgte seinem Rat und sah seinem entschwindenden Rücken mit einer Mischung aus Entrüstung und Erleichterung nach. Sie konnte sich nicht vorstellen, warum Tante Emily diesen voreingenommenen Fremden geschickt hatte, um sie abzuholen. Aber wenigstens war es nicht Eden.

So wie jetzt hatte sie sich noch nie gefühlt. So durcheinander und unsicher und so voll Angst, verletzt zu werden. Nun, das war ganz allein ihre Schuld. Sie hatte sich geweigert, den Dingen ins Auge zu sehen, solange noch Zeit war, und nun war es zu spät. Victoria ließ sich auf dem Sofa zurücksinken und lehnte ihren Kopf an die Wand dahinter. Sie war sich nicht bewußt, wie blaß und erschöpft sie aussah.

Eine massige Gestalt, von der eine überwältigende Welle eines teuren Parfums ausging, beugte sich über sie. Mrs. Brocas-Gill war wieder da, und sie atmete schnell, als sei sie gerannt.

»Ah, ich sehe, daß Sie es gehört haben«, keuchte Mrs. Brocas-Gill. »Ist das ein schrecklicher Empfang für Sie! Entsetzlich!«

Victoria raffte sich mühsam wieder aus dem Sofa hoch, bemühte sich, ihre flatternden Gedanken zu sammeln, und berichtete: »Tante Emily hat jemanden geschickt, um mich abzuholen. Einen Mr. Stratton.«

»Oh, Drew«, antwortete Mrs. Brocas-Gill. »Ich wundere mich, daß sie nicht Gilly Markham geschickt hat. Er ist ihr Verwalter, wissen Sie. Ich habe Ihnen doch von ihm erzählt. Meiner Meinung nach wäre er am geeignetsten gewesen, Ihnen zu – aber ich vermute, daß keiner der Bewohner von *Flamingo* heute abkömmlich war. Zu gräßlich für Sie, meine Liebe. Oh, da bist du ja, Oswin. Ist es nicht einfach grauenhaft?«

»Ja, ja, ja!« Mr. Brocas-Gill drückte seiner Frau Pässe und Einreiseerlaubnisse in die Hand. »Fang nicht wieder von vorn damit an. Hallo, Drew. Was tun Sie denn hier? Oh, Sie holen Jacks

Tochter ab, stimmt's? Gut. Sehr gut! Wollte mich selbst um sie kümmern, bis irgendwer auftaucht. Ich dachte mir, daß Em natürlich nicht kommen würde. Bei Drew sind Sie bestens aufgehoben, meine Liebe. Wir besuchen Sie einmal. Komm schon, Pet! Habe keine Lust, den ganzen Tag hier herumzuhängen.«

Er ergriff seine Frau am Arm und zerrte sie weg. Mr. Stratton führte Victoria in den Zollschuppen und sagte: »Hier ist Ihr übriges Gepäck. Haben Sie die Schlüssel? Es könnte sein, daß Sie es öffnen müssen.«

Fünf Minuten später war sie wieder draußen im hellen Sonnenlicht und wurde durch ein häßliches Slumviertel und wenig verlokkende Basare vom Flughafen weggefahren.

Nichts an diesen abstoßenden, überfüllten Straßen kam Victoria bekannt vor, nichts brachte eine Saite ihrer Erinnerung zum Klingen. Und als sie die Stadt hinter sich ließen und Eukalyptusbäume und leuchtende Massen von Bougainvilleen die ärmlichen Hütten und Ladenfronten ersetzten, erhaschte sie zwischen den grünen Bäumen Blicke auf saubere weiße Häuser mit roten Dächern, die auch noch nicht dagestanden haben konnten, als sie vor mehr als sechzehn Jahren zuletzt durch Nairobi gefahren war. Sie waren ganz und gar britisch und ließen eher an Welwyn Garden City als an das dunkelste Afrika denken.

Endlich sprach Mr. Stratton. Seit Verlassen des Flughafens brach er damit zum ersten Mal das Schweigen.

»Wie ich annehme, haben Sie das Telegramm Ihrer Tante nicht erhalten? Das hat sie befürchtet. Deshalb bat sie mich, zum Flughafen zu fahren, für den Fall, daß Sie in der Maschine seien.«

»Für den Fall? Das verstehe ich nicht. Was für ein Telegramm?«

»Soviel ich weiß, schickte sie eins an die Anschrift Ihrer Bank, da sie dachte, Sie würden die letzten paar Tage vielleicht bei Freunden wohnen.«

»Das habe ich«, antwortete Victoria bestürzt. »Aber warum hat sie telegrafiert? Wollte sie nicht, daß ich komme?«

»Kaum, zu einem solchen Zeitpunkt. Schließlich ist es eine scheußliche Geschichte, in die Sie da hineingeraten.«

»Was für eine Geschichte?« forschte Victoria. »Ist Tante Emily krank?«

Mr. Strattons Kopf fuhr ruckartig zu ihr herum, und der Wagen kurvte über die Straße, als habe er das Lenkrad verrissen. Ungläubig fragte er: »Wollen Sie damit sagen, daß Sie es nicht wissen? Sicher haben doch die Brocas-Gills – Ja, hat es denn nicht in den englischen Zeitungen gestanden?«

»Was soll in den englischen Zeitungen gestanden haben?« Victorias Augen wurden groß vor Schrecken. »Tante Em... Eden! Er ist doch nicht –«

»Nein«, sagte Mr. Stratton kurz. »Er ist gesund. Es ist seine Frau. Sie wurde vor drei Tagen ermordet. Tut mir leid. Ich dachte, Sie wüßten Bescheid. Es wurde in den BBC-Nachrichten gebracht, und es muß in den englischen Zeitungen gestanden haben.«

»Nein«, stammelte Victoria. »Ich meine – ich habe mir die Nachrichten nicht angehört. Es gab so viel zu tun. Und die Zeitungen – habe ich nicht in die Hand bekommen. Wie ist es geschehen? Erzählen Sie es mir, bitte. Ich möchte es lieber jetzt hören. Bevor ich... Tante Emily begegne.«

Sie hatte einen Augenblick gezögert, bevor sie den Namen ihrer Tante aussprach, als hätte sie eigentlich einen anderen nennen wollen. Mr. Stratton, dem niemals etwas entging, hatte es wohl gemerkt. Er wandte sich ihr zu und sah sie an. Und wieder lag ganz deutlich Abneigung in der harten Linie seines Mundes und dem kalten Blick seiner normalerweise freundlichen blauen Augen.

Er sah wieder weg und erklärte kurz: »Alice – Mrs. DeBrett – wurde im Garten Ihrer Tante ermordet. Sie wurde mit einer Panga, einem schweren Buschmesser, das die Afrikaner zum Holzhacken und Grasschneiden benutzen, erstochen. Ihre Tante fand sie. Es kann kein angenehmer Anblick gewesen sein, und obwohl sie bewunderungswürdige Haltung zeigt, war sie doch absolut nicht in der Verfassung, über hundert Meilen nach Nairobi und zurück zu fahren, um Sie abzuholen. Und Eden auch nicht. Erst der Schock, dann Polizei und Presse überall auf dem Grundstück – es ist eine schwere Zeit für beide. Und außerdem ist heute vormittag die Beerdigung.«

Victoria antwortete nicht. Wieder streifte er sie mit einem schnellen Blick und empfand flüchtige Gewissensbisse beim Anblick ihres blassen Gesichts. Sie sah ein Gutteil jünger aus, als er erwartet hatte, aber sie mußte mindestens vierundzwanzig sein, wenn sie mit Eden DeBrett verlobt gewesen war, bevor er Alice heiratete. Durchaus alt genug, um Rücksicht auf die Gefühle seiner Frau zu nehmen, die sich kaum über den Gedanken gefreut haben konnte, die ehemalige Verlobte ihres Mannes als ständige Hausgenossin zu bekommen.

Drew hatte Alice gemocht, und sie hatte ihm leid getan. Und wenn er an ihr ausgehöhltes, hilfloses Gesicht und ihren gehetzten Blick dachte, hielt er nicht viel von Miss Caryll, deren Erscheinen ihm vulgär und taktlos, wenn nicht gar absichtlich grausam vorkam.

Endlich sagte Victoria mit einer Stimme, die neben dem Brummen des Motors kaum hörbar war:

»Ich dachte, es sei alles vorbei. Die Krise, meine ich. Mrs. Brocas-Gill behauptete es. Aber wenn die Mau-Mau immer noch Menschen ermorden –«

»Es gibt keinen Grund für die Annahme, daß es ein Mau-Mau-Verbrechen war«, stellte Drew knapp fest. »Das gibt nur eine bessere Schlagzeile in der Presse ab.«

»Aber wer –?«

»Gott weiß! Ein Wahnsinniger. Oder jemand mit einem eingebildeten Groll. Man kann nie wissen, was im Kopf eines Afrikaners vor sich geht. Und auf *Flamingo* hat es in letzter Zeit eine Reihe merkwürdiger und unerfreulicher Ereignisse gegeben.«

»Ich wußte, irgend etwas stimmte nicht«, flüsterte Victoria, und wieder drehte Drew seinen Kopf scharf nach ihr um.

»Warum sagen Sie das?«

»Es war – es war Tante Ems Brief. Sie fragte mich, ob ich zu ihr kommen wolle. Sie werde zu alt, um ohne Hilfe fertigzuwerden, und Eden sei nicht – und sie wolle lieber jemanden aus der Verwandtschaft haben als eine Fremde. Wissen Sie, meine Mutter war ihre einzige Schwester, und sie hatten sich sehr gern. Aber die

Art, wie sie schrieb, machte mich stutzig. Als bedrücke sie etwas, das – oh, ich weiß es nicht. Es war wirklich ein merkwürdiger Brief. Er machte mir fast Angst.«

»Wieso?«

»Nun, vielleicht nicht gerade Angst. Unbehagen. Sie schrieb, als brauche sie mich dringend. Und sie ist immer sehr gut zu mir gewesen. Mein Vater hinterließ nicht viel Geld, und ich weiß, daß Tante Em zu dem Schulgeld beigesteuert hat. Deshalb bin ich hergekommen.«

»War das Ihr einziger Grund?«

»Nein«, antwortete Victoria. Sie blickte hinauf zu dem blauen Himmel und in das gleißende Sonnenlicht und dachte an den Londoner Regen und Nebel und ihre Sehnsucht, wieder unter dieser heißen Sonne und diesem weiten Himmel zu leben. Ihr schöner Mund verzog sich zur Andeutung eines Lächelns, und sie sagte leise: »Nein. Da waren noch andere Gründe.«

»Das habe ich mir gedacht«, brummte Mr. Stratton wenig liebenswürdig.

Victoria sah ihn erstaunt an, verwirrt von seiner Feindseligkeit. Nach einer Weile fragte sie schüchtern: »Was meinen Sie mit den merkwürdigen und unerfreulichen Ereignissen auf *Flamingo*? Was hat sich da abgespielt?«

»Eine oder mehrere unbekannte Personen haben Besitztümer Ihrer Großtante in einer Weise zerstört, die man für gewöhnlich mit Poltergeistern verbindet – oder Hausmädchen mit zwei linken Händen.«

»Ein Poltergeist? Das können Sie doch nicht glauben!«

»Tue ich auch nicht. Ich beginne, an böse Geister zu glauben, wenn alle Möglichkeiten des bösen menschlichen Elements ausgeschaltet worden sind, und nicht eher! Ihre Tante muß verrückt gewesen sein, daß sie nicht sofort nach der Polizei schickte. Sie liefert den Behörden allerdings schon seit fünf Jahren ein Nachhutgefecht wegen ihrer Kikuju-Diener, und ich vermute, sie wollte Greg und dem Kommandeur keine Chance geben, sie alle zu verhören und eine Handvoll unter Verdacht ins Gefängnis zu sperren. Das Problem ist ihre Dickköpfigkeit. Wenn sie sich einmal zu einem bestimmten Verhalten entschlossen hat, bleibt sie auch dabei. Sie sagt jetzt, ihr sei klar, daß es einer der Hausdiener gewesen sein müsse, aber ob dieser oder jener, er habe bestimmt auf Befehl gehandelt oder sei erpreßt worden.«

»Aber warum? Warum sollte einer das tun?«

Mr. Stratton zuckte die Schultern. »Während der Krise wurde *Flamingo* von einer Mau-Mau-Bande angegriffen. Ihre Tante wehrte sie damals ab und tötete mehrere Männer. Einer der Toten soll ein Verwandter des Mannes gewesen sein, der sich selbst General Afrika nennt und immer noch in Freiheit ist. Deshalb ist es nicht ganz unmöglich, daß es sich um einen privaten Rachefeldzug des Generals handelt. Er hat immer zu den listigsten unter den Mau-Mau-Anführern gehört. Schon seit mehreren Jahren kursiert das Gerücht, er sei die ganze Zeit und auch heute noch auf einer der Farmen im Gebiet um den Naivasha-See angestellt.«

»Sie meinen – Sie können doch nicht meinen, daß irgendein Siedler auf seiner Seite steht und ihn versteckt?« fragte Victoria ungläubig.

»Guter Gott, nein! Wenn das wahr ist, so hat sein Arbeitgeber bestimmt keine Ahnung von seiner wirklichen Identität und daß er sich auf diese Weise tarnt. Bei Tag spielt er einen treuen und wahrscheinlich etwas geistesschwachen Hausgenossen, und des Nachts organisiert er Gefängnisausbrüche und Viehdiebstähle und plant blutigen Mord.«

»Das kann nicht sein!«

»Warum nicht? Es existiert keine Fotografie von ihm, und wenn er gesehen wurde, trug er jedesmal eine Maske. Ein Viereck aus roter Seide mit eingebrannten Löchern für Augen, Nase und Mund. Niemand hat bisher sein Gesicht gesehen. Deshalb ist es durchaus möglich, daß er ganz offen umhergeht und von niemandem verdächtigt wird. Ebenso möglich ist es, daß er diese Poltergeist-Geschichte auf *Flamingo* als ein Vorspiel zum Mord geplant und irgendwen durch Einschüchterung gezwungen hat, sie auszuführen. Nach allem, was man von ihm hört, ist er intelligent genug, eine ganz subtile Rache auszuarbeiten.«

Victoria erschauerte trotz der heißen Sonne. »Ich sehe gar nichts Subtiles darin, wenn ein Mensch mit einer Panga ermordet wird!«

»Es ist nicht die Methode«, erwiderte Drew ungeduldig. »Es ist der Mord selbst, der den Höhepunkt einer Folge von schäbigen Gemeinheiten bildet. Wäre Mrs. DeBrett sozusagen aus heiterem Himmel ermordet worden, wäre das grauenhaft genug gewesen. Es hätte jedoch nicht halb soviel Wirkung gehabt wie dies. Besonders auf eine Frau von Lady Emilys Temperament. Em kann eine rechte Gerade einstecken und überleben, während diese schleichende, sich steigernde Bösartigkeit sie verängstigt. Es ist eine Art Aufweichungsprozeß. Fängt mit kleinen Dingen an und wird nach und nach grausamer. Zunächst dachte sie, man wolle sie wegekeln und zum Verkauf ihres Besitzes zwingen. Doch als ihr Hund vergiftet wurde, hätte sie gewarnt sein müssen. Gilly Markham sagte, der Unbekannte ›schieße sich ein‹. Auch ihn hat inzwischen die Angst erfaßt. Er ist der Verwalter auf *Flamingo.*«

Sie fuhren durch das Kikuju-Reservat, und endlich kam Victoria die Landschaft etwas vertraut vor: terrassenartige Hügelflanken und Gruppen von ordentlichen runden Bienenkorb-Hütten, Maisfelder und kleine weiße Flecken der Margeriten, aus denen Insektizide gewonnen werden, das stachlige Blattwerk der Ananas und das lebhafte Grün der Gemüsepflanzen und Bananenpalmen. Meile auf Meile von Eingeborenen-Shambas, leuchtend vor dem rotgelben Lehm und unterbrochen von Eukalyptus-Hainen. Aber Victoria hatte keine Aufmerksamkeit für die Szenerie. Sogar der Sonnenschein hatte aufgehört, warm und fröhlich zu sein. Victoria war kalt und ein bißchen übel. *Er schießt sich ein*...

Sie drehte sich mit einem Ruck ihrem Begleiter zu und fragte atemlos: »Ist es das Ende? Oder –«

Es gelang ihr nicht, den Satz zu vollenden. Aber Mr. Stratton hatte keine Schwierigkeit, sich den Rest zu denken. Er sagte:

»Ich glaube, diese Angst ist es, die Em so fertigmacht. Seit das angefangen hat, fragt man sich: ›Was geschieht als nächstes?‹ Jetzt muß man sich fragen: ›Wer ist der nächste?‹«

»Eden!« hauchte Victoria, sich nicht bewußt, daß sie den Namen ausgesprochen hatte.

Drew maß sie mit einem kalten Blick und fragte knapp: »Warum denken Sie das?«

»Wer sonst sollte es sein? Außer – außer es wäre Tante Em selbst.«

»Oh, ich weiß nicht«, erwiderte Drew mit gezielter Brutalität. »Jeder, den sie gern hat – oder der ihr nützlich ist. Oder *Flamingo.*«

»Ich glaube es nicht!« erklärte Victoria, auf einmal ganz sicher. »So etwas geschieht nicht in Wirklichkeit. Es kann alles nicht wahr sein.«

»Aber es ist so geschehen«, stellte Drew trocken fest.

»Oh, ich wollte damit nicht sagen, Edens Frau sei nicht umgebracht worden. Das ist leider wahr. Aber die anderen Dinge. Dafür wird es eine ganz gewöhnliche Erklärung geben. Schließlich werden in jedem Haushalt Gegenstände zerbrochen. Und der Hund mag Gift erwischt haben, das für Ratten bestimmt war – oder so ähnlich.«

»Denken Sie, was Sie wollen«, sagte Drew.

»Sie glauben nicht, daß es so gewesen sein könnte?«

»Nein. Ich glaube, da hat es jemand auf Ihre Tante abgesehen. Und er war sehr erfolgreich bisher, das muß man schon sagen! Hier geht es nicht nur darum, einen Siedler wegzugraulen. Nicht einmal die von den Mau-Mau Verblendeten brauchten lange, um zu erkennen: Wenn sie den einen weißen Siedler töteten, übernahm ein anderer die Farm – und nicht seine Kikuju-Diener! Wenn Em morgen stürbe und Eden den Tag darauf, würde ein anderer weißer Siedler *Flamingo* übernehmen.«

»Ich«, stellte Victoria fest.

Drews blonde Augenbrauen zogen sich in plötzlichem Erschrekken zusammen. Langsam antwortete er: »Ja, so könnte es kommen. Ich hatte vergessen, daß Sie die nächste Verwandte sind. Aber das meine ich ja. Das ist der Grund, warum ich nicht glaube, mit der ganzen Poltergeist-Aktion habe ein Großgrundbesitzer verscheucht werden sollen. Auf jeden Fall hätte jeder, der Em auch nur ein klein wenig kennt, gewußt, daß es nicht klappen würde. Wer auch immer hinter der Sache steckt, weiß aber eine Menge über sie, und besonders, wie er sie am schlimmsten verletzen kann. Das erweckt mein Interesse für die General-Afrika-Theorie. Der typische Afrikaner findet kein Vergnügen daran, einen Feind einfach zu erschießen. Er zieht es vor, ihn langsam zu töten und leiden zu sehen.«

Das darf nicht wahr sein! dachte Victoria. Und doch waren schlimmere Dinge in diesem Land geschehen, weit schlimmere Dinge. Und Mr. Stratton trug einen Revolver. Er sah nicht wie ein Mann aus, der einen Revolver trägt, ohne einen guten Grund dafür zu haben. Victoria fragte abrupt: »Was ist mit der Polizei? Sie wird doch fähig sein herauszufinden, wer es getan hat?«

»Wer Ems Nippes zerschlagen hat?« fragte Drew zurück.

»Nein. Wer Mrs. DeBrett getötet hat. Mit einem Mord kommt keiner durch!«

»Sie würden staunen, womit die Leute in diesem Land durchkommen!« sagte Drew zynisch.

»Hat denn niemand etwas gehört? Sie hat doch sicher geschrien?«

»Das nehme ich an, das arme Mädchen. Doch zufällig spielte Ihre Tante Klavier, und deshalb konnte niemand im Haus Alice hören. Ich hätte sie nie alleinlassen dürfen.«

»Sie?« fragte Victoria. »Waren Sie dort?«

»Ja«, gestand Drew bitter. »Tatsächlich war ich der letzte Mensch, abgesehen von dem Mörder, der sie lebendig sah. Ich wußte, sie nahm nie eine Schußwaffe mit, und es wurde gerade dunkel. Aber es war nur ein kurzes Stück bis zum Haus und schien ganz ungefährlich zu sein. Ich habe sogar auf das verdammte Klavier gelauscht! Nun ja – was, zum Teufel, hat es für einen Zweck, daß ich jetzt nach Entschuldigungen für mich suche? Es ist geschehen.«

Eine Ziege hatte sich auf die Straße verirrt, und er riß heftig an dem Lenkrad, um ihr auszuweichen. Dann gab er Gas, als könne er durch höhere Geschwindigkeit seinen Gedanken entfliehen.

»Es muß doch wenigstens ein paar Hinweise gegeben haben«, forschte Victoria. »Fußabdrücke – Spuren – Blutflecke. Irgend etwas!«

»Sie haben Kriminalromane gelesen«, bemerkte Drew ironisch.

»Vielleicht wird die Leiche in Büchern nicht bewegt und niemand zertrampelt den Boden, aber im wirklichen Leben geht es meistens anders zu. Ihre Tante dachte nicht an Fußabdrücke, als sie die Frau ihres Enkels tot im Garten fand. Sie konnte an nichts anderes denken, als daß sie möglicherweise noch lebte, und sie versuchte, sie ins Haus zu tragen. Das hätte sie auch beinahe geschafft. Am Ende mußte sie dann doch einen Diener zu Hilfe rufen, und bis der Kommandeur und der Arzt und Greg Gilbert und verschiedene andere Leute eintrafen, war am ›Ort des Verbrechens‹ alles ziemlich durcheinandergebracht.«

Victoria fragte: »Dann hat man überhaupt nichts gefunden?«

»Doch. Ein blutbeflecktes Kissen, das in einen der Verandasessel gehörte, lag im hohen Gras nur wenige Meter von der Stelle, wo Mrs. DeBretts Leiche gelegen hatte. Es sah aus, als sei es dort hingeworfen worden. Und man fand Spuren im Gebüsch, die vermuten lassen, daß jemand eine ganze Zeit dort gestanden und auf Alice gewartet hatte. Es läuft da ein Pfad durch die Büsche und verbindet mindestens drei der Farmen am See. Eine inoffizielle Abkürzung, die die Feldarbeiter nehmen und die auch die Mau-Mau zweifellos während der Krise benutzt haben.«

»Dann war es also doch ein Bandenmord!« rief Victoria aus.

»Vielleicht«, meinte Drew. »Aber nicht nach diesen Beweisen. Der Mann im Gebüsch hat sein Versteck nicht verlassen. Der Boden ist gerade dort ziemlich staubig, und es war leicht zu erkennen, daß er sich nur umgedreht hat und den Weg zurückgegangen ist, den er gekommen war.«

5

Der Wagen fuhr gerade ein langes, gerades Stück Straße hinunter, als Mr. Stratton plötzlich bremste. Die Reifen kreischten. Victoria wurde nach vorn geschleudert, und ihr Kopf entging nur knapp einem heftigen Aufprall an der Windschutzscheibe.

»Verzeihung«, sagte Mr. Stratton, »aber ich glaube, das war ein Freund von mir.«

Er legte den Rückwärtsgang ein, fuhr einige Meter durch die selbsterzeugte Staubwolke und hielt längs einem Wagen, der auf dem seitlichen Grasstreifen abgestellt war. Der afrikanische Fahrer bemühte sich, den Reifen zu wechseln.

Ein großer Europäer in Hemdsärmeln und einem auf den Hinterkopf gedrückten grünen Jägerhut erschien von der anderen Seite her, wischte mit einem Taschentuch Staub und Schweiß von seinem Gesicht, trat näher und stützte die Ellenbogen in das offene Fenster von Mr. Strattons Wagen.

»Ich hätte es mir denken können«, bemerkte er bitter. »Mein Gott, Drew, das nächste Mal, wenn Sie das tun, nehme ich Sie wegen gefährlichen Fahrens fest und sorge dafür, daß Sie sechzig Tage kriegen, die Sie nicht durch eine Geldstrafe ersetzen können. Und wenn es das letzte ist, was ich tue! Haben Sie nicht gesehen, daß ich Ihnen gewinkt habe?«

»Nein«, gestand Mr. Stratton ungerührt. »Ich war mit meinen Gedanken woanders. Greg, Sie werden Miss Caryll noch nicht kennen. Miss Caryll, das ist Mr. Gilbert, unser hiesiger Polizeichef.«

Mr. Gilbert faßte an ihm vorbei nach Victorias Hand. Er war ein langer, dünner Mann, der abgesehen von der Tatsache, daß sein Haar an den Schläfen grau gestreift war, nicht viel älter wirkte als Mr. Stratton. Sein kantiges, sympathisches Gesicht war nicht so tief sonnenbraun wie Drews. Seine schläfrigen grauen Augen waren alles andere als ein verläßlicher Hinweis auf seinen Charakter und seine Fähigkeiten.

»Sie müssen Lady Emilys Nichte sein«, sagte Mr. Gilbert. »Sie erzählte mir, daß Sie kommen, aber ich meinte, Sie habe Ihnen ein Telegramm geschickt, um Ihre Ankunft zu verzögern.«

»Ja, ich weiß. Ich habe es nicht bekommen. Ich –«

»Möchten Sie mitfahren, Greg?« unterbrach Mr. Stratton unhöflich den Satz.

Der Polizeichef warf ihm einen überraschten Blick zu. »Sind Sie in Eile?« erkundigte er sich.

»Nicht besonders, aber Miss Caryll könnte wahrscheinlich etwas zu essen brauchen. Ihr Flugzeug hatte Verspätung. Wo möchten Sie abgesetzt werden?«

»An dem gleichen Ort wie Miss Caryll. *Flamingo.*«

»Oh. Hat sich etwas Neues ergeben?«

»Nicht viel.« Greg Gilbert kletterte hinten in den Wagen. Er rief seinem Fahrer ein paar Anweisungen zu, lehnte sich zurück und ermahnte Mr. Stratton, auf eine Geschwindigkeit von mehr als fünfzig Meilen zu verzichten. »Meine Nerven hängen in Fetzen. Ich dachte, wir wären mit derlei für den Augenblick fertig, und ich finde es ziemlich erschöpfend, wenn es von vorn beginnt. Old James ist ganz erledigt. Ich habe ihn noch nie in so schlechter Laune erlebt. Heute morgen hat er mir fast den Kopf abgerissen, weil ich eine harmlose Bemerkung über das Wetter machte.«

»Wo war das?« Drew ließ den Motor wieder an.

»Oben im Labor. Sie haben einen Test mit diesem blutigen Kissen durchgeführt.«

»Irgendwelche Ergebnisse?«

»Alices Blut natürlich. Jedenfalls die gleiche Blutgruppe. Es konnte ja auch kaum anders sein. Aber es ist richtig, sich zu vergewissern. Trotzdem, merkwürdig.«

Er schob sich den Hut über die Nase und schloß die Augen. Victoria rückte auf ihrem Sitz herum, um ihn anzusehen, und als habe er die Bewegung gespürt, öffnete er die Augen wieder und sagte: »Ich muß mich entschuldigen, daß ich über berufliche Dinge rede, aber ich fürchte, Sie werden davon noch eine Menge zu hören bekommen. Tatsächlich hätten Sie sich gar keinen schlechteren Zeitpunkt für Ihre Ankunft aussuchen können. Ich wünschte, Sie könnten auf dem Absatz kehrtmachen. Doch natürlich weiß ich, daß das kaum durchführbar ist.«

»Und wenn, ich würde nicht umkehren wollen«, erklärte Victoria bestimmt.

»Warum nicht?« fragte Drew kurz.

Victoria wandte sich ihm zu. Jetzt erst erkannte sie, daß seine Feindseligkeit persönlich war und keine bloße Gereiztheit oder schlechte Laune. Sie erklärte kalt: »Ich meine, das liegt auf der Hand. Wenn meine Tante zuvor Hilfe brauchte, wird sie sie jetzt erst recht brauchen.«

Sie begegnete seinem Blick mit einer Feindseligkeit, die seiner eigenen entsprach. Dann drehte sie ihm demonstrativ den Rücken zu und schenkte ihre Aufmerksamkeit der Landschaft.

Die Straße wand sich durch helles Licht und Schatten, kurvte nach rechts und lief urplötzlich auf den Kamm einer gewaltigen Böschung hinaus. Und tief unten lag zu ihren Füßen wie eine auf vergilbtes Pergament gezeichnete Karte das weite goldene Rifttal, voll von sonnengebleichtem Gras, getupft mit Büschen und flachkronigen Dornbäumen und gesäumt von trockenen Wasserlöchern. Rechts und links war es von den beiden hohen Barrieren des Kinangop und des Mau abgegrenzt, und es wurde beherrscht von den hügeligen Lavafällen und dem kalten, gähnenden Krater des Longonot, der am Ausgang des Tales Schildwache stand.

Nichts hat sich verändert! dachte Victoria. Aber sie wußte, das stimmte nicht. Dem Rifttal mochte es nicht viel ausgemacht haben, daß eine Reihe von Jahren vorübergezogen war, aber alles andere hatte sich verändert. Victoria sog diesen überwältigenden Anblick in sich ein und stellte zu ihrer Bestürzung fest, daß ihre Augen sich mit Tränen füllten.

Am Fuß des Hangs hörte die Straße auf, sich zu winden und zu schlängeln. Die Wälder aus Zedern und wilden Oliven fielen zurück. Der Wagen beschleunigte auf neunzig Meilen die Stunde und behielt diese Geschwindigkeit auf dem langen, geraden

Asphaltband, das die italienischen Gefangenen in den Kriegsjahren gebaut hatten. Dann war die schimmernde Fläche des Naivasha-Sees zu sehen.

»Dürfte ich vorschlagen«, sagte Mr. Gilbert liebenswürdig und brach damit ein Schweigen, das beträchtliche Zeit gedauert hatte, »daß Sie auf sechzig hinuntergehen, bevor Sie die Kurve nehmen? Ich habe keine Lust, Naivasha zwei Beerdigungen innerhalb von vierundzwanzig Stunden zu liefern, und ich habe es auch gar nicht eilig, bei den Leidtragenden anzukommen.«

Drew nahm seinen Fuß vom Gaspedal. Der Wagen wurde langsamer und bog nach links in einen unbefestigten Seitenweg ein, der von der Asphaltstraße von Nairobi abzweigte und um den See führte. Victoria fragte heiser: »Wann ist die Beerdigung?«

»Um elf. Hat Drew Ihnen das nicht erzählt? Deshalb konnte Sie ja kein anderer abholen. Aber sie müssen inzwischen zurück sein. Wie lange ist es her, daß Sie Ihre Tante zum letzten Mal gesehen haben?«

»Sechs Jahre«, antwortete Victoria.

»Dann fürchte ich, Sie werden eine einschneidende Veränderung an ihr feststellen. Diese Sache hat sie schlimm mitgenommen. Sie ist mir immer wie ein Stück dieser Landschaft hier vorgekommen – ewig und unzerstörbar. Und jetzt ist sie plötzlich eine alte Dame. Es ist, als sehe man eine Landmarke zerbröckeln. Arme alte Em!«

»Ich verstehe nicht, warum Sie sie ausgerechnet heute belästigen müssen«, meinte Mr. Stratton mißbilligend. »Wenigstens am Tag der Beerdigung könnten Sie ihr und Eden eine weitere Vernehmung ersparen. Es wird schon unangenehm genug für sie werden, wenn sie – Nun ja, das geht mich nichts an.«

»So ist es«, bestätigte Mr. Gilbert gleichmütig, »und dafür können Sie zutiefst dankbar sein. Ich kann Ihnen versichern, es ist nicht gerade eine angenehme Aufgabe, dem Personal und Leuten, mit denen man befreundet ist, bei einem Anlaß dieser Art Fragen zu stellen. Doch die Tatsache, daß wir jetzt sicher wissen, wessen Blut auf dem Kissen war, eröffnet den Nachforschungen ein neues Feld. Es ist eine seltsame Facette dieses Falls, dies Kissen. Was hatte es dort zu suchen?«

Drew sagte: »Niemand hat Alice schreien gehört, sie muß aber doch geschrien haben. Ich weiß, es lag wahrscheinlich daran, daß Em Klavier spielte, aber es mag eine andere Erklärung geben.«

»Sie meinen, das Kissen könnte benutzt worden sein, um ihre Schreie zu ersticken? Das glaube ich nicht. Es muß verdammt schwierig sein, einer sich wehrenden Frau ein Kissen aufs Gesicht zu drücken, während man mit einer Panga auf sie einhackt. Falls nicht zwei Leute beteiligt waren. Aber – nein, irgendwie will mir das nicht in den Kopf. Ich komme von dem Gedanken nicht los, das Kissen könnte uns etwas erzählen, wenn wir nicht zu dumm wären, es zu verstehen. Es paßt nicht dazu.«

»Wozu?« fragte Mr. Stratton und umfuhr ein Loch von ungewöhnlicher Größe, das zu den Gefahren des staubigen, unbefestigten Weges gehörte.

»Es paßt zu keiner der auf der Hand liegenden Theorien. Dies Kissen wurde von der Veranda entfernt, zu der Stelle getragen, wo Alice starb, und dann in das hohe Gras geworfen. Niemand will zugeben, es an diesem Tag angefaßt zu haben.«

Drew fragte: »Ist Ihnen noch nicht eingefallen, daß Mrs. DeBrett es selbst mitgenommen haben könnte, um sich daraufzusetzen, und es nur zurücktrug? Oder ist das eine zu einfache Lösung, als daß Sie und Ihre Spürhunde sie in Betracht ziehen würden?«

»Sie sollten die Antwort darauf wissen«, erwiderte Mr. Gilbert liebenswürdig. »Sie waren die letzte Person, die zugibt, sie lebendig gesehen zu haben. Trug sie ein grellfarbiges Kissen bei sich?«

»Nein«, gestand Drew, »aber –«

»Aber Sie glauben, ungeachtet der Tatsache, daß die Sonne untergegangen war und daß es in der Dämmerung ein bißchen kühl zu werden pflegt, ging sie den ganzen Weg zurück zum Haus, um sich ein Kissen von der Veranda zu holen? Das bezweifle ich! Irgendwer nahm es jedoch dort fort, und ich möchte wissen, wer. Ich glaube, dann wären wir ein gutes Stück weiter. Im Augenblick weiß ich wirklich nicht, was ich denken soll, und alles, was mir einfällt, ist entschieden unerfreulich. An diesem Fall gefällt mir gar nichts, und ich wünschte, ich brauchte ihn nicht zu bearbeiten!«

»Warum übergeben Sie ihn nicht der Polizei von Nakuru?«

»Das ist mir einmal gelungen. Diesmal würde es nicht klappen. Zufällig hat man dort gerade jetzt mit dem Hansford-Fall und dieser Goldfarb-Geschichte alle Hände voll zu tun. James sagt, ich könne, verdammt noch mal, selbst damit fertig werden – auch wenn die Hälfte meiner persönlichen Freunde hineinverwickelt ist.«

»Sie meinen, weil die Hälfte Ihrer persönlichen Freunde hineinverwickelt ist«, bemerkte Mr. Stratton trocken. »Sie kennen uns alle sehr gut. Zu gut!«

Greg Gilbert gab keine Antwort, was alles bedeuten konnte – oder gar nichts.

Der kalte Schatten einer Wolke trieb über die sonnenhelle Szene, löschte die Farben des Grases und der flachkronigen Dornbäume aus und ließ die Landschaft verschlossen und feindselig wirken. Wieder erschauerte Victoria, und plötzlich fürchtete sie sich: vor dem Tal und vor Afrika und vor der Ankunft auf *Flamingo*, dem Haus, das Edens Heimat war und wo Edens Frau einen gräßlichen Tod erlitten hatte.

Worauf habe ich mich da eingelassen? dachte Victoria in panischer Angst. Was meint er? Daß jemand im Haus ein Mörder ist? Edens Frau – sie ist jetzt tot. Er ist frei. Ich hätte nicht kommen sollen...

Der Wagen ließ den Schattenstreifen hinter sich und fuhr an zwei hochgewachsenen Massai-Kriegern vorbei. Jeder trug einen einsatzbereiten Speer. Das Rotgold ihrer schlanken, mit Ocker bemalten Körper, das kunstvoll geflochtene Haar und die klaren Linien ihrer hochmütigen Adlergesichter erinnerten an das alte Ägypten. Sie erkannten den Wagen und grüßten ernst. Es war ein höflicher Salut mit einer Spur würdevoller Herablassung, wie ihn die Abgesandten eines mächtigen Staates dem Mitglied einer kleinen befreundeten Nation entbieten mochten.

»Auch sie ändern sich nicht sehr«, bemerkte Mr. Gilbert, der kurzfristig gedankenversunken dagesessen hatte. »Die Massai sind die einzigen, die sich die Dinge des Westens angesehen und sich dann für ihre eigenen Sitten entschieden hatten. Und sie sind dabei geblieben. Wer will behaupten, sie hätten unrecht? Der moderne afrikanische Jüngling mit seiner europäischen Kleidung und seinen Minderwertigkeitskomplexen ist nicht eindrucksvoll. Den Massai jedoch ist es niemals in den Kopf gekommen, sie könnten im Vergleich zu irgendwem minderwertig sein.«

»Der Fall liegt ganz anders!« sagte Drew lakonisch, und Greg Gilbert lachte.

Victoria erzählte: »Vater hat Mkambas beschäftigt. An die Namen der meisten kann ich mich immer noch erinnern. Sie benutzten damals Bogen und Pfeile – und zwar vergiftete Pfeile.«

»Das tun sie immer noch.« Mr. Gilbert grinste. »Und das trotz der Tatsache, daß es gesetzlich streng verboten ist! Nach vorsichtiger Schätzung werden in diesem Land jährlich mehrere Tonnen Pfeilgift hergestellt. Gehen Sie mir mit dem geheimen Pfeilgift der südamerikanischen Indianer! Dies Gift übertrifft es aus dem einfachen Grund, daß das Rezept nicht geheim ist. Man braucht nicht mehr als einen Kochtopf, eine Schachtel Streichhölzer. Die Zutaten wachsen überall wild, und –«

Er brach ab und kurbelte eilends die Wagenfenster hoch. Eine schwarz-graue Limousine raste auf sie zu, schoß vorüber und hüllte sie in eine Staubwolke.

»Ken Brandon«, stellte Drew fest.

»Oh. Wie trägt er es?«

»Stolz wie immer!« antwortete Drew.

Mr. Gilbert behauptete: »Er ist ein verzogener Bengel. Diese eingebildeten jungen Egoisten treiben mich noch zur Verzweiflung. Hector kann sich über den Splitter im Auge des Nachbarn sehr erhitzen, aber der junge Ken ist der dicke Balken in seinem eigenen.«

»Sie meinen in Mabels«, berichtigte Drew. »Ken ist für Mabel der Inbegriff des Glücks und wird das immer bleiben. Sie ist Hector treu ergeben, aber wahrscheinlich hätte sie ihn verlassen, wenn er ihrem Liebling etwas zuleide getan hätte. Sie mag nur halb so groß wie Hector sein, doch sie ist ihm durchaus gewachsen.«

»Trotzdem finde ich, das entschuldigt ihn nicht«, grunzte Mr. Gilbert. »Und seinen Sohn ebensowenig! Was Alice mit diesem Jungen durchgemacht hat, geht niemanden etwas an!«

»Uns zumindest nicht«, meinte Drew.

»Da irren Sie sich«, widersprach der Polizeichef. »Mich geht es sehr wohl etwas an. Jeder und alles, was mit Alice DeBrett zu tun hatte, geht mich im Augenblick etwas an. Und das«, setzte er ruhig hinzu, »schließt auch Sie ein.«

»Hm«, machte Mr. Stratton nachdenklich und enthielt sich weiterer Bemerkungen.

Nach weiteren fünf Meilen kam eine viereckige verwitterte Tafel mit dem einzigen Wort *Flamingo* in Sicht. Der Wagen verließ die Seestraße und bog auf einen unebenen Pfad ein. Nun ging es über eine Strecke nackten, steinigen Bodens, an deren Ende ein dichter Baumgürtel und das Glitzern von Wasser zu erkennen waren. Die Räder holperten durch tiefe, staubgefüllte Rinnen und Steine, Wurzeln und Hügel trockenen Grases. Statt durch hartes Sonnenlicht fuhren sie unter den gefleckten Schatten von Pfefferbäumen und riesigen Akazien dahin. Schließlich gelangten sie auf eine breite, glatte Zufahrt vor einem langen, weitgestreckten Haus mit Strohdach. Seine Bogenfenster und Veranden gingen auf die Weiten des Naivasha-Sees hinaus, der im vollen Mittagsglanz dalag.

Hunde der unterschiedlichsten Formen und Größen – auf den ersten Blick schien es ein halbes Dutzend zu sein – rasten ihnen zur Begrüßung laut bellend entgegen. Nur wenig später folgten zwei afrikanische Hausboys in grünen Gewändern und mit roter Kopfbedeckung. Sie eilten herbei, luden die Koffer aus und halfen der Reisenden beim Aussteigen. Am hinteren Ende der Veranda öffnete sich eine Tür. Eine erstaunliche Gestalt trat nach vorn und blieb wartend am Kopf einer Steintreppe mit niedrigen Stufen stehen. Das war Lady Emily DeBrett, die Herrin von *Flamingo*.

Em hatte zur Beerdigung ein dunkles Kostüm angehabt, es aber sofort nach ihrer Rückkehr wieder abgelegt und sich umgezogen. Jetzt zeigte sie sich in ihrer Lieblingstracht, scharlachrotem Rock und knalliger Bluse. Ihr weißes, kurzgeschnittenes Haar war mit einem breitrandigen Hut aus vielfarbigem Stroh von der Art geschmückt, wie Touristen sie in Orten wie Ceylon und Sansibar kaufen. Sie hatte Diamanten in den Ohren, an den knorrigen, abgearbeiteten Fingern und an dem imponierenden Busen. Der Anblick hätte grotesk sein sollen, war es aber irgendwie nicht. Sie hätte die Königin eines barbarischen Landes sein können. Hatschepsut von Ägypten. Die alte Tzu-hsi, Kaiserin von China. Oder Elisabeth I., alt und geistig verwirrt und sterbend, aber immer noch unbezähmbar, immer noch königlich.

Em hatte nie gern Gefühle gezeigt, aber sie begrüßte Victoria mit einer ungewöhnlichen Zurschaustellung von Zuneigung, die unabsichtlich auch große Erleichterung verriet.

»Es ist so schön, daß du da bist, Liebes.« Em umarmte sie. »Und so lieb von dir zu kommen. Bitte entschuldige, daß ich dich nicht am Flughafen abholen konnte. Drew wird dir ja alles erklärt haben. Ich möchte jetzt nicht darüber sprechen. Wie gut du aussiehst! Und wie ähnlich du deiner Mutter bist! Du könntest eine zweite Helen sein. Komm ins Haus. Drew wird –«

Sie unterbrach sich, als ihr Blick auf Greg Gilbert fiel. Victoria spürte, daß sie erstarrte. »Greg! Ich wußte nicht, daß Sie hier sind. Wollten Sie mich sprechen?«

»Ich fürchte, es geht nicht anders.« Mr. Gilbert stieg gemächlich die Verandastufen hoch. »Das tut mit alles sehr leid, Em, aber was sein muß, muß sein. Es haben sich da zwei oder drei Dinge ergeben. Ich halte Sie nicht lange auf. Ist Eden da?«

»Sie werden Eden heute nicht mit weiteren Fragen quälen«, verkündete Em mit Nachdruck. »Und damit Schluß! Ich schätze Sie, Greg, aber es gibt Dinge, die ich mir nicht gefallen lasse, nicht einmal von meinen Freunden. Wenn Sie die Dienerschaft von neuem verärgern müssen, kann ich Sie nicht gut daran hindern. Nur lassen Sie Eden in Ruhe. Er kann Ihnen nicht mehr sagen als das, was er bereits gesagt hat.«

»Es tut mir leid, Em«, wiederholte Mr. Gilbert ruhig. »Ich tue das nicht zum Spaß.«

Lady Emilys Busen hob sich beunruhigend, bis die Nähte ihrer scharlachroten Bluse zu platzen drohten. Und dann schien sie plötzlich zusammenzufallen, körperlich und geistig. Sie streckte Gilbert die Hand entgegen. Ihre Stimme klang nicht mehr gemessen und selbstbewußt, sondern flehend.

»Greg, das können Sie nicht tun! Nicht jetzt. Nicht heute. Es hat doch sicher Zeit?«

Mr. Gilbert antwortete nicht. Nach einer Weile ließ Em ihre Hand sinken, drehte sich um und sagte zu Victoria:

»Komm, Liebes, du wirst dein Zimmer sehen wollen. Drew, im Wohnzimmer finden Sie etwas zu trinken. Bedienen Sie sich. Greg sollte besser zum Lunch bleiben, wenn er schon einmal hier ist. Er kann seine Fragen danach stellen.«

Die Einladung hätte kaum weniger dringlich ausgesprochen werden können, aber Gilbert antwortete in aller Gemütsruhe: »Danke« und folgte ihnen ins Haus.

Das Zimmer, das Victoria gehören sollte, war groß und gemütlich. Die Fenster gingen auf einen breiten Rasenstreifen, eine Überfülle von Bougainvilleen und den See hinaus. Em setzte sich auf die Kante des großen, altmodischen Bettes, als sei sie sehr müde. »Ich hoffe, du wirst dich hier wohl fühlen, Liebes. Und glücklich.«

Victoria antwortete herzlich: »Natürlich werde ich das, Tante Em. Es ist herrlich, wieder in Kenia zu sein. Ich kann dir nicht sagen, wie dankbar ich dir für all deine Güte bin.«

»Ich bin nicht gütig«, brummte Em. »Ich bin selbstsüchtig. Aber ich brauche Hilfe, und ich wollte keine Fremde – irgendeine Sekretärin, die überall in der Kolonie Klatsch über *Flamingo* verbreitet. Ich dachte, wenn ich es in der Familie halten könnte...« Ihre Stimme erstarb, und sie erschauderte.

Victoria lief schnell durchs Zimmer, legte die Arme um die hängenden Schultern ihrer Tante und drückte sie. »Du bist nicht selbstsüchtig, liebe Tante Emily. Es ist wundervoll von dir, daß du mich hierher zurückgeholt hast. Wenn du nur wüßtest, wie schön das Gefühl ist, wieder gebraucht zu werden!«

Em streichelte geistesabwesend ihre Hand und schwieg eine Weile. Dann schlossen sich ihre Finger plötzlich um Victorias Handgelenk. Die Augen, mit denen sie in das Gesicht ihrer Nichte blickte, waren glänzend und forschend und voller Angst. Sie stieß hervor, als müsse sie sich zum Sprechen zwingen: »Du mußt selbst entscheiden, Victoria. Ich war – ich war nicht ehrlich mit dir, als ich schrieb. Ich habe dir nicht alles mitgeteilt. Vielleicht fürchtete ich, du würdest nicht kommen. Aber du bist Helens Tochter, und du mußt eine Chance haben, deine eigene Wahl zu treffen, ob du gehen oder bleiben willst. Nein! – Unterbrich mich nicht! Laß mich sagen, was ich zu sagen habe, und dann bist du an der Reihe.

Ich werde dir keinen Vorwurf machen, wenn du dich entschließt, nicht zu bleiben. Vergiß das nicht. Ich schickte dir ein Telegramm, um dich aufzuhalten, aber es hat dich wohl nicht mehr rechtzeitig erreicht. Ich weiß nicht, was Drew Stratton dir bereits erzählt hat, doch sicher weißt du, daß Edens Frau ermordet worden ist. Es geht das Gerücht, die Überreste einer Mau-Mau-Bande versteckten sich hier irgendwo in der Nähe. Die Polizei hat jedoch ihre Zweifel, daß sie verantwortlich sind, weil – weil sich in diesem Haus in den letzten Wochen Seltsames ereignet hat. Diese Ereignisse waren nicht sehr ernsthaft, aber – aber dennoch beunruhigend. Die Folge davon ist, daß alle meine Diener unter Verdacht stehen, und das ist nicht sehr angenehm. Solltest du also vorziehen, nicht zu bleiben, werde ich volles Verständnis dafür haben.«

Victoria rief: »Selbstverständlich bleibe ich, Tante Em. Wenn du mich läßt. Und auch, wenn du mich nicht läßt. Versuch nur, mich loszuwerden!«

Ems Finger lösten sich. »Braves Mädchen«, lobte sie. Erregung und Anspannung wichen aus ihrem Gesicht. Sie stand entschlossen auf und sagte: »Der Lunch wird bereit sein, sobald es dir recht ist. Du findest uns im Wohnzimmer.«

Die Tür schloß sich hinter ihr. Victoria drehte sich um und betrachtete gedankenverloren ihr Spiegelbild: ein schlankes, bemerkenswert hübsches Mädchen in einem limonengrünen Kleid.

»Ja, natürlich bleibe ich!« sprach Victoria laut in die Stille hinein. »Ich gehöre hierher. Und was Eden angeht, das ist alles längst vorbei und abgetan.«

Sie nickte ihrem Ebenbild im Spiegel streng zu und ging ins Badezimmer, um den Staub der Reise zu entfernen.

6

Vier Leute warteten auf sie in dem prunkvollen großen Wohnzimmer: Em, Greg Gilbert, Drew Stratton und Eden.

Bei Victorias Eintritt unterhielt sich Eden gerade mit Drew. Er drehte sich um, als er hörte, daß sich die Tür öffnete, verstummte mitten im Satz und sah sie an.

Für einen kurzen Augenblick herrschte Schweigen. Dann ergriff Eden das Wort. Seine Stimme war das Echo eines sechs Jahre zurückliegenden Tages, als er zu einem Mädchen in einem gelben Kleid sprach, das den Arm voller Rosen hatte. »Vicky –!«

Victoria machte die Tür zu und antwortete leichthin: »Hallo, Eden. Ich hoffe, ich habe euch nicht warten lassen, Tante Em?«

Der Lunch war eine unbehagliche Mahlzeit, voll von merkwürdigen, unvermittelten Gesprächspausen und Fetzen gezwungener Unterhaltung. Die Beerdigung und die Geschehnisse der letzten drei Tage wurden nicht erwähnt. Erst als der Kaffee im Wohnzimmer getrunken war und Zacharia die leeren Tassen abräumte, kam Mr. Gilbert auf das Anliegen zu sprechen, das ihn an diesem Tag nach *Flamingo* geführt hatte.

»Es tut mir sehr leid«, entschuldigte sich Greg, »aber es hat sich da einiges ergeben, und ich sehe mich deshalb gezwungen, Ihnen noch ein paar weitere Fragen zu stellen.«

»Ich dachte, jeder einzelne Afrikaner auf der Farm sei schon bis zum Erbrechen vernommen worden«, bemerkte Eden bitter. »Was, glauben Sie, können Sie jetzt noch aus ihnen herausholen?«

»Nicht viel«, gab Greg gleichmütig zu. »Aber an den Afrikanern bin ich im Augenblick auch nicht besonders interessiert. Ich möchte nur noch einiges über den letzten Dienstag wissen. Was Sie an diesem Tag getan haben zum Beispiel.«

»Was ich –?« Edens Gesicht wurde kreideweiß vor Zorn. Er platzte wütend heraus: »Wollen Sie vielleicht andeuten, ich könne meine eigene Frau ermordet haben? Wenn Sie das glauben, dann –«

»Sei nicht albern, Eden!« fuhr Ems Stimme scharf und befehlend dazwischen. »Natürlich meint er nichts dergleichen! Wir alle wissen, was du empfindest. Andererseits ist es Gregs Pflicht, Fragen dieser Art zu stellen. Deshalb wollen wir es schnell hinter uns bringen und ohne die Beherrschung zu verlieren.«

Greg erklärte friedlich: »Niemand beschuldigt Sie in irgendeiner Weise. Wenn wir jedoch festhalten können, was jeder an diesem Tag getan hat, hilft es zumindest, den Hintergrund auszufüllen. Also fangen wir mit Ihnen an.«

Die Farbe kam und ging in Edens Gesicht. Er steckte die Hände in die Taschen, wandte sich ab und starrte wie blind aus dem Fenster in den sonnenbeschienenen Garten. Er sagte: »Sie wissen bereits genau, wo ich an diesem Tag war und was ich getan habe. Das haben Sie alles schon gehört.«

»In großen Umrissen, ja. Nicht in allen Einzelheiten.« Gilbert hielt inne und sah zu Drew Stratton hinüber. »Wollen Sie gehen, Drew?«

»Ja.« Mr. Stratton wandte sich zur Tür. »Ich glaube nicht, daß mein Bleiben irgendeinem nützlichen Zweck dienen würde. Bis später, Em, und danke für den Lunch.«

Mr. Gilbert hielt ihn jedoch zurück: »Setzen Sie sich bitte wieder. Ich wollte Sie nachher aufsuchen, aber nun, da Sie einmal hier sind, erpart mir das eine Fahrt von zehn Meilen. Und Sie bleiben auch hier, Miss Caryll.«

Em erklärte hochmütig: »Es ist absolut überflüssig, daß Sie meine Nichte befragen.«

»Es gibt zumindest eine Frage, die sie mir, wie ich glaube, beantworten kann«, entgegnete Greg. »Deshalb möchte ich, daß sie bleibt.«

Ehe Em etwas antworten konnte, wandte er sich wieder an Eden. »Sie sind am Dienstag nach Nairobi gefahren, nicht wahr?«

»Ja. Um Jimmy Druce aufzusuchen, der einen Landrover verkaufen will. Wir nahmen den Lunch zusammen in Muthaiga. Das können Sie bei ihm nachprüfen, wenn Sie wollen.«

»Haben wir schon. Und Sie fuhren etwa um zehn Uhr hier ab.

Können Sie sich zufällig erinnern, ob die Verandakissen vollzählig dalagen, als Sie gingen?«

»Natürlich nicht! Ich weiß nicht einmal, wie viele es sind.«

»Vier, glaube ich«, sagte Greg. »Und sie sind ziemlich auffallend.«

»Trotzdem hätte ich nicht bemerkt, ob es drei oder sechs oder ein Dutzend waren! Dinge dieser Art übersieht jeder.«

»Ausgenommen Zacharia«, meinte Mr. Gilbert nachdenklich. »Er müßte es wissen, aber er besteht darauf, er könne sich nicht erinnern.«

»Er wird alt«, entschuldigte Em ihn.

»Ja-a. Trotzdem sollte man meinen, so etwas würde ihm auffallen. Es gehört zu seinen Pflichten. Und Dinge in großflächigem, buntem Karomuster ziehen das Auge an. Deshalb sieht es so aus, als seien alle Kissen dagewesen. Zacharia hätte wahrscheinlich gemerkt, wenn eins fehlte.«

Em fiel ein: »Sie glauben also, daß irgendwer das Kissen im Laufe des Tages von der Veranda entfernte, und Sie glauben nicht, es sei ein umherirrender Terrorist aus einem Versteck in der *Marula* gewesen?«

»Glauben Sie das?« forschte Mr. Gilbert.

»Nein«, erwiderte Em rauh. »Nein.«

Sie hatte in königlich aufrechter Haltung in einem großen Ohrensessel neben dem Klavier gesessen. Doch jetzt schien sie zusammenzuschrumpfen und abzubröckeln und sich vor den Augen der anderen aus einer lebensvollen und beherrschenden Gestalt in eine müde und ängstliche alte Frau zu verwandeln. »Sie haben natürlich recht. Es muß jemand aus dem Haus gewesen sein.«

»Oder jemand, der offen in dies Haus kommen kann«, verbesserte Mr. Gilbert. »Und es besteht natürlich immer die Möglichkeit, daß das Kissen aus einem ganz unwichtigen und alltäglichen Grund weggenommen wurde. So alltäglich, daß derjenige, der es wegnahm, die Sache vergessen hat. Wenn wir nun durch weitere Fragen herausfinden, wo jeder einzelne am Nachmittag dieses Tages war, könnte es bei jemandem eine Erinnerung wecken. Was haben Sie nach dem Lunch getan, Eden?«

Bei dieser plötzlichen Frage fuhr Eden leicht zusammen. »Ich war in der Stadt. Habe einen Anzug von der Reinigung und eine Uhr von der Reparatur abgeholt, zwei Hemden gekauft und einen Film zum Entwickeln gebracht. Ich glaube, das war alles.«

Mr. Gilbert zog ein kleines Notizbuch aus der Jackentasche, schlug darin etwas nach und nickte, als sei er zufriedengestellt. Es war offensichtlich, daß er selbst einige Nachforschungen angestellt hatte, und er machte kein Hehl daraus. Er fragte: »Wo haben Sie Tee getrunken, und wann?«

»Überhaupt nicht. Ich habe den Nachmittagstee ausgelassen.«

»Wann haben Sie die Rückfahrt angetreten?«

»Oh – äh – ungefähr um sieben. Ich bin mir nicht sicher.«

Mr. Gilbert überlegte laut: »Die Geschäfte schließen um fünf, und wie Jimmy Druce sagt, verließen Sie den Club kurz nach zwei. Sind Sie tatsächlich drei Stunden lang von einem Laden zum anderen gelaufen?«

Eden errötete zornig. »Nein, natürlich nicht. Tatsächlich bin ich zum Wildpark hinausgefahren.«

»Wann war das?«

»Gegen vier, würde ich sagen. Mag auch ein bißchen früher gewesen sein. Das können Sie allerdings nicht nachprüfen, weil ich nicht dort angekommen bin. Mir fiel ein, daß der Park in diesen Tagen höllisch überfüllt ist. Deshalb hielt ich statt dessen am Straßenrand und saß einfach da.«

»Warum?«

»Es gab da einiges, worüber ich nachdenken wollte«, erklärte Eden kurz. »Und nichts davon, Greg, wenn ich das sagen darf, geht Sie etwas an.«

Mr. Gilbert zuckte die Schultern und zog von neuem das Notizbuch zu Rate. »Haben Sie eine Vorstellung, wie lange Sie dort saßen? Und ist irgendwer, den Sie kennen, vorübergekommen?«

»Nein. Auf vorüberkommende Leute habe ich nicht geachtet, und ich bin schließlich nur deswegen losgefahren, weil es spät wurde. Ich hatte Alice gesagt, wahrscheinlich würde ich bis neun oder zehn zurück sein, und ich hätte die Absicht, das Dinner in Nairobi oder irgendwo unterwegs zu nehmen. Aber dann entschloß ich mich doch, zu einer späten Mahlzeit nach Hause zu fahren. Ich kam etwa um neun Uhr hier an und hörte –«

Er beendete den Satz nicht, sondern drehte sich wieder um und starrte aus dem Fenster.

Mr. Gilbert sagte munter: »Vielen Dank. Nun zu Ihnen, Em. Zuerst einmal: Ist Ihnen etwas zu dem Kissen eingefallen? Haben Sie es weggenommen oder bemerkt, daß es fehlte oder nicht fehlte?«

»Nein«, antwortete Em unsicher. »Es könnte sein, daß ich – daß ich es weggenommen habe. Aber ich muß gestehen, daß ich mich nicht daran erinnere, und ich kann mir nicht vorstellen, zu welchem Zweck ich es hätte brauchen wollen. Vielleicht war es Alice.«

»Wann?« fragte Greg. »Wie ihr Tag verlaufen ist, haben wir ziemlich genau rekonstruiert. Sie verbrachte den Vormittag mit Einkäufen in Naivasha, den Nachmittag in ihrem Zimmer, trank mit Ihnen auf der Veranda Tee und ging sofort danach mit Ihnen zur Jagd – wie ich mir denken kann, um einem peinlichen Tête-à-tête mit dem jungen Ken Brandon zu entgehen. Und gleich nach Ihrer Rückkehr ging sie mit einer Botschaft für Lisa zu den Markhams hinüber. Im Laufe des Tages scheint es keinen Augenblick zu geben, in dem sie ein Kissen zu dem Hügel hätte tragen können. Erinnern Sie sich, was Sie selbst am Dienstag getan haben, Em? In allen Einzelheiten?«

»Ich glaube schon.« Em runzelte die Stirn. »Mal sehen. – Ich frühstückte im Bett, und erst kurz bevor Eden abfuhr, stand ich auf. Ich bat ihn, die Uhr abzuholen und beim Flughafen anzurufen und nachzuprüfen, wann Victoria eintreffen würde. Wir diskutierten über den Kauf von Jimmys Landrover. Als Eden fort war, sprach ich mit dem Koch und sagte Kamau, was ich als Gemüse haben wollte. Dann stellten Alice und ich eine Liste der Dinge auf, die sie in Naivasha kaufen sollte. Als sie gegangen war, setzte ich mich über meine Buchhaltung. Dann kam Lisa und wollte Eden sprechen, aber Zacharia sagte ihr, er sei nicht da. Sie sagte, sie wolle mich nicht stören, und hinterließ ein Briefchen, in dem sie fragte, ob wir sie das nächste Mal, wenn jemand von uns nach Nairobi fahre, mitnehmen würden. Ich hörte die Hunde bellen und ging nachsehen, wer es war. Da war sie jedoch schon halb durch den Garten, deshalb hielt ich sie nicht auf.«

Greg erkundigte sich: »Bellen die Hunde immer, wenn jemand ans Haus kommt?«

»Falls sie in der Nähe sind. Aber sie hören sofort auf, wenn es jemand ist, den sie kennen.«

»Wieviel Uhr war es, als Lisa kam?«

»Etwa zwanzig vor elf, würde ich sagen. Alice war gerade fort. Dann kam um elf Gilly in einer geschäftlichen Angelegenheit und blieb eine halbe Stunde, und er war kaum gegangen, als die Brandons hereinschauten. Wir tranken Kaffee, und Hector ging hinaus, um mit Kamau wegen eines Futtermittels zu sprechen, das wir ihm verkaufen. Mabel und ich unterhielten uns währenddessen.«

»Worüber?«

Die Frage wurde so beiläufig gestellt, daß Em begonnen hatte, sie zu beantworten, bevor ihr klar wurde, wohin das führen mußte. »Mabel hatte Alices Wagen in Naivasha gesehen und wußte, sie würde nicht zu Hause sein. Sie wollte mich allein sprechen, weil sie sich Sorgen um –«

Sie brach ab. Ihr Gesicht errötete auf die unkleidsame, fleckige Art des Alters, und ihre Lippen preßten sich zu einer harten Linie zusammen.

Eden lachte kurz und unfroh auf und beendete den Satz für sie. »Um Ken. Du brauchst dich nicht aufzuregen, Grandma. Es ist kein Geheimnis. Was hat sie von dir verlangt? Solltest du Alice nach Hause schicken oder ihr Arsen in die Suppe tun?«

»Eden!« Ems Stimme klang wieder scharf und befehlend, und diesmal war sie dazu mit Zorn geladen.

»Tut mir leid«, sagte Eden ungeduldig. »Ich sehe ein, daß das unter den gegenwärtigen Umständen eine verdammt blöde Bemerkung war. Aber du mußt zugeben, daß Mabel nicht normal ist, wenn es um ihren lieben Sohn geht. Es war nicht Alices Schuld, daß der Bengel sich hoffnungslos in sie verliebte. Sie hat wirklich alles getan, um ihn abzuschütteln. Leicht war das für sie nicht, weil Ken mit Selbstmord drohte und sich im allgemeinen wie ein Laienschauspieler benahm, der sich in großen dramatischen Rollen versucht. Sie hätte es mir überlassen sollen, mit ihm fertigzuwerden.«

»Es war sehr richtig von ihr, daß sie es nicht tat«, bemerkte Em gereizt. »Sie ging von dem sehr vernünftigen Standpunkt aus, es sei etwas Ähnliches wie Masern oder Zahnweh – etwas, das jeder durchmacht, wenn er klein ist, obwohl manche Kinder schlimmer leiden als andere. Er wäre bald genug darüber hinausgewachsen. Aber wenn du ihn dir vorgeknüpft und ihm eine Predigt gehalten hättest, wäre daraus eine handfeste Familienfehde entstanden, und das wünschte sich keiner von uns. Hector und Mabel sind gute Freunde von mir und gute Nachbarn, Ken ist ihr wunder Punkt.«

»Ken«, erklärte Eden verdrossen und gab damit Gefühle wieder, die erst kürzlich von Mr. Gilbert ausgedrückt worden waren, »ist ein verzogener, egoistischer junger Knabe, der sich selbst als Kreuzung zwischen Lord Byron und einem zornigen jungen Mann sieht. Um Gottes willen, welchen Grund hat er, verrückt zu spielen? Er mußte seine Wünsche sein Leben lang nur aussprechen, und schon hat er bekommen, was er wollte.«

»Vielleicht ist das der Grund«, seufzte Em. »Er findet soeben heraus, daß jetzt, wo er erwachsen ist, nicht mehr jeder Wunsch so einfach in Erfüllung geht, und nun meint er, er müsse irgend jemandem die Schuld an dieser Misere zuschieben. Er muß schmerzlich erkennen, daß er sich von der Rolle des verzogenen Kindes verabschieden muß.«

»Kommen wir auf Mabel zurück«, griff Gilbert entschieden ein. »Wie lange blieb sie am Dienstagvormittag, und könnte sie das Kissen weggenommen haben?«

»Nein, natürlich hat sie es nicht weggenommen!« fauchte Em. »Warum, in aller Welt, sollte sie?«

»Danach habe ich nicht gefragt, sondern ob sie es hätte tun können. Oder war sie die ganze Zeit mit Ihnen zusammen?«

»Nun, nein«, antwortete Em widerstrebend. »Also – es war alles wirklich ganz dumm. Ich glaube, ich zeigte nicht viel Mitgefühl, und

Mabel war verletzt. Sie sagte, sie wolle im Garten warten, bis Hector fertig sei, und ich kehrte in mein Büro zurück. Aber wenn Sie denken, Mabel habe etwas mit dem Mord an Alice zu tun, so irren Sie meines Erachtens. Sie war ein bißchen aus der Fassung wegen Kens Verliebtheit, und das war alles. Und natürlich hat sie nichts mit diesem Kissen zu tun. Es sei denn –«

Sie hielt stirnrunzelnd inne, und Greg fragte: »Es sei denn was?«

»Ja, vielleicht hat sie das Kissen mit auf den Hügel genommen und sich daraufgesetzt, als sie auf Hector wartete. Der Gedanke ist mir bisher nicht gekommen. Sehen Sie – mehr ist sicher nicht dran. Eine völlig einfache Erklärung.«

»Sicher«, sagte Greg. »Aber wenn es so war, warum hat sie es dann nicht zugegeben? Wir haben am nächsten Tag jeden danach gefragt.«

»Sie hatte es vergessen, denke ich mir«, sagte Em ausdruckslos.

»Vielleicht. Wir können immer noch versuchen, ihr Gedächtnis aufzufrischen. Was haben Sie für den Rest des Tages getan?«

»Nichts Besonderes. Alice kam ungefähr um eins zurück. Nach dem Lunch ruhte ich mich aus. Und wie Sie bereits wissen, tranken wir um halb fünf Tee auf der Veranda. Mittendrin tauchte Ken auf, so daß wir ihm eine Tasse Tee anbieten mußten. Er sagte, er wolle etwas mit Alice besprechen, aber ich antwortete, das müsse er verschieben, da sie mit mir im Landrover wegfahren werde. Ich hatte ziemliche Angst, er werde bei unserer Rückkehr immer noch dahocken, aber er war fort.«

»Wann kamen Sie zurück?«

»Ungefähr Viertel vor sechs. Erst da erinnerte ich mich an Lisas Briefchen. Alice sagte, sie werde hinübergehen und ihr sagen, ich wolle am Donnerstag nach Nairobi fahren, um Victoria abzuholen, und Lisa könne mitkommen. Ich hätte Alice nicht gehen lassen sollen. Aber – wie konnte ich es wissen?«

Ems Stimme brach. Eden durchquerte den Raum zwischen ihnen mit zwei großen Schritten und legte seiner Großmutter den Arm um die Schultern. »Nicht doch, Grandma! Es war nicht deine Schuld. Du brauchst dir keinerlei Vorwürfe zu machen.«

Em flüsterte beinahe unhörbar: »Doch. Wenn ich sie nicht hinübergeschickt hätte – oder wenn ich nur –«

Eden ließ sie los und bemerkte mit sichtlicher Erregung: »Wenn! – Wenn, wenn, wenn! Warum grämst du dich darüber? – Wenn ich Alice nicht geheiratet hätte, wäre sie nicht nach Kenia gekommen. Und wenn sie nicht nach Kenia gekommen wäre, wäre sie nicht ermordet worden. Bedeutet das vielleicht, daß ich für ihren Tod verantwortlich bin?«

Er wandte sich ab und ließ sich in einen anderen Sessel fallen, die Beine weit von sich gestreckt und die Hände tief in den Taschen. Mr. Gilbert musterte ihn einen Augenblick tiefsinnig und wandte dann seine Aufmerksamkeit Drew Stratton zu.

»Und jetzt zu Ihnen, Drew. Ich hätte gern einen Bericht – einen detaillierten Bericht, bitte – über Ihr letztes Zusammensein mit Mrs. DeBrett.«

»Ich will es versuchen.« Drew lieferte einen ziemlich genauen Bericht von jenem Abend. »Alice war ganz aus der Fassung wegen Miss Carylls Ankunft«, schloß er mit voller Absicht.

Victoria drückte sich in ihren Sessel, als habe man sie geschlagen. Eden lief vor Wut dunkelrot an, und Em entrüstete sich: »Das ist nicht wahr! Sie bilden sich das ein. Ich hatte Alice gebeten, es mir zu sagen, falls Victorias Ankunft ihr Kummer bereitete.«

Drew erklärte: »Lady Emily, ich kannte die Frau Ihres Enkels nicht sehr gut. Aber ich kannte sie gut genug, um zu wissen, daß sie es sich nie erlaubt hätte, sich Ihren Wünschen entgegenzustellen. Und ich kann mir nicht vorstellen, daß irgendeine beliebige Frau begeistert wäre von dem Gedanken, eine frühere Verlobte ihres Mannes als Dauergast im Haus zu haben.«

»Ist das wahr?« wandte sich Mr. Gilbert an Victoria. »Waren Sie beide verlobt?«

»Ich –«, begann Victoria, kam jedoch nicht weiter. Eden sprang von neuem auf, das hübsche Gesicht häßlich vor Wut.

»Nein, das ist nicht wahr! Es hat einmal eine Zeit gegeben, wo es ein ›Einverständnis‹ zwischen uns gab, wie der Ausdruck wohl lautet, aber es war eine rein private Angelegenheit und ist es noch.

Deshalb bilden Sie sich bloß nicht ein, Sie könnten eine Menge schmutziger Wäsche in der Öffentlichkeit waschen und Victoria in diese gräßliche Geschichte hineinziehen. Halten Sie sie bitte da heraus!«

»Mein lieber Eden, niemand versucht, Miss Caryll in irgendeiner Weise in die Angelegenheit hineinzuziehen«, beschwichtigte Greg. »Aber unglücklicherweise sind die persönlichen Beziehungen von Menschen, die, wenn auch noch so zufällig, in einen Mordfall verwickelt sind, immer von Interesse.«

»Victoria ist in gar nichts ›verwickelt‹!«

»Nur indirekt.«

Em richtete sich in dem Ohrensessel auf, jetzt wieder ganz die selbstbewußte Herrscherin über *Flamingo*, gebieterisch, königlich und gewöhnt, daß man ihr gehorchte. Sie erklärte: »Das sollten wir sofort klarstellen, Greg. Sie können uns hier nicht für dumm verkaufen, sonst müßte ich Sie bitten, uns nicht weiterhin unsere Zeit zu stehlen. Was Sie bestätigt sehen möchten, ist doch Ihr Verdacht, daß Eden oder möglicherweise ich selbst Alice ermordet haben – ruhig, Eden! So ist es doch, oder?«

»Wenn ich nur für mich spreche«, antwortete Mr. Gilbert, »nein. Das liegt aber daran, daß Sie beide persönliche Freunde von mir sind und ich Sie recht gut kenne. Offiziell gesprochen, liegt es jedoch im Rahmen des Möglichen. Deshalb schadet es nichts, wenn wir diesen Gesichtspunkt prüfen, damit wir ihn dann streichen können. Es hilft, Ordnung zu schaffen, wenn Sie verstehen, was ich meine.«

»Ich verstehe sehr gut«, sagte Em empfindlich berührt. »Aber Sie müssen mir gestatten, meinen Unmut über eine solche Unverschämtheit auszusprechen.«

»Nicht nur unverschämt ist das!« brauste Eden auf. »Es ist eine schamlose Beleidigung!«

Em mahnte müde: »Beruhige dich, Eden. Es eine Beleidigung nennen, heißt, es ernst zu nehmen. Ich vermute, daß so etwas gerade eben möglich ist, aber es ist höchst unwahrscheinlich.«

Drew streifte sie mit einem merkwürdigen Seitenblick und sagte vorwurfsvoll: »Sie sollten bis zehn zählen, ehe Sie Behauptungen wie diese aufstellen, Em. Es war, glaube ich, der verstorbene und tief betrauerte Sherlock Holmes, der verkündete: Wenn bei irgendeinem Problem das Unmögliche eliminiert ist, muß das, was bleibt, die Antwort darstellen, sei sie auch noch so unwahrscheinlich. Oder so ähnlich.«

»Wenn das so ist, sollte Greg mich am besten sofort verhaften!« gab Em temperamentvoll zurück. »Natürlich könnte ich es getan haben! Ich war hier! Tatsächlich war ich ganz allein hier. Eden war in Nairobi, und soviel ich weiß, hat an jenem Abend niemand *Flamingo* einen Besuch abgestattet. Ich versichere euch jedoch, daß ich es nicht getan habe. Und jetzt können wir dies unerfreuliche Gespräch vielleicht beenden. Es sei denn natürlich, daß Greg noch weitere Fragen zu stellen wünscht.«

»Leider, ja«, bestätigte Greg unerschütterlich. »Diese eigentümlichen Vorfälle im Haus – die zerschlagenen Gegenstände. Erinnern Sie sich, wann genau das anfing?«

Em runzelte nachdenklich die Stirn, und nach einer Weile begann sie stockend: »Lassen Sie mich überlegen – der erste Gegenstand war die K'ang-Hsi-Vase. Wir fanden die Scherben auf dem Fußboden, als wir von einer Einladung zum Lunch zurückkehrten. Und überall auf dem Teppich war rote Tinte.«

»Das war die Party bei den Langleys«, ergänzte Eden. »Am Elften des vorigen Monats.«

Greg notierte das Datum. »Wann passierte wieder etwas?«

»Nur ein paar Tage später«, antwortete Em. »Es muß ein Samstag gewesen sein, weil das der Tag ist, an dem ich den *Posho* austeile, und ich war gerade damit fertig, als Zacharia kam und meldete, es sei schon wieder etwas zerbrochen worden. Mutters Rockingham-Schüsseln.«

»Der Vierzehnte.« Greg hatte die Daten anhand eines Taschenkalenders nachgeprüft. »Ich weiß, es hat eine ganze Reihe von Vorfällen dieser Art gegeben. Hat sich dabei irgendein Schema abgezeichnet?«

»Nein. Danach war beinahe jeden Tag etwas. Und dann geschah mehrere Tage lang nichts, und wir dachten, es hätte aufgehört. Doch es fing von neuem an. Langsam ging es mir auf die Nerven.«

Greg rügte: »Sie hätten das sofort der Polizei melden sollen.«

»Das weiß ich – jetzt. Aber damals – Sie wissen doch ganz genau, warum ich es nicht getan habe, Greg! Ich will nicht, daß meine Diener weggeholt und als Zeugen festgenommen oder unter Verdacht eingesperrt werden. Sie konnten nicht alle daran beteiligt gewesen sein, und warum sollten die übrigen leiden, weil ein einziger Mann sich eine verbohrte afrikanische Idee in den Kopf gesetzt hatte und sich einbildete, mir irgend etwas heimzahlen zu müssen? Ich dachte, es würde von selbst im Sande verlaufen. Wenn ich geahnt hätte –«

Em verstummte, und Greg fragte: »Wann entschlossen Sie sich, Miss Caryll einzuladen? Bevor all das begann? Oder danach?«

»Danach. Ich glaube – ich glaube, es war an dem Tag, als die Schallplatte mit meinem Lieblingskonzert zerbrochen wurde. Das – war zuviel für mich. Ich stellte fest, daß ich mich nicht mehr auf Aufgaben konzentrieren konnte, die ich für gewöhnlich selbst ausführte. Und Alice hatte Angst. Ich sagte mir, ich müsse jemanden zur Hilfe haben, und da dachte ich an Victoria.«

Greg sah Victoria an, und sie beantwortete die stumme Frage: »Ich erhielt Tante Ems Brief vor etwa drei Wochen. Das ließ mir gerade noch Zeit für all die Reisevorbereitungen.«

Mr. Gilbert nickte und wandte sich wieder Lady Emily zu: »Nur noch eine Frage. Nachdem Ihr Hund vergiftet worden war, hat es da noch weiteren Vandalismus im Haus gegeben?«

»Nein.« Ems Stimme war ein heiseres Flüstern, und Eden sagte hart, immer noch mit dem Rücken zum Zimmer stehend: »Gilly hat recht. Das war der nächste Schritt, und das hätte uns klar sein sollen. Es fing mit diesen mehr oder minder wertvollen Gegenständen an, und es endete mit – Alice.«

»Wenn das das Ende ist«, meinte Greg ernst.

Eden drehte sich um. »Warum sagen Sie das?«

Greg zuckte die Schultern. »Es ist ziemlich sicher bewiesen, daß jemand, der einmal getötet hat und damit durchgekommen ist, von neuem töten wird. Entweder um den ersten Mord zu tarnen, oder weil das Auslöschen eines menschlichen Lebens auf ihn wie eine Droge wirkt. Furchterregend, aber stimulierend. Aus dem Grund schließen die Einführungsriten jeder Geheimgesellschaft vom Typ der Mau-Mau einen Mord ein. Weil das Morden nur das erste Mal schwerfällt. Danach wird es immer leichter. Es erzeugt Gefühllosigkeit gegenüber einem Menschenleben und Größenwahn. Wir haben keinen Grund zu der Annahme, der Tod Ihrer Frau werde den häßlichen Vorkommnissen hier ein Ende bereiten. Deshalb müssen wir den Mörder finden, und wenn wir jeden Afrikaner – und jeden Europäer! – im Rifttal unter die Lupe nehmen müssen. Dabei fällt mir ein, Em, brachten die Brandons einen Fahrer mit, als sie am Dienstagmorgen hier waren?«

»Ja. Aber Samuel ist seit mehr als zwanzig Jahren bei ihnen. Er würde niemals –«

Er ließ sie nicht aussprechen. »Warum nur«, fragte Mr. Gilbert bitter, »läßt sich niemand von Ihnen trotz allem, was Sie durchgemacht haben, davon überzeugen, daß ein treuer Diener gleichzeitig ein Mann sein kann, der einen Eid abgelegt hat, das Land von allen Weißen zu befreien?«

Er knallte sein Notizbuch zu, steckte es in die Tasche und erhob sich seufzend. »Nun, ich glaube, das ist im Augenblick alles. Morgen müssen wir, so leid es mir tut, Em, noch einmal alle Ihre Hausdiener und Feldarbeiter befragen. Aber das wird Bill Hennessy erledigen. Seien Sie nett zu ihm, ja? Er hat mir erzählt, seit Sie mit einem Stock auf ihn losgingen, als er im Alter von zehn auf der Bullenkoppel Torero spielte, fürchte er sich vor Ihnen.«

»Ich wünschte, ich könnte das glauben«, murrte Em. »Aber das wird ebensowenig wahr sein wie Ihre Behauptung, wir selbst brauchten keine weiteren Befragungen über uns ergehen zu lassen.«

Ihre Stimme enthielt die ganz leichte Andeutung einer Bitte, aber Mr. Gilbert ging nicht darauf ein. Er sagte: »Bis wir herausfinden, wer Mrs. DeBrett getötet hat, werden wir leider weitere Fragen stellen müssen. Und ich kann nicht annehmen, daß irgend jemand unter Ihnen nicht den Mörder gefaßt sehen will.«

Er nahm seinen Hut, nickte allen freundlich zu und ging.

7

Em beugte sich in ihrem Sessel vor und lauschte auf seine sich entfernenden Schritte. Eine Minute später, als sie einen Wagen starten und die staubige Zufahrt hinunterbrummen hörte, seufzte sie tief auf und entspannte sich.

»Dem Himmel sei Dank dafür! Ich hatte Angst, sein Fahrer sei nicht gekommen und er werde sich die nächste halbe Stunde damit vertreiben, die Diener aufzuregen. Für solche Sachen bin ich zu alt.«

Sie drehte sich zu der französischen Ormolu-Uhr um, die am anderen Ende des Zimmers auf einem Lackschränkchen stand. »Schon vier! Wir müssen den Lunch sehr spät genommen haben. Wollen Sie Tee mit uns trinken, Drew?«

Mr. Stratton lehnte die Einladung ab; er sagte, er müsse nach Hause. Em hievte sich aus ihrem Sessel und begleitete ihn auf die Veranda. Victoria und Eden folgten ihnen.

Auf dem Pfad hinter den Jakaranda-Bäumen ging jemand mit einem Schritt, der Eile verriet. Eden hielt einen Moment inne und verkündete nach kurzer Inspektion mit einer Spur von Verärgerung: »Es ist Lisa. Was mag sie wollen?«

»Dich, vermute ich«, antwortete Em mit einiger Erbitterung. »Geh und fang sie ab, Eden. Ich will heute niemanden mehr sehen. Alles, was ich möchte, ist Tee und meinen Frieden!«

Sie wandte sich Drew zu und erkundigte sich bei ihm nach dem Gerücht, auf einer Nachbarfarm sei Schweinefieber ausgebrochen. Eden stieg schnell die Verandastufen hinunter und ging den schmalen Pfad entlang, der durch den Garten zur Plumbagohecke und zum Verwalter-Bungalow führte.

Victoria sah, daß die Frau schneller lief, als er sich ihr näherte, und sobald sie ihn erreicht hatte, klammerte sie sich an seinen Jackenärmel. Sie waren so weit entfernt, daß ihre Stimmen durch Ems beißende Kritik über die Unwirksamkeit der Quarantäne-Maßnahmen nicht zu verstehen waren. Doch selbst aus dieser Entfernung ließ sich aus den Gesten der Frau, ja aus ihren Kopfbewegungen schließen, daß sie sich in höchster Aufregung befand.

Eden warf einen schnellen Blick über die Schulter zum Haus, und Victoria kam sein Gesicht gegen die Baumschatten merkwürdig farblos vor. Die Frau zerrte an seinem Ärmel, als dränge sie ihn, mit ihr zu kommen. Ihre Stimme klang hoch und beschwörend; sie bat oder argumentierte. Dann faßte Eden plötzlich ihren Arm, kehrte schnell zum Haus zurück und zog Lisa mit sich.

Em, ganz vertieft in ihre Angelegenheiten, nahm sie erst wahr, als sie am Fuß der Verandatreppe ankamen und sie das Klappern hoher Absätze auf Stein und das Klingeln der Anhänger an Mrs. Markhams Armband hörte. Sie drehte sich mit einem Blick unverhohlener Ungeduld um.

»Nun, Lisa? Was gibt's?«

Aber es war Eden, der antwortete, nicht Mrs. Markham. Er war erschreckend blaß geworden, und seine Stimme klang aufgeregt.

»Lisa hat etwas zu berichten, das du meiner Meinung nach sofort hören solltest. Sie –«

Em warf mit herrschaftlicher Geste eine Hand hoch und gebot ihm Einhalt. Ihre klugen alten Augen wanderten von einem Gesicht zum anderen und dann zu Zacharia und einem Hausboy, die in einer Ecke der Veranda den Tisch für den Nachmittagstee deckten. Sie erklärte kalt: »Wenn es wichtig ist – und das setze ich voraus –, dann sollten wir lieber ins Wohnzimmer zurückgehen. Auf Wiedersehen, Drew. Danke, daß Sie meine Nichte abgeholt haben. Das war nett von Ihnen. Ich schicke Eden morgen hinüber, damit er sich diese Kälber ansieht.«

Sie nickte ihm zu und wandte sich ab. Victoria sagte ein wenig steif: »Leben Sie wohl, Mr. Stratton. Danke für all Ihre Mühe.«

»Nicht der Rede wert«, brummte Drew. »Ich war zufällig in Nairobi, und das war auf meiner Heimfahrt.«

Er stieg die Stufen hinab zu seinem Wagen. Victoria, die auch nicht ohne Temperament war, blieb mit juckender Handfläche und dem wenig damenhaften Wunsch zurück, ihn zu ohrfeigen.

Em sprach energisch mit ihrem Enkel.

»Mein lieber Eden, wenn es etwas ist, das uns betrifft, muß es auch Victoria betreffen, da sie jetzt zum Haushalt gehört. Übrigens, Lisa, Sie haben meine Nichte Miss Caryll noch nicht kennengelernt. Victoria, das ist Mrs. Markham –«

Victoria gab Lisa die Hand und sah in ein Paar großer tiefblauer Augen, geschickt mit Lidstrich und Wimperntusche betont und zweifelos ebenso feindselig wie die Drew Strattons. Und dann sagte Em: »Gib mir den Arm, Liebes« und ging festen Schrittes zum Wohnzimmer voraus. Aber ihr Gewicht drückte schwer auf Victorias Arm, als brauche sie diese Stütze wirklich, und ihr massiger Körper zitterte vor Erschöpfung.

Em ließ sich wieder in dem Ohrensessel nieder, und Eden begann: »Sieh mal, Grandma, Lisa wollte dich damit nicht beunruhigen, aber ich meine, du solltest es wissen. Sie sagt –«

Seine Großmutter zwang ihn mit einem Blick nieder und befahl: »Laß sie für sich selbst sprechen, bitte. Nun, Lisa?«

Lisa hockte verdrossen auf dem Fenstersitz und rieb sich grollend die blauen Flecken, die Edens unsanfter Griff auf ihrem bloßen Arm hinterlassen hatte. »Ich dachte nur, Eden müsse es wissen, und dann hätte er entscheiden können, was zu tun wäre. Ich hatte nicht die Absicht, es irgend jemand anderem zu erzählen. Nicht einmal Gilly! Obwohl es natürlich früher oder später jeder erfahren wird, weil Wambui es bestimmt weitersagt. Und wenn es einmal bei den Dienern die Runde macht – Sie wissen ja, daß sie nie etwas für sich behalten können.«

Em lachte kurz auf. »Wie wenig Sie dies Land kennen, Lisa. Afrikaner mögen nicht fähig sein, ein Geheimnis vor ihren eigenen Leuten zu bewahren. Dagegen können sie es immer vor uns bewahren. Täuschen Sie sich da bloß nicht! Was haben Sie denn nun zu berichten? Wenn es sich nur um Dienstbotenklatsch handelt, können Sie ziemlich sicher sein, daß es unwichtig ist.«

»Das ist kein Klatsch«, erklärte Lisa wütend, »es ist ernst.« Ihre blauen Augen blitzten plötzlich boshaft auf. »Sehr ernst! Darum wollte ich ja zuerst mit Eden allein darüber sprechen. Na gut, wenn er das nicht will, ist er selber schuld. Es ist wegen Wambui, wenn Sie es unbedingt wissen wollen, meiner Dienerin. Sie benimmt sich seit einem oder zwei Tagen sehr merkwürdig. Läßt Sachen fallen und vergißt alles mögliche, und bei jedem Geräusch schreckt sie zusammen, als sei sie gestochen worden. Heute nachmittag nahm ich sie mir deswegen vor, und es kam alles heraus, sie ist wegen Kamau so nervös.«

»Sie reden von meinem Kamau?« fragte Em.

»Ja. Anscheinend macht er ihr den Hof, und sie haben sich jeden Abend im Gebüsch hinter dem Hügel getroffen.«

Em erstarrte in ihrem Sessel, und ihr Gesicht verlor den Ausdruck müder Geduld. Scharf und ein bißchen atemlos fragte sie: »Sie meinen, Sie haben etwas gesehen? Ist es das? Sie wissen, wer es getan hat?«

Lisa schüttelte den Kopf. »Das weiß ich nicht. Sehen Sie, Wambui konnte am Dienstagabend nicht weg. Kamau muß eine ganze Zeit auf sie gewartet haben. Und jetzt hat er ihr gegenüber Andeutungen gemacht, er wisse etwas über – den Mord an Alice.«

Im Zimmer herrschte plötzlich Stille, und mitten drin hörte Victoria ein leises Geräusch, als bewege sich eine Klinke. Es schien aus der Richtung der Tür zu kommen, die aus dem Wohnzimmer in den Flur führte. Aber im nächsten Augenblick wurde ihre Aufmerksamkeit abgelenkt, denn Em ergriff wieder das Wort.

»Die Polizei hat alle Diener befragt!« sagte Em. »Schon ein halbes dutzendmal. Man hätte uns doch sicher mitgeteilt, wenn man irgendeine Information aus ihnen herausgeholt hätte? Greg Gilbert ist den halben Nachmittag hier gewesen.«

»Wambui sagt, Kamau habe der Polizei gesagt, er wisse von gar nichts.«

Em machte eine zornige, ungeduldige Geste. »Dann wird er wohl auch nichts wissen. Wahrscheinlich hat er sich nur bei Wambui wichtig gemacht.«

»Wir wissen jedoch, daß in jener Nacht jemand im Gebüsch war«, warf Eden ein. »Warum soll es nicht Kamau gewesen sein? Ja, warum soll Kamau nicht der Poltergeist gewesen sein – und der Mörder?«

»Rede keinen Unsinn, Eden«, wies Em ihn ärgerlich zurecht. »Kamaus Vater war einer der ersten Diener deines Großvaters, und Zacharia ist sein Onkel. Er würde mir ebensowenig ein Leid antun wie – wie Zacharia! Und du scheinst zu vergessen, daß er es war, der Gitahi tötete. Wenn er seine Loyalität damit nicht bewiesen hat, möchte ich wissen, womit er sie beweisen soll!«

»Oh, schon gut – schon gut. Ich weiß, es ist sinnlos, dich davon zu überzeugen, einer deiner geliebten Kikus sei nicht hundertprozentig loyal. Aber was ist mit dem Mann im Gebüsch? Das paßt doch zusammen. Denn irgendwer war dort!«

»Wenn es Kamau war, ist es der Beweis, daß er Alice nicht ermordet hat«, stellte Em, steif vor Zorn, fest. »Wer auch immer dort gestanden hat, ist nicht in die Nähe der Leiche gegangen. Das weißt du genau.«

»Natürlich weiß ich das. Aber er könnte etwas gesehen haben, oder? In dem Punkt mag er die Wahrheit sprechen.«

»Wenn das deine Überzeugung ist«, fauchte Em, »schlage ich vor, daß du sofort Greg Gilbert anrufst und ihm genau berichtest, was Lisa uns erzählt hat. Dann kann sich die Polizei damit befassen – und mit Wambui!«

»Das dürfen Sie nicht tun!« keuchte Lisa und sprang auf, die Augen groß vor Entsetzen. »Sie würden sie mitnehmen und zum Verhör dabehalten. Sie wissen, wie sie sind. Vielleicht kommt sie tagelang nicht zurück, und ich kann sie einfach nicht entbehren. Oh, wenn ich bloß nichts gesagt hätte!«

Ihre Augen füllten sich mit Tränen. Sie ließ sich auf einem Stuhl nieder und begann, blindlings und ohne Erfolg in den unzureichenden Taschen ihres Leinenkleids herumzusuchen.

»Hier.« Eden reichte ihr ein Taschentuch. Unbeholfen klopfte er ihr auf die Schulter und sagte: »Nicht weinen, Lisa.« Sie tupfte sich die Tränen ab, tastete nach seiner Hand, umklammerte sie und blickte mit Augen zu ihm auf, aus denen offene und hilflose Anbetung sprach.

Eden entzog ihr seine Hand mit mehr Geschwindigkeit als Galanterie, und Em bemerkte trocken: »Sie wären besser sofort zu mir gekommen, Lisa, auch wenn Sie von mir wahrscheinlich weniger Mitgefühl zu erwarten haben als von meinem Enkel. Doch in einem Punkt haben Sie recht. Die Polizei wird aus Kamau nichts herausbringen, falls sie nicht Gewalt anwendet. Und ich lasse es nicht zu, daß meine Diener eingeschüchtert werden. Ich will selbst mit ihm reden. Er kann heute abend nach dem Dinner mit mir den Rundgang machen. So wird es am besten sein. Ich nehme oft einen der Boys mit, deshalb kann das keinen Verdacht erregen. Und im Dunkeln wird ihm das Sprechen leichter fallen. Das ist immer so bei ihnen. Und jetzt wollen wir Tee trinken.«

Lisa konnte nicht bleiben, aber Eden erbot sich nicht, sie nach Hause zu begleiten. Nachdem sie eine Weile herumgetrödelt hatte, wandte sie sich von ihm ab, warf schnippisch den Kopf in den Nacken und ging den langen Gartenweg hinunter. Eden kehrte zu seinem Sessel zurück, ließ sich hineinsinken und starrte übelgelaunt ins Leere, während sein Tee kalt wurde. Er machte keinen Versuch zu einer Unterhaltung. Victoria saß schweigend da und beobachtete ihn heimlich.

Die Jahre hatten seinem spektakulär guten Aussehen keinen Abbruch getan. Zwar sah er älter und magerer aus, seine Stirn war gefurcht, und das ständige Zusammenkneifen der Augen in starkem Sonnenlicht hatte Fältchen erzeugt. Trotzdem ließ sich nicht leugnen, daß er in seiner äußeren Erscheinung, sofern er sich verändert hatte, noch attraktiver war als vor sechs Jahren.

Das ist ungerecht! dachte Victoria ärgerlich. Niemand kann sagen, wie er wirklich ist, weil man nicht darüber hinwegkommt, wie gut er aussieht! Was weiß ich über Eden? Was habe ich je über ihn gewußt? Liebe ich ihn immer noch...?

Auch Em hatte keine Lust zu einer Unterhaltung gehabt. Jetzt schob sie ihre beinahe unberührte Tasse fort, stand entschlossen auf und verkündete, sie zumindest habe nicht die Absicht, den ganzen Abend untätig herumzusitzen. Und da sie wieder Fleisch für die Hunde brauche, wolle sie den Landrover nehmen und einen Bock schießen. Victoria und Eden kämen am besten mit.

Eden sagte: »Du machst dich nur völlig kaputt, wenn du mit dem

Landrover herumrast. Warum bleibst du zur Abwechslung nicht einmal hier und legst die Füße hoch? Ich werde gehen. Victoria kann mitkommen, wenn sie mag.«

Em warf ihrer Nichte einen schnellen, ängstlichen Blick zu und erklärte widerborstig: »Ich möchte meine Füße nicht hochlegen, vielen Dank. Ich möchte raus aus diesem Haus und an die frische Luft.«

»Damit willst du sagen«, lächelte Eden, »daß du dich aufgeregt hast. Und immer, wenn das passiert ist, reagierst du dich ab, indem du viel zu schnell durch die Gegend fährst. Daß du Fleisch für die Hunde brauchst, ist nur ein Vorwand, das weißt du selbst.«

»Das stimmt nicht«, fuhr Em ihn an. »Dir dürfte bekannt sein, daß sie in etwa vier Tagen mit einem Bock fertig werden – mit dem, was übrig ist, nachdem die Diener die besten Stücke bekommen haben. Außerdem hält sich frisches Fleisch bei diesem Wetter nicht.«

Sie hastete entschlossen über die Veranda davon. Eden sagte mit verlegenem Grinsen zu Victoria: »Du mußt Nachsicht mit uns walten lassen, Vicky. Wir sind alle ziemlich durcheinander. Ein Jammer, daß du gerade jetzt kommen und in all das verwickelt werden mußtest. Ich wünschte, ich hätte dich heraushalten können.«

Victoria erwiderte ernst: »Eden, ich habe noch keine Zeit gehabt, dir zu sagen, wie leid mir das tut mit deiner Frau. Aber –«

»Schon gut«, fiel Eden hastig ein. »Du brauchst gar nichts zu sagen. Hör zu, Vicky –« Er zögerte, wurde rot und platzte dann heraus: »Es ist wohl nicht der richtige Augenblick, es zu erwähnen, aber du mußt denken, daß ich mich damals richtig brutal gegen dich verhalten habe. Und natürlich war es brutal. Es gab Gründe, daß – Ach, es hat keinen Zweck, sie dir jetzt zu erläutern. Aber was ich sagen wollte: Ich bin verdammt froh, daß du hier bist. Ich durfte nicht hoffen, daß du kommen würdest, aber wir haben in diesem Haus ein bißchen gesunden Menschenverstand nötig. Und du hast recht, Grandma braucht dich. Sie steht am Rand eines Zusammenbruchs, und wenn wir nicht aufpassen, wird sie am Ende einen

Schlaganfall bekommen oder den Verstand verlieren. Bitte, versuche, ihr beizubringen, daß sie ein bißchen langsamer treten muß – zumindest bei der Arbeit.«

»Ich werde tun, was ich kann. Das weißt du.«

»Ja, natürlich. Nur wird es nicht leicht sein. Du hast gemerkt, daß du mitten in eine richtig unangenehme Situation hineingeraten bist. Großmutter versucht, sich und andere glauben zu machen, daß nun alles vorüber ist, und ich wünschte, ich könnte ihr zustimmen. Mir hat jedoch gar nicht gefallen, was Greg gesagt hat – schwierig sei nur der erste Mord. Angenommen, er hat recht, und der Mord an Alice war nicht das Ende, sondern der Anfang? Weißt du, Vicky, wenn du der Ansicht bist, du solltest besser nicht bleiben, dann – dann mußt du nicht bleiben. Ich könnte immer einen Rückflug für dich arrangieren.«

»Das hat Tante Em auch gesagt. Versuchst du, mir Angst einzujagen, Eden? Oder willst du mich bloß loswerden?«

»Guter Gott, nein! Wie ich dich kenne, läßt du dir nicht so leicht Angst einjagen, und darüber bin ich sehr froh. Glaub mir, es wird eine angenehme Abwechslung sein, jemanden im Haus zu haben, der nicht jedesmal zusammenfährt, wenn eine Tür sich öffnet oder ein Blatt fällt! Ich möchte nur nicht, daß du das Gefühl hast, du müßtest bleiben. Das ist alles.«

Er tupfte ihr leicht mit einem Finger auf die Nasenspitze, eine vertraute, liebkosende Geste, die er früher so oft gemacht und die ihnen allein gehört hatte. Victoria trat so schnell zurück, als sei es ein Schlag gewesen, wandte sich von ihm ab und ging hinaus.

Em und Eden warteten beide auf sie im Landrover, als sie zehn Minuten später wieder auftauchte. Sie fuhren hinaus ins freie Land, wo Em ein *Kongoni* und eine Thomson-Gazelle schoß.

Bei ihrer Rückkehr war es dunkel geworden. Em erklärte, sie sei zu müde, um sich fürs Dinner umzuziehen. Deshalb aßen sie, wie sie waren, in dem kerzenbeleuchteten Speisezimmer, wo Porträts von verstorbenen DeBretts und Beaumartins auf sie niederblickten. Später, als Zacharia das Wohnzimmer mit dem Kaffeetablett verließ, sprach Em ihn kurz auf suaheli an.

Victoria verstand nicht, was sie sagte, aber Eden fiel scharf ein: »Kamau? Du willst doch nicht etwa heute abend noch mit ihm sprechen? Du bist viel zu erschöpft! Um Himmels willen, Grandma, laß das für morgen! Er wird nicht weglaufen.«

»Woher weißt du das?« fragte Em pessimistisch und ging zur Tür. »Natürlich werde ich mit ihm sprechen. Außerdem sagt Zacharia, er habe ihm schon ausgerichtet, heute abend solle er mit mir die Runde machen, und deshalb wird er auf mich warten. Ich hatte gesagt, er solle eine Lampe mitbringen und sich am Tor mit mir treffen, weil ich nachsehen wollte, ob die Flußpferde den Draht nicht wieder zerrissen haben. Die Gelegenheit ist zu günstig, als daß ich darauf verzichten möchte. Mir sind nach Dunkelwerden schon Dinge anvertraut worden, die ich bei Tag nie zu hören bekommen hätte. Ich kenne diese Leute besser als du – auch wenn ich nicht in Kenia geboren bin!«

»Um Gottes willen, Grandma«, rief Eden bestürzt. »Du hast doch nicht etwa vor, heute abend die Runde zu machen?«

»Warum nicht? Das habe ich noch nie unterlassen.«

»Aber du bist ganz erledigt! Und nötig ist es sowieso nicht mehr. Oh, du brauchst mich nicht daran zu erinnern, was Alice passiert ist! Meinst du, ich brauchte eine Erinnerung? Aber sogar Greg hält das für nichts weiter als einen vereinzelten Angriff. Wenn aber die Krise vorüber ist – und das wird uns doch dauernd erzählt –, was hat es dann für einen Sinn, daß du jeden Abend die Runde machst und dich überzeugst, ob die Feldarbeiter alle drinnen und die Türen richtig verschlossen sind? Das können wir nicht auf ewig durchführen. Hör mal, ich erledige das heute für dich. Ich werde auch gleich mit Kamau sprechen.«

»Nein, mein Lieber«, erwiderte Em ruhig, aber sehr bestimmt. »Er würde mit dir nicht so reden wie mit mir.«

»Dann gehe ich aber mit dir. Du weißt, ich bin nie damit einverstanden gewesen, daß du nach Dunkelwerden allein hinausgehst, aber du wolltest ja nicht hören. Höchste Zeit, daß das aufhört. Victoria –«

Er wandte sich ihr zu, als erwarte er Unterstützung von ihr, und

Em fuhr dazwischen: »Victoria hat nichts damit zu tun, und es ist mittlerweile so spät geworden, daß sie zu Bett gehen sollte. Sei nicht albern, Eden. Du hast bisher nie versucht, mich davon abzuhalten, und ich weiß wirklich nicht, warum du jetzt damit anfängst.«

»Ich habe es versucht, aber –«

»Aber deine Frau wollte dich nicht an meiner Stelle gehen lassen, und sie wollte dir auch nicht erlauben, mich zu begleiten, weil sie sich allein im Haus fürchtete. Ich weiß, mein Lieber. Du mußt jedoch einsehen, daß jetzt nicht der richtige Augenblick ist, in unseren Vorsichtsmaßnahmen nachlässig zu werden. Wenn du wirklich wünschst, die abendlichen Rundgänge zu übernehmen, wollen wir morgen darüber sprechen. Nur geht es jetzt darum, etwas aus Kamau herauszuholen, und dazu muß ich mit ihm allein sein. Laß uns deshalb nicht weiter streiten. Victoria, mein Liebes, geh zu Bett. Du mußt furchtbar müde sein. Und du auch, Eden! Es ist nicht nötig, daß du auf mich wartest. Gute Nacht, mein Junge.«

Sie schloß mit Entschiedenheit die Tür hinter sich. Eden tat einen hastigen Schritt vorwärts, als wolle er ihr folgen. Dann sah er Victoria an und zuckte die Schultern.

»Nun siehst du, was ich damit meinte, es sei keine einfache Aufgabe, Grandma zu helfen! Tu lieber, was sie dir gesagt hat, und geh zu Bett. Wie ich annehme, kannst du ein bißchen Schlaf brauchen. Gute Nacht.«

Er machte kehrt und ging durch die Verandatür hinaus. Victoria blieb allein in dem stillen Wohnzimmer zurück.

8

Trotz der Ängste und Aufregungen des Vortages – oder vielleicht gerade deswegen – schlief Victoria fest und traumlos. Sie erwachte erfrischt und gestärkt und fühlte sich fähig, es mit jedem Problem aufzunehmen, das das Leben auf *Flamingo* ihr stellen sollte.

Der Frühstückstisch war auf der Veranda gedeckt. Eden saß in Reithosen und einer leichten Tweedjacke auf dem Geländer und trank schwarzen Kaffee. Er sah müde aus, und seine Lider waren schwer – als habe er mehrere Nächte lang nicht genug Schlaf bekommen.

Er glitt von dem Geländer und sagte: »Hallo, Vicky. Dich braucht man nicht erst zu fragen, wie du geschlafen hast. Du siehst unverschämt gut aus. Die Hunde werden dich hoffentlich nicht gestört haben? Sie haben in Abständen schrecklich gebellt.«

»Ich bin ein paarmal davon aufgewacht«, gab Victoria zu und setzte sich an den Tisch. »Aber ich war zu schlaftrunken, um mir Gedanken darüber zu machen. Was war denn los?«

»Nichts. Oder alles! Für gewöhnlich laufen sie nachts frei umher, aber die Spanielhündin der Markhams ist läufig, und Lisa bat uns, die Rüden während dieser Zeit einzusperren. Offenbar pflegten sie unter Lisas Fenster zu sitzen und ihr die ganze Nacht Ständchen zu bringen. Nun haben wir sie in einem der leeren Schuppen eingesperrt, und das mögen sie nicht. Hier ist Kaffee. Grandma nimmt ihr Frühstück im Bett. Ich soll dir sagen, sie möchte dich gern nach dem Frühstück sprechen. An deiner Stelle würde ich mir Zeit lassen. Sie ist nicht in der besten Stimmung.«

»Warum? Es ist doch nicht wieder etwas passiert, oder? Ich meine – es ist nicht von neuem etwas zerbrochen worden, oder –?«

»Nein, nichts dergleichen. Nur, daß Kamau gestern abend nicht gekommen ist. Sie stand herum und wartete auf ihn, und schließlich war sie durchgefroren bis auf die Knochen, und das verdarb ihr gründlich die Laune. Sie mag es gar nicht, wenn man sie warten läßt, und sie wird wütend, wenn man ihren Befehlen nicht gehorcht. Wahrscheinlich hatte Kamau eine Verabredung mit seiner Freundin. Oder er hat den Mut verloren und hat sich für ein paar Tage verdrückt. Grandma sieht ganz gelb aus, und ich weiß jetzt schon, es wird so ein Tag werden, an dem alles schiefgeht.«

Zacharia erschien mit einer großen Portion Speckeier. Victoria bediente sich und fragte Eden, ob er ausreiten wolle.

»Ich war schon«, antwortete Eden kurz. Er wies die Eier mit allen Zeichen des Abscheus zurück, goß sich eine zweite Tasse schwarzen Kaffee ein und kehrte zu seinem Platz auf dem Geländer zurück. »Wenn du fertig bist, begleite ich dich zu Grandmas Zimmer. Hoffentlich haben wir Glück, und sie hat sich ein bißchen beruhigt. Wir sollten uns zusammentun und sie zu überreden versuchen, daß sie heute im Bett bleibt.«

Aber beide Hoffnungen schlugen fehl. Em war bereits aufgestanden und außerordentlich schlecht gelaunt. Sie saß vor ihrem Toilettentisch in grauen Cordhosen und einem Oberteil, das den Eindruck eines Seemannspullovers in schmerzhaft grellem Orange machte.

»Oh, ihr seid es.« Em sprach zu dem Spiegelbild der beiden und drehte sich nicht um. »Guten Morgen, Victoria. Ich hoffe, du hast gut geschlafen – was ich von mir nicht behaupten kann!«

In schneidendem Suaheli wandte sie sich an Zacharia, der in einen der Schränke lugte. Ärgerlich setzte sie hinzu: »Er wird zu alt für die Arbeit. Das ist es. Ich werde ihn pensionieren müssen.«

»Was hat er denn jetzt angestellt?« fragte Eden erstaunt.

»Eines meiner Kleider hat er verbummelt. Ein anderes ist noch nicht gebügelt, ein weiteres ist in der Wäsche, und das von gestern ist schmutzig; so bleibt mir nichts übrig, als eine alte Cordhose deines Vaters anzuziehen. Nichts als Nachlässigkeit! Oh, hör auf, in dem Schrank herumzustöbern, Zacharia! Wenn sie vor fünf Minuten nicht da waren, sind sie jetzt auch nicht da. Hier, nimm das da mit und laß es sofort waschen. Es sollte am besten gekocht werden. Und sieh zu, daß sie bis heute abend alle trocken und gebügelt sind.«

Sie faßte nach unten und nahm das Kleid und die Bluse, die sie am Vortag getragen hatte, auf, knäulte alles zusammen und warf es dem alten Kikuju zu, der es geschickt auffing und hinaustrug.

Eden legte seiner Großmutter schmeichelnd den Arm um die Schultern. »Sei friedlich, Grandma. Du kannst doch an Victorias erstem Tag hier nicht jeden im Haus in Stücke reißen. Sie bekommt ja einen ganz falschen Eindruck. Ärgere dich nicht, das ist schlecht für den Blutdruck.«

»Ich ärgere mich nicht. Ich bin wütend! Zacharia meint, Kamau habe sich gestern abend mit dieser Dienerin von Lisa getroffen, statt auf mich zu warten. Wenn er das Mädchen tatsächlich gesehen hat, wird sie ihm erzählt haben, was sie Lisa gesagt hat, und natürlich traute er sich danach nicht mehr, mir unter die Augen zu treten. Wartet nur, bis ich ihn in die Finger kriege! Ich vermute, er hilft heute vormittag beim Schneiden der Luzerne auf dem Ostfeld – er meint wohl, er könne mir aus dem Weg gehen. Ich habe Zacharia gesagt, daß ich ihn in dem Augenblick, wo er zurückkommt, zu sprechen wünsche.«

Em steckte eine Diamantbrosche an. Ihr Blick fiel auf Victorias Spiegelbild. Sie drehte sich um und betrachtete ihre Nichte wohlgefällig.

»Wie nett du aussiehst, Liebes. Ich hatte vergessen, wie hübsch du bist. Hast du schon gefrühstückt? Gut. Dann zeige ich dir jetzt das Büro und erkläre dir ein bißchen, was es dort zu tun gibt. Dann führe ich dich durch das Haus und die Gärten, und nach dem Lunch –«

»Nach dem Lunch«, fiel Eden entschlossen ein, »mache ich mit ihr eine Bootsfahrt. Du hast doch nicht etwa vor, sie von heute an ununterbrochen schuften zu lassen?«

»Nein, natürlich nicht. Ich möchte, daß sie sich amüsiert. Natürlich, fahr mit ihr auf den See hinaus. Das wird ihr gefallen. Und wir müssen ein paar Ausflüge organisieren – Picknick-Partys, damit sie etwas vom Rifttal zu sehen bekommt. Es gibt schließlich keinen Grund, warum wir im Zimmer sitzen und Trübsal blasen sollten. Wie war das gleich – du wolltest heute vormittag einen Blick auf das neue Bohrloch werfen, nicht wahr? Dann sehen wir dich zum Lunch wieder. Komm, Liebes.«

Sie drängte Victoria hinaus, und der Rest des Vormittags wurde dem von ihr umrissenen Programm gewidmet. Eden wurde aufgehalten, deshalb nahmen sie den Lunch spät. In die Mahlzeit hinein platzte der junge Mr. Hennessy von der Polizei, begleitet von zwei schwarzen Hilfspolizisten. Em ließ ihn warten. »Es wird ihm nichts schaden, sich die Absätze auf der Veranda abzukühlen«, bemerkte sie spitz. Sie trödelte beim Kaffee, bis die Zeiger der Großvateruhr auf zwanzig vor drei standen. Erst dann ging sie zu ihm hinaus.

»Um nichts in der Welt möchte ich heute nachmittag in Bill Hennessys Schuhen stecken.« Eden nahm Victorias Arm und eilte mit ihr einen Pfad hinunter, der sich durch eine farbenprächtige Wildnis von Plumbagos und wilden Lupinen zum See hinunterschlängelte. »Sie kann nicht vergessen, daß sie ihn schon gekannt hat, als er ein schmutziger kleiner Schuljunge war. Wenn er ihre Diener im Namen des Gesetzes befragt, heißt das für sie, Beleidigung zum Unrecht fügen. Paß auf, hier sind Dornen.«

Eden öffnete das Tor in die Shamba und führte Victoria in eine üppige grüne Wildnis, wo die warme Luft schwer war vom Duft der Orangenblüten und einschläfernd vom Summen der Bienen. Der feuchte Grund quietschte unter Victorias Sandalen.

»Darin sehe ich bei Grandma überhaupt das Problem«, fuhr Eden fort. »Wenn man in ihr Alter kommt, sind kaum noch Leute übrig, die man nicht als Kinder gekannt hat. Das macht es einem schwer, sie ernst zu nehmen. Sie muß sich wie eine Lehrerin in einem Schulzimmer voll von verantwortungslosen Rangen vorkommen. Dennoch, ich habe es ziemlich satt, behandelt zu werden, als sei ich noch in der vierten Klasse. Würde Grandma sich klarmachen, daß ich jetzt erwachsen bin, setzte sie mich anstelle dieser Null von Gilly auf den Verwalterposten. Verdammt noch mal, ich muß doch lernen, wie die Farm zu führen ist! Schließlich wird sie mir eines Tages gehören. Das heißt, falls Grandma mich nicht aus ihrem Testament streicht und dir alles hinterläßt.«

»Mir?« rief Victoria bestürzt aus. »Unsinn! Warum sollte sie so etwas tun?«

Eden zuckte die Schultern und ging ihr voran in einen schattigen

Wald aus Bananenpalmen. »Frag mich was Leichteres. Warum tut Grandma dies oder jenes? Weil sie es tun will. Außerdem hat sie etwas von einer Feministin an sich. Sie könnte denken, du würdest mehr als ich für *Flamingo* tun – und für Kenia. Denn bekanntlich ist das Weibchen der Spezies zielstrebiger als das Männchen – und so weiter.«

»Blödsinn!« entgegnete Victoria. »Du weißt genau, daß sie dich vergöttert. Das hat sie immer getan. Sie geht nur so streng mit dir ins Gericht, um diese Tatsache zu verschleiern, und täuscht doch niemanden.«

Eden lachte. »Mag sein. Trotzdem ist es nicht ausgeschlossen, daß sie der Meinung ist, ich nähme meine Verantwortung als Thronerbe zu leicht. Um mich zu bessern, führt sie mir vor Augen, daß sie einen anderen Kandidaten nominieren kann, falls ich meine Aufgabe als ihr Nachfolger nicht ernst genug nehme. Sie ist eine liebenswürdige alte Intrigantin.«

»Aber du glaubst das doch nicht?« fragte Victoria beunruhigt. »Ich meine, einmal angenommen, sie würde das tun – aber das wird sie nicht! –, dann glaubst du doch nicht, daß ich dich von *Flamingo* vertriebe?«

Eden blieb stehen, drehte sich mit einem Lächeln um. Victorias törichtes Herz setzte aus und tat dann einen Sprung. Er sagte: »Nicht, Liebes? Das frage ich mich. Du könntest denken, es geschähe mir ganz recht.«

Schamröte überflutete Victorias Gesicht bis an die Wurzeln ihrer braunen Haare. Sie antwortete verwirrt: »Eden, ich habe nie gedacht – ich meine – nun, wir hatten einen Fehler gemacht. Das war alles. Aber wir sind immer noch Freunde.«

»Sind wir das?« fragte Eden ernst. »Sind wir das wirklich, Vicky?«

»Natürlich.« Victoria machte einen entschlossenen Versuch, einen unbeschwerten Ton anzuschlagen. »Ich bin wie Tante Em. Ich kann nicht vergessen, daß wir in der Zeit, als du ein ungezogener kleiner Junge mit zerkratzten Knien und schmutzigem Hals warst, Verbündete gegen die Autorität waren.«

Aber Eden weigerte sich, auf sie einzugehen. Ohne zu lächeln, sagte er: »Ich danke dir, Vicky.« Er faßte nach ihrer Hand und hatte sie an die Lippen gezogen und geküßt, ehe Victoria wußte, wie ihr geschah.

Sie kämpfte den starken Impuls nieder, ihm ihre Hand zu entreißen und wegzulaufen, und einen noch stärkeren, seinen gebeugten Kopf mit ihrer freien Hand zu streicheln. Beiden Versuchungen heroisch widerstehend, fragte sie munter: »Ob wir ein paar von diesen Bananen mit ins Boot nehmen können? Es ist Jahre her, daß ich eine direkt vom Baum gepflückt habe.«

»Sie sind noch nicht reif«, wehrte Eden etwas verdrießlich ab. Er ging auf dem Pfad weiter, nur um ein paar Minuten später mit einem ungeduldigen Ausruf erneut stehenzubleiben. »Verdammt! Die Flußpferde waren schon wieder hier drin. Das ist nichts als grobe Nachlässigkeit von Gilly. Er sorgt nicht dafür, daß die Zäune ordentlich ausgebessert werden. Zum Teufel, was nutzt ein einziger Draht, selbst wenn man ihn mit einem leichten elektrischen Strom lädt? Das hat offensichtlich nicht einmal die Überreste der Mau-Mau-Banden daran gehindert, sich einen Fluchtweg um den See offenzuhalten!«

»Glaubst du, es sind welche da? Banden, die sich in dem Sumpf verstecken?« fragte Victoria ängstlich.

»Nein. Natürlich ist es nicht ganz ausgeschlossen, daß ein einzelner Mann, der sich noch in Freiheit befindet, einen oder zwei Tage dort zubringt. Ein besseres Versteck gibt es ja nicht. Sieh dir das nur an!«

Er zeigte in die grobe Richtung der Papyrussümpfe, die sich wie eine feste graugrüne Mauer zwischen der Shamba und dem See erhoben. Ein dichter, unheimlicher, vom Wind leicht bewegter Dschungel. Ein Mann, der sich hindurchkämpfte, hatte die Ohren voll von dem Geräusch, das er selbst erzeugte. Er konnte einen Meter an einem anderen vorüberkommen, ohne etwas davon zu merken. Der Sumpf erstreckte sich meilenweit am Seeufer. Während der Krise hatten sich die Banden Geheimwege ausgehauen und feste Unterkünfte darin gebaut.

Vor Jahren hatte auch Gerald DeBrett einen breiten Plankenweg durch den Papyrus bis zum See angelegt, wo er im Schutz der hohen Stauden ein auf Pfählen stehendes hölzernes Bootshaus errichtete. Es war jetzt verwittert und baufällig, aber Em hatte den Zugang einigermaßen in Ordnung halten lassen. Dort befanden sich ein kleines Ruderboot, ein mitgenommener Flachkahn und ein schmukkes weißes Motorboot.

»Während der ganzen Krise mußten wir einen Wachtposten hier aufstellen«, berichtete Eden, legte ab und stakte das Motorboot durch eine schmale Rinne zwischen hohen Papyrusstauden. »Das war verdammt lästig. Greg wurde richtig scharf deswegen. Er verlangte, das Bootshaus solle abgerissen und die Boote versenkt oder da an Land gezogen werden, wo sie nicht benutzt werden konnten, damit die Mau-Mau sich ihrer nicht bedienen konnten. Grandma jedoch wollte nichts davon wissen. Sie teilte Wachen ein: Gus Abbott, ein halbes Dutzend der loyalen Kikujus und mich. Sogar der arme alte Zacharia wurde zum Dienst gezwungen. Er hatte viel mehr Angst vor seinem eigenen Gewehr – und vor den Flußpferden – als davor, ermordet zu werden. Kamau weigerte sich, überhaupt ein Gewehr in die Hand zu nehmen. Er setzte seine Zuversicht auf seine Panga und erledigte sogar einen Kerl damit! Er erwischte ihn, als er versuchte, ein Boot loszuschneiden, und schlug im Dunkeln auf ihn ein. Trennte ihm sauber den Kopf ab und brachte die Trophäe am Morgen triumphierend zum Haus. Alice fiel am Kaffeetisch in Ohnmacht, aber Grandma zuckte nicht mit der Wimper.«

Victoria schüttelte sich. »Er hat Ihnen den Kopf tatsächlich gezeigt?«

»Und ob! Er war stolz wie ein Spanier darauf. Und mit Recht! Denn es stellte sich heraus, daß es einer der höchsten Mau-Mau-Führer war, Brigadier Gitahi, kein Geringerer. Es war ein stattlicher Preis auf seinen Kopf ausgesetzt, der Kamau ordnungsgemäß ausgezahlt wurde. Als Folge davon waren sämtliche Feldarbeiter auf *Flamingo* mindestens eine Woche lang hoffnungslos betrunken. Jetzt wollen wir sehen, ob wir den Motor anlassen können.«

Das Boot kam frei von dem Papyrus und dem treibenden Tang. Sie waren wieder im heißen Sonnenlicht, und der weite See breitete sich vor ihnen aus. Leuchtendblaue Lilien tupften das Wasser. Die Rufe der Vögel und ihr Flügelrauschen erzeugten einen ununterbrochenen Lärm. Da waren stattliche weiße Pelikane, zahlreich wie die Schwäne auf dem Liffey, Löffler, Zwergtaucher, Kormorane, Wildenten und Reiher.

Ein großer Kopf, geschmückt mit zwei wild wedelnden Ohren, erhob sich steuerbords am Bug, betrachtete sie mit strenger Mißbilligung und versank wieder. »Zu viele Flußpferde hier im See«, bemerkte Eden stirnrunzelnd. »Höchste Zeit, daß wir ein paar abschießen. Eins oder zwei sorgen für Lokalkolorit, aber zwanzig oder dreißig können den Shambas am Seeufer ebensoviel Schaden zufügen wie eine Heuschreckenplage. Sieh – da sind Flamingos. Sie müssen unterwegs nach Elmenteita sein. Nach Naivasha kommen sie nicht oft. Sind sie nicht schön?«

»Wundervoll!« rief Victoria hingerissen. »Weißt du, ich habe oft an all dies gedacht und mich gefragt, ob es wirklich so schön war, wie ich es in Erinnerung hatte. Aber es ist so schön, jedes kleine bißchen!«

»Dann bist du trotz allem froh, daß du zurückgekommen bist?« fragte Eden.

»Was meinst du mit ›trotz allem‹?«

»Mich – Alice – Grandma, die dabei ist, den Verstand zu verlieren, den Poltergeist im Haus und die sich fast ständig auf dem Anwesen herumtreibende Polizei«, sagte Eden bitter.

»Oh, Eden, es tut mir leid!« Victoria hob ihr errötetes, zerknirschtes Gesicht. »Die Sache mit Alice hätte ich beinahe vergessen. Ich muß dir sehr selbstsüchtig erscheinen.«

»Nein, gar nicht, Liebes. Du bist erfrischend normal. Gott sei Dank dafür! Um dir die Wahrheit zu sagen, Vicky, ich kann es selbst nicht ganz glauben. Wenn ich vom Haus weg bin, scheint mir alles ein Alptraum zu sein, aus dem ich aufwachen werde. Nur wenn ich dann ins Haus zurückkomme. – Ach, zum Teufel! Reden wir über etwas anderes, ja?«

»Ja!« stimmte Victoria dankbar zu. »Wohin fahren wir übrigens? Und wem gehört das Haus da oben auf dem Berg?«

»Drew Stratton. Der Mann, der dich gestern vom Flughafen abgeholt hat.«

»Oh«, machte Victoria bedrückt. Nach kurzem Schweigen erkundigte sie sich: »Wolltest du mir sagen, wem das Haus gehört, oder wohin wir fahren?«

»Beides.«

»Oh«, sagte Victoria noch einmal und verriet einen deutlichen Mangel an Begeisterung.

Eden warf ihr einen belustigten Blick zu. »Du scheinst nicht sehr erfreut darüber zu sein. Hat dir unser Mr. Stratton nicht gefallen?«

»Ich habe ihm nicht gefallen. Ich hatte sogar den Eindruck, daß er sich Mühe gab, unhöflich zu sein. Ist er ein eingefleischter Frauenfeind oder so etwas?«

»Nicht daß ich wüßte. Und da jeder in Kenia die tiefsten Geheimnisse seiner Mitmenschen kennt, kannst du dich darauf verlassen, daß er keiner ist.«

»Dann hat er nur schlechte Manieren, nehme ich an«, stellte Victoria mit einiger Schärfe fest.

»Du bist richtig böse auf ihn, stimmt's?«

»Ich habe mich noch nie darüber gefreut«, erklärte Victoria mit Würde, »wenn mich jemand auf den ersten Blick und ohne Grund ablehnte.«

Eden lachte. »Erzähl mir nicht, daß das schon einmal geschehen ist, denn ich würde dir nicht glauben! Dir muß irgend etwas in den falschen Hals gekommen sein. Drew ist allgemein beliebt.«

»Das kann ich mir nicht vorstellen. Er ist offensichtlich eingebildet und selbstgefällig und dazu flegelhaft und ohne eine Spur von Manieren, und –«

»Halt, halt!« fiel Eden ein. »Gib dem armen Jungen eine Chance! Du darfst unser großes Vorbild nicht einfach von seinem Podest stoßen, weißt du. Er ist einer unserer führenden Bürger. Wir pflegen mit Stolz auf ihn hinzuweisen.«

»Warum?« fragte Victoria kühl. »Weil er mit einem Revolver auf der Hüfte umherläuft und zu schnell fährt, vermute ich?«

»Falsch. Zunächst einmal ist er in Kenia geboren, und seine Großeltern gehörten zu den echten Pionieren – wie Delamere und Grogan und Großvater DeBrett. Das bedeutet etwas in einer jungen Kolonie! Er verlor beide Eltern, bevor er zwanzig war. Während der Landungen in der Normandie bedeckte er sich mit Wunden und Auszeichnungen, und als er zurückkam, stellte er fest, daß sein Verwalter die Farm hatte verlottern lassen. Sie trug eine Schuldenlast statt der fetten Gewinne, die andere während der Kriegsjahre erwirtschaftet hatten. Viele Männer hätten angesichts eines solchen Schlamassels verkauft und wären weggezogen. Aber Drew weigerte sich rundheraus, sich auch nur von einem einzigen Morgen Land zu trennen. Er nahm sich vor, die Farm aus den roten Zahlen zu bekommen, und er schaffte es. Er muß, Gott weiß, wie lange, von Viehfutter und *Posho* gelebt haben, und er arbeitete für zehn. Und dann, als es gerade wieder aufwärts ging, begann die Mau-Mau-Geschichte...«

Eden blickte grübelnd auf den See hinaus und schwieg so lange, daß Victoria schließlich ungeduldig verlangte: »Erzähl weiter. Was ist ihm dann passiert?«

»Wem? Ach so, Drew. Nicht viel, wenn du seinen Besitz meinst. Die Strattons haben immer Massai beschäftigt, und Drew ist praktisch in einer *Manyatta* aufgewachsen. Er ist der Blutsbruder von jedem ockerbeschmierten *Moran* in der Kolonie, und deshalb haben die Mau-Mau einen weiten Bogen um ihn gemacht. Aber er ist ein glühender Patriot. Er übergab die Verwaltung der Farm dem alten Ole Gachia mit Anweisung, sie in seinem Sinne weiterzuführen und bot den Sicherheitsstreitkräften seine Dienste an. Es endete damit, daß Drew mehr oder weniger seinen eigenen Betrieb leitete und mit einer Pseudobande hinauszog, obwohl er so blond wie ein Chormädchen ist.«

»Was ist eine Pseudobande?« erkundigte Victoria sich interessiert.

»Hast du nie Zeitungen gelesen? Das waren die Jungs, die so taten, als seien sie Terroristen. Sie lernten den Jargon und verkleideten sich entsprechend – und wenn sie Briten waren, malten sie sich am ganzen Körper schwarz an. Sie trieben sich in den Wäldern umher, um in Kontakt mit den echten Banden zu kommen. Drew hatte eine eigene Gruppe sorgfältig ausgewählter Leute. Teufelskerle nach allem, was man hört. Sie führten ein paar erstaunliche Coups durch und hatten die reizende Gewohnheit, für jeden, den sie umgebracht hatten, eine Kerbe in das Geländer von Drews Veranda zu schneiden. Es wurde eine eindrucksvolle Reihe von Kerben. Ich weiß aus zuverlässiger Quelle, daß dort, obwohl die Krise offiziell der Vergangenheit angehört, gelegentlich eine neue Kerbe erscheint. Wir können sie uns nachher ansehen. Da wären wir. Halt dich fest, bis wir angelegt haben.«

Er stellte den Motor ab. Als das Boot langsamer wurde, manövrierte er es geschickt längsseits eines kleinen hölzernen Stegs, der in eine enge Bucht hineinragte. Die steilen Ufer leuchteten vor Kaskaden von Bougainvilleen. Eine lange Treppe wand sich von dem Landesteg nach oben. Sie führte durch Rosen und Blütensträucher und lief auf einen Kiesweg, der der Biegung einer Steinmauer folgte. Die Mauer stützte eine grasbewachsene Terrasse vor einem langen, niedrigen, einstöckigen Haus, dessen breite Veranden von blühenden Schlingpflanzen beschattet wurden.

Mr. Stratton mochte auf seinen Feldern Massai beschäftigen, aber seine Hausdiener waren Araber von der Küste. Eine würdevolle weißgekleidete Gestalt, deren Gesicht hätte aus einem polierten Obsidianbrocken herausgemeißelt sein können, begrüßte die Besucher und informierte sie, der Bwana – so nannte sie ihren Herrn – werde sofort von ihrer Ankunft benachrichtigt.

»Ist das eine himmlische Aussicht!« Victoria lehnte sich an das Geländer. Vor ihr breitete sich das Panorama mit dem See, den baumbedeckten Hügeln und dem entfernten hügeligen Grasland aus, umgeben von blauen Bergketten, die in der Nachmittagssonne wie Luftspiegelungen schimmerten. Da fiel ihr Blick auf eine lange Reihe von Kerben, die in das Holz des Geländers eingeschnitzt waren. Sie zuckte zurück. Das Entzücken in ihrem Gesicht wandelte sich in Abscheu.

»Was habe ich dir gesagt?« Eden folgte der Richtung ihres Blicks. »Eine recht hübsche Reihe.«

»Hübsch! Du nennst das hübsch? Es ist widerwärtig! Und – und barbarisch! Wie kann man über tote Männer Buch führen!«

»Über tote Mörder«, berichtigte eine sachliche Stimme hinter ihr.

Victoria fuhr mit brennenden Wangen herum. Mr. Stratton stand in untadeliger Reitkleidung auf der Schwelle eines Raums, der sich zur Veranda hin öffnete. Sein Gesichtsausdruck war sehr liebenswürdig, und sein freundlicher Blick wanderte nachdenklich von Miss Caryll zu Eden.

»Ein Höflichkeitsbesuch, Eden?«

»Leider komme ich in Geschäften – wegen Ihrer Herefords. Grandma möchte, daß ich sie mir ansehe, bevor wir den Handel abschließen.«

»Natürlich. Sie sagte es gestern. Gehen Sie nur auf die Koppel gleich hinter dem Haus. Sie finden Kekinai da draußen. Er wird Ihnen alles erzählen, was Sie wissen wollen. Ich unterhalte Miss Caryll, bis Sie soweit sind.«

Eden sah zweifelnd zu Victoria hin, und dann trat ganz plötzlich ein boshaftes Lächeln in seine Augen. »Gute Idee. Ich werde nicht lange brauchen.« Damit verließ er sie.

Victoria machte eine schnelle Bewegung, als wolle sie ihm folgen. Aber Mr. Stratton war, ob zufällig oder absichtlich, im gleichen Augenblick vorgetreten und verstellte ihr den Weg. »Zigarette?« fragte er und bot ihr sein Etui an.

»Danke. Ich rauche nicht«, antwortete Victoria kurz.

»Macht es Ihnen etwas aus, wenn ich rauche? Der Tee wird in einer Minute gebracht. Oder hätten Sie lieber einen kalten Drink? An einem heißen Tag ist es ein schönes Stück Weg vom See herauf.«

Victoria lehnte das Angebot ab. Ein bißchen stotternd erklärte sie: »Es tut mir leid, daß Sie gehört haben, w-was ich sagte. Wegen der Kerben. Ich wollte nicht unhöflich sein.«

»Sie brauchen sich Ihrer Ansichten wegen nicht zu entschuldigen«, gab Drew ernst zurück.

»Das tue ich auch nicht. Nur dafür, daß ich sie vor Ihnen

ausgesprochen habe.«

»Meine Gefühle sind nicht so leicht zu verletzen«, meinte Drew. »Sie halten mich also für widerwärtig und barbarisch, weil ich den Jungens erlaube, die getöteten Feinde aufzulisten? Da sind Sie nicht die einzige. Es gibt Tausende von weichherzigen und wirrköpfigen – und abgrundtief unwissenden – Leuten, die Ihnen beipflichten würden.«

»Danke«, sagte Victoria süß.

»Nichts zu danken. Im Gegensatz zu Ihnen wollte ich unhöflich sein. Sehen Sie, Miss Caryll, allmählich langweilen mich Menschen, die ihre Ansichten über etwas hinausposaunen, das für sie nur ein auf dem Papier stehendes Problem ist und sie persönlich in gar keiner Weise berührt. Jeder einzelne von uns hat eine tiefe Liebe zu diesem Land und ist bereit, dafür zu kämpfen und zu sterben – und zu töten! Wie viele von den tugendhaften Spießbürgern, frage ich mich, würden nicht auch kämpfen, wenn es gälte, das Leben des eigenen Kindes, der Frau oder Geliebten und die Sicherheit des eigenen traulichen Vorstadthäuschens zu verteidigen!«

Victoria sagte: »Das habe ich nicht gemeint. Ich meinte das da – die eingeschnittenen Kerben. Sie machen ein Spiel aus dem Töten.«

»Es war kein Spiel. Es war bitterer Ernst. Die Männer, die wir jagten, hatten sich aus freien Stücken zu Tieren gemacht. Sie unterzogen sich Eiden und Zeremonien, die so unaussprechlich schmutzig und verabscheuenswürdig waren, daß die Hälfte davon nie bekannt wurde und die andere Hälfte so unglaublich schien, daß keiner sie ernst nahm. Einen Feldzug gegen einen bestialischen Schrecken wie die Mau-Mau kann man nicht mit Samthandschuhen führen. Oder doch – wenn einer nichts dabei findet, ein Grab im Wald zu öffnen und darin die Überreste der Leiche seines besten Freundes zu entdecken, der lebendig über kleinem Feuer geröstet worden ist, nachdem man ihm bestimmte Teile zur Benutzung bei den Mau-Mau-Zeremonien abgeschnitten hatte.«

Weder Drews Gesicht noch seine angenehme Stimme hatten sich verändert. Aber seine freundlichen blauen Augen waren plötzlich so hart und blank und kalt wie Kieselsteine. Schockartig kam Victoria die Erkenntnis, daß er von Dingen sprach, die er selbst gesehen hatte – und immer noch sehen konnte.

Zögernd brachte sie die unzureichende Entschuldigung vor: »Es tut mir leid.«

Die Kälte wich aus Drews Augen. Er warf seinen Zigarettenstummel über das Geländer der Veranda und sagte: »Kommen Sie hierher. Ich möchte Ihnen etwas zeigen.«

Er faßte ihren Arm mit unsanftem Griff, zog sie herum, führte sie auf die andere Seite der Veranda und blieb vor dem Pfosten stehen, der eine Ecke des Daches trug. Auch er war mit Einschnitten gekerbt.

»Das sind unsere Verluste.« Drew berührte die Kerben leicht. »Das hier war Sendayo. Wir haben als Kinder zusammen gespielt. Sein Vater arbeitete für meinen, als wir beide junge Männer waren. Das war Mtua, einer der besten Männer, die wir hatten. Sie hackten ihm Hände und Füße ab und fesselten ihn an einer Stelle, wo die Riesenameisen ihn bekamen. Das hier war Tony Sherraway. Er wurde lebendig verbrannt. Das hier war Barugu. Er war ein Kikuju, dessen gesamte Familie – Eltern, Großeltern, Frau und Kinder – bei dem Lari-Massaker ermordet wurden. Die Mau-Mau steckten alle Hütten des Dorfes in Brand und töteten die Menschen, die ins Freie flüchteten, mit Keulen und Pangas. Barugu arbeitete ein Jahr für uns, bis sie ihn erwischten, und was sie ihm antaten, ist nicht mit Worten wiederzugeben.«

Mit einer ungeduldigen Geste ließ er Victorias Arm los. »Warum soll ich fortfahren? Sie bedeuten Ihnen nichts. Oder sonst jemandem. Aber es half der Moral der anderen, wenn sie für jeden von uns Getöteten eine Kerbe einschneiden durften. Sie gewannen auch ein bißchen Befriedigung aus dem Zählen der Ergebnisse und aus dem Wissen, daß jeder, der fiel, reichlich gerächt werden würde.«

Drew wandte sich ab und sah auf die Schönheit hinaus, die unter und um ihn lag, die Augen vor der gleißenden Sonne zusammengekniffen. Plötzlich sagte er: »Es taugt nicht, Afrikaner so zu behandeln, als seien ihre Denkprozesse die gleichen wie die der Europäer. Das ist die Art der Wahnsinnigen – und Politiker!«

Victoria meinte zweifelnd: »Aber es ist ihr Land.«

»Wessen?« fragte Drew, ohne den Kopf zu wenden.

»Der – der Afrikaner.«

»Welcher Afrikaner? Alles, was Sie hier sehen, das Rifttal und das meiste von dem, was als das Weiße Hochland bekannt ist, gehörte, wenn überhaupt jemandem, den Massai. Aber die Kikujus erheben Anspruch darauf, obwohl sie nie einen Quadratmeter davon besessen haben – und wenn sie einen Fuß hineingesetzt hätten, wären sie aufgespießt worden! Das war ein Niemandsland, als Delamere herkam, und die Tatsache, daß jetzt Rinder und Schafe darauf gezüchtet werden können, ist allein ihm und Männern wie ihm zu verdanken. Dabei haben sie sich das Land nicht einfach angeeignet. Die Handvoll Massai, die es damals bewohnten, tauschten es freiwillig gegen das riesige Territorium ein, in dem der Stamm jetzt zu Hause ist.«

»Aber –«, begann Victoria und wurde unterbrochen.

»All das Geschwätz von wegen ›das Land gehört ihnen‹ ermüdet mich«, fuhr Drew fort. »Vor sechzig Jahren kämpften die Amerikaner noch gegen Indianer und Mexikaner und nahmen denen ihr Land weg. Es ist aber noch nie der Vorschlag gemacht worden, sie sollten weggehen und es den ursprünglichen Besitzern zurückgeben. Unsere Großväter fanden eine öde Wildnis vor, die niemand wollte, und seinerzeit erhob niemand Einspruch dagegen, daß sie Besitz davon ergriffen. Mit Blut, Tränen und viel Schweiß verwandelten sie sie in ein blühendes Land. Und nun erhebt sich eine ahnungslose Menge und verlangt im Namen des ›Nationalismus‹, daß es den Afrikanern zurückgegeben werde. Nun, wenn die Afrikaner fähig sind, den Betrieb aus eigener Kraft weiterzuführen und ähnliches zu leisten, sollen sie es doch beweisen! Afrika ist ein verdammt großes Land. Sollen sie sich ein Stück aussuchen und gleich damit anfangen, um es uns zu zeigen. Doch das paßt ihnen nicht. Sie wollen die Früchte der Mühen anderer ernten.«

Er zeigte auf die grünen Wiesen und Gärten, die Obstbäume, Außengebäude und Koppeln. »Es war nichts und niemand hier, als mein Großvater das zum ersten Mal erblickte. Dies sind die Früchte seiner Arbeit – und der meiner Eltern und meiner eigenen. Ich bin hier geboren, und das ist ebenso meine Heimat wie die von Sendayo. Ich will hierbleiben, und wenn das unmoralischer und unvertretbarer Kolonialismus ist, dann macht sich jeder Amerikaner, dessen Vorfahren in einem Planwagen nach Westen fuhren, desselben Verbrechens schuldig. Und sobald die UNO den Amerikanern befiehlt, das Land zu verlassen, werden wir es uns auch überlegen!«

Er drehte sich zu Victoria um, und zum ersten Mal, seit sie ihn kennengelernt hatte, lächelte er. Es war ein beunruhigend attraktives Lächeln. Gegen ihren Willen fühlte sie einen beträchtlichen Teil ihrer Feindseligkeit schwinden.

Er sagte: »Ich entschuldige mich, daß ich Sie mit einer grob vereinfachten Vorlesung über unseren Standpunkt belästigt habe. Sehr langweilig für Sie. Da kommt endlich der Tee. Möchten Sie eingießen?«

Er hielt ein nichtiges, liebenswürdiges Geplauder aufrecht, bis Eden zurückkehrte. Danach drehte sich die Unterhaltung um rein landwirtschaftliche Dinge, und Victoria erlaubte ihren Gedanken abzuschweifen.

»Ein grob vereinfachter Standpunkt.« Vielleicht. Sie erinnerte sich jedoch noch gut an die Geschichten, die ihr Vater über die erste Zeit ihres Großvaters in dem weiten Tal erzählt hatte: die Schinderei unter der brennenden Sonne, das mühsame Graben von Brunnen und der Kampf, Gras und Feldfrüchte wachsen zu lassen und Vieh aufzuziehen. Die ersten glorreichen Zeichen des Erfolges – die »Wildnis, die wie eine Rose blühte«. Die Jahre der Trockenheit, als erst die Rinder und dann die Felder starben und die Männer den Ruin am Himmel heraufziehen sahen. Trotzdem gaben sie sich nicht geschlagen: die ersten Straßen, die ersten Krankenhäuser, die erste Eisenbahn, die ersten Schulen... Es konnte nicht leicht gewesen sein, aber der Schweiß und die Arbeit und die Verzweiflung und die Entschlossenheit, die es gekostet hatte, machten es doppelt teuer. Victoria ging eine Zeile aus dem Titellied von *Oklahoma* durch den Kopf, dieses mitreißenden Musicals über ein anderes Land, das vor kaum einem Jahrhundert ebenfalls ›bemalten Wilden‹ gehört hatte:

We belong to the land, and the land we belong to is grand.

Victoria wurde aus ihrer Versunkenheit geweckt, als Eden sagte: »Hören Sie, Drew, wenn Sie zu Gilly wollen, können Sie doch mit uns im Boot zurückfahren und den Wagen von Ihrem Fahrer nach *Flamingo* bringen lassen. Dann hätten Sie Gelegenheit, mit Grandma ein Wort über den Handel zu sprechen. Damit wäre alles erledigt.«

Mr. Stratton nahm das Angebot an und ging, seinen Reitanzug abzulegen. Eden hob fragend eine Augenbraue. »Wie bist du mit dem abscheulichen Drew zurechtgekommen? Tut mir leid, daß ich dich allein lassen mußte, aber die Besichtigung der Kühe und Kälber hätte dir doch kein Vergnügen gemacht, und ich verließ mich darauf, daß es nicht zu Tätlichkeiten kommen werde. Macht es dir etwas aus, wenn er auf dem Rückweg bei uns im Boot sitzt? Ich möchte, daß er mit Grandma spricht, und so kriege ich ihn am ehesten dazu.«

»Es macht mir natürlich nichts aus. Warum auch?« fragte Victoria hochmütig. »Ich lasse mich nicht so stark von Vorurteilen beherrschen, daß ich nicht in einem Boot mit ihm sitzen kann. Und ihr werdet sowieso beide viel zu beschäftigt sein, über Milcherträge und Maul- und Klauenseuche zu reden, um Notiz davon zu nehmen, ob ich da bin oder nicht.«

Eden lachte, hielt ihre Hand und zog sie auf die Beine. »Haben wir dich gelangweilt? Verzeih mir, Darling. Ich verspreche, in deiner Gegenwart nie mehr zu fachsimpeln.«

Victoria zuckte innerlich bei dem gedankenlosen Gebrauch eines Kosewortes zusammen, das früher einmal so viel Bedeutung gehabt hatte und ihm jetzt so leicht über die Zunge kam. Sie entzog ihm ihre Hand, die er immer noch festhielt, und sagte in unbeschwertem Ton: »Wenn ich Tante Em irgendwie von Nutzen sein soll, kann ich gar nicht genug über Milcherträge und Maul- und Klauenseuche lernen. Deshalb laß dich von mir nicht abhalten. Glaubst du, die Polizei wird weg sein, wenn wir nach Hause kommen?«

»Wenn sie noch da ist, vermute ich, daß wir kein Abendbrot bekommen«, lachte Eden. »Das Personal hat es an sich, bei solchen Gelegenheiten außer Fassung zu geraten. Ich kann dir nicht sagen, wie oft wir während der Krise Brot und Käse essen mußten, weil Gregs Leute Fragen gestellt hatten und der Koch zu aufgeregt war, um sich auf so weltliche Dinge wie Mahlzeiten zu konzentrieren. Da ist Drew. Wenn du fertig bist, können wir gehen.«

9

Der Tag zog sich widerstrebend aus dem Tal zurück. In den Gärten von *Flamingo* lärmten die Vögel, die auf ihre Schlafbäume zurückkehrten. Aber das Haus selbst war still, und die Polizei war offenbar gegangen.

Während der Fahrt hatte sich die Unterhaltung hingeschleppt, und jetzt war sie ganz verstummt. Victoria sah zurück, um festzustellen, warum Edens Schritte sich verlangsamten, und sein Gesichtsausdruck erschreckte sie. Er starrte das Haus an, als hasse oder fürchtete er es und gehe langsam, um den Augenblick hinauszuzögern, wo er es wieder betreten mußte.

Victoria lief es kalt über den Rücken. Mr. Stratton, der mit den Händen in den Taschen, unbewegtem Gesicht und scheinbar unaufmerksam neben ihr hergeschlendert war, fragte: »Ist Ihnen kalt? Oder haben Sie den Poltergeist gesehen?«

Victoria schrak zusammen, als habe sie schlafgewandelt. Das quälende Unbehagen, das flüchtig von ihr Besitz ergriffen hatte, erzeugte einen unvernünftigen und aggressiven Zorn in ihr.

»Müssen Sie ausgerechnet jetzt den Poltergeist erwähnen? Ich hätte gemeint, wir könnten wenigstens vermeiden – .« Sie brach ab und biß sich auf die Lippe.

Drew hob die Augenbrauen. Seine blauen Augen blickten unangenehm ironisch, aber seine Stimme klang ruhig. »Sie tadeln mich mit Recht. Sehr taktlos von mir. Ich bitte um Entschuldigung, Eden.«

»Was ist?« Eden wurde ebenso aus seinen Gedanken gerissen wie kurz zuvor Victoria. »Tut mir leid, ich habe nicht gehört, was Sie sagten.«

»Nichts von Bedeutung. Es sieht nicht so aus, als sei Ihre Großmutter daheim. Oder sollte sie die Hunde eingesperrt haben?«

»Wahrscheinlicher ist, daß die Polizei alle unsere Feldarbeiter eingesperrt hat!« bemerkte Eden bitter. »Es stehen keine Wagen da.

Also sind Bill und seine Jungens weggefahren – was ein kleiner Trost ist.«

Oben auf den Stufen der Veranda blieb er stehen und lauschte, den Kopf zurückgelegt und das Gesicht angestrengt verzogen. Nichts regte sich in dem stummen Haus. Das Fehlen der üblichen fröhlichen Geräusche aus der Küche und den Hintergebäuden war verdächtig.

Etwas von Edens Unruhe teilte sich Drew Stratton mit, der mit ungewohnter Schärfe fragte: »Stimmt etwas nicht?«

Eden erwachte aus seiner Erstarrung. Er lachte kurz und ziemlich unsicher auf. »Kein Grund zur Besorgnis. Ich fragte mich nur, wo sie alle geblieben sind. Das Haus kommt mir heute abend ein bißchen verlassen vor. Ich werde mich auf die Suche nach Zacharia machen und etwas zu trinken besorgen.« Aber er setzte sich nicht in Bewegung, und die Hand, die er auf das Geländer der Veranda gelegt hatte, spannte sich an, bis die Knöchel unter der sonnengebräunten Haut weiß wurden.

Irgendwo im Haus fiel eine Tür zu. Victoria zuckte bei dem Knall zusammen.

»Es scheint jemand zu Hause zu sein«, bemerkte Mr. Stratton trocken. »Falls das nicht der Poltergeist war.«

Edens Hand fiel von dem Geländer, und Victoria zuckte erneut zusammen. Sein Gesicht verriet Entsetzen. »Er kann es nicht sein – nicht jetzt. Ich meine –.«

Eden rannte auf die nächste Tür zu, doch schon tauchte Em am hinteren Ende der Veranda auf.

»Eden! Gott sei Dank, daß du zurück bist! Ich habe mich zu Tode geängstigt.« Ihre Stimme wurde schärfer, als sie seinen Gesichtsausdruck bemerkte. »Was ist los? Du hast doch nicht – irgend etwas gehört?«

»Nein«, antwortete Eden mit einem Auflachen, das mehr als nur eine Spur von Hysterie verriet. »Keinen Laut. Das war es ja, was mir Sorgen machte. Das ganze Haus war so still wie ein Grab, und plötzlich packte mich die Angst, dir sei etwas zugestoßen. Wo sind die anderen? Erzähl mir nicht, der junge Bill Hennessy habe sämtliche Menschen und Tiere verhaftet! Was hast du mit den Hunden gemacht?«

»Eingesperrt.« Em ließ sich schwer in einen der Sessel auf der Veranda fallen. »Sie mochten die schwarzen Polizisten nicht.«

Jetzt erst schien sie Drew und Victoria wahrzunehmen. Sie nickte ihnen zerstreut zu. »Guten Abend, Drew. Ich hatte Sie gar nicht gesehen. Eden hat Sie mitgebracht, nehme ich an? Nun, ich kann heute nicht mit Ihnen über die Rinder sprechen. Das muß warten. Ich bin zu aufgeregt. War die Bootsfahrt auf dem See schön, Victoria? Eden, geh und sag Zacharia, er soll die Drinks bringen. Ich brauche etwas zu trinken. Am liebsten wäre mir ein Brandy.«

»Hat Bill dir das Leben sauer gemacht, Grandma?« erkundigte sich Eden. »Du hättest erlauben sollen, daß ich hierbleibe und mich mit ihm befasste. Komm, erzähl mir das Schlimmste. Ist die Hälfte unseres Personals hinter Gittern? Ist das Haus deshalb heute abend so ruhig?«

»Nein. Es ist nichts dergleichen geschehen. Er wollte nur eine Menge dummer Fragen stellen, und ich ließ ihn machen. Der Grund ist nicht die Polizei. Es ist Kamau.«

»Warum? Was ist mit ihm? Sag bloß nicht, daß er tatsächlich etwas gesehen hat!«

»Ich weiß es nicht«, antwortete Em müde. »Eden, nun geh doch rauf und ruf Zacharia! Ich bin überzeugt, daß uns allen ein Drink guttut.«

Eden verschwand, und Drew sagte: »Kamau? Ist das nicht der Mann, der den Mau-Mau-Brigadier enthauptet und eine fette Belohnung eingestrichen hat? Glaubt die Polizei, daß er etwas über den Mord weiß?«

»Nein. Ich meine, ja, er ist derjenige, der Gitahi tötete. Lisa dachte, er könne etwas wissen...« Em wiederholte Lisas Geschichte und setzte hinzu, Kamau habe in der vergangenen Nacht nicht auf sie gewartet. »Und als ich heute morgen nach ihm schickte – Oh, Zacharia. Stell es dahin. Nein, nein, die Herren können sich selbst bedienen.« Sie winkte dem alten Mann ab, und Eden füllte die Gläser.

»Weiter«, drängte Drew. »Sie schickten heute morgen nach ihm?«

Em nahm einen dreifachen Brandy mit Soda von ihrem Enkel in Empfang und stürzte die Hälfte davon hinunter, bevor sie antwortete. »Die Leute sagten, sie glaubten, er sei aufs Feld gegangen, um Luzerne zu schneiden, und jetzt sieht es nicht danach aus, als ob er das getan hätte.«

»Abgehauen, nehme ich an«, konstatierte Eden.

Em senkte ihr Glas und musterte ihn. »Warum sagst du das?«

»Nun, es ist die auf der Hand liegende Schlußfolgerung, oder nicht?«

»So sagt die Polizei. Ja, sie sagten genau dasselbe wie du gestern: Vielleicht habe er den Mord selbst begangen, und jetzt, wo dies Mädchen Wambui geplappert hat, habe er die Nerven verloren und sei geflohen.«

»Aber Sie glauben das nicht«, sagte Drew langsam.

»Nein.«

Eden knallte sein Glas so heftig auf das Tablett, daß die Flaschen hüpften und klirrten. »Warum nicht? Sicher aus den gleichen alten Gründen. ›Meine Kikus sind loyal!‹ Mein Gott, das hätte man in goldenen Lettern quer über das Rifttal schreiben sollen – mit der Überschrift: ›Berühmte letzte Worte‹! Warum soll das nicht die Antwort sein? Einer muß es doch getan haben, und es paßt mit allem anderen zusammen, was hier im Haus geschehen ist, mit dem Poltergeist und mit Simbas Vergiftung. Wer dafür verantwortlich ist, muß hier beschäftigt gewesen sein oder einen Komplizen gehabt haben, der es war. Und wenn Kamau nicht daran beteiligt war, warum ist er dann weggelaufen? Erklär mir das!«

»Weil er sich vielleicht denken kann, wer der Mörder ist, und Angst hat.«

»Wieso Angst?«

»Um sein eigenes Leben natürlich! Wirklich, Eden, du bist heute sehr schwer von Begriff. Stell dir vor, er hat im Gebüsch gesteckt und alles beobachtet! Stell dir vor, er hat den Mörder sogar erkannt!«

»In der Dämmerung? Bei der Entfernung?« höhnte Eden. »Das

glaubst du doch selbst nicht, Grandma! Die Strecke zwischen dem Punkt, wo er stand, und der Stelle, wo Alice umgebracht wurde, beträgt mehr als fünfzig Meter. Und es wurde dunkel. Nach dem, was wir wissen, können die Spuren, die er hinterließ, schon Stunden früher entstanden sein – oder sie rühren von einem Komplizen her, der Wache hielt. Wenn Kamau über diese Sache wirklich etwas weiß, dann nur, weil er den Mord selbst begangen hat oder daran beteiligt war!«

»Das glaube ich nicht«, erklärte Em hartnäckig. »Das ist genau die Art von Schlußfolgerung, die die Polizei zieht – und Gilly und Hector und Mabel. Weil es die einfachste Lösung ist, die sich anbietet. Nach meiner Überzeugung hat Kamau sehr wohl etwas gewußt, und das, was er sah, jagte ihm so viel Angst ein, daß er den Mund hielt. Nur konnte er der Versuchung nicht widerstehen, bei seinem Mädchen mit Andeutungen Eindruck zu schinden. Aber ich hätte nicht gedacht, daß er weglaufen oder daß die Polizei sofort zu der gleichen törichten Schlußfolgerung gelangen würde wie du!«

Sie trank von ihrem Brandy und funkelte ihren Enkel über den Rand des Glases entrüstet an. »Männer!« sagte Em verächtlich und sandte ihrer Nichte einen vielsagenden Blick zu. Doch Victorias Aufmerksamkeit wurde gerade durch Mr. Strattons Benehmen abgelenkt.

Drew hatte in ihrer Nähe auf dem Geländer der Veranda gesessen und sich faul gegen einen der Pfeiler gelehnt. Er wirkte entspannt und im Frieden mit der Welt. An der Diskussion schien er nicht mehr als ein höfliches Interesse zu nehmen, bis etwas in Ems letztem Satz ihn wachrüttelte. Victoria wußte nicht, warum sie dessen so sicher war, denn Mr. Stratton machte keine wahrnehmbare Bewegung. Trotzdem merkte sie, daß seine lässige Haltung angespannter Wachsamkeit gewichen war und daß er sehr still dasaß.

Sie streifte ihn mit einem Seitenblick und sah, daß seine Augen groß und glänzend waren und einen merkwürdig erstaunten Ausdruck hatten, als sei ihm plötzlich ein neuer und erschreckender Gedanke gekommen. Aus irgendeinem Grund fühlte Victoria sich von diesem Ausdruck beunruhigt. Schnell richtete sie die Augen auf ihre Tante und forschte nach einem Hinweis auf die Veränderung in

Drews Gesicht. Aber Ems Miene war so hochmütig und verdrießlich wie die eines ältlichen Bluthundes, und es stand nichts darin zu lesen als ihre verächtliche Ungeduld mit der Beschränktheit aller Menschen, die nicht so dachten wie sie selbst.

Eden sagte: »Oh, schon gut, Grandma. Streiten wir nicht darüber. In diesem Punkt werden wir immer verschiedener Meinung sein. Du bist durchaus bereit zu glauben, daß an der Vertrauenswürdigkeit der Kikuju-Diener anderer Leute gezweifelt werden könnte. Aber niemals an der deiner eigenen. Hector und Mabel sind genauso schlimm. Denke nur daran, was Hector im Jahr 1954 mit diesem Messer gemacht hat.«

Em erklärte scharf: »Ich will nicht, daß du Verleumdungen aussprichst, Eden! Es war ein unglücklicher Zufall, das weißt du. Hector und Mabel sind alte Freunde von mir, und –«

»Und können wie Kamau nichts Böses tun«, beendete Eden den Satz. »Ich weiß, Grandma. Entschuldige. Dein Glas ist leer, trink noch eins. Was ist mit Ihnen, Drew? Auf einem Bein kann man nicht stehen.«

»Ich habe noch, danke«, antwortete Drew. »Sind Hector und Mabel heute nachmittag hier gewesen. Em?«

»Ja.« Em reichte Eden ihr Glas zum Nachfüllen hin. »Mabel brachte mir eine Flasche selbstgemachten Chutney. Das sollte wohl ein Friedensangebot sein. Die liebe Mabel! Sie ist eine so gutherzige, vernünftige Frau, außer wenn wir auf das Thema Ken kommen. Dabei fällt mir ein, Eden: Ken war hier, gleich nachdem du weggegangen warst. Er wollte wissen, ob deine *Luger* noch zum Verkauf steht.«

Eden blickte ein wenig überrascht auf. »Ken spinnt. Er weiß genau, daß ich sie erst vor zehn Tagen in den Mays geworfen habe. Er war dabei! Außerdem könnte er gar keine Munition dafür auftreiben.«

»Nun, vielleicht habe ich ihn auch falsch verstanden. Möglich, daß er nur wissen wollte, ob das Ding immer noch im Mays liegt. Ich fürchte, ich war ein bißchen scharf mit ihm. Ich sah nämlich, wie er hinter den Unterkünften der Feldarbeiter mitten durch die Luzerne ritt. Er rechnete nicht damit, mich da unten anzutreffen – ganz zu schweigen, von Hennessy! –, und er stammelte und stotterte wie ein Schuljunge, der mit der Hand in der Keksdose erwischt wird. Mabel sollte ihn für eine Weile an die Küste schicken. Oder noch besser, ihn selbst hinbringen. Der Junge ist ein Nervenbündel.«

Eden erklärte: »Je weiter weg sie ihn bringt, desto besser. Ich hoffe, du warst scharf genug, um ihm Besuche bei uns für die nächste Zeit zu verleiden.«

»Ken ist durch nichts abzuschrecken. So gut solltest du ihn inzwischen doch kennen. Lisa nahm ihn mir ab. Sie kam herüber, um sich Zucker auszuleihen, und er ging dann mit ihr zurück. Seltsam, daß zwei Menschen wie Hector und Mabel ein Kind wie Ken gezeugt haben. Er ist wirklich nicht der richtige Typ für Kenia.«

»Nach seiner Fähigkeit zu urteilen, sich in die Ehefrauen anderer Männer zu verlieben«, sagte Eden säuerlich, »sollte ich meinen, daß er zumindest eine der notwendigen Qualifikationen besitzt.«

»Sei nicht so herablassend, mein Lieber«, wies ihn seine Großmutter zurecht. Sie nahm sich eine Zigarette aus einer Schachtel, die auf dem Tisch neben ihr lag. Drew rutschte von dem Geländer, auf dem er immer noch gesessen hatte, um ihr Feuer zu geben.

»Hat sich Gilly heute blicken lassen?« fragte er leichthin und knipste das Feuerzeug an.

»Ich nehme es an. Er kommt so oft, daß ich ihn gar nicht mehr bemerke. Danke, Drew.«

Drew steckte das Feuerzeug wieder in die Tasche und stellte fest, er habe noch gar nicht bemerkt, daß Gilly so schwer arbeite.

»Es geht nicht immer um die Arbeit.« Em lachte kurz auf. »Mein Bechstein ist sehr viel besser als sein eigenes Klavier. Er kommt her, um zu spielen.«

Eden murmelte etwas vor sich hin, das kein Kompliment für Mr. Gilbraith Markham war, und über Ems Gesicht zog ein Schatten. Sie sagte: »Ja, du hältst mich für eine alte Närrin, weil ich ihn behalte. Aber Gott weiß, was aus ihm werden würde, wenn ich es nicht täte. Als Verwalter ist er sehr wenig wert. Und als Musiker ist er nicht gut genug, um sein Leben einigermaßen komfortabel zu gestalten – ganz zu schweigen von dem Lisas!«

Eden sagte kalt: »Das ist Unsinn. Ihm ist ein sehr guter Job bei einer Tanzkapelle angeboten worden. Ein mehr als angemessenes Gehalt und dazu freie Wohnung. Was mehr ist, Lisa war ganz dafür, daß er annahm. Nairobi ist viel mehr nach ihrem Geschmack als das Rifttal.«

Em sah ihn mit einer Mischung aus Zärtlichkeit und Mitleid an. »Du hast nicht einen Funken meines Gefühls für die Musik geerbt, nicht wahr, mein Lieber? Das ist seltsam, denn dein Vater und alle meine Verwandten mütterlicherseits liebten die Musik sehr. Alle Beaumartins sind musikalisch gewesen, aber du hast nichts davon mitbekommen. Andernfalls würdest du nicht so reden. Gilly ist Musiker genug, um das Spielen in einer Tanzkapelle mit Prostitution gleichzusetzen. Lieber würde er verhungern.«

»Glaub das bloß nicht! Gill besitzt viel zuviel Eigenliebe. Bestimmt hätte er den Job angenommen, wenn du nicht auf seine Schwafeleien hereingefallen wärst und ihm Gus Abbotts Stellung gegeben hättest, um ihn davor zu retten, ›sich mit seiner Kunst zu prostituieren‹. Und wenn er sich bei der Tanzkapelle so wenig Mühe gegeben hätte wie hier, hätten sie ihn innerhalb einer Woche hinausgeschmissen. Wahrscheinlich noch eher! Trotzdem hat er den Nerv anzudeuten, du solltest ihm die Verwaltung von Rumuruti übertragen, wenn Jerry Coles sich zurückzieht.«

Em erwiderte leise: »Vielleicht sind eher häusliche als finanzielle Gründe für seinen Wunsch, nach Rumuruti umzuziehen, ausschlaggebend.«

»Interne Gründe? Aber Lisa graust vor dem Gedanken, dort leben zu müssen.«

»Genau«, stellte Em trocken fest.

Eden starrte sie einen Augenblick lang an, offenbar verwirrt durch ihren Ton. Dann begriff er plötzlich und errötete heiß. Er drehte ihr den Rücken und beschäftigte sich von neuem mit dem Getränketablett.

Em sagte friedlich, aber mit einem boshaften Augenzwinkern: »Doch ich werde ihm den Posten wahrscheinlich nicht geben.

Verstehst du, ich würde sein Klavierspiel vermissen.«

»Hat er heute hier gespielt?« fragte Drew.

»Ich glaube nicht. Ich habe ihn nicht gehört. Allerdings bin ich auch mit Bill Hennessy und seinen beiden Schwarzen zu den Arbeitern aufs Feld gegangen, und von dort hätte ich ihn gar nicht hören können. Mein Gehör hat zu sehr nachgelassen.«

Em seufzte und schüttelte ungeduldig den Kopf, als seien Altersbeschwerden wie lästige Fliegen. Auf einmal erstarrte sie in ihrem Sessel und lauschte.

Ein Wagen fuhr die lange, holprige Zufahrt zwischen den Akazien und stachligen Sisalbüschen herauf. Em erhob sich eilig. »Wenn da noch einer kommt, um sein Beileid auszusprechen, sagt ihm, ich sei nicht da. Oder krank.«

»Mach dir keine Sorgen«, antwortete Eden. »Das wird nur Drews Wagen sein. Sein Fahrer sollte ihn herbringen.«

Es war jedoch nicht Mr. Strattons Wagen, sondern Mr. Gilberts. Einen Augenblick später kam dieser, begleitet von den Markhams, auf die Veranda zu, und als sie sein Gesicht sahen, sprangen alle auf.

Greg schenkte sich die Formalitäten und kam sofort zur Sache. »Hennessy hat mir berichtet, daß einer Ihrer Kikuju-Boys verschwunden ist. Kamau.«

Er ignorierte Drew, Eden und Victoria und wandte sich nur an Em. Hinter ihm zappelte Lisa herum und rang die Hände, das hübsche Gesicht mißmutig und besorgt. Gilly lehnte an einem Pfeiler. Seine bemühte Lässigkeit wurde von dem heftigen Interesse in seinen ruhelosen Augen Lügen gestraft.

Em sagte kalt und herausfordernd: »Ja. Und da Sie Lisa und Gilly mitgebracht haben, nehme ich an, Sie wissen, warum.«

»Hennessy hat mir mitgeteilt, was Sie ihm über den gestrigen Besuch von Mrs. Markham erzählt haben. Ich war unten, um zu sehen, was ich aus diesem Mädchen Wambui herausholen kann.«

Lisa gab ein wimmerndes Schluchzen von sich. »Hätte ich doch nur niemandem ein Wort gesagt! Ich dachte doch nur, Lady Emily müsse es wissen.«

Mr. Gilbert achtete nicht auf die Unterbrechung. »Ich habe eine ganze Menge aus ihr herausbekommen, aber bevor wir weitergehen, möchte ich Ihren eigenen Bericht darüber hören, was gestern geschehen ist, angefangen von Mrs. Markhams Besuch bis zu der Zeit, wo Sie zu dem Schluß kamen, daß Kamau nicht mehr auftauchen werde. Außerdem möchte ich wissen, ob Sie heute vormittag Nachforschungen angestellt haben, und wenn ja, welche.«

Em sah in Greg Gilberts grimmig ernstes Gesicht, und ihre schlauen alten Augen blickten wachsam. Langsam antwortete sie: »Lassen Sie mich überlegen –« Zum zweiten Mal an diesem Abend beschrieb sie Lisas Besuch und die Ereignisse in den darauffolgenden Stunden. Sie schloß mit den Erkundigungen, die sie an diesem Morgen über Kamaus Verbleib eingezogen hatte. Später war sie mit Hennessy aufs Feld gegangen, um die afrikanischen Arbeiter und ihre Familien zu befragen. Dabei stellte sich heraus, daß der letzte Mensch, der Kamau gesehen hatte, Zacharia gewesen war, als er ihm am gestrigen Nachmittag Ems Botschaft ausrichtete. Oder hatte Wambui ihn vielleicht gesprochen?

»Nein, sie war nicht mehr mit ihm zusammen«, erklärte Lisa tugendhaft. »Ich habe streng darauf geachtet, daß sie gestern abend nicht aus dem Haus ging. Ich dachte, Sie müßten unbedingt als erste mit Kamau reden, und wie ich zu Hector sagte –«

Sie biß sich auf die Zunge. Augen und Mund wurden kreisrund vor Bestürzung.

Greg fuhr so schnell auf sie los, daß sie erschrak. Brüsk sagte er: »Sie haben mir gegenüber behauptet, niemandem etwas davon erzählt zu haben. Nicht einmal Ihrem Mann.«

»Erst recht nicht ihrem Mann«, warf Gilly gereizt ein.

»Halten Sie den Mund, Gilly! Haben Sie es Hector Brandon erzählt, Lisa?«

Lisas große blaue Augen füllten sich mit Tränen. Sie jammerte: »Bellen Sie mich nicht so an. Greg! Sie brauchen nicht so –«

»Haben Sie es erzählt?«

»Nun – nun, ja. Aber nur im strengsten Vertrauen. Schließlich kenne ich Hector seit Jahren, und ich wußte, er würde es nicht weitergeben. Und ich machte mir solche Sorgen! Sie scheinen sich nicht klarzumachen –«

»Wann haben Sie es ihm erzählt? Bevor Sie hier waren oder danach?«

»Oh, danach. Denn da war ich natürlich überzeugt, Lady Emily würde die ganze Geschichte aus Kamau herausbekommen und damit wäre alles in Ordnung. Ich meine, wenigstens hätten wir dann etwas über den Mörder erfahren.«

»Hmmm«, machte Greg mißbilligend. Er sah sie so lange forschend an, bis sie unter seinem Blick errötete. Dann wandte er sich abrupt wieder an Em.

»Wir haben Suchmannschaften nach Kamau ausgeschickt, und wenn wir Glück haben, greifen wir ihn ohne große Schwierigkeiten auf. Wahrscheinlich ist er unterwegs zum Reservat. Aber selbst wenn wir ihn erwischen, bezweifle ich, ob wir wesentlich mehr von ihm zu hören bekommen, als wir schon von Wambui wissen.«

Em sagte gereizt: »Bestimmt nicht, wenn sie es so anfangen, daß sie ihm wie einem Verbrecher Ihre schwarzen Polizisten hinterherhetzen. Dabei hat er nichts Schlimmeres getan, als seiner Freundin zu erzählen, er glaube, etwas über den Mord zu wissen.«

»Ich fürchte, er hat ihr mehr erzählt«, entgegnete Greg ruhig.

Em erstarrte. Von neuem wanderte ihr Blick von Greg zu Lisa. Zögernd begann sie: »Aber Lisa, Sie sagten doch –« Sie verstummte.

Lisa zerrte an ihrem Taschentuch, bis der Stoff riß. Ihre Stimme klang hoch und hysterisch. »Ich wußte nicht, daß da noch etwas war! Ich sage Ihnen, ich wußte es nicht! Ich hatte keine Ahnung! Wambui sagte nur, Kamau – er wisse etwas. Aber wenn mir klargewesen wäre, was es war, hätte ich kein Wort gesagt! Eden, Sie wissen doch, ich würde niemals –«

Eden stellte mit völlig ausdrucksloser Stimme fest: »Ich fürchte, ich weiß nicht, wovon Sie reden. Vielleicht ist Greg so freundlich, es uns zu erklären.«

»Ja«, fiel Em barsch ein. »Wenn Sie uns etwas zu sagen haben, Greg, heraus damit!«

Mr. Gilbert sah sie nachdenklich an, und es war etwas in seinem Ausdruck, das Victoria ängstigte. Langsam und nachdrücklich erklärte er: »Wambui erzählte Mrs. Markham, Kamau habe angedeutet, er wisse etwas über den Mord an Mrs. DeBrett. Das war nicht die Wahrheit. Kamau hatte es durchaus nicht mit Andeutungen bewenden lassen, aber sie hatte Angst, es zuzugeben, weil seine Geschichte zu phantastisch klingt, um Glauben zu finden.«

Er machte eine Pause, als sammle er seine Gedanken, und Em befahl: »Weiter.«

»Kamaus Geschichte ist folgende: Am Dienstagabend wartete er wie üblich im Gebüsch am Fuß des Hügels auf Wambui. Kaum war er dort angelangt, sah er Mrs. DeBrett kommen. Sie begann, Rosen zu pflücken. Deshalb blieb er in seinem Versteck und wartete darauf, daß sie wegginge. Aber sie setzte sich auf einen umgestürzten Baumstamm und blieb dort, bis es beinahe dunkel war. Kamau bekam das Warten langsam satt. Er muß hinter den Büschen eine Bewegung gemacht haben, denn Mrs. DeBrett sprang erschrocken auf und lief fort. Und dann, sagte er, sah er eine Person, die ihr entgegenging. Jemand, den sie kannte und auf den sie zulief. Und der sie tötete.«

»Nein!« schrie Lisa. Ihre Stimme klang peinlich schrill nach Gregs ruhigem, sachlichem Bericht. »Sie hat es erfunden! Sie lügt! Ich glaube es nicht!« Sie brach in geräuschvolles Schluchzen aus, aber niemand hatte die geringste Aufmerksamkeit für sie übrig, denn alle sahen wie gebannt Greg Gilbert an.

Eden fragte sehr laut: »Wenn er gesehen hat, wer es war, warum hat er das nicht sofort gemeldet, als er mit den anderen befragt wurde? Warum hat er nicht –«

Em brachte ihn mit einer schnellen, ungeduldigen Handbewegung zum Schweigen. Greg sah stirnrunzelnd auf die Bodenmatten nieder, als wolle er den schmerzhaft starrenden Blicken, die an ihm hingen, lieber nicht begegnen. »Wambui sagt, weil er den Mörder erkannte und Angst hatte.«

»Weiter!« herrschte Em ihn an. »Wer soll es denn gewesen sein?«

Greg riß seinen Blick von der Matte los, hob den Kopf und sah Em gerade ins Gesicht.

Er sagte leise: »Sie, Em.«

10

Einen Augenblick lang herrschte eine so vollkommene Stille, als seien alle auf der Veranda vorübergehend der Fähigkeit beraubt, zu sprechen oder sich zu bewegen. Em wich das Blut aus dem Gesicht. Sie sah gelb und erschöpft und unglaublich alt aus, und ihre Beine trugen sie nicht mehr. Schwer ließ sie sich in einen Sessel fallen.

Das protestierende Quietschen des Korbsessels brach die Stille mit der Wirkung eines Steins, der in einen ruhigen Teich fällt. Eden wütete: »Zum Teufel, wie können Sie eine solche Anschuldigung erheben! Bei Gott, ich habe gute Lust, Sie –« Er tat einen schnellen Schritt vorwärts. Drew befahl scharf: »Ruhig, Eden! Sie machen es nur noch schlimmer.« Er faßte Eden beim Arm und riß ihn zurück.

Greg sagte: »Ich erhebe keine Anschuldigung – noch nicht. Ich wiederhole nur, was ich aus zweiter Hand gehört habe. Nun, Em? Was haben Sie dazu zu sagen?«

Eden schüttelte Drews Hand ab. »Antworte ihm nicht, Grandma! Wenn er jedes dumme Märchen glaubt, das ein schwachsinniger afrikanischer Feldarbeiter zusammengebraut hat, solltest du lieber warten, bis du mit deinem Rechtsanwalt gesprochen hast!«

Em achtete nicht auf ihn. Sie betrachtete Greg mit Augen, die leer waren vor Schock. Als koste es sie Mühe zu sprechen, stieß sie hervor: »Was soll ich denn sagen? Daß ich Alice nicht getötet habe? Das ist jedoch kein Beweis, nicht wahr? Und da ich an jenem Abend hier im Haus war, könnte ich es von Ihrem Gesichtspunkt aus ja getan haben.«

»Grandma, um Gottes willen!« flehte Eden.

»Oh, Eden, sei nicht so albern! Drew hat ganz recht. Es nützt überhaupt nichts, wenn wir den Kopf verlieren und brüllen – oder in Tränen ausbrechen wie Lisa. Wir werden uns doch wohl vernünftig benehmen können? Setzen Sie sich, Greg. Sie sollten mir lieber auseinandersetzen, was Sie dieser – dieser außergewöhnlichen Behauptung wegen zu unternehmen gedenken.«

Mr. Gilbert zog sich einen Sessel heran und setzte sich Em gegenüber. »Wir können nicht viel tun, bis wir Kamau gefunden und ihn dazu gebracht haben, die Aussage des Mädchens zu bestätigen. Von Ihnen möchte ich, daß Sie mir einen genauen Bericht über die Ereignisse jenes Abends geben. Ja, ich weiß, das sind wir alles schon durchgegangen, aber ich möchte es noch einmal hören. Sie waren draußen auf der Jagd und kamen kurz vor sechs zurück. Was taten Sie dann?«

»Ich habe mich umgezogen«, antwortete Em geduldig.

»Was haben Sie angezogen? Dies japanische Ding mit Störchen drauf, das Sie trugen, als ich später am Abend kam?«

»Nein, natürlich nicht! Das war ein Kimono. Ich zog ein Hauskleid an. Ein gelbes, falls Sie das wissen müssen. Aber ich mußte es wieder ausziehen, weil –« Sie hielt plötzlich inne. Nach einer kurzen Pause fuhr sie fort: »Weil es ganz voll Blut war. Ja... ich sehe ein, daß das gar nicht gut klingt. Aber es ließ sich nicht vermeiden. Ich versuchte, sie zum Haus hochzutragen, und – nun, Sie haben sie gesehen.«

»Ja«, stimmte Greg kurz zu. »Was taten Sie dann? Nachdem Sie Ihr Hauskleid angezogen hatten?«

»Ich ging ins Wohnzimmer, um mir einen Drink zu holen, und sah Lisas Briefchen, in dem sie darum bat, nach Nairobi mitgenommen zu werden. Ich hatte es auf dem Klavier liegengelassen. Alice ging hinüber, um ihr zu sagen, daß ich sie mitnehmen könne, wenn ich Victoria abhole.«

»Was taten Sie, als Mrs. DeBrett gegangen war?«

»Ich verließ das Haus und sagte Zacharia und dem Koch, sie sollten das *Kongoni* zerlegen. Danach ließ ich die Hunde füttern und gab Majiri die Vorhänge und Bettbezüge aus Victorias Zimmer zum Waschen – das Wasser ist abends immer warm, weil da gebadet wird. Zacharia kam kurz vor halb sieben herein und schaltete die Lampen an, und ich sagte ihm, er solle die Drinks im Wohnzimmer bereitstellen. Und dann spielte ich Klavier.«

»Bis wann?«

»Bis ungefähr acht Uhr, als Zacharia meldete, Alice sei immer noch nicht zurück und ob er das Dinner auftragen solle. Ich hatte nicht gemerkt, daß es so spät war, und ich rief die Hunde und ging, um Alice abzuholen. Muß ich diesen Teil noch einmal berichten?«

»Nein. Diese Zeit ist in Ihrem Fall nicht die eigentlich wichtige, da Alice ungefähr um sieben Uhr getötet worden sein muß und Sie sagen, Sie hätten von halb sieben an Klavier gespielt. Das ist schon ein recht gutes Alibi.«

»Wieso?« Em versuchte zu lächeln. »Sie haben nur mein Wort dafür.«

Greg zog das Notizbuch zu Rate, das sie am Tag zuvor gesehen hatten, und sagte: »Nicht nur. Sieben Ihrer Diener haben unabhängig voneinander ausgesagt, die ›Memsahib Mkubwa‹ habe während dieser Zeitspanne gespielt und niemals länger als für eine oder höchstens zwei Minuten ausgesetzt. Das ist gewiß nicht lange genug, um Alice zu ermorden und dann saubere Kleider anzuziehen. Sogar der alte Zacharia hätte Blutflecken auf einem gelben Hauskleid bemerkt! Dazu waren zehn bis fünfzehn Minuten erforderlich, und nach den Zeugenaussagen haben Sie Ihr Klavierspiel niemals für so lange Zeit unterbrochen.«

»Sie haben etwas vergessen«, stellte Em fest. »Ich habe ein besonders gutes Radio-Grammophon, und nicht einer meiner Diener würde den Unterschied erkennen.«

Eden stieß heiser hervor: »Grandma, du bist wahnsinnig! Hören Sie, Greg, sie begreift nicht, wie ernst dies werden kann. Sie sollte einen Rechtsanwalt haben. Drew, können Sie dem kein Ende bereiten? Können Sie sie nicht zur Vernunft bringen?«

»Ihre Großmutter«, antwortete Drew, »scheint mir die Situation vollkommen klar zu erfassen. Es wäre nur eine Frage der Zeit, bis irgend jemand das Grammophon einfiele. Deshalb konnte sie es ebensogut selbst erwähnen.«

»Genau!« lobte Em. »Jeder weiß darüber Bescheid – und auch über solche Dinge wie Langspielplatten! Ich halte es für sinnlos, mich auf ein Alibi zu stützen, das voller Löcher ist wie ein Sieb. Außerdem brauche ich keins. Ich weiß genug über Kenia, um sicher zu sein, daß keine Jury in diesem Land eine solche Anklage ernst nehmen würde. Greg auch nicht! Denn jeder einzelne kennt mich. Wäre das nicht der Fall, könnten die Indizien zu einer Verurteilung führen. Schließlich bin ich immer noch ziemlich kräftig – kräftig genug, um ein kleines, schwaches, wehrloses Geschöpf wie Alice zu töten, die zu überrascht gewesen wäre, um –«

Em versagte die Stimme. Sie bedeckte das Gesicht mit den Händen, als wolle sie das gräßliche Bild ausschließen, das ihre eigenen Worte heraufbeschworen hatten: Alice, wie sie hilflos und entsetzt in der Dämmerung stand, gelähmt vor Schreck, unfähig, zu schreien oder wegzulaufen. Heftiges Zittern schüttelte Ems massigen Körper. Dann hob sie ihr schmerzverzerrtes Gesicht mit den starrenden, gehetzten Augen und sagte mit einer Stimme, die kaum mehr als ein heiseres Flüstern war:

»Ich habe in meinem Leben viel Schreckliches gesehen. Männer, die von Löwen zerrissen oder von Büffeln oder Nashörnern zertrampelt worden waren. Und – und Gus Abbott. Aber sie waren Männer. Ich glaube, das macht es anders. Es ist dumm, so zu empfinden. Aber – aber ihr graute vor Wunden und Blut. Ich redete ihr immer zu, sie dürfe nicht so empfindlich sein. Und dann – als ich sie an jenem Abend sah, konnte ich es auch nicht ertragen. Ich...«

Eden fiel ein: »Nicht, Grandma! Bitte –!« Sein Gesicht sah ebenso ausgehöhlt und verwüstet wie ihres aus und war für einen Augenblick häßlich in der Erinnerung an das Grauen. Der Anblick wirkte auf Em wie ein Guß kalten Wassers. Sie straffte ihre gebeugten Schultern mit sichtbarer Anstrengung und bat zerknirscht: »Verzeih mir, mein Lieber. Ich benehme mich sehr schlecht. Das alles ist so absurd. Ich möchte nur wissen, warum Kamau so etwas gesagt hat. Vielleicht hat Wambui es erfunden?«

»Das glaube ich nicht«, meinte Greg. »Ich merke genau, wenn mich jemand hinters Licht führen will. Ich würde sagen, sie hat die Wahrheit gesagt. Die Frage ist nur, ob Kamau auch.«

»Ja«, behauptete Drew entschieden.

Mindestens vier Kehlen gleichzeitig entrang sich ein Keuchen. Em drückte sich in ihren Sessel und starrte ihn in ungläubigem Entsetzen an.

Mr. Stratton betrachtete sein Publikum mit unverhohlener Ungeduld und sagte: »Sie brauchen mich nicht so anzusehen, als hätte ich den Verstand verloren. Das muß doch jedem einleuchten! Natürlich hat Kamau die Wahrheit gesprochen – beziehungsweise das, was er für die Wahrheit hielt. Sehen Sie sich Em einmal an. Sie ist ein auffälliger, leuchtender Farbfleck, nicht wahr? Und sie hat sich auf diese Weise gekleidet, seit ich sie kenne! Eden hat bereits darauf hingewiesen, daß die Entfernung zwischen dem Gebüsch und der Stelle, wo Alice getötet wurde, mehr als fünzig Meter beträgt, und es wurde dunkel. Deshalb war alles, was Kamau sah, eine wie Em gekleidete Person, und natürlich glaubte er, sie sei es. Ich wette alles darauf, daß ich recht habe!«

»Ich werde nicht dagegen setzen«, sagte Greg mit schiefem Lächeln. »Das hätte ich selbst erkennen müssen.«

»Aber warum?« fragte Eden heftig. »Warum sollte jemand versuchen, es Grandma in die Schuhe zu schieben, wo sie doch die am wenigsten verdächtige Person ist?«

Drew zuckte die Achseln. »Vielleicht gerade deswegen. Weil niemand es glauben würde.«

»Nein«, sagte Greg bedächtig. »Meiner Überzeugung nach lag ein noch einfacherer Grund vor. Jeder, ob Mann, ob Frau, könnte diese Art Kleidung tragen und damit durchkommen, weil niemand genauer hinsehen würde. In dieser Verkleidung war es für den Mörder auch kein Risiko, wenn ihn jemand um diese Stunde im Garten sah. Denn wenn zufällig einer des Weges kam, würde er ihn selbstverständlich für Em halten. Es war eine perfekte Verkleidung. Und das ist natürlich auch die Antwort auf das Rätsel um das Kissen!«

»Wieso denn?« fragte Em und erschütterte damit vorübergehend Mr. Gilberts Haltung.

»Nun... äh... ich dachte an – eine Auspolsterung«, deutete er vorsichtig an.

Em blickte verständnislos drein, aber Lisa brach unerwartet in Gekicher aus. Em drehte sich zu ihr um und bemerkte kalt, sie alle würden gern an dem Spaß teilhaben – an jedem Spaß.

»Verzeihung«, japste Lisa, zwischen Erleichterung und Hysterie schwankend. »Ich weiß, ich sollte nicht lachen, aber es ist so ko-komisch! Er meint ihren Bu-busen! Ein Mann hat ja keinen, aber Sie! Ha, ha, ha, ha!«

Wie auf Kommando richteten sich alle Augen auf Ems imposante Vorderfront, und gleich darauf lachten sie alle ebenso hilflos wie Lisa – und aus dem gleichen Grund. Nur Em war wie weiland Königin Victoria nicht amüsiert. Sie verkündete streng, sie sehe nicht, was es zu lachen gebe.

»Das kannst du auch nicht sehen, Grandma. Du steckst dahinter!« sagte Eden und gab sich einem neuen Heiterkeitsausbruch hin.

Em faltete die Hände im Schoß, stellte würdevolle Geduld zur Schau und wartete, bis das Gelächter verebbte.

»Ich bitte um Entschuldigung.« Greg wischte sich die Augen und fing sich wieder. »Für uns alle. Außerordentlich töricht und unnötig, aber irgendwie hat mir das mächtig gutgetan. Im Ernst, Em, dies Kissen machte mir Sorgen. Aber es ist ganz offensichtlich, daß die Person, die Sie darstellte, zu schlank war, um einen Betrachter zu überzeugen, und ein bißchen – nun – Nachhilfe brauchte. Deshalb das Kissen. Und was ist jetzt mit der Kleidung? Wie viele Paare dieser roten Overalls besitzen Sie, und haben Sie in letzter Zeit eins verloren?«

Victoria hielt erschrocken den Atem an, und Em erklärte grimmig: »Daran habe ich überhaupt nicht gedacht! Ich besitze vier, aber eins ist im Moment nicht zu finden.«

»Könnte es schon einige Zeit fehlen?«

Em zuckte die Schultern. »Vielleicht. Ich hatte es nicht gemerkt und Zacharia wohl auch nicht, bis heute morgen eine Situation eintrat, wo zufällig drei Kleider gleichzeitig in der Wäsche waren.«

»Angenommen, jemand wollte eines stehlen. Wäre das einfach oder schwierig? Für einen Außenseiter zum Beispiel.«

»Ich würde sagen, es wäre nur zu einfach. Die ganze Wäsche wird auf Leinen hinter der Küche gehängt, und jeder könnte etwas wegnehmen, wenn er den richtigen Augenblick abwartet. Gelegentlich verschwindet schon einmal ein Stück – im allgemeinen Geschirrtücher. Aber der Diebstahl meines Kleides hätte Zacharia auffallen müssen. Allerdings wird er alt – wie ich.«

Mr. Gilbert betrachtete das kleine Notizbuch, das offen auf seinem Knie lag, mit nachdenklichem Stirnrunzeln. Dann verkündete er: »Übrigens, trotz allem, was Sie zum Thema Klaviermusik gesagt haben, mag sich noch herausstellen, daß Sie doch über ein gußeisernes Alibi verfügen. Können Sie sich erinnern, was Sie an dem Abend gespielt haben?«

»Ja.« Ems Gesicht verdüsterte sich. »Es war Toronis Konzert. *Das Rifttal-Konzert.* Davon gibt es keine Schallplatte. Jetzt nicht mehr.«

»Darüber weiß ich Bescheid. Die Platte wurde von dem Poltergeist zerbrochen, nicht wahr? Und wenn ich mich nicht ganz irre, gab es nur diese eine Platte, und die steht weder zum Verkauf, noch ist sie dem großen Publikum zugänglich. Habe ich recht?«

»Ja. Toroni ließ sie für mich in New York herstellen. Aber ich fürchte, keiner meiner Diener kann eine Melodie von der anderen unterscheiden.«

Greg widersprach: »Da irren Sie sich. Der durchschnittliche Afrikaner hat ein besseres Ohr für Musik, als man meinen sollte. Und in diesem besonderen Stück sind nicht nur eine ganze Reihe von Stammesmelodien und -rhythmen enthalten – wie ich hörte, komponierte Toroni es auch hier auf *Flamingo* und an Ihrem Klavier, und Sie selbst haben es in letzter Zeit ziemlich häufig gespielt. Jedenfalls sagten drei Ihrer Diener aus, Sie hätten ›Bwana Toronis Lieder‹ gespielt. Sie sehen also, das Alibi ist gar nicht so schlecht. Wir müssen es natürlich der Form halber nachprüfen: ein Telegramm nach New York, um sicherzugehen, daß Sie kein Duplikat in Ihren Besitz bringen konnten und so weiter. Und wenn die Antwort zufriedenstellend ausfällt, sind Sie aus dem Schneider.«

»Ich glaube, aus dem Schneider ist Em auch ohne das«, meldete sich Gilly überraschend. »Sie können sich die Kosten für das Telegramm und dem FBI die Kopfschmerzen sparen.«

»Wieso denn das?« Greg drehte sich rasch zu ihm um.

Gilly gab die Pose des uninteressierten Zuschauers auf und

schlenderte näher, die Hände in den Taschen.

Er sagte: »Drew wird Ihnen bestätigen, daß ich mit ihm am Heckentor zusammentraf, kurz nachdem er sich von Alice verabschiedet hatte. Drew ging, aber ich blieb. Ich saß eine ganze Weile auf dem Betonblock vor dem Tor. Bis es dunkel war.«

»Was haben Sie getan?« fragte Greg ungläubig. »Zum Teufel, warum haben Sie mir das nicht eher gesagt? Sie sind nach sieben Uhr dort gewesen? Sie müssen irgend etwas gehört haben. Einen Schrei oder –«

Gilly schnitt ihm das Wort ab. »Ich habe gar nichts gehört! Sie vergessen, daß der Hügel ein Stück weiter rechts liegt und daß Bäume und Bambus und der Himmel weiß was sonst noch zwischen ihm und dem Tor stehen. Aber zwischen Tor und dem Haus liegt eine ziemlich freie Strecke, und ich konnte das Klavier hören. Ich saß ziemlich lange dort und hörte zu, wie Em das Konzert spielte. Ich kenne es verdammt viel besser als sie, jeden Taktstrich und jede Note! Und Sie können mir glauben, es hätte überhaupt nichts zu bedeuten, wenn Sie entdeckten, daß eine halbe Million dieser Schallplatten existiert, die sich sämtlich in Kenia befinden!«

»Warum?« verlangte Greg zu wissen.

»Warum? Weil ich als Musiker gut genug bin, um den Unterschied zwischen Ems Wiedergabe des Konzertes und Toronis zu erkennen. Das ist der Grund!«

Gillys Blick wanderte von Gregs erleichtertem Gesicht zu Ems schmallippigem, verkniffenem Mund und ihrem basiliskenhaften Starren. Er lachte.

»Tut mir leid, Em. Ich weiß, in dem Punkt sind Sie empfindlich. Aber seien wir ehrlich, Sie sind eine ziemlich mittelmäßige Pianistin, während Toroni einsame Klasse war. Und wenn Sie glauben, ich könnte nicht in den Zeugenstand treten und den Unterschied zwischen Ihrer und seiner Wiedergabe des Konzerts beschwören – dann sind Sie als Musikerin noch schlechter, als ich Sie eingeschätzt habe. Nun?«

Der wütende Ausdruck verschwand aus Ems Gesicht, aber sie fuhr fort, ihn hochmütig anzustarren. Nachdem sie eine volle

Minute in verächtlichem Schweigen verharrt hatte, erklärte sie kalt: »Da sowohl Greg als auch Eden zu denken scheinen, daß ich ein Alibi brauche, werde ich nicht mit Ihnen streiten.«

»Es mag nützlich sein, eins zur Hand zu haben«, bemerkte Greg. Munter setzte er hinzu: »Und als nächstes müssen wir dem fehlenden Kleid nachspüren.«

»Nicht heute abend!« fauchte Em. »Zumindest nicht im Haus. Was Sie auf dem Grundstück oder sonstwo tun, ist mir gleichgültig. Aber ich habe für heute genug Aufregung und Unruhe gehabt. Ich schlage vor, wir essen früh zu Abend und gehen ins Bett. Gute Nacht.«

Sie wuchtete sich aus dem Sessel und entfernte sich mit der Würde einer Kaiserinmutter, die eine Audienz beendet. Sie ließ ein schuldbewußtes Schweigen zurück. Es wurde von Eden gebrochen, der eine Flasche Sodawasser mit solcher nervösen Heftigkeit öffnete, daß die Flüssigkeit über die Fußmatten schäumte. Dabei informierte er Gilly, daß er diesmal wirklich ins Fettnäpfchen getreten sei.

»Wenn es eins gibt, auf das Grandma stolz ist«, erklärte Eden, »dann ist es ihr Klavierspiel. Sie mögen ihr ein gußeisernes Alibi verschafft haben, aber sie wird Ihnen dafür nicht dankbar sein. Wahrscheinlich hätte sie es vorgezogen, vor Gericht zu kommen! Wenn Sie sich also in naher Zukunft in einer Schlange vor dem Arbeitsamt wiederfinden, werden Sie wissen, warum. Trinken Sie lieber noch ein Glas, solange Sie können. Es wird wohl das letzte sein, das Sie auf Kosten des Hauses bekommen.«

»Quatsch!« kicherte Gilly unbeschwert, ließ sich nicht länger nötigen und goß sich einen doppelten Whisky ein. Er trank das Glas in einem Zug leer und füllte es neu. »Ihre Großmutter mag in ihrer Jugend eine erträgliche Pianistin gewesen sein – obwohl ich persönlich das bezweifle. Heute ist ihr Verständnis für gute Musik zwar immer noch sehr gut, ihr Spiel steht jedoch im Vergleich zu dem Toronis auf einer Stufe mit dem Gehämmer eines elektrischen Klaviers. Sie meinen, sie werde mich hinauswerfen? Pah! Ich wette, sie gibt mir eine Gehaltserhöhung! Schließlich, was ist verletzter Stolz im Vergleich zu einem langgezogenen Hals?«

»Der springende Punkt ist«, entgegnete Eden, »da sie niemals an die Möglichkeit des letzteren glauben wird, steht ihr eine Menge Entrüstung für ersteres zu Gebote.«

»Sie unterschätzen ihre Intelligenz«, grinste Gilly. *»Skoal!* Sie mag ein eitler alter Pfau sein, aber dumm ist sie nicht. Es war der reine Zufall, daß ich an dem Abend nicht sofort wieder ins Haus zurückging! Beinahe hätte ich es getan. Nur hatte ich von Hector und Mabel für einen Tag genug gehabt und wollte ihnen nicht noch einmal begegnen. Deshalb blieb ich, wo ich war, und hörte zu, wie Em das Konzert runterleierte. Welch ein Glück!«

Greg steckte das Notizbuch in die Tasche. »Eden, meinen Sie, ich könnte wegen dieses Kleides ein Wort mit Majiri und Zacharia sprechen, ohne Em noch einmal über den Weg zu laufen? Natürlich muß ich morgen Bill Hennessy herschicken, der sich eingehender mit der Frage befassen wird. Davon wird er weiße Haare bekommen!«

»Solange Sie sich von dem Koch fernhalten«, antwortete Eden, »ist es mir gleich, mit wem Sie sprechen. Aber nach all dieser Aufregung nichts als Käsebrote zum Abendessen wäre der Tropfen, der das Faß zum Überlaufen bringt. Na gut, kommen Sie mit.« Sie gingen und überließen Victoria der Gesellschaft der Markhams und Mr. Strattons.

Die Sonne war untergegangen, und der Garten war nicht mehr voll von fröhlichen Farben und Vogelgesang, sondern kühl und dunkel und still. Eine Fledermaus schoß unter der Dachrinne hervor und glitt über die Veranda.

Lisa stand auf und verkündete mit hoher, brüchiger Stimme: »Also war alles nur ein Sturm im Wasserglas. Ich weiß wirklich nicht, warum Greg unbedingt wollte, daß wir mit herüberkamen. So peinlich! Und wie sich herausstellte, ganz unnötig.«

Gilly goß sich einen dritten Whisky ein und stellte ungerührt fest, es werfe ein interessantes und unerwartetes Licht auf den Charakter seiner Frau, daß sie einen brutalen Mord als Sturm im Wasserglas bezeichne, und sie wisse ganz genau, warum Greg sie mitgenommen habe. »Beziehungsweise könntest du es dir denken. Schließlich hast du diese Sache in Gang gebracht. Außerdem warst du bereit zu glauben, daß sie es getan hat. Streite das jetzt bloß nicht ab!«

Lisa entrüstete sich: »Gilly, ich wünschte, du würdest keinen solchen Unsinn reden. Drew und ich kennen dich gut genug, um zu merken, wann du Spaß machst, aber Miss Caryll könnte das für Ernst nehmen.«

»Und wie recht Miss Caryll damit hätte! Du hast sogar eine sehr, sehr einleuchtende Theorie darüber vorgetragen, aus welchem Grund Em es getan haben könnte, nicht wahr?«

»Gilly, sei ruhig!« fuhr Lisa mit vor Zorn funkelnden Augen auf ihren Mann los.

Gilly ignorierte sie. »Es war eine verdammt gute Theorie, wenn ich das sagen darf. Bis auf einen einzigen, aber wichtigen Punkt, den du übersehen hast.«

»Gilly!« beschwor Lisa ihn und zerrte an seinem Arm. »Es wird spät. Gehen wir nach Hause.«

»Halt den Mund, Lisa. Drew ist interessiert daran – stimmt's, Drew? Interessanter Fall. Drew glaubt nicht, daß ein versprengter Mau-Mau es getan hat, ebensowenig wie ich – oder Greg oder Em. So gern sie es glauben würden, Lisa, mein Schatz. Aber sie wissen nicht, was ich weiß.«

Er begann von neuem zu kichern. Drew fragte: »Was wissen Sie, Gilly?« Doch die Frage war zu scharf gestellt worden. Der leere Ausdruck, den der Whisky auf Gillys Gesicht hervorgerufen hatte, wich Wachsamkeit und einer Spur Bosheit.

»Wir diskutieren nicht über mich«, sagte Gilly. »Wir diskutieren Lisas Theorie über Em. Em und Alice. Wir alle glauben, daß Em sie gern hatte – auf eine bevormundende Art: Man muß die Schwachen schützen, und das arme Kind weiß sich ja nicht zu helfen. Aber angenommen, wir haben uns getäuscht und Em hat sie unter dieser zur Schau getragenen Zuneigung aus tiefstem Herzen gehaßt? Angenommen, es war nichts als Theater, und in Wirklichkeit war sie eifersüchtig auf sie – wegen Eden oder weil Alice eines Tages Herrin von *Flamingo* sein würde? Es ist kein Geheimnis, daß Em nicht ganz zurechnungsfähig ist, was Eden angeht, und total verrückt in ihrer

Liebe zu *Flamingo*. Für Eden und für *Flamingo* würde sie alles tun – sogar morden! Das war Lisas Theorie. Und bis auf den eben erwähnten Punkt hat sie Hand und Fuß. Wahrscheinlich hat Em nie den Schlager gehört *In Massachusetts ist's verboten, seine Mama zu zerhacken,* aber sie wäre durchaus fähig, die Frau ihres Lieblings in Kenia zu zerhacken, wenn sie das für notwendig hielte. Em bestimmt selbst, was Recht ist. Trotzdem, Lisa hat verschiedenes nicht bemerkt...«

»Was?« Diesmal klang Drews Stimme täuschend beiläufig.

»Oh – dies und das. Oder hat sie es doch bemerkt? Lisa ist ein schlaues kleines Ding. Alle Frauen sind schlau. Ist Ihnen das schon aufgefallen, Drew? Aber natürlich! Nehmen Sie zum Beispiel Mabel... fragt am Dienstagabend, gleich nachdem Alice sich verabschiedet hatte, ob sie zwei Ananas mit nach Hause nehmen dürfe, und ging hinaus, sie zu pflücken. Lisa hat nicht bemerkt, daß sie ohne Ananas zurückkam. Und soll ich Ihnen sagen, warum? Weil Lisa auch hinausgegangen war, um ein paar Tomaten zu holen. Wozu sie sie brauchte, kann allerdings niemand erraten. Wir hatten Entenbraten und Blumenkohl zum Abendessen. Sie glaubt, daß ich diese kleinen Dinge nicht bemerke, aber ich bemerke sie sehr wohl!«

Lisa gab keinen Kommentar dazu ab, aber Victoria sah, daß ihre Augen vor Überraschung groß und starr wurden. Gilly wiegte weise das Haupt und nahm sich noch einen Drink. Drew fragte kurz: »Haben Sie davon nicht genug gehabt?«

»Wovon?« fragte Gilly zurück. »Von den Frauen – oder von Ems Whisky? Wenn Sie die Frauen meinen, dann bestimmt. Aber niemand kann zuviel von Ems Whisky haben. Erstens, weil er gut ist, und zweitens, weil er Em gehört. Er geht auf Kosten des Hauses. Prost!«

Er nahm einen großen Schluck und senkte seine Stimme zu vertraulichem Flüstern. »Drew, ist Ihnen in der ganzen Zeit, wo Greg über Alibis für Em redete, nicht aufgefallen, daß ihm etwas Wichtiges entgangen ist? Es hat nämlich auch sonst keiner ein Alibi! Sie zum Beispiel. Sie sagen, Sie seien nach Hause gegangen, als Sie mich verließen. Sind Sie nach Hause gegangen? Mabel sagt, sie habe

Ananas gepflückt. Ach ja? Hector ging auf dem Weg heim, der oben an den Shambas entlangführt – sagt er. Eden ist angeblich irgendwo herumgefahren, und Lisa ist rund um das Tomatenbeet gewandert. Ist da irgendwo ein Alibi? Nicht die Spur!«

Drew meinte liebenswürdig: »Sie haben ganz recht. Fangen wir mit Ihnen an. Können Sie es beweisen?«

Gilly erschrak. »Was beweisen?«

»Daß Sie eine halbe Stunde lang auf diesem Betonblock saßen und keinen Ton hörten!«

Gilly stellte rasch sein leeres Glas ab. »Halt mal! Wer behauptet, ich hätte keinen Ton gehört? Ich hörte Em spielen – ich hörte Toronis verdammtes Konzert.«

»Das sagen Sie. Aber Em hatte uns bereits erzählt, was sie gespielt hatte, und die Aussage von dreien ihrer Diener bestätigt es. Sie könnten auf den Gedanken gekommen sein, diese Information als Alibi für sich selbst zu benutzen. Oder sollten Sie die Musik zwar gehört haben, aber von einer sehr viel näher gelegenen Stelle? Sehen Sie, was ich meine? Wenn ich also Sie wäre, würde ich nicht in Andeutungen schwelgen, daß verschiedene Leute ein Alibi nötig haben. Denn die offensichtliche Schlußfolgerung daraus ist, daß jeder einzelne einen Grund dafür gehabt haben muß, Alice den Tod zu wünschen, und daß Sie das wissen. Was gefährlicher Unsinn ist.«

»Aber ich weiß –«, begann Gilly. Und hielt inne. Er faßte nervös nach seinem Glas, überlegte es sich dann anders und schob es so heftig weg, daß es vom Tisch kippte und auf dem Steinboden in Stücke zerbrach.

Lisa sagte lebhaft und mit einer Spur von Befriedigung in der Stimme: »Nun sieh dir an, was du angerichtet hast! Das war eins von Ems kostbaren Kristallgläsern, und es wird sie kein bißchen freuen. Oder glaubst du, wenn wir uns einfach wegschleichen, damit sie die Scherben selbst findet, wird sie es dem Poltergeist zuschreiben?«

Sie begleitete die Bemerkung mit einem hohen, klirrenden Lachen, aber als sie begann, die Scherben aufzusammeln, war ihr Gesicht weiß und verängstigt. Victoria, die sich bückte, um ihr zu helfen, sah, daß ihre Hände unkontrolliert zitterten.

Hinter ihnen im Speisezimmer ging das Licht an. Ein warmer gelber Schein fiel aus den Fenstern und der offenen Tür über die Veranda. Und im selben Augenblick war es nicht mehr Abend, sondern Nacht, der Garten dunkel und der Himmel bereits mit blassen Sternen besetzt.

Lisa legte die Stücke des zerbrochenen Glases auf das Tablett. »Würden Sie Ihrer Tante sagen, daß es ein Versehen war und daß es uns leid tut? Oh, und sie hatte etwas über ein Picknick am Neunundzwanzigsten erwähnt. Das ist aber verabredet worden, bevor – bevor alles geschah. Deshalb wird es wohl nicht stattfinden. Würden Sie sie bitten, mir darüber Bescheid zu geben? Leider müssen wir uns nämlich jetzt beeilen. Drew, Sie kommen mit, um diese Papiere abzuholen, ja? Am besten bleiben Sie zum Abendessen, weil es schon so spät ist. Es sind nur wir und Ken. Er ist in einem schlimmen Zustand, der arme Junge, und vielleicht lenkt es ihn ein bißchen ab, wenn wir Bridge spielen.«

Drew erklärte fest: »Nein, danke, Lisa. Ich habe keine Lust, den Abend mit einem Halbwüchsigen zu verbringen, der ›in einem schlimmen Zustand‹ ist. Außerdem muß ich nach Hause.«

»Kann ich Ihnen nicht verdenken«, sagte Gilly ausdrucksvoll. »Gute Nacht, Victoria.« Er nickte ihr zerstreut zu und folgte seiner Frau die Stufen hinunter. Sie verschwanden in dem violetten Dunkel.

Victoria sah ihnen nach. Dann drehte sie sich zu Mr. Stratton um, der sich nicht gerührt hatte. Sie war sich nicht bewußt, daß ihr Gesicht in diesem Augenblick so weiß und verängstigt war wie vorhin Lisas – und Gillys. Aber Drew beschlich bei diesem Anblick eine merkwürdige Beunruhigung.

Abrupt sagte er: »Sie fürchten sich.«

»Ein – ein bißchen«, gestand Victoria. Und sobald sie es gestanden hatte, ließ ihre Angst nach.

»Wovor?«

»Ich weiß es nicht. Es klingt alles so –«

Sie zögerte und zog die Brauen zusammen, und Drew riet: »So gar nicht nach einem Geist?«

»Ich wollte sagen ›so geplant‹, als habe jemand es alles ausgearbeitet und ein sehr sorgfältiges Schema aufgestellt. Das ist es, was mir so Angst macht.«

»Warum? Weil Sie glauben, kein Afrikaner hätte etwas in der Art geplant und durchgeführt? Wenn das Ihre Meinung ist, irren Sie sich. Gerade eine solche Folter würde einem Afrikaner zusagen. Aber jetzt gibt es nichts mehr, wovor Sie Angst haben müßten, denn sollte es einen Plan oder ein Schema gegeben haben, ist Mrs. DeBretts Tod die Erfüllung. Es ist zu Ende.«

Er hatte sehr überzeugt gesprochen, aber fast noch ehe die Worte aus seinem Mund waren, kam ihm mit plötzlichem Schreck zu Bewußtsein, daß er sie nicht glaubte. Wie konnte man zuversichtlich annehmen, Alices Tod sei das Ende all dessen, was auf *Flamingo* geschehen war, wenn ihr Mörder sich noch in Freiheit befand? ›Es ist nur beim ersten Mal schwierig, zu töten.‹ Das hatte Greg erst gestern gesagt...

Ein Vogel flatterte in den hängenden Schlingpflanzen an der Ecke der Veranda. Victoria fuhr bei dem Geräusch zusammen und biß sich heftig auf die Unterlippe. Und Drew wurde zu seiner eigenen Überraschung plötzlich wütend. Auf Em, weil sie das Mädchen hergeholt hatte. Auf Eden, der es erlaubt hatte. Auf Greg und Gilly und Lisa, weil sie ihr Angst machten. Und vor allem auf sich selbst – weil ihm das nicht gleichgültig war.

11

Am nächsten Morgen war das Frühstück kaum vorüber, als der junge Mr. Hennessy und seine beiden Begleiter wieder auf *Flamingo* erschienen.

Em fertigte sie kurz auf der Veranda ab und entließ sie unter Edens Obhut in die Küche und in die Quartiere der Feldarbeiter, damit sie dort ihre Fragen nach dem Verbleib Kamaus und dem des roten Kleides stellen konnten.

Eine Stunde später kam Gilly mit einem Stapel Ordnern. Sie zog sich mit ihm ins Büro zurück. Das Angebot ihrer Nichte, ihr zu helfen, lehnte sie ab.

Victoria holte, sich selbst überlassen, einen Hut und machte sich daran, den Garten zu erkunden. Sie folgte einem schmalen Pfad, der sich durch Büsche von Bougainvilleen, Plumbagos und orangefarbenen Trompetenblumen wand, und plötzlich stieß sie auf eine Fremde. Es war eine Frau mittleren Alters in einem grünen Baumwollkleid und einem breitrandigen Filzhut auf dichten Massen grauer Locken. Offenbar hatte sie etwas verloren, denn sie hielt den Kopf gesenkt und blickte eifrig suchend umher.

»Kann ich Ihnen helfen?« fragte Victoria.

Die Frau erschrak heftig und antwortete atemlos: »Oh, meine Liebe, haben Sie mich erschreckt! Ich glaube, hier drin ist eine Puffotter. Das sind so gefährliche Geschöpfe! Sie müssen Victoria sein. Ich habe Ihre Eltern gekannt – oh, das ist Jahre her. Natürlich erinnern Sie sich nicht mehr an mich. Ich bin Mabel Brandon. Unser Besitz *Brandonmead* liegt gleich da drüben –« Sie zeigte mit einer Hand vage nach Westen und ging, immerzu redend, weiter den Pfad hinunter, so daß Victoria gezwungen war, ihr zu folgen.

»Wir haben so eine Art gegenseitiges Wegerecht zwischen *Flamingo* und unserm Land«, erklärte Mrs. Brandon. »Das spart uns den meilenweiten Umweg über die Straße. Rund um diese Seite des Sees führt ein Fußweg durch mindestens ein Dutzend Farmen. Ich glaube, es ist früher einmal ein Wildpfad gewesen. Als wir herkamen, gab es jede Menge Großwild im Tal. Nashörner und Löwen und Büffel und sogar Elefanten. Heute sind sie verschwunden. Das ist ganz gut so. Es hätte die Farmarbeit unmöglich gemacht. Natürlich kommen immer noch manchmal Löwen aus dem Massai-Territorium herüber, doch sie werden sehr schnell abgeschossen. Ich glaube, einer wurde erst letztes Jahr am Kratersee gesehen. Wir müssen ihn Ihnen zeigen. Em hatte vor, ein Picknick zu veranstalten. Das wird sie jetzt natürlich absagen.«

Mrs. Brandon hatte beim Sprechen einen Schritt zugelegt, und nun ging sie ziemlich flott. Es war beinahe, als wolle sie Victoria daran hindern, sich zwischen dem Buschwerk aufzuhalten, und locke sie davon weg, wobei sie Nichtigkeiten plauderte, um ihre Aufmerksamkeit abzulenken.

Der Pfad beschrieb eine scharfe Kurve nach unten und mündete auf einen langen Gürtel offenen Landes. Karren auf Schienen, die parallel zu der Shamba liefen, beförderten hohe Stapel von Mais, Gemüse und Bananen auf höher gelegenes Gebiet, wo die Lastwagen von *Flamingo* beladen wurden. Mrs. Brandon blieb unentschlossen stehen und murmelte etwas davon, sie wolle bei Gilly vorsprechen.

»Er ist nicht da«, teilte Victoria ihr mit. »Er ist oben im Hause bei Tante Em.«

»Oh«, sagte Mrs. Brandon überlegend. »Nun, vielleicht könnte ich schnell einmal hineinschauen – nur für eine oder zwei Minuten. Nein, lassen Sie uns nicht auf dem gleichen Weg zurückgehen –« Sie verließ den Pfad und folgte den Schienen wieder nach oben. Sie kamen zu einem Akazienwäldchen hinaus. Einer der Bäume war gefällt worden zur Herstellung von Holzkohle.

Mrs. Brandon setzte sich auf den umgestürzten Baumstamm, nahm den Hut ab und fächelte sich frische Luft zu. Sachlich erkundigte sie sich, ob Victoria sich freue, wieder in Kenia zu sein, und wie sie Em finde. »In meinen Augen«, erklärte Mrs. Brandon, »sieht sie gar nicht gut aus. Aber all das ist auch ein fürchterlicher Schlag für sie gewesen. Und jetzt höre ich, daß einer ihrer Boys fortgelaufen ist. Kamau.« Sie hielt erwartungsvoll inne. Da sie jedoch keine Antwort erhielt, fragte sie weiter, was Mr. Gilbert von Wambuis Geschichte halte.

»Von welcher Geschichte?« fragte Victoria unschuldig.

Mrs. Brandons sympathisches Gesicht wurde rot. Sie rutschte verlegen auf dem Baumstamm herum. Aber sie ließ sich nicht ablenken. »Die Geschichte, die sie Lisa erzählt hat. Daß es Em gewesen sei. Das ist natürlich albern, und doch – nun, es erhebt sich dabei eine Frage, nicht wahr? Ich war nie völlig von Ems Liebe zu Alice überzeugt. Und Afrikaner entdecken so etwas immer rasch. Sie beobachten sehr genau. Wenn Kamau glaubte, Em könne Alice nicht leiden, mag ihn das auf die Idee gebracht haben – daß Em sie tötete. Es wäre ihm ganz natürlich vorgekommen. Der Wunsch als Vater des Gedankens. Wenn – wenn Sie verstehen, was ich meine.«

»Nein«, antwortete Victoria, »das verstehe ich leider nicht. Mr. Gilbert sagt, es liege auf der Hand, daß Kamau überzeugt war, sie erkannt zu haben.«

»Aber das ist lächerlich!« protestierte Mrs. Brandon.

»Selbstverständlich«, stimmte Victoria ihr fröhlich zu. »Mr. Gilbert meint, es sei jemand gewesen, der sich wie Tante Em angezogen hatte. Er sagt, das wäre die bestmögliche Verkleidung gewesen, denn auch eine kleinere oder dünnere Person hätte sie tragen können, da ihr niemand einen zweiten Blick geschenkt hätte.«

»Eine dünne Person«, wiederholte Mabel einfältig. Und plötzlich setzte sie sich stocksteif auf. Sie war auf den gleichen Gedanken gekommen wie Greg Gilbert. »Das Kissen! Also das war der Grund –! O nein, es ist nicht möglich. Ausgeschlossen!«

»Was ist nicht möglich?« fragte Victoria verwirrt.

»Das Muster«, lautete Mabels verworrene Antwort. »Es war kein einfarbiges. Es –« Sie kam zur Besinnung, unterbrach sich, biß sich auf die Lippe und lächelte dann ein bißchen gezwungen. »Man weiß einfach nicht, was man denken soll, nicht wahr? Es widerstrebt einem, daß die eigenen Diener unter Verdacht stehen könnten, und Ems Leute sind immer so zuverlässig gewesen. Bestimmt zerreißt es ihr das Herz. Denn natürlich muß es einer ihrer Diener gewesen sein, kein Außenstehender. Was beabsichtigt Greg deswegen zu unternehmen?«

»Ich weiß es nicht«, sagte Victoria völlig der Wahrheit entsprechend und wechselte entschlossen das Thema, indem sie fragte: »Was sind das für merkwürdig aussehende Lehmhaufen, aus denen Rauch aufsteigt?«

»Holzkohle«, antwortete Mabel kurz. »Glaubt Em –«

»Holzkohle? Aber das ist Erde mit Rasenstücken!«

»Die Holzkohle ist innen drin«, erläuterte Mabel geduldig. »Wenn ein Baum stirbt, spalten wir ihn der Länge nach und bedecken ihn mit einem hohen Hügel – alle diese Gräben markieren die Stelle, wo Erde und Grasnarbe abgestochen worden sind. Dann wird an einem Ende des so zugedeckten Baumstamms ein kleines Feuer entzündet, das wochenlang vor sich hin brennt, und wenn es ausgeht, ist die Holzkohle fertig. Im Grunde sind das richtige Meiler. Glaubt Ihre Tante, Alices Mörder habe tatsächlich eines ihrer Kleider getragen? Ich meine, sie muß doch wissen, ob sie eines vermißt? Es kann nicht einfach sein, eins zu stehlen.«

Victoria gab es auf. »Es fehlt tatsächlich eines«, gestand sie resigniert ein. »Und Tante Em sagt, es wäre sehr einfach, es von der Wäscheleine zu nehmen. Ich habe mir den Wäscheplatz heute morgen angesehen, und es stimmt. Sie selbst könnten sich eines holen, wenn Sie Lust dazu hätten. Der Pfad, auf dem Sie gingen, führt ganz dicht an dem Wäscheplatz vorüber.«

»Oh.« Mrs. Brandon war für einen Augenblick aus ihrer Gemütsruhe gerissen. »Ja, ich vermute, es wäre möglich. Es ist sehr leichtsinnig von Em, ihre Wäscheleinen da spannen zu lassen, wo sie sie nicht sehen kann. Das verleitet zum Diebstahl. Und der Hut – fehlt auch einer ihrer Hüte?«

»Ich glaube nicht. Aber ein Schlapphut sieht im Dunkeln genau wie jeder andere aus.«

Mrs. Brandons Blick fiel auf den breitkrempigen Filzhut, den sie in der Hand hielt. Sie ließ ihn fallen, als habe er sie gestochen. Dann bückte sie sich eilends und hob ihn wieder auf. Sie knallte ihn auf ihre aufgelösten Locken, erhob sich und meinte mit dünner Stimme:

»Es ist schrecklich heiß hier, nicht wahr? Alle diese Meiler – sollen wir zum Haus zurückkehren? Em wird inzwischen mit der Büroarbeit fertig sein, und ich hätte gern ein Glas Shandy.«

Sie ging zwischen den Akazien voran und hielt über ein Stück Brachland mit trockenem Gras und verstreuten rauhen Lavablöcken auf einen grünen Gürtel aus Bäumen und Bambussträuchern zu, die den Garten abschirmten. Als sie das Haus erreichten, verschwand sie, um ihren Mann anzurufen.

Victoria machte sich auf die Suche nach kalten Getränken. Sie entdeckte Eden, der sich im Speisezimmer ähnlich beschäftigte – obwohl er etwas Stärkeres als Shandy vorzuziehen schien.

»Hallo, Vicky. Was möchtest du? Scotch oder Rye? Oder wie wäre es mit Gin und Ingwerbier? Du hältst dich besser an flüssige Nahrung, denn es sieht wieder einmal ganz nach einem schnellen Lunch aus. Das ganze Hauspersonal ist hysterisch wegen der Fragen nach Grandmas Kleid. Ist das eine Gesellschaft!«

Victoria lachte. »Ich habe Mrs. Brandon mitgebracht. Sie telefoniert mit ihrem Mann, damit er sie abholt. Sie möchte gern ein Glas Shandy trinken, und ich auch. Ist Eis da?«

»Massenhaft. Ich habe eben erst eine Schale aus dem Kühlschrank geholt. Auch etwas Bier, da hast du Glück. Wie ich vermute, ist Mabel zu dem Zwecke hier, das Neueste zu erfahren. Hat sie dich ins Kreuzverhör genommen?«

»Ja«, gestand Victoria kläglich. »Ich versuchte, ihr auszuweichen, aber das war zwecklos. Sie ist wahnsinnig neugierig.«

»Sie ist verrückt vor Angst«, berichtigte Eden und mischte Bier und Ingwerbier in einem Krug.

»Sie hat Angst? Aber warum?«

»Weil ihr geliebter Sohn eine jugendliche Schwärmerei für meine Frau hatte«, antwortete Eden.

»Das ist doch kein Grund –«, begann Victoria bestürzt.

»Nicht?« Eden fügte Eiswürfel hinzu, füllte ein Glas und schob es Victoria hin. »Du kennst Mabel nicht! Sie spinnt, was ihr Lämmchen angeht. Ich habe den Verdacht, sie ist auf die blödsinnige Idee gekommen, Alice habe ihn abgewiesen, und daraufhin habe er rot gesehen und sie umgebracht, weil er sie lieber tot als für ihn verloren sehen wollte. Alles sehr dramatisch und ganz und gar lächerlich! Damit will ich nicht sagen, Ken wäre nicht dazu fähig gewesen. Tatsächlich ist er genau der Typ des hysterischen jungen Esels, von dem ab und zu in den Sonntagszeitungen berichtet wird, er habe seiner verflossenen Liebe aufgelauert und sie mit seinem eigenen (und identifizierbaren!) Schraubenschlüssel niedergeschlagen. Nur hat Mabel nicht den Verstand, einzusehen, daß er, wäre er es gewesen, sich fünf Minuten später erschossen hätte. Es sei denn, er hätte einen völlig anderen, von niemand vermuteten Grund dafür gehabt, Alice aus dem Weg zu räumen, und das ist absurd. Wenn es nur jemandem gelänge, Mabel das beizubringen! Dann bliebe es ihr erspart, sich zum Narren zu machen. Aber natürlich kann das keiner.«

»Warum nicht?« fragte Victoria ziemlich hitzig. »Weil es ›sich nicht schickt‹, nehme ich an!«

»Nein, Darling. Weil ich persönlich nicht wild darauf bin, mir die Augen auskratzen zu lassen. Versuch nur, Mabel anzudeuten, sie habe einer solchen Möglichkeit gestattet, in ihrem Gehirn aufzutauchen. Sie würde es noch mit dem letzten Atemzug leugnen und dir niemals verzeihen, daß du das gesagt hast. Leider ist der Gedanke trotzdem da und spukt in ihrem Unterbewußtsein herum, wenn sonst nirgends. Nichts anderes erklärt, warum sie sich ständig neue Vorwände ausdenkt, um hier herumgeistern und endlose Fragen stellen zu können und sich im allgemeinen wie eine aufgeregte Henne zu benehmen. Die liebe Mabel. Das Beste, was wir für sie tun können, ist, daß wir ihrem Shandy einen doppelten Brandy hinzufügen.«

Er mixte sich selbst einen Tom Collins und hob Victoria sein Glas entgegen. »Auf dein Wohl, Darling. Laß dich vonall dem nicht unterkriegen. Du bist zu reizend, um in eine so unangenehme Sache hineingezogen zu werden. Halt dich heraus, Vicky.«

Klang in seiner Stimme ein warnender Ton mit oder nicht? Etwas mehr als der bloße Wunsch, ihr Unruhe zu ersparen? Der unbehagliche Gedanke schoß Victoria durch den Kopf wie ein kleiner Fisch, der in tiefem Wasser aufblitzt. Vielleicht hatte es sich in ihrem Gesicht gezeigt, denn Eden stellte sein Glas ab, kam zu ihr, legte ihr die Hände auf die Schultern und sah ihr in die Augen.

»Ich ertrage die Vorstellung nicht, daß du an unsern Kümmernissen teilhaben sollst – an irgendwelchen Kümmernissen. Und wenn ich nur willensstark und aufopfernd statt schwach und abscheulich selbstsüchtig wäre, würde ich auf deiner Abreise bestehen. Doch das werde ich nicht tun, denn du bist der einzige Lichtblick in meiner gegenwärtigen Misere.«

Er lächelte auf sie herab, und wieder, wie am gestrigen Tag, setzte Victorias Herz für einen Schlag aus. Der Druck seiner Hände auf ihren Schultern verstärkte sich. Der Augenblick schien sich unendlich auszudehnen.

»Oh, Vicky«, sagte Eden mit brüchiger Stimme, »was für ein Tor bin ich gewesen!«

Plötzlich ließ er sie los, griff nach seinem Glas und dem Krug mit Shandy und sagte: »Da kommt Mabel. Laß uns hinausgehen und draußen trinken.«

Er wandte sich ab und ging auf die Veranda. Victoria, die ihm langsamer folgte, sah Em und Gilly aus der Flurtür treten.

»Ah!« rief Mr. Markham begeistert, als er das Glas in ihrer Hand erblickte. »Alkohol! Genau, was ich brauche, nachdem ich eine geschlagene Stunde dem Thema Milch gewidmet habe (ein trübseliges Getränk und eins, das ich nie anrühre). Haben Sie etwas Stärkeres als Bier anzubieten, Eden?«

»Sie finden das Übliche auf der Anrichte im Speisezimmer«, antwortete Eden. »Bedienen Sie sich.«

»Danke, das werde ich. Wie ist es mit Ihnen, Em?«

»Nichts, danke. Ich schätze es nicht, mitten am Tag Alkohol zu trinken«, knurrte Em und ließ sich in einen Korbsessel fallen.

»Sie wissen nicht, was Ihnen entgeht«, bemerkte Gilly gutgelaunt und verschwand im Speisezimmer.

Mabel nahm ein Glas Shandy an und setzte sich auf einen langen Korbdiwan, der an der Wand stand. Die Rückenlehne wurde von drei kühn gemusterten Kissen gebildet. Das vierte befand sich wahrscheinlich noch im Besitz der Polizei. Mabel musterte ihre Gastgeberin besorgt und bemerkte: »Sie sehen gar nicht gut aus, Em. Sie sollten sich von Dr. North ein Stärkungsmittel geben lassen.«

»Danke, Mabel, ich habe nicht den Wunsch, mir den Magen mit nutzlosen Mittelchen zu füllen. Ich bin nur müde, das ist alles. Ich habe die Büroarbeit satt und die unendlichen Fragen und die dauernde Anwesenheit der Polizei auf meinem Grund und Boden. Das bringt außerdem die Dienstboten aus dem Takt. Ist der junge Hennessy noch da, Eden?«

»Nein«, antwortete Eden. »Nachdem er das Küchenhaus in Hysterie versetzt hat, zog er sich zurück, um seinen Bericht zu schreiben. Wir werden sicher Greg hier haben, sobald dieser ihn gelesen hat.«

»Hat Hennessy irgend etwas aus den Dienstboten herausgeholt?«

»Nichts als entrüstetes Leugnen und eine Andeutung, die Hunde seien für den Diebstahl verantwortlich. Oh, und mehrere fehlende Geschirrtücher, die in einer der Hütten zutage kamen. Einer der *Totos* hat sich offenbar eine Sammlung davon angelegt. Aber keine Spur von deinem Kleid.«

»Wo sind die Hunde heute?« Mabel beugte sich vor und spähte die Veranda entlang, als erwarte sie, die Hunde unter den Sesseln versteckt zu finden.

»Eingesperrt«, teilte Eden ihr mit. »Und sie sollen bleiben, wo sie sind. Sie mögen Polizei auf dem Grundstück ebensowenig leiden wie Grandma.«

»Vernünftige Tiere«, stellte Em mißmutig fest. »Gilly, da kommt Ihre Frau. Holen Sie ihr etwas zu trinken. Guten Tag, Lisa. Was ist es diesmal?«

Gilly, der mit einem Glas in einer Hand und einer Ginflasche in der anderen aus dem Speisezimmer kam, machte kehrt, um ein zweites Glas zu holen. Lisa stieg die Stufen hoch. Sie wirkte kühl und adrett und hübsch in einem Kleid aus hellblauem Popelin mit weitem Rock und Margeritenmuster. Gilly kam mit einem Glas Gin mit Limone für seine Frau zurück, und Lisa sagte: »Ich bin nur herübergekommen, um wegen des Picknicks zu fragen. Das verschieben Sie doch sicher?«

»Was für ein Picknick?« fragte Em. »Ach ja, ich erinnere mich. Das werden wir morgen veranstalten, um Victoria das Tal zu zeigen. Nein, ich sehe keinen Grund, warum wir es verschieben sollten. Es wird uns allen guttun, für einen Tag vom Haus wegzukommen – und von der Polizei! Mabel, Sie und Hector kommen doch, nicht wahr? Und Ken. Das wäre also geregelt. Wohin sollen wir fahren?«

»Zum Kratersee«, schlug Mabel vor. »Gerade eben habe ich Victoria davon erzählt. Es ist ein faszinierender Ort, Victoria. Ein See im Krater eines erloschenen Vulkans. Es heißt, er sei bodenlos, und –«

Sie wurde durch die Ankunft eines Landrovers unterbrochen. Darin saßen Hector Brandon und ein schlanker Junge, der die übliche Tracht der jungen Männer trug – eine außerordentlich schmutzige graue Flanellhose und einen Pullover mit Polokragen. Eine Locke fiel ihm künstlerisch in die Stirn, die nicht völlig frei von den Pickeln war, mit denen das Erwachsenwerden sensible Jünglinge zu schlagen pflegt. Hectors und Mabels Sohn besaß ein Paar brennender brauner Augen, ein mageres und gar nicht unsympathisches Gesicht und wirkte im allgemeinen wie ein mißverstandener unbedeutender Poet.

Das also, dachte Victoria, war der Junge, auf den sie einen Blick erhascht hatte, als er am Morgen ihrer Ankunft wie ein Wahnsinniger die Seestraße entlanggebraust war, und von dem es hieß, er sei katastrophal verliebt in Alice DeBrett gewesen.

Die unerwartete Ankunft Ken Brandons hatte ihre Aufmerksamkeit so gefesselt, daß ihr das Vorhandensein eines dritten Mannes im Landrover völlig entgangen war. Sie bemerkte ihn erst dann, als Drew Stratton neben ihr Platz nahm und liebenswürdig bemerkte, es sei ein schöner Tag.

Victoria biß sich vor Schreck auf die Zunge. »Was? Oh, Sie sind es. Ich wußte nicht, daß Sie da sind. Was sagten Sie?«

»Ich machte den klassischen Eröffnungszug des gesellig veranlagten Engländers und bemerkte, es sei ein schöner Tag. Nun sind Sie an der Reihe.«

Victoria betrachtete ihn ziemlich skeptisch. »Ich wußte nicht, daß Sie heute vormittag herkommen würden.«

»Wäre es Ihnen lieber, ich wäre nicht gekommen? Ich fürchte, jetzt ist es zu spät, um noch viel dagegen zu tun, aber ich werde nicht lange bleiben.«

Victoria errötete. »Sie wissen ganz genau, daß ich es so nicht gemeint habe. Ich war nur überrascht, Sie zu sehen.«

»Angenehm überrascht, hoffe ich?«

»Nein!« Victorias Augen sprühten Funken. »Es ist wohl nie besonders angenehm, mit Leuten zusammenzutreffen, die einen nicht leiden können, und Sie können mich ganz und gar nicht leiden, stimmt's? Das haben Sie mich vom ersten Augenblick an spüren lassen. Aber warum können Sie mich nicht leiden?«

Drew gab ihren empörten Blick nachdenklich und ohne jede Verlegenheit zurück und machte ihr das Kompliment, auf höfliches Leugnen zu verzichten. Er sagte: »Wegen Alice DeBrett.«

»Alice? Aber ich habe sie nicht einmal gekannt! Das verstehe ich nicht.«

»Wirklich nicht? Ich glaube, das Thema habe ich schon einmal angeschnitten. Sie sind ein sehr hübsches Mädchen, Miss Caryll, und Sie waren einmal mit Eden verlobt. Ich weiß nicht, warum Sie die Verlobung aufgelöst haben. Aus welchem Grund auch immer, Sie können nicht im Ernst damit gerechnet haben, daß Alice sich über Ihre dauernde Anwesenheit im Haus gefreut hätte!«

Victoria erstarrte. Sie merkte, daß ihre Hände vor Zorn bebten, und verschlang sie fest in ihrem Schoß. Mit trügerisch unschuldiger Stimme fragte sie: »Und waren Mrs. DeBretts Empfindungen so wichtig für Sie, Mr. Stratton?«

Sie sah absichtlich zu Ken Brandon hinüber, der verdrossen mit Lisa Markham sprach. Drew bemerkte den Blick und deutete ihn richtig. Er stellte trocken fest: »Ich war nicht verliebt in sie, falls Sie das meinen. Können Sie das gleiche bezüglich Alices Mann sagen?«

Die Zornesröte wich aus Victorias Gesicht. Wieder, wie gestern abend, sah sie jung und verloren und hilflos aus – und verängstigt.

Ihre Entrüstung und ihre starre Haltung fielen von ihr ab. Mit so leiser Stimme, daß er sie kaum verstand, sagte sie: »Ich weiß es nicht. Ich wünschte, ich wüßte es. Dachten Sie, ich wäre hergekommen, weil ich versuchen wollte, ihr Eden wegzunehmen?«

»Nein.« Drew dachte nach. »Sie erzählten mir, Ihre Tante habe Sie gebeten zu kommen. Aber da Sie sich ja denken konnten, wie es Alice zumute sein würde, hätten Sie auch ablehnen können.«

»Sie haben ganz recht.« Victoria sprach immer noch im Flüsterton, der sich mehr an sie selbst zu richten schien als an Drew. »Ich hätte niemals kommen dürfen. Aber – ich sehnte mich danach, nach Kenia zurückzukehren. Mutter war tot, und ich hatte niemanden mehr als Tante Em. Ich wollte wieder – irgendwo hingehören und nach Hause kommen, und ich zwang mich, nicht an Eden zu denken. Er war verheiratet, und es war alles vorbei. Ich habe mir Alice gar nicht richtig als einen Menschen vorgestellt. Sie war nur der Beweis dafür, daß alles vorbei war, und machte es für mich ungefährlich. Doch jetzt ist es anders…«

Drew sah von ihr zu der Stelle, wo Edens ungezwungene Grazie und sein verblüffend schönes Profil sich vor dem gleißenden Sonnenlicht des Gartens abhoben. Es überraschte Drew, daß sich ihm das Herz vor Eifersucht und Abneigung zusammenzog. Mißbilligend fragte er: »Weil er jetzt frei ist? War es das, was Sie sagen wollten? Aber das sollte doch alles erfreulich einfach für Sie machen.«

Victoria schüttelte den immer noch gesenkten Kopf. Es war eine ganz kleine Geste, aber irgendwie enthüllte sie einen solchen Abgrund von Unglücklichsein und Bestürzung, daß sein Zorn nicht standhielt. Er sagte: »Es tut mir leid. Das war unhöflich und zudringlich von mir. Und es geht mich auch gar nichts an. Sollen wir über etwas anderes reden?«

Er begann, ihr von einem Filmteam zu erzählen, das vor kurzem in Nairobi eingetroffen war, bis Em ihn mit einer Frage wegen des Picknicks und der unterschiedlichen Vorzüge von Thermosflaschen und Kesseln unterbrach.

»Keine Kessel«, erklärte Hector. »Ich bin dagegen, daß Feuer gemacht wird. Es ist sehr trocken gewesen, und wir könnten unabsehbaren Schaden anrichten. Werden wir etwas schießen? Wenn ja, muß ich mein Gewehr mitnehmen. Es wäre überhaupt besser, ein oder zwei Gewehre dabeizuhaben, nur für alle Fälle. Schließlich kann man nie wissen. Vielleicht versteckt sich der unvermeidliche Terrorist des harten Kerns in jener Gegend. Das Gerücht will nicht verstummen, die Banden hätten einen Unterschlupf irgendwo in der Nähe vom Kratersee. Sicher ist sicher. Und wir könnten ein Warzenschwein oder ein Perlhuhn vor die Mündung bekommen.«

»Wir müssen eine Liste anlegen«, verkündete Mabel, »damit wir ja nichts vergessen. Hat jemand Papier und Bleistift?«

»Warum die Mühe?« erkundigte Eden sich träge. »Mehr als reichlich Essen und Trinken und genug Decken, um hinterher darauf zu schlafen, brauchen wir doch nicht.«

Mabel maß ihn mit freundlicher Verachtung und bemerkte, das sei typisch Mann. Es gebe Dutzende von Dingen, die man zu einem Picknick mitnehmen müsse: ein Mückenspray und eine Fliegenklatsche, ein Erste-Hilfe-Koffer, Streichhölzer, Schlangenserum –

Eden sagte lachend zu Victoria: »Jetzt weißt du, was dir bevorsteht, Vicky. Schlangen im Gras und Warzenschweine im Unterholz und der unvermeidliche Terrorist, der am Horizont lauert. Ein schöner, friedlicher Nachmittag in Kenia! Sie brauchen sich aber nicht mit dem Erste-Hilfe-Koffer zu belasten, Mabel. Wir haben immer einen im Landrover. Bandagen, Schienen, eine Flasche Jod und so weiter. Mit Morphium und Pinzetten sind wir nicht ausgerüstet, doch vielleicht können Sie das beisteuern.«

»Das kann ich in der Tat«, gab Mabel ungerührt zurück. »Ich halte es für ganz verkehrt, in einem Land, wo es ständig Notfälle gibt, nicht darauf Notfall vorbereitet zu sein. Deshalb habe ich immer eine Flasche Jod in der Tasche. Sie haben keine Ahnung, wie leicht hierzulande ein Kratzer septisch werden kann. Aber bisher haben Hector und ich noch nie eine Blutvergiftung gehabt.«

»Was das angeht – ich auch nicht«, grinste Eden. »Und noch dazu ohne die Hilfe von Jod! Erzählen Sie mir bloß nicht, daß Hector und

Ken das Zeug auch ständig mit sich herumschleppen!«

»Selbstverständlich tun sie das! Es ist eine elementare Vorsichtsmaßnahme, auf der ich bestehe. Man müßte eigentlich auch Kaliumpermanganat bereithaben.«

»Wofür? Um das Trinkwasser zu desinfizieren oder um den Salat zu waschen?«

»Gegen Schlangenbisse natürlich. Serum ist ein bißchen zu sperrig, um es in die Tasche zu stecken, mit der Spritze und all dem. Aber Kaliumpermanganat ist besser als nichts. Wenn man die Wunde über Kreuz einschneidet und die Kristalle einreibt, kann das sehr wirkungsvoll sein.«

»Hören Sie, Mabel«, sagte Eden ernsthaft, »blasen wir das Picknick ab und gehen wir statt dessen lieber ins Kino. Mir kommt das Ganze viel zu gefährlich vor. Meine Vorstellung von einem Picknick ist ein friedlicher Nachmittag, den ich flach auf dem Rücken im Schatten verbringe, nachdem ich bei kaltem Huhn, gefüllten Eiern, Wurstbrötchen und Salat, mit Kuchen und mehreren Gläsern Bier, herzhaft zugelangt habe. Ich bin bereit, es mit Fliegen und Ameisen aufzunehmen, aber ich habe gar keine Lust, mit einem Federmesser an mir herumschnitzen und mich mit Kaliumpermanganat verarzten zu lassen!«

»Äußerst unwahrscheinlich, daß das passieren wird«, meinte Hector beruhigend. »Eine Chance von hundert zu eins. Obwohl ich nicht sagen will, der Kratersee sei nicht wegen seiner Schlangen berüchtigt. Ich sah einmal eine Mamba dort, als ich ein junger Mann war. Kam auf mich zu wie der Wind. Häßliches Vieh. Nur gut, daß ich mein Gewehr dabeihatte. Ich pustete ihr den Kopf weg. Gelungener Schuß.«

Eden bedeckte die Augen und beugte den Kopf auf die Knie nieder. Gilly brach in brüllendes Gelächter aus, in das Em heiter einstimmte. Und sogar Ken Brandon gab vorübergehend seine düstere Byron-Pose auf und erlaubte sich ein Lächeln.

»Es war nicht im geringsten komisch, das kann ich Ihnen versichern!« schnaubte Hector. »Wenn ich sie verfehlt hätte – nun, das wäre mein Ende gewesen. Und Sie können mir glauben, das ist eine sehr schmerzhafte Todesart. Ich habe mal einen Mann daran sterben sehen. Blau im Gesicht, wand und krümmte er sich. Ganz und gar nicht lustig.«

Das zögernde Lächeln seines Sohns erweiterte sich zu einem Grinsen. »Hör schon auf, Dad! Du machst den Mädchen Angst. Lisa mag keine Schlangen. Nicht wahr, Lisa?«

»Nein.« Lisa schüttelte sich. »Gräßliche Dinger! Mbogo sagt, es sei eine Puffotterfamilie in einem Loch unter der großen Akazie am Tor. Er sagt, er habe ihre Spuren im Staub gesehen. Hu!«

Mabel zeigte ein teilnehmendes Erschauern. »In diesem Jahr scheinen sie zur Plage zu werden. Wir kommen auf der Straße ständig an toten Schlangen vorbei, die von Autos überfahren worden sind. Das ist das einzige, was mir am Rifttal nicht gefällt – die Schlangen. Hector und Ken machen sie nichts aus. Sie haben sie früher einmal für das Giftzentrum gesammelt. Dies Institut, wo sie Schlangen halten und ihr Gift zur Serumherstellung gewinnen.«

»In dem Fall«, erklärte Gilly, »sollte jede intelligente Schlange am Mittwoch einen weiten Bogen um uns machen.« Er schwenkte sein Glas und rezitierte:

»Bunte Schlangen, zweigezüngt!
Igel, Molche, fort von hier!
Daß ihr euer Gift nicht bringt
In der Brandons Jagdrevier!«

»Ich weiß wirklich nicht, weswegen du heute so vergnügt bist«, sagte Lisa ärgerlich.

»Das weißt du nicht meine Süße? Nun, ich will dir mein Geheimnis anvertrauen. Ich habe eine herrliche Überraschung für dich. Em schickt uns nach Rumuruti, wenn Jerry Coles geht. Wie gefällt dir das?«

Erschrockenes Schweigen trat ein. Eden setzte sich aufrecht, während Lisa ihren Mann mit offenem Mund in groteskem Entsetzen anstarrte und Drew erstaunt die blonden Brauen hob. Sogar die Brandons machten einen bestürzten Eindruck. Nur Em blieb ruhig.

Die Wirkung seiner Ankündigung schien Gilly großen Spaß zu machen. Aber Lisas Blick heftete sich unwillkürlich auf Eden, und es entfuhr ihr: »O nein! Das ist nicht wahr! Wir können nicht –«

»Natürlich ist es wahr«, sagte Gilly fröhlich. »Warum blicken Sie alle so überrascht drein? Ich versuche seit Wochen, Em zu überreden, mir den Posten zu geben, und jetzt hat sie endlich Vernunft angenommen. Heute morgen habe ich die Ernennung erhalten. Der Verwalter von Rumuruti. Das bin ich. Beziehungsweise, das werde ich. Wollen Sie mir nicht gratulieren, Eden?«

Eden preßte die Lippen zu einem harten, unheilverkündenden Strich zusammen. Eine drohende Minute lang starrte er Gilly nur an, und dann wandte er sich an seine Großmutter. »Ist das wahr?« fragte er böse. »Hast du ihm tatsächlich Coles' Posten versprochen? Hast du das getan?«

»Komm, komm, mein lieber Junge«, tadelte Hector, mit dem Takt eines angreifenden Nashorns intervenierend. »Vergiß nicht, daß du mit deiner Großmutter sprichst!«

Drew sagte sehr leise: »Vorsichtig, Hector!«, aber Eden achtete nicht auf die Unterbrechung. »Hast du das getan?« drängte er, die Augen auf Em gerichtet.

Em sah langsam und betont von Eden zu Lisa und wieder zurück. Gelassen erklärte sie: »Gewiß, mein Lieber. Ich dachte darüber nach, und es schien mir eine ausgezeichnete Idee zu sein. Ich gebe zu, daß ich früher anderer Meinung war. Aber die Umstände verändern die Sachlage. Und unter den gegenwärtigen Umständen mag sich das schließlich doch als sehr zufriedenstellende Lösung erweisen. Für alle Betroffenen. Victoria, Liebes, du hast uns noch gar nicht gesagt, ob du irgendein bestimmtes Ausflugsziel lieber sehen möchtest als den Kratersee.«

Victoria war es peinlich, auf einmal in die Unterhaltung einbezogen zu werden. Sie versicherte, keine besonderen Wünsche zu haben, und war vielleicht die einzige unter den Anwesenden, die Ems scheinbar zusammenhanglose Frage als einen Versuch deutete, das Thema zu wechseln. Eden streifte sie mit einem schnellen Blick und sah dann zu Lisa hin, deren Augen immer noch verzweifelt auf ihn gerichtet waren. Plötzlich zog ein Ausdruck des Begreifens und etwas, das beinahe hätte Erleichterung sein können, über sein Gesicht.

Die steife Haltung seiner schlanken Gestalt verlor sich, und er lehnte sich in seinem Sessel zurück. Gilly, der seine Frau mit glänzenden, aufmerksamen Augen und einem etwas boshaften Lächeln beobachtet hatte, fragte: »Freust du dich gar nicht, Liebes? Ich dachte, du würdest entzückt sein! Beförderung. Höheres Gehalt. Schönes Haus. Neue Gesichter – hoffe ich. Das alles wird dir viel Freude machen.«

Lisa schwieg. Endlich wandte sie ihren Blick von Eden ab. Ihr Gesicht war weiß und hölzern und ihr Mund eine dünne rote Linie. Hector ergriff als erster wieder das Wort.

»Muß schon sagen«, meinte er kritisch, »das überrascht mich. Hätte nicht gedacht, daß Sie der Aufgabe gewachsen wären, Gilly. Wenn Sie nichts dagegen haben, daß ich offen spreche.«

»Aber ich habe etwas dagegen«, erwiderte Gilly. »Und, offen gesprochen, ich glaube nicht, daß es Sie, verdammt noch mal, etwas angeht. Dabei fällt mir ein –« Er drehte Hector den Rücken und sagte in gemütlichem Plauderton zu Ken: »Was ich Sie schon immer fragen wollte, Ken – war das Kerry Lad, den Sie am Dienstagabend ritten? Denn wenn ja, sollten Sie ihn wirklich für das erste Springreiten bei der Royal Show melden. Es kann nicht viele Pferde geben, die über diese Hecke und den Draht auf der Grenzseite meines Gartens setzen, ohne zu Schaden zu kommen. Sie müßten mühelos siegen.«

Ken Brandon antwortete ihm nicht, und zum zweiten Mal an diesem Vormittag senkte sich verstörtes Schweigen über die Menschen auf der Veranda nieder. Doch jetzt war das Gesicht des Jungen so weiß und verkrampft wie vorhin Lisas, und die Affektiertheit und die Byron-Pose fielen von ihm ab. Er starrte Gilly an wie ein hypnotisiertes Kaninchen und leckte sich die trockenen Lippen. Dann stand Mabel jäh auf und stellte sich zwischen die beiden. Ihre rosigen Wangen und die grauen Löckchen bebten.

»Ich weiß nicht, wovon Sie reden, Gilly«, sagte sie mit ruhiger

Heiterkeit. »Ken hat am Dienstag White Lady geritten. Stimmt das nicht, Em? Und sie ist als Springpferd nicht gut.«

»Ich meine nicht das erste Mal, als er herüberkam«, erwiderte Gilly freundlich. »Ich rede von später.«

»Später war er nicht draußen«, erklärte Mabel bestimmt und wandte sich Lady Emily zu. »Wir müssen jetzt wirklich gehen, Em. Danke für den Shandy. Er war köstlich. Wo treffen wir uns morgen? Ich schlage vor, Sie alle kommen gegen elf bei uns vorbei, da es auf Ihrem Weg ist, und dann können wir uns auf die verschiedenen Wagen verteilen und weiterfahren. Drew, Sie machen doch mit? Ja, natürlich, Sie müssen! Ein Nein als Antwort akzeptieren wir nicht. Wer welches Essen mitbringt, haben wir geregelt, nicht wahr? Dann geht das in Ordnung. Komm, Ken, mein Lieber. Auf Wiedersehen, Victoria. Ich freue mich, Jacks Tochter kennengelernt zu haben. Können wir Sie mitnehmen, Drew? Oh – es ist ja Ihr Landrover, oder?«

»Ja.« Drew erhob sich und drückte seine Zigarette aus. »Ich bin ein ungeladener Gast bei dieser Party. Anscheinend habe ich das einzige Transportmittel, das nicht im ungeeignetsten Moment zusammenbricht. Was seine Nachteile hat.«

Sein Lächeln nahm den Worten die Beleidigung, und die Atmosphäre im Raum entspannte sich beinahe sichtbar. »Das ist richtig«, pflichtete Hector ihm bei. »Leider ist unseres zusammengebrochen. Wieder diese verdammte Kupplung. Drew hat uns aufgelesen. Seinen Vormittag vergeudet, fürchte ich. Ich hoffe, es macht Ihnen nichts aus, uns auch zurückzubringen, Drew?«

»Überhaupt nichts, Sir. Ich bin entzückt. Auf Wiedersehen, Em. Erwarten Sie wirklich von mir, daß ich morgen bei diesem Picknick in Erscheinung trete?«

»Sie haben gehört, was Mabel sagte«, gab Em mit einem Gesichtsausdruck zurück, den man bei jedem anderen als Naserümpfen bezeichnet hätte. »Sie ›akzeptiert ein Nein als Antwort nicht‹. Deshalb erwarte ich natürlich, Sie dort zu sehen.«

»Na gut«, sagte Drew resigniert, »obwohl, ehrlich gesagt – um mir Hectors Lieblingswort auszuborgen –, wenn ich eine Spur von

Verstand hätte, würde ich mich nach Nyali oder an die Nordgrenze begeben, bis die Stimmung hier weniger geladen ist.«

»Greg würde Sie nicht gehen lassen«, erinnerte Em ihn ernst. »Sie haben nämlich auch kein Alibi!«

Der Landrover stob in einer Staubwolke davon. Die Markhams gingen durch den Garten nach Hause. Eden sah ihnen nach und sagte langsam: »Worauf wollte Gilly hinaus mit dieser Geschichte, Ken sei am Dienstagabend über unser Land geritten? Glaubst du, er war hier?«

»Ja«, antwortete Em kurz. »Ich nehme an, er war ziemlich oft hier, und das aus keinem besseren Grund als dem durch die Tradition geheiligten, an dem Haus vorüberzugehen, in dem seine Angebetete wohnte. Verliebte junge Männer tun das seit Jahrhunderten – und werden es weiterhin tun! Aber Ken ist jung genug und töricht genug, um den Versuch zu machen, die Tatsache zu verbergen. Das nutzt Gilly aus, ihn – und Mabel – aufzuziehen. Es ist sehr ungeschickt von Gilly. Ich werde mit ihm darüber reden müssen. Drew hat ganz recht. Die Stimmung hier ist verdammt geladen. Das gefällt mir nicht. Das gefällt mir ganz und gar nicht!«

Sie seufzte schwer, erhob sich aus ihrem Sessel und ging die Veranda hinunter, wobei sie in der Art alter Leute vor sich hin murmelte.

Der Rest des Tages verging recht friedlich. Aber in der Nacht schlief Victoria nur wenig. Stunde um Stunde lag sie wach, anfangs von ihren eigenen Problemen, später von Furcht gequält. Denn während die Zeit langsam verging, begann sich das erst so stille Haus mit zahllosen leisen, verstohlenen Geräuschen zu füllen, bis Victoria manchmal hätte schwören können, es schleiche jemand durch die verdunkelten Zimmer – gehe auf Zehenspitzen über den Flur und bewege offene Türen sehr vorsichtig, damit die Angeln nicht quietschten.

Sie hatte ihre Tür verschlossen, als sie zu Bett ging, und sie hatte sich deswegen geschämt. Aber als sie in der Dunkelheit wach lag und ihre Ohren spitzte, fiel ihr ein, daß es keinen Zweck hatte, die Tür vor einem Geist zu verschließen, und daß, wenn es Poltergeister überhaupt gab, einer in diesem Augenblick in ihrem Zimmer sein mochte, sie beobachtete und sich über ihre Angst amüsierte.

Der Garten vor ihrem Fenster war von weißem Mondschein erfüllt, doch selbst dort war es nicht still. Unten in den Papyrussümpfen riefen die Vögel. Sie kreischten wie Möwen an einem windigen Tag, obwohl kein Wind ging und es Nacht war.

Versteckten sich wirklich noch Überreste der Mau-Mau-Banden im Sumpf? Verzweifelte, gejagte, hungrige Männer, heimlich mit Essen versorgt von solchen, die bei Tageslicht treue und mit Vertrauen belohnte Diener der Siedler rings um den See waren?

Mehrmals während dieser langen Nacht waren die Hunde zu hören. Sie knurrten und bellten und kratzten an der Tür des zweckentfremdeten Vorratsschuppens, in dem sie eingesperrt waren. Sicher konnte es dafür harmlose Gründe geben: eine über das Dach laufende Ratte oder eine streunende Katze. Aber war es nicht auch möglich, daß sie einen Mann anbellten, der mit Lebensmitteln aus den Quartieren der Feldarbeiter schlich? Traf sich der Mann mit einem Schatten, der durch die Dunkelheit der Shamba und des Papyrussumpfes gekommen war? Ein Schatten, der vielleicht Alice DeBrett getötet hatte –?

12

Der Landrover holperte und klapperte und sprang über die unbefestigte Seestraße. Er zog die unvermeidlichen Staubwolken wie ein Zug seine Dampfwolke hinter sich her. Der Vormittag war heiß, der Himmel stahlblau.

Die Landschaft war hier, in der Nähe der Vorberge des Berges Mau rauher. Merkwürdig geformte Hügel, die früher Vulkankegel gewesen waren, reckten sich aus der Ebene hoch. Ihre Farbe wandelte sich von Grün zum dunkelsten Mitternachtsblau, wenn ein träger Wolkenschatten sie einhüllte und den schwarzen Umriß vor dem gleißenden Sonnenlicht der Umgebung abzeichnete.

Zu dieser Stunde des Tages war wenig Wild zu sehen. Während der heißen Mittagszeit zogen sich die großen Zebra- und Gazellenherden, die am frühen Morgen und am späten Nachmittag auf dem weiten offenen Gelände grasten, in den Schatten der Bäume zurück. Aber in einem Akazienwäldchen vor einem kleinen Dorf heulte und sprang und tanzte eine Gruppe von Pavianen in den Zweigen, als der Landrover vorüberfuhr.

Die Teilnehmer an der Picknick-Gesellschaft waren getrennt auf der Farm der Brandons eingetroffen und hatten sich dann zu je drei Personen auf die drei Landrover verteilt. Ken Brandon und Lisa fuhren mit Drew Stratton, Em mit Mabel und Hector, Victoria und Gilly mit Eden.

Eden hatte auch Thuku, Ems afrikanischen Fahrer, und den alten Zacharia mitgenommen, dem langweilige, aber notwendige Arbeiten wie das Säubern schmutziger Messer und Teller, das Beseitigen des Abfalls und das Wegpacken geleerter Körbe zufielen. Auch Samuel, der Fahrer der Brandons, war dabei, denn es galt immer noch als nicht ungefährlich, einen Wagen in den abgelegeneren Teilen des Rifttales unbewacht stehenzulassen. Sowohl Samuel als auch Thuku hatten geladene Gewehre bei sich.

»Da ist der Kratersee«, verkündete Gilly und brach damit ein

Schweigen, das über mehrere Kilometer angedauert hatte. »Oder vielmehr, da ist der Rand des Kraters. Da drüben rechts –«

»Aber dahin führt keine Straße«, wandte Victoria ein.

»Aber liebes Kind, wir brauchen in diesem Land keine Straßen«, sagte Gilly. »Wofür halten Sie uns? Für Schwächlinge? Ich räume ein, daß diese abschreckende Kette von Steinen und Löchern, über die wir die letzten mehr als fünfzehn Meilen gerumpelt sind, sich Straße nennt. Aber Sie werden keinen wesentlichen Unterschied bemerken, wenn wir auf offenes Gelände kommen. Los geht's!«

Während Gilly sprach, hatte Eden den Landrover von der staubbedeckten Straße weggelenkt. Sie fuhren jetzt einen langen Hang hinauf, dessen Kamm mit Felsen, Bäumen, Dornbüschen und Dickichten wilder Oliven bedeckt war.

»Sehen Sie, was ich meine?« Gilly fiel auf seinen Sitz zurück, nachdem er mit dem Kopf gegen das Segeltuchdach geschleudert worden war. Victoria, die sich versehentlich auf die Zunge gebissen hatte, nickte stumm und stemmte sich gegen die scharfe Schlagseite nach Steuerbord. Der Wagen kletterte über die Steine und Wurzeln eines steilen Viehpfads und hielt endlich auf einer kleinen Lichtung, wo die vorausgefahrenen beiden Landrover bereits parkten.

»Ja, weiter können wir nicht fahren«, sagte Eden, zog die Handbremse und wischte sich den Staub aus den Augen. »Von hier aus müssen wir zu Fuß gehen.«

Gilly stieg aus und ging zum Heck des Wagens, um das Ausladen des Biers zu beaufsichtigen, und Eden sprang auf den Boden und streckte Victoria hilfreich die Arme entgegen.

Er hielt sie eine volle Minute lang fest, bevor er sie freigab. Victoria sah in die grauen Augen, die den ihren so nahe waren, und merkte verwundert, daß ihr Puls sich nicht beschleunigt und ihr Herz nicht ausgesetzt hatte. Zum ersten Mal in ihrem Leben sah sie ihn an wie einen Freund oder Cousin und nicht wie den strahlenden romantischen Helden, der er so viele Jahre für sie gewesen war.

Ihre Füße berührten die Erde. Sie fühlte sich rauh und fest unter ihren Schuhen an, und ihr war, als habe sie endlich aus der Welt der Illusion in die Wirklichkeit zurückgefunden.

Eden hatte sie losgelassen, aber sie entfernte sich nicht. Sie stand im hellen Sonnenschein und sah ihn ernst und aufmerksam an. Er zeigte sein bezauberndes spöttisches Lächeln und fragte leichthin: »Was ist, Vicky? Studierst du meine Gesichtszüge?«

»Nein«, antwortete Vicky langsam. »Ich kenne dein Gesicht auswendig. Ich glaube, das ist immer mein Problem gewesen. Ich habe dich nie richtig kennengelernt.«

»Du meinst, du hast nie tief in mich hineingesehen? Dann fang jetzt nicht damit an, Darling. Vielleicht würde ich dir nicht gefallen, und das könnte ich nicht ertragen.«

Er zog ihre Hand an seine Lippen, und dann plötzlich veränderte sich sein Gesicht. Die Wärme verschwand aus seinen Augen, und er ließ ihre Hand fallen. Victoria drehte sich um und sah, daß Lisa und Drew zu den Wagen zurückgekehrt waren und nur wenige Meter von ihnen entfernt standen. Sie mußten Zeugen der kurzen Szene geworden sein. Ebenso offensichtlich war es, daß beide nicht angenehm davon berührt waren. Drew blickte unfreundlich und gelangweilt und sehr mißbilligend drein, und Lisa war unverhohlen wütend.

Es war irgendwie ein äußerst peinlicher Augenblick, der in gar keinem Verhältnis zu der Trivialität des Geschehens stand. Angesichts Lisas eifersüchtiger Blicke und Drews kalter Augen errötete Victoria so heftig, als habe sie sich einer groben Unschicklichkeit schuldig gemacht. Sie wandte das Gesicht ab und entdeckte, daß auch Gilly ein gespannter Zuschauer war. Er war um den Wagen nach vorn gekommen, lehnte sich dagegen und studierte seine Frau mit objektivem Interesse wie irgendeine Fremde, die er bisher nie gesehen hatte. Seine Augen saugten sich fest an ihrer betont weiblichen und gar nicht für ein Picknick passenden Kleidung. Wieder lagen Verstehen und Bosheit in seinem Gesicht und verrieten, daß er genau wußte, für wen sie sich so schöngemacht hatte.

Sein Blick wanderte weiter und blieb auf Victoria haften, die hübsch und schlank in Hemd und Hose war. Nachdenklich und wie ein Mensch, der einen Gedanken laut ausspricht, sagte er: »Ja, ja, sie ist tüchtig, dies Mädchen. Die benutzt ihren Kopf. Lisa wird schnell arbeiten müssen. Sehr schnell!«

Eden fragte kalt: »Was plappern Sie da, Gilly? Sind Sie fertig mit dem Ausladen?«

»Ich sann wie Polonius über die Schwachheit der menschlichen Natur nach«, antwortete Gilly. *»Die, ungestüm von Art, sich selbst zerstört / Und leitet zu verzweifelten Entschlüssen / Sooft als irgendeine Leidenschaft, / Die unterm Mond uns quält.* Und falls Sie von dem Bier sprachen: jawohl. Ich habe es ausgeladen, und es ist auf dem Weg nach oben. Sollte nicht lieber jemand hierbleiben und ein Auge auf unsere Wagen werfen, nur für den Fall, daß der unvermeidliche Terrorist diesen gesunden Ort immer noch als Versteck benutzt?«

Drew ordnete an: »Thuku kann in der Nähe bleiben.« Er nahm Lisa am Arm, drehte sie herum und stieg mit ihr den steilen Abhang hoch. Die anderen folgten ihnen einer nach dem anderen.

Lisa hatte kein Wort gesprochen. Aber Drew, der ihren Arm hielt, spürte, daß sie wie im Fieber zitterte. Er sagte scharf: »Augen auf, Lisa! Wenn sie nicht aufpassen, wo sie hintreten, brechen Sie sich am Ende noch den Knöchel. Und da sind wir schon –«

Sie waren auf einen weiten Platz voller Geröll hinausgekommen. Unter ihnen lag, eingefaßt von den steilen Kraterwänden und umsäumt von einem Dschungel aus Buschwerk und Akazien, ein kleiner, grüner See. Es war der unheimlichste Ort, dachte Victoria hinabblickend, den sie je gesehen hatte. Und der stillste.

Der Himmel über ihnen war klar und blau, doch der See spiegelte ihn nicht wider. Das ganze Kratertal war so grün und dunkel und ruhig, als liege ein kalter Wolkenschatten darauf. Victoria zog sich erschauernd vom Rand der Klippe zurück und meinte zweifelnd: »Das sieht wie ein ziemlich unfreundlicher Ort aus, nicht wahr?«

»Daniel kommt zu richten!« zitierte Gilly. »Genau meine Meinung. Ein Leichenschauhaus. Aber keine Bange, ein paar Drinks werden Ihre Stimmung beträchtlich heben – und meine auch. Und falls Sie sich vor den Gefahren des afrikanischen Buschs ängstigen: Hector, Eden und Ken sind alle erstklassige Schützen, und Drew hätte sogar Annie Oakley mit Glanz und Gloria besiegt. Alles, was

sie konnte, kann er besser. Sie sind so sicher wie in Abrahams Schoß – abgesehen von den Fliegen. Und die wird wahrscheinlich Mabel mit ihrem Giftspray vertreiben. Gehen wir.«

Victoria lachte ein bißchen verlegen. Drew warf ihr stirnrunzelnd einen kurzen Blick zu, drehte sich um und ging am Rand des Kraters voran bis zu einem Punkt, von dem aus ein einigermaßen einfacher Abstieg die Kraterwand hinunter zu den Bäumen und dem See möglich war.

Samuel, der Fahrer der Brandons, kam ihnen auf dem schmalen Pfad entgegen. Er hatte geholfen, die Körbe hinunterzutragen, und Em, Mabel und Hector in aller Gemütlichkeit auf Decken im Schatten sitzend vorgefunden, während Zacharia den Picknickkorb auspackte.

Ken Brandon, der allein auf Kundschaft gegangen war, berichtete, er habe die Pfotenabdrücke eines Leoparden auf einem Fleck feuchten Lehms an der anderen Seite gesehen, und zwischen den Büschen liege das Skelett eines großen Warzenschweins. Er wies einen der riesigen, gekrümmten Hauer vor. »Sehen Sie sich das an! Muß der Urgroßvater aller Warzenschweine gewesen sein. Ich habe noch nie Hauer von dieser Größe gesehen.«

Die Aura verbitterter Düsterkeit war im Augenblick von ihm gewichen, und er sah jungenhaft und erfrischend normal aus, wie er den vergilbten Brocken Elfenbein in Händen hielt.

»Von einem Leoparden getötet?« erkundigte sich Drew.

Ken schüttelte den Kopf. »Nein. Die Knochen sind vollständig. Wahrscheinlich Altersschwäche. Oder vielleicht wurde er irgendwo auf Convilles Gebiet verwundet und ist zum Sterben hierhergekommen.«

»Kann er nicht auch von einer Schlange gebissen worden sein?« meinte Gilly.

Ken ließ den Stoßzahn zu Boden fallen, und sein Gesicht verlor den belebten Ausdruck. »Vielleicht«, antwortete er mit tonloser Stimme. Er ging und setzte sich neben Lisa, die zur Seite rückte, um ihm Platz zu machen.

Es war gut zwei Uhr vorbei, bis Zacharia in dem schaumigen Wasser des Sees das Geschirr gespült und mit Hilfe Samuels die Picknickkörbe den Klippenpfad hinauf zu den Wagen getragen hatte.

Hector ging, um sich die Leopardenspur und das Skelett des Warzenschweins anzusehen. Seine Frau dagegen zog einen dicken Leinenbeutel hervor und setzte sich zum Stricken nieder. Em, die sich vorausblickend mit einem Kissen versorgt hatte, gab ihre Absicht bekannt, mindestens eine Stunde lang zu schlafen.

Die übrigen Mitglieder der Gesellschaft entfernten sich, um den Krater zu erkunden – mit Ausnahme Gillys, der sieben Pink Gins und zwei Flaschen Bier getrunken und erst mit Hector gestritten und dann Ken Brandon beleidigt hatte, worauf Em ihn scharf zurechtwies. Jetzt zog er sich mit einer Decke und einer Dose Mückenspray zurück, um seinen Rausch hinter dichtem Buschwerk auszuschlafen. Lisa, deren Sandaletten nicht für eine Erkundung geeignet waren, klammerte sich an Edens Arm, so daß sie zurückblieben und von den anderen getrennt wurden. Victoria fand sich plötzlich allein mit Drew Stratton und dem jungen Mr. Brandon. Keiner ihrer Gefährten zeigte den geringsten Wunsch zu einer Unterhaltung. Als sie den Krater beinahe umrundet hatten, drehte Victoria sich zu Ken um. Sie wollte ihn fragen, wo er die Pfotenabdrücke des Leoparden gesehen habe, mußte jedoch feststellen, daß auch er seiner Wege gegangen war.

»Er hat uns vor etwa zehn Minuten verlassen«, bemerkte Mr. Stratton gelangweilt. »Möchten Sie sonst noch irgend etwas besichtigen?«

»Nicht hier.« Victoria schüttelte sich. »Mir gefällt dieser Ort nicht. Und ich glaube nicht, daß wir ihm gefallen. Es ist zu ruhig.«

Sie wandte lauschend den Kopf. In der Stille vernahmen sie ein schwaches, aber deutliches Geräusch. Es kam von einer Stelle zwanzig oder dreißig Meter vor ihnen, und gleich darauf identifizierte Victoria es als Schnarchen. Das mußte Gilly Markham sein – oder Em! Das Schnarchen endete mit einem lauten Schnaufer und begann nach einer Pause von neuem. Victoria erkundigte sich voller Unbehagen bei Mr. Stratton, ob er wirklich glaube, daß ein Leopard im Krater sei.

»Schon möglich«, antwortete Drew uninteressiert. »Es gibt Hunderte von Verstecken zwischen den Steinen, und diese Pfotenabdrücke waren ziemlich frisch. Was ein Grund unter mehreren ist, daß man Sie hier nicht allein herumwandern lassen darf.«

Victoria blieb stehen und funkelte ihn an. »Wenn Sie damit sagen wollen, daß Sie nur bei mir bleiben, um mich zu beschützen, können Sie sich die Mühe sparen. Mir wird nichts geschehen, und ich möchte nichts mehr besichtigen.« Sie setzte sich auf einen passenden Felsblock, hob das Kinn und setzte kalt hinzu: »Lassen Sie sich nicht aufhalten.«

Drew sah sie eine volle halbe Minute nachdenklich an. Dann zuckte er leicht die Schultern und ging.

Victoria sah ihm mit einer Mischung aus Ärger und Unruhe nach und geriet sehr in Versuchung, ihn zurückzurufen. Nicht weil sie mit einer Bedrohung durch Leoparden oder Terroristen rechnete, sondern weil es ihr unheimlich war, an diesem geisterhaften Ort allein gelassen zu werden, auch wenn sie wußte, daß neun andere Personen in Rufweite und mindestens drei von ihnen – Tante Em, Mrs. Brandon und Mr. Markham – weniger als dreißig Meter von ihr entfernt waren. Aber Drew war in dem dichten Baumgürtel verschwunden, und sie hörte auch keine Zweige mehr rascheln. Sie saß da und lauschte, doch in dem ganzen Krater schien sich nichts zu bewegen, und die Stille floß in ihn zurück und füllte ihn, wie man ein Glas mit Wasser füllt.

Es war ganz und gar keine friedliche Stille, sondern ein verstohlenes, alles durchdringendes Schweigen. Ohne einen Grund zu haben, fürchtete Victoria sich. Wohin waren alle anderen gegangen? Hatten sie sich weggeschlichen und sie an diesem furchterregenden Ort allein gelassen? Sie mußte sie wiederfinden. Sie wollte zu den Bäumen hinübergehen, wo sie gegessen hatten, und sich neben Tante Em und Mrs. Brandon setzen und dem beruhigenden Klappern von Mrs. Brandons Stricknadeln zuhören.

Aber sie konnte sich nicht aufraffen, die erste Bewegung zu machen, die diese drückende Stille gebrochen hätte. Und als sie schließlich Menschen zwischen den Bäumen hörte, waren die Geräusche genauso unheimlich wie vorher die Stille. Es war, als schreite jemand – oder waren es vielleicht mehrere Leute? – mit unendlicher Vorsicht und so lautlos wie möglich im Krater umher.

Einmal rollte ein Stein mit leisem, metallischem Poltern, das unangenehm an Zähneklappern erinnerte, die Klippe herunter, und dann knackte ein Zweig. Victoria fuhr herum, aber es war niemand da. Nur die Bäume und die Schatten und das hohe Gras – und eine flüchtige Bewegung, was Einbildung oder ein durch die Blätter schlüpfender Vogel gewesen sein mochte.

»Wer ist da?« rief Victoria und erschrak über die Heiserkeit ihrer eigenen Stimme. »Ist da jemand?«

Die Worte klangen erstaunlich laut, aber niemand antwortete ihr. Eine oder zwei Minuten später raschelte das Unterholz, als schleiche sich jemand oder etwas fort. Das leise Geräusch wurde schwächer, bis es von der Stille ganz verschluckt war. Obwohl sich danach nichts mehr regte, stand Victoria nicht auf. Sie saß wie erstarrt und lauschte angestrengt, während die Sonne langsam sank und der tiefblaue Schatten der Klippe über den Kratersee vorwärtskroch. Erst als er sie berührte, gab sie sich einen innerlichen Ruck und erhob sich.

Ich benehme mich wie ein Idiot, dachte Victoria angewidert. Sitze hier und versetze mich für nichts und wieder nichts immer mehr in Panik, nur weil alle anderen vernünftigerweise Tante Ems und Mrs. Brandons Beispiel gefolgt sind und sich zum Schlafen hingelegt haben! Mit diesem Gedanken kehrte der Mut zurück, und ihre Ängste kamen ihr kindisch vor. Sie ging über den sumpfigen Rand des Sees auf die Stelle zu, wo das Picknick stattgefunden hatte. Fast hatte sie sie erreicht, als ein Geräusch an ihre Ohren drang, das sie schmerzlich an ihren Flug von England nach hier erinnerte. Victoria blieb angeekelt stehen. Mr. Markham, vom Schlaf erwacht, war offenbar – und bedauerlicherweise – damit beschäftigt, sich von seinem Lunch und dem Übermaß an Alkohol zu trennen, mit dem er seinen vielgeplagten Magen gequält hatte.

Victoria machte kehrt und zog sich auf Zehenspitzen wieder

zurück. Zum ersten Mal tat ihr Gillys Frau aufrichtig leid. Sie war bis in die Mitte des gegenüberliegenden Seeufers gekommen, als Hector Brandon ein paar Meter vor ihr aus den Büschen drang und ihr fröhlich zuwinkte. Einen Augenblick später schloß sich auch Lisa Markham ihnen an. Sie entdeckten Ken Brandon, der mit einer großen Kamera fotografierte, und als sie die kleine Lichtung erreichten, stieg Drew gerade den Klippenpfad hinunter, und Eden schlenderte zwischen den Baumstämmen hervor.

Em schlief, den Hut bis über die Nase heruntergezogen. Mabels fleißige Nadeln waren verstummt, während ihre Besitzerin sanft schnarchte.

»Ein hübsches und friedliches Bild«, bemerkte Eden. »Aber falls wir den Tee nicht hier trinken wollen, ist es Zeit, daß wir weiterziehen. Wach auf, Grandma, Darling!«

Em grunzte wie ein aufgeschrecktes Warzenschwein, setzte sich mit einem Ruck hoch, der ihren Hut zur Seite schleuderte, und sah ihren Enkel böse an.

»Ich wünschte«, sagte sie ärgerlich, »ihr würdet alle weggehen und mich ein bißchen schlafen lassen. Sicher könnt ihr euch doch eine halbe Stunde lang anderswo amüsieren?«

»Du hast geschlafen, Grandma. Und länger als eine Stunde! Es geht auf halb vier.«

»So ist es«, bestätigte Hector, der seine schlafende Frau ebenfalls geweckt hatte. »Zeit, daß wir uns auf den Weg machen. Da sind schon Zacharia und Samuel, um die Decken wegzutragen. Am besten geben Sie ihnen auch Ihr Kissen. Ich hoffe, wir haben keine Flaschen herumliegen lassen. Wo ist Gilly?«

»Schläft vermutlich immer noch seinen Rausch aus«, sagte Eden. Er erhob die Stimme und rief: »He, Gilly, aufwachen! Wir gehen jetzt! Ken, laufen Sie und holen Sie ihn.«

»Holen Sie ihn selber«, gab Ken mürrisch zurück.

Eden hob die Brauen. Der Junge errötete und sagte: »Schon gut«, und lief um das Buschwerk herum, hinter das sich Gilly zum Mittagsschläfchen zurückgezogen hatte. Sie hörten einen Ausruf des Ekels und dann ein gemurmeltes: »Wieder besoffen!« Dann sagte

Ken laut: »He, Gilly – wir wollen aufbrechen. Wachen Sie auf! Gilly–!«

Es folgte ein unbeschreibliches Keuchen. In der nächsten Minute war Ken wieder da, das Gesicht kreideweiß vor Entsetzen und die Augen groß und glasig. »Ich – ich kann ihn nicht aufwecken! Ich glaube, er hat einen Anfall.«

Drew verschwand im Laufschritt, dicht gefolgt von Hector. Die übrigen Ausflugsteilnehmer folgten dicht danach.

Gilly zitterte heftig. Drew blickte hoch und erklärte kurz: »Es sieht wie ein Fieberanfall aus. Hat er je Malaria gehabt, Lisa?«

»Nein.« Lisa, die sehr blaß geworden war, starrte den schlotternden Körper ihres Mannes voll Abscheu an. »Nicht daß ich wüßte. Aber er hat einmal –« Sie brach ab und biß sich auf die Lippe.

»*Delirium tremens* gehabt«, vollendete Hector geradeheraus. »Ja, das wissen wir. Vielleicht haben Sie recht.«

»Unsinn!« polterte Em. »Er mag zuviel getrunken haben, aber so betrunken war er bestimmt nicht. Muß Malaria sein.«

»Er fühlt sich nicht heiß an.« Drew legte die Hand auf Gillys schweißbedeckte Stirn.

Em beugte sich zu ihm nieder, zuckte japsend zurück und schlug mit ihrem Stock nach etwas, das von einer Falte der Decke verborgen gewesen war.

»Vorsicht!« brüllte Hector und sprang vor: »Schlange!« Er riß Em den Stock aus der Hand und schlug auf die Puffotter ein, die sich neben Gillys Arm zusammengeringelt hatte. Ken Brandon eilte mit einem abgebrochenen Ast herbei, hob das schlaffe, zerschlagene Ding auf und schleuderte es weit fort. Es fiel platschend in den stillen See.

Mabel sagte: »Er ist gebissen worden – sehen Sie doch!« Sie ließ sich auf die Knie fallen und wies mit zitterndem Finger auf zwei kleine, purpurne Löcher auf Gillys bloßem Unterarm. An einem hing ein kleiner Blutstropfen, bereits geronnen. »Hol das Serum, Ken! Lauf! Es ist in der Wagentasche. Schnell!«

Ken rannte los, stolperte durch die Büsche und keuchte den Klippenpfad hinauf. Drew, der kein Wort gesprochen hatte, zog ein

Augenlid Gillys zurück. Nach einem kurzen, prüfenden Blick schob er seine Hand in das am Hals offene Hemd und fühlte nach dem Herzschlag. Er fragte: »Haben wir Brandy da?«

Hector riß einen kleinen Silberflakon aus der Tasche und reichte ihn ihm wortlos. Drew zwang die Flüssigkeit zwischen Gillys bebende Lippen, während Em das Chiffontuch von ihrem Hut riß und damit einen festen Druckverband oberhalb der Bißwunden anlegte. Sie verlangte ein scharfes Messer und machte einen tiefen Kreuzschnitt, aus dem das Blut träge hervorquoll.

Gilly bekam einen neuen Anfall, der ihn zu stoßweisem Atmen zwang. Sonst gab er keinen Laut von sich. Em ließ das Messer ins Gras fallen und fragte aufgeregt: »Wo bleibt Ken denn nur? Mabel, wo ist das Permanganat, von dem Sie sprachen? Er wird sterben, bevor Ken mit dem Serum zurückkommt! Tun Sie doch etwas!«

»Das Serum ist im Wagen«, würgte Mabel hervor. »In dem Erste-Hilfe-Koffer. Aber ich habe Jod hier –« Sie suchte in ihrer Rocktasche und brachte eine kleine Flasche zum Vorschein.

»Es ist vielleicht besser als nichts«, murmelte Em und goß den Inhalt über den Schnitt.

Die Minuten schlichen vorbei. Bis auf Gillys angestrengtes Röcheln war der Nachmittag so still, daß Victoria meinte, die Menschen, die ihn umstanden, müßten den Atem anhalten. Dann hörte sie jemandes Zähne klappern.

Em rief verzweifelt: »Eden, um Gottes willen, geh und sieh nach, wo Ken bleibt. Er müßte längst –« In diesem Augenblick schlitterte Ken den Klippenpfad herunter, riß eine ganze Steinlawine mit sich und krachte heiß und keuchend durch die Büsche.

Em riß ihm die Spritze aus der Hand, füllte sie und stach sie oberhalb der Wunde in Gillys Arm. Alle warteten atemlos, beobachteten das bleiche Gesicht. Mabel rieb seine schlaffen Hände. Das Zittern wurde schwächer, bis Gilly ganz ruhig lag. Sein farbloses Gesicht zuckte. Der Brandy, den Drew ihm in die Kehle gegossen hatte, tröpfelte ihm aus den Mundwinkeln.

Drew stellte den Flakon nieder und fühlte von neuem nach Gillys Herzen. Nach einer vollen Minute stand er auf und klopfte sich geknickte Grashalme von den Knien.

»Er ist tot«, stellte Drew fest.

Mabel stieß einen heiseren Schrei aus, und Lisa verfiel in schrilles, hysterisches Lachen. Es war irgendwie schlimmer, als es Weinen oder Tränen hätten sein können.

Em stand schnell auf und schlug ihr mit der flachen Hand ins Gesicht. Das Lachen brach mit einem erstickten Schluchzen ab.

»Führen Sie sie weg, Mabel!« befahl Em. »Bringen Sie sie zum Wagen.« Sie drehte sich zu Drew um. »Reden Sie keinen Unsinn! Natürlich ist er nicht tot. Das ist nur die Reaktion auf das Serum.«

»Ja, ich würde sagen, wahrscheinlich hat ihm das den Rest gegeben. Sein Herz hat es nicht mehr ausgehalten. Er ist wirklich tot.«

»Nein!« sagte Em heiser. »Nein!« Benommen blickte sie auf die Spritze, die sie noch in der Hand hielt, und dann schleuderte sie sie, von plötzlichem Abscheu gepackt, von sich. Eden drängte seine Großmutter zur Seite, ließ sich neben Gilly auf die Knie nieder und fühlte nach seinem Herzen, wie es Drew getan hatte.

Nach einer oder zwei Minuten hob er sein verzerrtes, entsetztes Gesicht. Bei diesem Anblick brach Lisa los: »Er ist tot, nicht wahr? Er ist tot! O Gott, was bin ich dumm gewesen! Gilly! – Gilly!«

Em sagte ärgerlich: »Mabel, ich hatte Sie gebeten, Lisa wegzubringen! Ist er wirklich tot, Eden?«

»Ja«, antwortete Eden kurz und kam langsam wieder auf die Beine.

Sie standen da und blickten auf Gillys mageres, knochiges Gesicht mit der klugen Stirn und dem schwachen Kinn hinab, und es schien sie zu verhöhnen. Der Mund stand halb offen, ein Winkel war herabgezogen, und die wäßrigen Augen glitzerten so boshaft durch die Wimpern, wie sie es im Leben getan hatten.

Lisa sagte in einem schluchzenden Flüstern: »Er ist nicht tot. Er lacht uns aus! Er lacht uns –«

Mabel legte einen Arm um Lisas Taille. Ihr sympathisches, sanftes Gesicht war grau und eingeschrumpft. Sie sah aus, als würde ihr gleich übel. Mit schwankender Stimme redete sie ihr zu: »Kommen

Sie weg von hier, Liebes. Drew, geben Sie mir den Brandy.«

Drew hob den Flakon auf und reichte ihn Mabel, aber Lisa weigerte sich, daraus zu trinken. Sie riß sich los und keuchte: »Nein – nein, ich will nicht! Woher soll ich wissen, ob er nicht vergiftet ist? Drew hat Gilly davon gegeben, und er ist gestorben! Woher soll ich wissen, daß nicht der Brandy ihn getötet hat?«

»Oh, um Gottes willen, Lisa, nehmen Sie sich zusammen!« fuhr Eden sie an. »Vicky, bitte, hilf Mabel, Lisa von hier wegzubringen.«

Aber Victoria hörte ihm nicht zu. Sie beobachtete Drew, der Gilly ansah, wie er einmal Em auf der Veranda von *Flamingo* angesehen hatte. Es war, als sei ihm plötzlich ein neuer und erschreckender Gedanke gekommen. Dieser Blick hatte Victoria damals beunruhigt, jetzt jedoch, zusätzlich zu dem Schock über Gilly Markhams Tod, ängstigte er sie mehr als Gillys Tod selbst. Sie wich von Drew zurück, tastete nach einer Stütze, fühlte einen Baumstamm hinter sich und lehnte sich dagegen. Ihr war eiskalt, und sie zitterte.

Nun wandte Drew sich ab und suchte in gebückter Haltung im Gras herum. Als er sich wieder aufrichtete, sah Victoria, daß er die Spritze in der Hand hielt, die Em weggeworfen hatte. Die Nadel war abgebrochen, und das Glas schien zerschmettert zu sein, aber er behandelte das Instrument mit der extremen Vorsicht eines Mannes, der eine scharfe Bombe anfaßt. Er wickelte es in sein Taschentuch, steckte es sehr sorgfältig in die Tasche und begann von neuem, aufmerksam in dem verfilzten Unterholz zu suchen.

Em fragte gereizt: »Was ist, Drew? Was suchen Sie?«

»Die Nadel«, antwortete Drew. »Vielleicht brauchen wir sie.«

»Wofür?« Hector verriet seine Ungeduld. »Mit einer abgebrochenen Nadel ist das Ding doch nicht mehr zu gebrauchen, wie Ihnen der gesunde Menschenverstand sagen müßte! Los, machen wir, daß wir hier wegkommen. Wie sollen wir ihn den Klippenpfad hinauftransportieren?«

Drew schenkte ihm keine Aufmerksamkeit und setzte seine Suche fort. Em sagte schwer: »Eden und Ken müßten es schaffen. Wir übrigen sollten lieber zu den Wagen zurückkehren.«

Mabel und die schluchzende Lisa vor sich herschiebend, drängte sie sich durch die Büsche. Sie ging sehr langsam, und als müsse sie sich jeden Schritt ertasten.

Victoria rührte sich nicht. Teils, weil sie sich unfähig fühlte, irgendeine Bewegung zu machen, und teils, weil Entsetzen und Neugier sie an Ort und Stelle festbannten. Warum hielt Drew es für wichtig, einen nutzlosen Gegenstand wie das abgebrochene Ende einer Nadel zu finden? Und warum sahen Hector und Eden ihm mit so gespannter Aufmerksamkeit zu? Warum trugen sie Gilly nicht schnell zu den Wagen? Man müßte ihn doch so rasch wie möglich in ein Krankenhaus bringen! Er konnte nicht tot sein! Nicht einfach so. Sicher konnte ein Arzt noch etwas unternehmen. Warum taten sie nicht irgend etwas – statt Drew Stratton zuzusehen und so –, so verkrampft und angestrengt und wachsam dreinzublicken?

Es raschelte hinter ihr, und sie fuhr herum. Das Herz klopfte ihr in der Kehle. Es war jedoch nur der alte Zacharia, der ruhig die Decken und Matten und verschiedene Kleinigkeiten einsammelte, die zuvor beim Wegschaffen der Picknickkörbe liegengeblieben waren.

Drew gab schließlich auf und machte zu den drei schweigenden Männern, die ihn beobachtet hatten, die unverständliche Bemerkung: »Sie werden auch das Klappmesser haben wollen. Wo ist es geblieben?«

Der Sinn dieser Worte blieb Victoria verborgen, aber ganz offensichtlich verstanden Eden, Hector und Ken sie sehr wohl. Edens Gesicht nahm den hölzernen Ausdruck an, den Victoria kannte, und Ken zog zischend die Luft ein, während Hectors bronzene Züge von einem dunklen Rot überzogen wurden. Er explodierte: »Hören Sie mal, Stratton – Sie halten sich da heraus! Wir wollen keinen hysterischen Unsinn von der Sorte mehr hören. Lisa verzeihe ich es. Sie ist seine Frau, und da ist es verständlich, wenn sie aus der Fassung gerät. Aber von Ihnen nehme ich das nicht hin! Verschwinden wir hier, und zwar schleunigst!«

Drew sagte: »Es tut mir leid, Hector, doch so einfach ist das nicht, das wissen Sie selbst. Wir müssen das Messer haben.«

Nur war das Messer nicht da. Sie stöberten im Gras und unter den

Büschen und schüttelten die Decke aus, auf der Gilly gelegen hatte, aber es war keine Spur davon zu finden.

»Wir verschwenden unsere Zeit«, schimpfte Hector. »Wahrscheinlich steckt es in Ems Tasche. Hören wir doch mit dem Unfug auf, und schaffen wir die Leiche weg. Das ist jetzt das Wichtigste.«

Nach einem langsamen und schwierigen Aufstieg aus dem Krater trafen sie endlich bei den Wagen ein. Und weder Em noch Mabel oder Lisa wußten etwas über das Klappmesser.

»Ich habe es da unten gelassen«, sagte Em. »Ich glaube, ich ließ es ins Gras fallen. Sicher haben Sie nicht richtig nachgesehen.«

»Wir haben alles abgesucht«, stellte Drew fest. »Wem gehörte es? War es Ihres?«

»Nein. Ich bat um ein Messer, und irgendwer reichte mir eins.«

»Wer?«

»Ich erinnere mich nicht. Und was spielt das auch für eine Rolle? Warum legen Sie Gilly in Ihren Wagen?«

Drew erklärte: »Wir sind zu dem Schluß gekommen, daß Eden und ich ihn nach Naivasha bringen sollten. Sie haben alle Hände voll mit Lisa zu tun.«

Er richtete an Mabel die Frage, ob sie Hectors Flakon mit dem Brandy noch habe.

»Ja.« Mabel reichte ihn ihm. »Allerdings fürchte ich, es ist nicht mehr viel übrig. Irgendwo muß noch eine Flasche Whisky sein, wenn Sie den lieber hätten.«

Drew steckte den Flakon ein, ohne zu antworten und wandte sich zum Gehen. Da sagte Em hinter ihm leise:

»Sie haben das Jod vergessen.«

13

Es war beinahe fünf Uhr, als sie wieder auf *Flamingo* eintrafen. Em schickte nach Dr. North und versuchte, Lisa in einem der Gästezimmer ins Bett zu stecken.

Lisa jedoch weigerte sich standhaft und unter hysterischen Ausbrüchen, auf *Flamingo* zu schlafen. Die Aussicht, eine Nacht in einem Haus zu verbringen, das einen Poltergeist beherbergt, kam ihr viel schlimmer vor, als allein in ihren eigenen leeren Bungalow zurückzukehren. Schließlich einigte man sich darauf, daß Mabel mit ihr gehen und die Nacht bei ihr bleiben sollte.

Em und Victoria aßen in dem von Kerzen beleuchteten Speisezimmer zu Abend. Gegen Ende der schweigsamen Mahlzeit stellte Victoria eine Frage, die sie schon seit Stunden beschäftigte.

»Tante Em, was hast du gemeint, als du Drew – Mr. Stratton – sagtest, er habe das Jod vergessen?«

Em sah von dem Essen hoch, das sie kaum berührt hatte. Ihr Gesicht war in dem weichen Kerzenschein grau und düster, so grau und düster wie ihre Stimme.

»Weil Drew alles andere als ein Dummkopf ist.«

Em schob ihren Teller zurück und starrte mit leerem Blick in die Kerzenflamme. Sie schwankte in dem leichten Luftzug, den Zacharia, der schweigend um den Tisch ging, verursachte. Victoria meinte voller Unbehagen: »Das verstehe ich nicht.«

»Nein«, antwortete Em langsam. »Das kannst du natürlich nicht verstehen. Es gibt so wenig Giftschlangen in England. Aber ich nehme an, Drew hat schon Leute an einem Schlangenbiß sterben sehen, und deshalb glaubt er, daß Gilly Markham ermordet worden ist.«

Sie hatte ganz ruhig und beiläufig gesprochen, aber Victoria schien es, als habe Em diese Worte gebrüllt und das ganze Haus halle davon wider. Ermordet...

Em winkte Zacharia ab, der ihr eine Schüssel darbot. Sie nahm eine Zigarette, zündete sie an der nächsten Kerze an und lehnte sich auf ihrem Stuhl zurück. Ihre massige Gestalt war formlos zusammengesackt.

Victoria fragte gepreßt: »Aber warum? Wie kommt er auf die Idee? Es war doch tatsächlich eine Schlange, nicht wahr? Wir alle haben sie gesehen. Denkt er, irgendwer habe sie hingebracht? Das ist doch nicht – er hat auch nichts davon gesagt. Ich war die ganze Zeit dabei, und er hat nichts davon erwähnt, es könne – könne –«

»Mord sein«, ergänzte Em. Und wieder fiel das Wort wie ein Stein in einen stillen Teich. »Er mag das Wort nicht benutzt haben, trotzdem ist er davon überzeugt.«

»Nein!« keuchte Victoria. »Das glaube ich nicht. Angenommen, irgendwer hätte absichtlich eine Schlange dort hingebracht. Dann hätte er keine Gewähr gehabt, daß sie Gilly biß. Sie hätte ihn selbst beißen können. Das würde niemand riskieren.«

»Oh, Drew glaubt bestimmt nicht, daß die Schlange absichtlich hingebracht worden ist«, erwiderte Em ungeduldig. »Sein Gedankengang wird der sein, daß jemand, der zufällig über das Mittel verfügte, die Gelegenheit schnell ergriff und dafür sorgte, daß Gilly auch wirklich starb. Eigentlich dumm, denn wenn er gebissen worden war, wäre er höchstwahrscheinlich sowieso gestorben. Meiner persönlichen Ansicht nach ist Drew auf dem Holzweg. Gilly wird einen Herzanfall gehabt haben, und deshalb hat er nicht aufgeschrien. Aber wenn ich das richtig beurteile, dann hat einer von uns beiden ihn getötet – entweder Drew oder ich. Und – und für keinen von uns ist es angenehm, mit diesem Gedanken leben zu müssen.«

»Du! Du meinst, er glaubt – du glaubst –« Victorias Stimme setzte aus. Sie schob ihren Stuhl zurück, stand auf und umklammerte die Tischkante. »Tante Em, du kannst nicht glauben, daß er es getan hat! Das ist unmöglich!«

»Nein, natürlich glaube ich das nicht.« Em wurde schon wieder ungeduldig. »Setz dich hin, Kind. Ich will keinen hysterischen Anfall. Das hilft nichts, und nach Lisas Gebaren von heute habe ich für viele Jahre genug davon. Und Drew glaubt ebensowenig, daß ich es getan habe – mit Absicht getan habe. Aber nur zwei Personen haben Gilly berührt. Drew und ich selbst. Ich habe die beiden Schnitte in seinen Arm gemacht und habe ihm eine große Dosis Schlangenserum gegeben, und Drew hat ihm eine gehörige Menge Brandy eingeflößt. Das kann man bei einem Mann, der einen Herzanfall hat, nicht machen, ohne ihn zu töten. Und dann wiederum, wenn jemand ihm Gift gegeben hat, um sicherzugehen, daß er starb, stehen vier Möglichkeiten zur Auswahl. Das Gift mag auf der Klinge des Messers oder in dem Jod oder in der Spritze oder in dem Brandy gewesen sein. Obwohl da immer noch die fünfte Möglichkeit ist, daß ihm schon beim Lunch etwas eingegeben wurde. Aber Zacharia hatte alle Gläser im See gespült. Ich habe mich erkundigt.«

Victoria ließ sich wieder nieder und starrte ihre Tante an. Sie sagte beschwörend: »Es ist nicht wahr. Man wird herausfinden, daß es nur ein Schlangenbiß war! Die Ärzte werden sich auskennen. Es kann nur ein Schlangenbiß gewesen sein.«

Em schüttelte den Kopf. »Leute, die von einer Giftschlange gebissen worden sind, sterben nicht auf diese Weise. Zu schade, daß Drew anwesend war. Sonst hätte wahrscheinlich niemand auf Einzelheiten geachtet. Oder wenn doch, hätte er den Mund gehalten.«

»Aber wenn es Mord war –«

»Es gibt Dinge, die schlimmer sind als ein Mord«, sagte Em müde. »Gerichtsverfahren, Hängen, Verdacht, Justizirrtum.« Sie drückte ihre Zigarette aus und zitierte leise: *»Duncan ging in sein Grab,/ Sanft schläft er nach des Lebens Fieberschauern;/ Verrat, du tatst dein Ärgstes: Gift noch Dolch,/ Einheim'sche Bosheit, fremder Anfall, nichts/ Kann ferner ihn berühren.* Hmm. Gilly liebte es, Shakespeare zu zitieren. Das hätte ihm sicher gefallen. *Einheim'sche Bosheit*... Ich frage mich –«

Em verfiel in brütendes Schweigen. Sie sah erschöpft und krank aus. Victoria betrachtete sie besorgt und wünschte aus ganzem Herzen, Eden würde zurückkehren. Aber obwohl es mittlerweile längst neun Uhr vorbei war, gab es keine Spur von ihm. Als Em zu

Bett gegangen war, trat Victoria hinaus auf die dunkle Veranda, um nach dem Auto zu lauschen.

Der Mond stand schon hoch, und der Rasen und die Bäume waren silberweiß und mit schwarzen Schatten gefleckt. Wieder riefen von irgendwo da unten im Papyrussumpf die Vögel.

Eine Fledermaus flatterte über die Veranda und hätte beinahe Victorias Kopf gestreift. Etwas bewegte sich im Dunkeln und ließ ihr das Herz zum Hals springen. Aber es war nur Pusser, die Katze des Hauses, die offenbar in einem der Korbsessel geschlafen hatte.

Ärgerlich auf sich selbst stellte Victoria fest, daß ihr Herz raste und sie so heftig atmete, als sei sie schnell gelaufen. Warum kam Eden nicht zurück? Was machten die beiden – er und Drew? Es war Stunden her, daß sie den Kratersee mit Gilly Markhams Leiche verlassen hatten.

Irgendwo im Haus schlug eine Uhr zehn, und das Licht im Speisezimmer, wo Zacharia das Silber weggelegt hatte, wurde ausgeschaltet. Victoria hörte seine sich den Flur hinunter entfernenden Schritte und dann das Zufallen einer Tür. Und ganz plötzlich herrschte Todesstille im Haus, und nur die Nacht draußen war voll von leisen Geräuschen.

Victorias Hände schlossen sich fest um die Armlehnen ihres Sessels. Sie warf einen schnellen Blick über die Schulter auf die offene Tür, die in die Eingangshalle führte. Aber das stille Haus kam ihr furchterregender vor als der vom Mondschein erhellte Garten. So blieb sie, wo sie war, angespannt und lauschend, bis sie endlich das schwache, weit entfernte Brummen eines Autos hörte.

Es kam näher, und dann fiel gelbes Scheinwerferlicht auf die Pfefferbäume und warf lange schwarze Schatten über die geschwungene Zufahrt. Eden stieg die Verandastufen herauf. Er blieb stehen, als er Victoria erblickte.

»Vicky! Was tust du hier? Du solltest längst im Bett sein. Hast du auf uns gewartet?«

»Uns?« fragte Victoria. Erst jetzt entdeckte sie, daß Drew Stratton und der junge Mr. Hennessy von der Polizei mitgekommen waren.

»Drew hat mich zurückgefahren. Es war sein Wagen. Und Bill wurde mitgeschickt, um ein Auge auf uns zu halten und aufzupassen, daß wir uns nicht in Richtung Grenze absetzen. Beide bleiben über Nacht. So ist es am praktischsten, denn Greg will uns morgen früh alle sprechen. Sie können sich das Doppelbett im blauen Zimmer teilen, und ich hoffe, einer von ihnen schnarcht!«

An der Tür zur Halle fragte er plötzlich: »Es ist doch hier nichts passiert, oder? Geht es Grandma gut?«

»Nein. Ich meine – es ist nichts passiert. Tante Em ist zu Bett gegangen. Ich bin aufgeblieben – weil mir nicht nach Schlafen zumute war.«

»Trotzdem siehst du aus, als hättest du Schlaf nötig«, meinte Eden. Das Licht aus der Halle fiel auf Victorias Gesicht. »Ist mit Lisa alles in Ordnung?«

»Ich glaube schon. Tante Em forderte sie auf, hierzubleiben, aber sie wollte nicht. Mrs. Brandon leistet ihr heute nacht Gesellschaft.«

»Das geschieht Mabel recht. Es wird ihr gar kein Vergnügen machen!«

Nur eine einsame Tischlampe brannte in einer Ecke des Wohnzimmers. Eden schaltete alle anderen Lichter an und sagte: »So ist es besser! Vicky, ob du wohl so lieb sein könntest, uns Kaffee und Sandwiches zu besorgen? Wir kommen geradewegs aus Nairobi zurück. Ich hätte anrufen sollen, aber ich wollte vermeiden, daß Grandma alle möglichen peinlichen Fragen stellt, während das halbe Tal über den Gemeinschaftsanschluß mithört.«

»Kaffee und Sandwiches stehen im Speisezimmer bereit«, antwortete Victoria. »Tante Em sagte, wahrscheinlich würdest du etwas zu essen brauchen, wenn du zurückkommst. Warte, ich hole es.«

»Vielen Dank, Victoria.« Eden ließ sich zufrieden in einen Lehnstuhl sinken. »Oh, bin ich müde!«

Er lehnte sich zurück und schloß die Augen. Victoria blickte auf ihn nieder. Sie kam sich mütterlich vor und als müsse sie ihn beschützen – und als sei sie auf seltsame Weise plötzlich erwachsen geworden.

Da merkte sie, daß auch sie beobachtet wurde. Sie drehte den

Kopf und begegnete Drew Strattons kühlem, gleichmütigem Blick. Aber heute abend lag keine Feindseligkeit in seinen blauen Augen, nur Interesse und eine schwache Spur von Überraschung. Victoria gab ihm den Blick ebenso kühl zurück, und dann ging sie, die Thermosflaschen und die Sandwiches mit Hühnerfleisch zu holen, die Zacharia auf der Anrichte im Speisezimmer bereitgestellt hatte.

In der Halle brannte eine Lampe, aber die beiden langen Gänge, die davon abzweigten, waren voll von Schatten, und das Haus war so still, wie es der Kratersee gewesen war. Wartete es darauf, daß etwas geschah, wie der Kratersee gewartet hatte? Aber das ist absurd! dachte Victoria ungeduldig. Das war nicht das Haus, sondern ihre eigene Nervosität und ihre wilde Phantasie. *Nicht durch die Schuld der Sterne, lieber Brutus,/ Durch eigne Schuld nur sind wir Schwächlinge* – Gilly... Gilly hatte es geliebt, Shakespeare zu zitieren, und Gilly war tot. Was hatte Em gesagt? *Gift noch Dolch, einheim'sche Bosheit... nichts kann ferner ihn berühren.* Ja, er war sicher – wenn der Tod Sicherheit bedeutete. Aber Eden und Tante Em? Und sie selbst, Victoria? – Was war mit ihnen?

Von neuem erschauerte Victoria. Sie biß die Zähne zusammen und tastete nach den Lichtschaltern.

Eine einzige rotgefärbte Birne erleuchtete die Anrichte, ließ aber den übrigen Raum im Dunkeln. Ohne sich damit aufzuhalten, weitere Lampen anzuknipsen, ergriff Victoria ein volles Tablett, drehte sich um und sah Drew Stratton hinter sich stehen.

Sie hatte ihn nicht eintreten gehört, und sie war so erschrocken, daß das Tablett zu Boden gefallen wäre, hätte Drew es ihr nicht abgenommen. Ihr blasses Gesicht und die aufgerissenen Augen riefen ein Stirnrunzeln bei ihm hervor. Er fragte: »Was ist los? Haben Sie mich nicht gehört?«

»Nein«, antwortete Victoria atemlos. »Sie haben mich erschreckt.«

»Das sehe ich. Sie hätten nicht aufbleiben sollen. Wie ich annehme, haben Sie allein herumgesessen und sich zu Tode geängstigt?«

»So ähnlich«, gab Victoria mit schwachem Lächeln zu. »Was tun Sie da mit dem Tablett?«

»Ich überzeuge mich, daß die Ware den Ankündigungen entspricht«, sagte Drew. »Allerdings, da nur Eden erwartet wurde, werden die Sachen wohl ungefährlich sein. Wer hat das gemacht? Sie?«

Er hatte das Tablett wieder auf die Anrichte gestellt und schraubte den Verschluß der Thermoskanne auf.

»Nein. Vermutlich Zacharia. Oder der Koch. Warum?«

Drew antwortete nicht. Er zog den Korken heraus, goß einen kleinen Schuß Kaffee in eine der Tassen, roch argwöhnisch daran, steckte dann eine Fingerspitze in die Flüssigkeit und führte sie vorsichtig an die Zunge.

Die Bedeutung dieser Handlung ging Victoria zu ihrem Entsetzen mit einem Schlag auf. Sie wich mit einem Schrei zurück und legte die Hände an die Kehle. »Sie glau-glauben doch wohl n-nicht –« Wieder konnte sie den Satz nicht beenden, denn der Atem stockte ihr.

Drew verkündete: »Scheint in Ordnung zu sein.« Er steckte den Korken wieder in die Kanne und wandte seine Aufmerksamkeit den Sandwiches zu. Einen Augenblick später erkundigte er sich: »Für wie viele Personen hat Em Kaffee bestellt?«

»Ich – ich weiß es nicht. Sie sagte nur, Eden werde sicher gern etwas zu sich nehmen, wenn er zurückkomme, aber sie sprach mit Zacharia auf suaheli, deshalb verstand ich es nicht.«

»Hmm«, machte Drew nachdenklich. »Alle wußten, daß wir mit meinem Wagen gefahren waren und ich deshalb Eden wahrscheinlich zurückbringen würde. Aber da sind vier Tassen. Wenn die beiden zusätzlichen Zacharias Idee waren, zeigt es, daß der alte Gentleman mehr auf dem Kasten hat, als man vermuten sollte, und erwartete, es werde uns jemand von der Polizei begleiten. Das ist bemerkenswert.«

Victoria fragte heiser: »Warum ist ein Polizist hergeschickt worden? Warum nicht zu dem Bungalow der Markhams? Warum zu uns?«

»Nicht nur zu uns. Inzwischen wird nicht nur ein Polizist im Bungalow der Markhams sein, sondern auch noch ein weiterer bei den Brandons.«

»Warum? Ist Gilly wirklich ermordet worden?« Drew stellte die Sandwiches zurück und blickte auf. »Wie kommen Sie denn auf die Idee?«

»Tante Em sa-sagte, Sie würden es glauben. Wurde er ermordet?«

»Ja«, antwortete Drew kurz und nahm das Tablett hoch.

Victoria hatte in der ganzen vorigen Nacht kaum geschlafen und einen schrecklichen Tag hinter sich. Jetzt zeigte sich die Wirkung. Sie begann heftig zu zittern, und Drew stellte schnell das Tablett ab und nahm sie in die Arme.

Es war ein völlig unerwartetes Vorgehen, aber ein erstaunlich tröstliches. Victoria klammerte sich so fest an ihn, als sei er eine Rettungsleine in einer kalten See. Seine Arme waren warm und nahe und ermutigend. Das Zittern hörte auf, und sie sank an seine Brust. Vielleicht zum ersten Mal seit ihrer Ankunft auf *Flamingo* fühlte sie sich geborgen und ganz plötzlich sehr schläfrig. Sie versteckte den Kopf an seiner Schulter und gähnte. Drew lachte und ließ sie los.

»Wissen Sie was?« sagte er. »Das erinnert mich an einen dieser Kriminalromane, in denen die Heldin gerade dann, wenn man vor Hinweisen und Leichen nicht mehr durchfindet, die Handlung drei Seiten lang mit einer sentimentalen Szene aufhält. Trinken Sie noch im Wohnzimmer Kaffee mit uns, oder möchten Sie lieber ins Bett gehen?«

»Bett.« Victoria gähnte von neuem.

Drew begleitete sie den dunklen Gang hinunter zu ihrem Zimmer, und nachdem er das Licht für sie eingeschaltet hatte, unterzog er den Raum einer gründlichen Durchsuchung.

»Niemand im Schrank oder unter dem Bett. Und Bill Hennessy und ich schlafen im Nachbarzimmer und Eden nur ein paar Türen weiter. Deshalb brauchen Sie keine Angst zu haben. Ich muß zurück, oder die Polizei kommt mir nach. Sind Sie jetzt beruhigt?«

»Ja.« Victoria lächelte ihm schläfrig zu.

Drew nahm ihr Kinn in die Hand, neigte den Kopf und küßte sie ganz zart. Dann verschwand er den langen dunklen Flur hinunter. Victoria sah entgeistert auf die Tür, die sie hinter ihm verschlossen hatte.

Es war längst acht Uhr vorbei, als Victoria von einem Klopfen an ihrer Tür erwachte. Sie schloß auf und ließ die besorgte Majiri ein, die offenbar schon mehrere Versuche gemacht hatte, sie aufzuwecken.

Der Tag konnte kaum schöner sein, dachte Victoria, im Sonnenlicht blinzelnd. Es war schwer vorstellbar, daß gräßliche und furchterregende Dinge geschahen, während die Sonne schien und der Wind nach Geranien und Orangenblüten duftete und der See wie ein großer Aquamarin in einer Fassung aus Gold und Smaragden schimmerte. Und doch war Gilly tot.

Duncan ging in sein Grab...

Sie zog sich flink an und ging hinaus auf die Veranda, wo Eden, Drew und der junge Polizist mit ihrem Frühstück schon fast fertig waren. Em nahm das ihre im Bett.

Lisa und Mabel, die beide blaß und erschöpft aussahen, traten ein, als das Frühstücksgeschirr gerade abgeräumt wurde. Eskortiert wurden sie von einem Polizeibeamten, der sie vor den Verandastufen verließ und auf der Rückseite des Hauses verschwand.

Mabel trug das gleiche zerknitterte Baumwollkleid wie am Vortag, und sie sah aus, als habe sie überhaupt nicht geschlafen. Und Lisa Markham hatte zum ersten Mal, soweit ihre Bekannten sich erinnerten, wenig oder gar keine Mühe auf ihre äußere Erscheinung verschwendet. Ebenso offensichtlich war sie von Angst gezeichnet.

Victoria bot ihr schwarzen Kaffee an. Sie trank ihn gierig, und ihre Zähne klapperten gegen den Rand der Tasse. Sie stellte die Tasse so ungeschickt auf den Tisch zurück, daß sie zu Boden fiel und zerbrach.

Es war eine der Rockingham-Tassen gewesen, aber Lisa sagte kein Wort der Entschuldigung. Sie schien nicht einmal zu merken, was sie angerichtet hatte. Em, die auf der Veranda wie eine Königin in all ihrer Pracht auftauchte, warf einen Blick auf die Scherben und enthielt sich jeder Bemerkung. Sie nickte Mabel, Lisa und Drew zu, gab Victoria einen liebevollen und Eden einen etwas oberflächlicheren Kuß und ignorierte Mr. Bill Hennessy, der rosa anlief und akutes Unbehagen verriet. Und dann kamen Hector und Ken mit einem dritten Polizisten, der nach kurzer Beratung mit Mr. Hennessy sich ebenfalls auf die Rückseite des Hauses entfernte.

»Ich vermute, Sie werden alle zum Lunch bleiben«, sagte Em unmutig und betrachtete die Versammlung ohne Freude. »Wenn wir den ganzen Vormittag damit verbringen sollen, vernommen zu werden, sollten wir lieber –«

Sie wurde von Lisa unterbrochen, die unvermittelt aufstand und mit schwankender Stimme verkündete, sie fühle sich gar nicht wohl und bestimmt nicht wohl genug, um heute die Fragen Greg Gilberts oder eines anderen zu beantworten. Sie sei nur herübergekommen, weil Mabel gesagt habe, sie müsse, aber wenn sie gewußt hätte, daß Greg so rücksichtslos und bar jeden Gefühls sei, daß er sie ins Verhör nehmen wolle, wenn –

Ihr Wortschwall wurde schriller und höher, aber ihr Vorsatz, nach Hause zurückzukehren, wurde durch die Ankunft Greg Gilberts, zweier Polizeibeamter von Nakuru, mehreren schwarzen Polizisten und einem unbekannten Individuum in einem braunen Anzug vereitelt.

Greg beschränkte seine Begrüßung auf ein einziges knappes Nicken, das alle auf der Verande Anwesenden einschloß. Und dann zog die ganze Gesellschaft mit Ausnahme von Mr. Hennessy und den beiden Schwarzen in das Wohnzimmer um. Em führte den Zug an und ließ sich in königlicher Haltung in ihrem Ohrensessel nieder.

Greg verschmähte es, sich zu setzen. Er stellte sich mit dem Rücken zu den Fenstern vor den Halbkreis ängstlich gespannter Gesichter. Sein eigenes Gesicht war völlig unpersönlich und seine Stimme so ohne jede Emotion, als lese er einer Versammlung von völlig Fremden das Protokoll eines Klassentreffens vor.

Er sagte: »Sie werden alle wissen, warum ich hier bin. An Markhams Leiche ist eine Autopsie vorgenommen worden, und der Bericht des Arztes ist ganz eindeutig. Gilly wurde nicht von einer Schlange gebissen. Es besteht die Möglichkeit, daß er ermordet wurde.«

»Nein!« Lisa sprang auf, bleich und keuchend. »Das können Sie nicht behaupten! Es war eine Schlange – wir haben sie gesehen!«

Mabel streckte die Hand aus und zog sie wieder auf das Sofa nieder. Sie murmelte: »Lisa, meine Liebe, bitte! Lassen Sie ihn aussprechen.«

Greg sagte: »Sie mögen sie gesehen haben, aber sie hat ihn nicht gebissen.«

»Wir haben die Wunden gesehen, die die Zähne hinterlassen haben«, bemerkte Em ruhig.

»Das haben Drew und Eden ausgesagt.«

»Und ich sage es ebenfalls aus – und Mabel und Ken«, warf Hector ein. »Die Wunden waren so deutlich wie die Nase in Ihrem Gesicht!«

Greg zuckte die Schultern. »Sie haben zwei punktartige Wunden gesehen, die von allem Möglichen verursacht worden sein können, zum Beispiel von einem dieser Doppelstacheln eines Dornbuschs. Wenn sie jedoch von einer Schlange stammten, dann war es eine Schlange, die ihre Giftdrüsen entleert hatte oder zu alt für Gift war. Die Autopsie zeigte keine Spuren von Schlangengift, und ich bin der Meinung, daß die Schlange, die Sie sahen, eine tote Schlange war.«

»Aber –«, begann Em, brach ab und biß sich auf die Lippe.

Greg hakte flink ein: »Können Sie beschwören, daß sie lebte? Haben Sie tatsächlich gesehen, daß sie sich bewegte?«

Em zögerte und krauste die Stirn. »Ich dachte, ich hätte es gesehen. Sie bewegte sich, als ich nach ihr schlug, aber das hätte auch –«

»Natürlich lebte sie!« dröhnte Hector. »Ich habe sie eigenhändig getötet! Verdammt noch mal, ich habe doch Augen im Kopf!«

»Aber zum Lesen müssen Sie eine Brille tragen, nicht wahr? Und zwar eine starke«, entgegnete Greg. »Ebenso ist es mit Ihrer Frau und mit Lady Emily.«

»Das ist etwas anderes! Hören Sie – ich hätte doch nicht meine Zeit damit verschwendet, auf eine tote Schlange einzuschlagen. Ich brach ihr den Hals und zerschmetterte ihren Kopf.«

»Und dann warfen Sie sie in den See. Zu schade. Wenn wir sie in die Hände bekommen hätten, hätte sie uns eine Menge erzählen können.«

»Aber –«, begann Hector und verstummte ebenso, wie Em es getan hatte.

Eine kurze und peinliche Pause entstand. Dann meldete Ken Brandon sich mit prahlerisch langgezogener Aussprache zu Wort. »Ich habe die Schlange weggeschleudert. Na und? Wollen Sie vielleicht andeuten, das hätte ich getan, um ein Beweisstück zu vernichten?«

»Ken, Darling!« flehte Mabel in ersticktem Flüsterton. »Sei nicht so dumm. Bitte, sei nicht dumm, Darling.«

Greg bedachte den Jungen mit einem langen, kühlen, kritischen Blick und erklärte leise: »Niemand klagt Sie irgendeines Vergehens an – noch nicht.«

Mabel sog mit einem leise schluchzenden Laut den Atem ein. Hector trat rasch einen Schritt vor, das Kinn vorgestreckt und die Hände zu Fäusten geballt. »Jetzt hören Sie mal zu, Greg«, begann er kriegerisch.

Mr. Gilbert sah ihn kalt an, und obwohl er die Stimme nicht hob, klang sie so schneidend, daß die Wirkung wie das Knallen einer Peitsche war. »Ich leite diese Vernehmung, Hector, und ich werde es auf meine eigene Weise tun. Sie alle hier haben Fragen zu beantworten, nicht zu stellen. Übrigens möchte ich darauf hinweisen, daß ein bekanntes Sprichwort behauptet, wer sich entschuldige, klage sich an. Ich wiederhole, ich habe niemanden beschuldigt – noch nicht. Wollen Sie sich bitte setzen? Nein, nicht da drüben. Eden, stellen Sie ihm bitte einen Sessel hinter Mabel? Danke.«

Hector ließ sich widerstrebend nieder, wobei er halblaut vor sich hin brummte. Greg wandte seine Aufmerksamkeit von neuem Em zu.

»Sie waren dabei, eine Frage zu beantworten, als Hector Sie unterbrach. Sind Sie ganz sicher, daß die Schlange lebte, als Sie ihr das Genick brachen?«

»Nein«, erklärte Em gequält. »Ich nehme es an, denn ich bin überhaupt nicht auf den Gedanken gekommen, daran zu zweifeln. Vermutlich waren wir alle zu sehr in Sorge um Gillys Leben, als daß wir Einzelheiten hätten wahrnehmen können, und Puffottern sind oft träge Kreaturen. Beschwören möchte ich es allerdings nicht, weil –« Sie zögerte so lange, daß Greg nachhakte: »Weil –?«

Em seufzte, und die Konturen ihres Gesichts wurden schlaff. »Weil mir später klar wurde, daß Gilly, woran er auch gestorben sein mag, nicht an einem Schlangenbiß gestorben ist.«

»Warum?«

Em betrachtete ihn mit ungeduldiger Verachtung und sagte gereizt: »Sie brauchen mich nicht zu behandeln, als sei ich senil, Greg. Sie können sich doch denken, daß ich Leute an Schlangenbissen habe sterben sehen – noch vor Ihrer Geburt! Es ist, milde ausgedrückt, ein unerfreulicher Tod. Gilly ist nicht auf diese Weise gestorben, und wenn Sie meine Meinung hören wollen, so glaube ich, daß er einen Herzanfall hatte. Doch weil wir die Schlange sahen, zogen wir voreilig den Schluß, er sei gebissen worden – und töteten ihn.«

»Indem Sie ihm diese Injektion machten?«

Em nickte. »Drew sagte, das habe ihm wahrscheinlich den Rest gegeben, und er wird wohl recht haben. Hätten wir Gilly in Ruhe gelassen, wäre er vielleicht durchgekommen. Einen Herzanfall kann man überleben. Aber er hatte keine Chance. Die Schlange war schuld. Ich bin überhaupt nicht auf den Gedanken gekommen, es könne etwas anderes sein.«

»Es war nicht dein Fehler, Grandma«, sagte Eden mit rauher Stimme. »Hättest du es nicht getan, dann irgend jemand anders. Wir alle dachten, er sei gebissen worden. Woran ist er denn nun gestorben, Greg?«

»An Herzversagen«, erklärte Mr. Gilbert ruhig.

14

»Was?« brüllte Hector und sprang auf. Er stotterte vor Wut. »Zum Donnerwetter, was fällt Ihnen dann ein, uns auf diese Weise zu befragen? Bei Gott, Gilbert, ich hätte gute Lust, das vor den Gouverneur zu bringen! Sie haben die höllische Frechheit, einen Ihrer Männer in meinem Haus abzustellen und einen zweiten meine Frau und die Witwe des armen Gilly bewachen zu lassen, obwohl Markham eines natürlichen Todes durch Herzversagen gestorben ist!«

Mr. Gilbert wartete geduldig, bis Hector fertig war, und dann noch einmal mindestens eine Minute lang. Sein Schweigen hatte eine ernüchternde Wirkung auf Hector. Mit sehr viel weniger Heftigkeit und eine Spur unsicherer fragte er: »Nun? Was können Sie mir darauf antworten?«

»Eine ganze Menge«, führte Mr. Gilbert liebenswürdig aus. »Erstens einmal erfolgt der Tod in den meisten Fällen aufgrund eines Herzversagens. Was wir nicht wissen, ist, warum Markhams Herz aufhörte zu schlagen. Es ist natürlich nicht ganz ausgeschlossen, daß er gerade einen Herzanfall hatte, als Sie ihn fanden. Er trank ziemlich viel – Verzeihung, Lisa, aber das stimmt doch?«

»Ja.« Lisa, die wie ein verängstigtes Häufchen Unglück in der Sofaecke gelehnt hatte, raffte sich auf. Ihr blasses Gesicht nahm einen geradezu eifrigen Ausdruck an. »Er trank immer zuviel, aber in den letzten paar Monaten wurde es noch schlimmer. Ich sagte ihm, wir könnten es uns nicht leisten und – und es werde ihn umbringen, wenn er so weitermache. Aber er lachte bloß.«

Greg nickte, meinte jedoch: »Trotzdem glaube ich nicht, daß er einen Herzanfall hatte.«

»Aber die Ärzte müssen es doch wissen –«, drängte Mabel ihn bekümmert.

»Die Ärzte sagen, sein Herz sei schwammig und voll von Blut gewesen, und die von Drew und Eden beschriebenen Symptome könnten auf einen Herzanfall hindeuten. Doch sie deuten ebenso auf etwas anderes hin – Acocanthera. Msunguti.«

Für Victoria hatten diese fremdklingenden Wörter keine Bedeutung. Aber dem nun folgenden Schweigen entnahm sie, daß sie für jeden anderen im Raum eine außerordentlich böse hatten. Begreifen und Schreck – und Wachsamkeit – standen deutlich auf sechs Gesichtern geschrieben. Nur Drew zeigte weder Überraschung noch Wachsamkeit, aber es war ganz klar, daß auch er die beiden Ausdrücke kannte.

Greg Gilbert sah im Zimmer umher, als erwarte er, daß jemand das Wort ergreife, aber niemand rührte sich oder sprach. Sie sahen einander nicht einmal an. Sie sahen Greg an, als könnten sie ihren Blick nicht von ihm losreißen, und die Unbeweglichkeit ihrer Körper sprach von gespannten Muskeln und angehaltenem Atem.

Greg erklärte langsam: »Ich sehe, daß Sie alle wissen, was das bedeutet. Nur Miss Caryll nicht, was möglicherweise gut für sie ist. Zu Ihrer Information, Miss Caryll, ich spreche von einem Pfeilgift. Man kann es sich in diesem Land nur allzu leicht beschaffen, und es führt innerhalb von zwanzig Minuten bis zu zwei Stunden zum Tod – zum Tod durch Herzversagen. Unglücklicherweise hinterläßt es keine erkennbaren Symptome. Falls wir also keine anderen Beweise beibringen können, wird der Autopsiebericht über Markham bei ›Herzversagen aufgrund unbekannter Ursachen‹ bleiben. Ein Spruch, dem ich persönlich nicht zuzustimmen bereit bin.«

»Warum nicht?« fragte Em ungehalten. »Er kann schließlich einen Herzanfall gehabt haben. Er hatte viel zuviel getrunken, und gestern beim Lunch war er bereits zu drei Vierteln betrunken – das muß die Autopsie ebenfalls gezeigt haben! Und er war zu dünn und zu nervös. Er lebte von seiner Substanz. Warum müssen Sie das Schlimmste annehmen, wenn es dafür nicht den Funken eines Beweises gibt?«

»Es gibt einen Beweis«, erwiderte Greg. »Nämlich die Tatsache, daß drei Dinge fehlen, die als Beweis für einen Herzanfall hätten dienen können. Wir haben beim ersten Tageslicht einen Trupp unserer Leute zum Kratersee hinuntergeschickt, und sie haben den

Boden mit einem feinen Kamm abgesucht – und mit einem Magneten. Zwar fanden sie die abgebrochene Hälfte der Nadel, aber sie fanden weder das Messer, mit dem Sie die Einschnitte in Markhams Arm machten, noch die Jodflasche, aus der sie ihn verarzteten. Und auch nicht die Schlange, die ihn gebissen haben mag oder auch nicht. Das ist zumindest merkwürdig.«

Ken Brandon beugte sich vor. Seine Hände umschlossen die Armlehnen seines Sessels so fest, daß die Knöchel weiß hervortraten. Mit hoher, angestrengter Stimme, die gar nichts Herausforderndes mehr hatte, fragte er: »Warum hacken Sie dauernd auf dieser Schlange herum? Was hätten Sie denn damit gemacht? Sie in die Tasche gesteckt? Ich wußte nicht einmal, daß sie in den See fallen würde! Es geschah ohne jede Absicht, sage ich Ihnen! Ich –«

Hector fuhr ihn an: »Halt den Mund, Ken! Ich lasse dich nichts mehr ohne Rechtsanwalt sagen. Und wenn ihr übrigen eine Spur von Verstand habt, werdet ihr auch keine Fragen mehr beantworten! Sollte Gilbert einen von uns des Mordes beschuldigen – und mir sieht es verdammt danach aus! –, dann hat er kein Recht zu erwarten, daß wir Fragen beantworten, bevor wir juristischen Rat eingeholt haben.«

Greg musterte ihn nachdenklich, und dann richtete er den Blick auf Em. »Ist das auch Ihre Meinung, Em?«

»Nein, natürlich nicht«, antwortete Em ärgerlich. »Ich verzichte auf Rechtsanwälte! Pah! Der einzige nützliche Rat, den irgendein Rechtsanwalt jedem beliebigen von uns geben könnte, wäre der, die Wahrheit zu sprechen und sich nicht so zu benehmen, als habe er etwas zu verbergen.«

»Wenn das auf mich gemünzt ist«, erregte sich Hector, »ich habe nichts zu verbergen! Nichts! Und trotzdem sage ich –«

»Sei still, Hector.« Mabel brauchte die Stimme nicht zu erheben. Die drei leise gesprochenen Wörter wirkten wie Eiseskälte und ließen Hectors Redestrom erstarren, wie Kälte die Niagarafälle gefrieren läßt.

Niemand hatte jemals zuvor gehört, daß Mabel diesen Ton anschlug oder hatte ihn ihr zugetraut. Und Hectors augenblickliche und automatische Reaktion darauf war ebenso überraschend. Er stand eine Sekunde mit offenem Mund da und sah wie ein großer und törichter Fisch aus. Dann schloß er ihn eilends und setzte sich, danach sprach er nur noch, wenn er angeredet wurde.

Mabel erklärte gelassen: »Sie müssen uns verzeihen, Greg. Wir sind alle ein bißchen aufgeregt. Natürlich werden wir jede Frage beantworten, so gut wir können. Wir alle wissen, daß Sie nur hier sind, um uns zu helfen, und daß es für Sie nicht weniger unerfreulich sein kann als für uns. Ich nehme an, Sie möchten alles über das Picknick wissen? Warum wir es veranstalteten und wie wir hinfuhren und wann. Und was wir aßen und dergleichen.«

Greg schüttelte den Kopf. »Das weiß ich bereits. Ich hörte es gestern abend sowohl von Drew als auch von Eden. Nein. Ich möchte über das Messer Bescheid wissen. Und über die Jodflasche. Em, Sie benutzten das Messer für die Einschnitte auf Markhams Arm, nicht wahr? Wem gehörte es?«

Em begegnete seinem Blick offen und mit Gemütsruhe. Sie antwortete ohne das geringste Zögern: »Mir selbst.«

Die beiden Wörter wurden so kalt und ruhig ausgesprochen wie Mabels, aber sie riefen eine noch größere Überraschung hervor. Fast gleichzeitig entrang sich mehreren Kehlen ein Stöhnen, das Erleichterung oder Besorgnis oder Schreck bedeuten konnte. Dann sprach Eden zum ersten Mal, seit sie das Wohnzimmer betreten hatten.

»Grandma, bist du dir sicher?«

»Worüber?« fragte Em und fuhr fort, Greg Gilbert freundlich anzusehen. »Daß es mein Messer war oder daß ich weiß, was ich tue? Die Antwort auf beide Fragen lautet ›ja‹.«

Zum ersten Mal an diesem Vormittag geriet Mr. Gilbert aus der Ruhe. Das Blut stieg ihm heiß in die gebräunten Wangen. Mund und Augen öffneten sich in zornigem Staunen. »Und warum«, fragte er in drohendem Ton, »sagten Sie gestern, Sie wüßten nicht, wem es gehöre?«

»Habe ich das gesagt?« erkundigte sich Em höflich. »Dann muß ich mit den Gedanken woanders gewesen sein. Wir waren alle ein bißchen –«

»Aufgeregt!« fiel Greg wild ein. »Das hatten wir schon mal. Hören Sie, Em, ich werde mir diesen Unsinn nicht gefallen lassen. Es war nicht Ihr Messer, und das ist Ihnen bewußt. Wessen Messer war es? Sie nutzen niemandem, wenn Sie die Heldin spielen und Lügen erzählen, um jemand anderen zu decken.«

»Sie meinen Eden«, stellte Em ruhig fest. »Aber er trägt nie ein Messer bei sich. Nur ein albernes kleines goldenes Taschenmesser an einer Kette, das Alice ihm einmal zu Weihnachten geschenkt hat. Und ich bezweifle, daß Sie Blutflecken oder Pfeilgift darauf finden werden.«

Einen Augenblick lang sah es so aus, als werde Mr. Gilbert die Beherrschung auf die gleiche Weise wie Hector Brandon verlieren. Dann nahm er sich mit sichtlicher Anstrengung zusammen und sagte ganz ruhig: »Ich warne Sie gar nicht erst vor den Folgen einer absichtlichen Behinderung der Polizei, da sie Ihnen gut bekannt sein müssen. Sie geben keinen Pfifferling auf die Polizei oder sonst jemanden, nicht wahr? Darin sind Sie wie viele der alten Garde. Sie glauben, Sie können sich Ihr eigenes Gesetz machen. Und darin irren Sie sich. Sie können nicht alles gleichzeitig haben.«

An den Kreis angespannter Gesichter gewandt, setzte er grimmig hinzu: »Und das gilt für Sie alle. Sie können einen Mörder nicht der Gerechtigkeit entziehen, nur weil Sie ihn zufällig kennen oder er ein Verwandter oder Freund ist. Ich glaube nicht, daß das Messer Lady Emily gehörte. Wie es mir geschildert wurde, bat sie um ein Messer, und man reichte ihr eins. Gut möglich, daß sie damals nicht darauf achtete, wer es ihr reichte, und ganz gewiß hat sie gestern zu Stratton gesagt, sie wisse nicht, wessen Messer es war. Jetzt hat sie sich aus bestimmten Gründen dazu entschlossen, daß es ihres gewesen sein soll. Aber ein halbes Dutzend von Ihnen hat sie beobachtet, und einer von Ihnen muß sich erinnern, wo sie stand und wer neben ihr stand. Und wenn das Messer nicht ihr eigenes war, muß einer von Ihnen es ihr gegeben haben. Diese Person sollte sich lieber sofort melden.«

Keiner sprach. Das Schweigen zog sich in die Länge und füllte sich mit Verdrossenheit und Nervosität und Anspannung, bis Eden plötzlich und unerwartet lachte. Es war ein ganz echtes Lachen und deshalb um so erschreckender. Er lehnte sich mit den Händen in den Taschen in seinem Sessel zurück und sagte leichthin:

»›Der Junge, der die Fensterscheibe eingeschlagen hat, hebe die Hand!‹ Es hat keinen Zweck, Greg. Dies ist nicht die fünfte Klasse in St. Custards, und Sie können nicht der ganzen Klasse einen Monat lang Ausgehverbot erteilen, falls sich der Schuldige nicht meldet. Vielleicht hat das Messer tatsächlich Grandma gehört.«

»Vielleicht«, meinte Greg skeptisch. »Na gut. Wenn es Ihres war, beschreiben Sie es mir.«

»Gern«, erwiderte Em munter. »Es war ein Messer mit drei Klingen, das früher Kendall gehört hat. Es hat einen Horngriff, in dem seine Initialen eingeschnitten sind, und die kleine Klinge ist abgebrochen. Ich nehme es oft zum Picknick oder zur Jagd mit. Es ist sehr praktisch. Ich hatte es in der Tasche.«

»Ich verstehe«, zischte Greg durch die Zähne. »Können Sie das bestätigen, Eden?«

Eden hatte seine Großmutter mit einem Ausdruck angesehen, der irgendwo zwischen Zweifel und dem angestrengten Bemühen lag, sich eine flüchtige Erinnerung ins Gedächtnis zurückzurufen. Bei Gregs Anrede zuckte er leicht zusammen und versicherte schnell: »Ja. Ja, natürlich kann ich das. Es liegt gewöhnlich in der Dielenkommode. Ich habe es hundertmal gesehen.«

»Und es war das Messer, mit dem Ihre Großmutter Markhams Arm einschnitt?«

Edens Gesicht veränderte sich, als habe er eine Maske darübergezogen. Mit völlig ausdrucksloser Stimme antwortete er: »Leider erinnere ich mich nicht. Wenn sie es sagt, muß es das wohl gewesen sein. In dem Augenblick sahen wir alle zu Gilly hin.«

»Ach, wirklich?« fragte Greg böse. Er wandte sich wieder an Em. »Was haben Sie danach mit dem Messer gemacht?«

»Ich legte es hin – oder vielmehr, ich warf es zur Seite. Ich bin mir nicht sicher.«

»Und Sie gossen Jod auf die Wunde? Darüber möchte ich Genaueres hören.«

Em beschrieb den Vorgang in allen Einzelheiten, gestand jedoch, sich nicht erinnern zu können, was sie mit der Flasche gemacht habe.

»Sie gaben die Flasche also nicht Mrs. Brandon zurück?«

»Ich glaube nicht. Wahrscheinlich ließ ich auch sie einfach fallen. Sie war leer.«

Mabel Brandon betupfte ihr Augen mit einem Taschentuch und putzte sich resolut die Nase. Sie blickte zu Em hinüber und sagte mit zittrigem Lächeln: »Danke, Em. Ich – ich weiß, Sie erinnern sich, und das sagen Sie nur, um mich herauszuhalten. Aber ich werde mich nicht hinter Ihnen verstecken. Sie hat mir die Flasche zurückgegeben, Greg. Ich nahm sie ihr ab und legte sie irgendwohin, und ich dachte nicht wieder daran, bis Drew mich fragte, wo ich sie gelassen hätte.«

Greg drehte sich langsam um und sah Em an, und jeder merkte, daß sie den Blick mit weniger Sicherheit zurückgab.

»Nun, Em?« mahnte Greg leise.

Ems Mund verzog sich zu einem schiefen und etwas beschämten Lächeln.

»Es tut mir leid, Greg. Ja, ich wußte, daß Mabel die Flasche an sich genommen hatte. Aber ich weiß auch, daß sie Gilly nicht umgebracht hat, und ich sehe nicht ein, warum sie in diese gräßliche Geschichte hineingezogen werden soll, nur weil sie vorsorglich immer eine Jodflasche bei sich trägt.«

»Das«, erklärte Greg, immer noch mit leiser Stimme, »ist der springende Punkt. Sie hat immer eine bei sich, und jeder weiß das. Und darum mag es schließlich doch ein Mord des Mau-Mau gewesen sein.«

»Was!« riefen mehrere Stimmen laut. Blitzartig veränderte sich die Atmosphäre im Raum, als sei ein elektrischer Strom abgeschaltet worden. Muskeln, die vor Nervosität und Besorgnis verkrampft gewesen waren, lockerten sich in plötzlicher Erleichterung.

»Ich wußte es!« rief Lisa und begann, heftig zu schluchzen. »Ich wußte doch, es würde alles wieder in Ordnung kommen!«

Em drehte den Kopf, musterte sie mißbilligend und bemerkte kalt, sie freue sich zu hören, daß nach Lisas Ansicht jetzt wieder alles in Ordnung sei. Wenigstens einmal eine originelle Betrachtung des Falles!

»Natürlich ist das furchtbar. Es ist nur, daß ich dachte, Greg könne herausfinden –«

»Lisa!« unterbrach Drew sie scharf und befehlend.

Er hatte bisher nicht gesprochen, und seine Einmischung brachte Lisa zur Besinnung. Sie schluckte und drehte sich nach ihm um.

»Was Sie auch sagen wollten – sagen Sie es nicht.« Drew grinste Greg Gilbert in das wütende Gesicht. »Tut mir leid, Greg, aber ich bin dagegen, sitzende Vögel abzuschießen. Und auf jeden Fall entnehme ich Ihrer letzten Bemerkung, daß wir alle außer Verdacht sind. Allerdings verstehe ich nicht ganz, wie Sie Gillys Tod in Verbindung mit den Mau-Mau bringen können.«

Mr. Gilbert drohte: »Wenn Sie noch einmal jemandem einen Rat geben oder noch einmal jemanden unterbrechen, Stratton, stecke ich Sie zehn Tage lang in eine Zelle, und wenn ich dafür aus dem Dienst entlassen werde!«

»Ich werde ganz still sein«, versprach Drew entgegenkommend. »Aber wie kommen Sie auf die Mau-Mau?«

»Meines Erachtens liegt das auf der Hand«, entgegnete Greg kalt. »Hector leistet immer noch eine Menge nützlicher Arbeit bei den Verhören, und irgendwer mag es auf ihn abgesehen haben – oder auf seine Frau oder seinen Sohn. Es wäre ganz leicht gewesen, das Jod durch ein Pfeilgift zu ersetzen. Und das nächste Mal, wenn einer von ihnen sich eine Schnittwunde oder einen Kratzer zuzog, hätte Mabel ihn mit der Flasche behandelt, und das wäre sein Ende gewesen. Es ist eine Möglichkeit, die wir nicht ausschließen dürfen.«

»Und das Messer?« fragte Em gereizt.

»Dafür gilt das gleiche. Es sei denn – wenn es tatsächlich Ihr Messer war, mag eine Falle entweder für Sie oder für Eden gelegt gewesen sein.«

»Nein. Nicht für uns.« Em dachte nach. »Die Hunde. Ich habe es oft benutzt, um Verletzungen auszubrennen, und es hätte einen von ihnen erwischt. Wie – wie Simba.«

Mabel sagte: »Also wurde Gilly durch einen Irrtum getötet. Es hätte Hector oder Kent treffen sollen – oder mich! Oder einen von Ems Hunden.«

»Oder die erste Person, die Sie mit Jod behandelten oder die sich an meinem Messer schnitt – und das hätte ebensogut ein Afrikaner sein können«, bemerkte Em sachlich. »Mir scheint das an den Haaren herbeigezogen zu sein, und das Verschwinden des Messers und der Flasche erklärt es trotzdem nicht. Wie paßt das zusammen?«

»Es paßt eben nicht zusammen«, gab Greg zu. »Es paßt nicht einmal in meine eigene Theorie über das Verbrechen.«

»Und wie lautet Ihre Theorie? Oder ziehen Sie es vor, uns weiterhin im dunkeln tappen zu lassen?« erkundigte sich Em.

Greg betrachtete eine oder zwei Minuten lang sinnend den Teppich, ohne zu sprechen. Dann sah er bedeutungsvoll von einem der Gesichter, die ihn so angespannt beobachteten, zum anderen. Und es steht zu bezweifeln, daß ihm die kleinste Veränderung in einer Miene entging.

Langsam erklärte er: »Nein. Es gibt keinen Grund, warum ich sie Ihnen nicht mitteilen sollte, denn obgleich ich davon überzeugt bin, daß ich recht habe, kann ich es nicht beweisen. Ich glaube, daß Gilly Markham an Pfeilgift starb und daß der Plan sorgfältig im voraus geplant war. Jeder hier – und auch jeder im Rifttal – wußte, daß er zuviel trank und man fest damit rechnen konnte, er werde auch bei einem Picknick zuviel trinken, vorausgesetzt, es waren genug Getränke vorhanden. Und das waren sie. Ich glaube, daß jemand gestern eine tote Puffotter zum Kratersee mitbrachte und sie irgendwann im Laufe des Nachmittags, während Gilly schlief, neben ihn legte. Dann stach er ihn mit einem gegabelten Instrument, das dick mit Pfeilgift bestrichen war, in den Arm. Es muß ein Ding gewesen sein, das ähnliche Wunden hinterläßt wie die Zähne einer Schlange.«

Lisa sprach als erste. Sie quetschte mühsam heraus: »Aber – warum auf diese Weise, warum die Schlange?«

»Weil Pfeilgift zwar bei einer Autopsie nicht festgestellt werden kann, es aber gut möglich war, daß etwas an der Haut um die Wunde kleben blieb. Genug, um zu beweisen, daß es benutzt worden war. Aber jeder, der sich eines Schlangenbisses annimmt, macht als erstes einen tiefen Schnitt in die Wunde oder gleich oberhalb der Stelle. Darum mußte es eine Schlange sein, weil der Mörder sich darauf verlassen konnte, irgendwer würde den Beweis schleunigst entfernen. Es kam nicht darauf an, wer es tat, solange es überhaupt getan wurde – und natürlich wurde es getan. Dadurch verschwand das zurückgebliebene Gift. Die Schlange war ebenso risikolos. Niemand untersucht erst lange, ob eine Schlange lebendig ist, wenn sie sich in lebensechter Haltung neben einem Schlafenden zusammengeringelt hat. Man schlägt nach ihr mit dem ersten Gegenstand, der zur Hand ist, und unter dem Schlag scheint sie sich zu bewegen. Auch wird niemand sie sich sehr genau ansehen, wenn man sich um einen Sterbenden zu kümmern hat. Sie sehen also, es ist ein ziemlich narrensicherer Plan.«

»Sie sagten doch, das Gift hätte auf dem Messer sein können«, hauchte Lisa. »Oder im Jod. Das haben Sie gesagt!«

»Möglich wäre es. Denn diese beiden Beweisstücke sind rätselhafterweise verschwunden. Viel wahrscheinlicher ist es jedoch, daß Markham das Gift mindestens eine halbe Stunde vor Anwendung von Messer und Jodflasche beigebracht wurde. Acocanthera ruft häufig Erbrechen hervor, und Ihr Mann hatte sich erbrochen. Auch wurde er gleich nach halb vier in einer Art Koma gefunden.«

Mabel rang die Hände auf ihrem zerknitterten Baumwollkleid. Sie sagte entsetzt: »O nein! – Oh, ich wünsche, daß es so nicht war! Ich meine – ich habe ihn gehört. Wie er sich erbrach. Wenn ich sofort zu ihm gegangen wäre, hätte ich vielleicht etwas tun können. Aber ich dachte – nun, er hatte wirklich zuviel getrunken, und ich hielt es für besser, mich fernzuhalten. Wenn ich doch nur hingegangen wäre!«

»Es hätte nichts mehr genützt. Nicht, wenn meine Theorie stimmt. Es gibt kein Gegengift.«

»Aber Sie können nicht recht haben!« Mabel setzte sich plötzlich gerade auf. »Nein, natürlich nicht. Man kann niemanden in den Arm stechen, ohne ihn zu wecken. Er hätte aufgeschrien. Ich hätte ihn gehört. Und«, schloß sie triumphierend, »ich habe nichts gehört! Nicht einen Ton, und Em auch nicht. Nicht wahr, Em?«

»Ich glaube, ich habe zu der Zeit geschlafen«, gestand Em

widerwillig. »Ich habe nicht einmal gehört, wie er sich erbrach, und wenn ich es gehört hätte, wäre ich bestimmt nicht zu ihm gegangen.«

Greg sagte: »Markham schlief eine beträchtliche Überdosis Alkohol aus. Vor der Entdeckung der Narkose war es allgemein Brauch, einem Mann vor einer Operation oder Amputation eine halbe Flasche Whisky zu geben, um den Schmerz zu betäuben. Wenn schnell zugestochen wurde, mag er nur für ein paar Sekunden wach geworden sein, und es war anzunehmen, daß er gleich darauf wieder einschlief. Was ist, Miss Caryll?«

»N-nichts«, stotterte Victoria erschrocken. »Ich ha-habe gar nichts gesagt.«

»Aber an etwas gedacht, nicht wahr?«

»Ja. Aber es – es war nichts, wirklich. Nur als ich gestern am See stand, hörte ich jemanden schnarchen, und dann kam ein Laut, als sei der Schläfer plötzlich aufgewacht. Sie wissen schon, so eine Art – eine Art Schnauben. Ich dachte, es sei Gilly – Mr. Markham. Und nach einer Weile begann das Schnarchen von neuem.«

»Hmm. Um wieviel Uhr war das?« forschte Greg.

»Ich habe keine Ahnung. Irgendwann zwischen halb drei und drei, nehme ich an.«

Greg wollte nun von Mabel wissen, ob sie einen derartigen Laut gehört habe. Mabel, die ein wenig schuldbewußt wirkte, gestand ein, geschlummert zu haben, obwohl sie später von Gillys Würgen erwacht sei. »Aber ich habe nichts unternommen. Ich weiß noch, daß ich dachte: ›Also wirklich! Arme Lisa.‹ Oder so ähnlich. Und dann erinnere ich mich nur noch daran, daß Hector sagte, ich solle aufwachen, es sei Zeit zu gehen.«

»Hmm«, machte Greg von neuem und schwieg so lange, daß die gespannte Atmosphäre für Ken Brandon zuviel wurde. Seine Selbstbeherrschung zerbrach unter dem Druck dieses Schweigens, und seine Stimme brach ebenfalls.

»Sie brauchen mich gar nicht so anzusehen! Ich bin nicht in seine Nähe gekommen. Das schwöre ich! Ich habe ihn nicht einmal angefaßt. Das hat keiner von uns getan – nur Stratton und Lady Emily. Ich lasse mir das nicht gefallen, daß Sie mich anklagen, wer weiß was getan zu haben, nur weil ich eine tote Schlange weggeworfen habe! Ich stimme Dad völlig zu. Sie haben kein Recht, das zu tun. Wir stehen nicht unter Arrest, und ich gehe jetzt!«

Er stand auf. Seine Hände ballten sich abwechselnd zu Fäusten und öffneten sich wieder. Trotz seiner neunzehn Jahre sah er viel eher einem kleinen Jungen ähnlich, der unter einem Wutanfall seine Angst verbirgt, als einem zornigen jungen Mann.

»O bitte, Ken!« jammerte Mabel und rang die Hände. »Sprich nicht so! Natürlich bist du nicht in Gillys Nähe gekommen, Darling. Greg weiß das. Wir alle wissen das. Bleib hier, Darling. Bitte!«

Greg sagte geduldig: »Setzen Sie sich, Ken. Sie machen sich nur lächerlich. Ich habe bisher niemanden irgendeines Verbrechens beschuldigt.«

»Noch nicht!« ahmte Ken ihn wütend nach. »Das haben Sie vorhin doch gesagt, stimmt's? Noch nicht! Aber Sie werden es tun, nicht wahr? Obwohl Sie keinen Funken von einem Beweis haben! Obwohl Sie zugeben, Gilly könne an einem Herzanfall gestorben sein. Und worauf gründen Sie Ihre großartige Theorie? Nur auf die Tatsache, daß ein Messer und eine leere Flasche verlorengegangen sind oder verlegt wurden. Und wahrscheinlich liegen sie immer noch da, ins Gras getrampelt von Ihren plattfüßigen, schwachköpfigen Hilfspolizisten!«

»Nicht doch, Ken. Hör auf, Liebling«, schluchzte Mabel in monotonem Gejammer. Aber Ken Brandons Ohr erreichte das Flehen seiner Mutter nicht mehr. Die Worte sprudelten in einem kindischen Wutausbruch über seine Lippen.

»Zum Teufel, kommt es darauf an, ob sie gefunden werden? Sie haben so gut wie zugegeben, daß beides nichts mit dem Verbrechen zu tun hat, sagten Sie das nicht? Und daß es, wenn Gilly vergiftet wurde, eine halbe Stunde vor dem Augenblick geschah, als das Messer und das Jod mit ihm in Berührung kamen. Was bedeutet, daß es verdammt egal ist, ob man die Dinge findet oder nicht. Und trotzdem entblöden Sie sich nicht, sie Beweise in einem Mordfall zu nennen! Wenn das alle Beweise sind, die Sie haben, dann haben Sie nicht einmal einen Mordfall. Nicht die Spur eines Mordfalls – und überhaupt kein Recht, uns hier festzuhalten und auf diese Weise auszufragen.«

Er mußte Luft holen, und Greg erklärte milde:

»Ich sagte Ihnen, das Verschwinden dieser beiden Gegenstände passe in gar keine Theorie. Aber das ist ja der Grund, warum sie mich interessieren, oder vielmehr, warum jemand es für richtig hielt, sie verschwinden zu lassen und jetzt deswegen zu lügen. Dafür muß es einen Grund geben, und ich sage mir, wer auch immer Messer und Jodflasche auf die Seite brachte, vermutete einen Mord und hatte einen bestimmten Verdacht, wer der Mörder sein könne. Er konnte sich recht gut vorstellen, wie der Mord begangen worden war, und kam zu dem gleichen Schluß wie Stratton und Lady Emily: Wenn es Acocanthera war, dann befand es sich entweder auf dem Messer oder in der Jodflasche – und darum versteckte er beides. Aber wenn es Mord war, ist die einzige Person, die es nicht getan hätte, der Mörder selbst, denn es mußte bei einem Todesfall, der möglicherweise als Folge eines Schlangenbisses oder, sollten Fragen gestellt und eine Autopsie vorgenommen werden, als Herzanfall infolge starken Trinkens durchgegangen wäre, erst einmal Gedanken an Mord erwecken. Ich persönlich bin fast überzeugt, daß mit dem Messer und mit der Jodflasche alles in Ordnung ist, und wenn wir sie schließlich finden, werden wir imstande sein, das zu beweisen. Deshalb fordere ich denjenigen, der die Sachen versteckt hat, auf, sich jetzt dazu zu bekennen. Es muß einer von Ihnen sein, und da es nicht der Mörder gewesen sein kann, wird von Ihnen nichts weiter verlangt, als sich vom Verdacht zu reinigen. Und gleichzeitig die Person vom Verdacht zu reinigen, der sie zutrauten, einen von diesen beiden Gegenständen vergiftet zu haben.«

Wieder herrschte angespanntes Schweigen im Zimmer, als Greg seine Ansprache beendet hatte. Doch wenn irgendwer die Absicht gehabt hatte, die Verantwortung zu übernehmen, wurde er daran von Ken Brandon gehindert, der sehr laut und verächtlich erklärte: »O nein, damit bezwecken Sie etwas ganz anderes. Und das haben wir längst durchschaut. Sie versuchen doch nur, einen von uns dazu zu bringen, daß er einen anderen hinhängt. So ist es doch, oder?

Vielleicht ist wirklich kein Gift an dem Messer oder in der Jodflasche gewesen. Aber irgendwer hat es geglaubt, und dafür muß er einen verdammt guten Grund gehabt haben. Diesen Grund möchten Sie gern erfahren, wie? Also, darauf fallen wir nicht herein. Sie können Ihre schmutzige Arbeit allein tun! Ein für allemal, ich gehe. Komm, Mutter, verschwinden wir hier.«

Mabel stand blaß und zitternd auf, und hinter ihr hatte sich auch Hector erhoben, aber langsam und widerstrebend.

Mr. Gilbert postierte sich zielsicher und ohne Hast zwischen Ken und die Tür. »Es tut mir leid, Ken, aber Sie können jetzt nicht gehen. Machen Sie die Sache nicht noch unerfreulicher, als sie es schon ist. Denn wenn Sie versuchen, das Zimmer zu verlassen, muß ich Sie wegen Behinderung der Polizei festnehmen.«

»Wenn ich es versuche? Ich werde es nicht nur versuchen! Ich lasse mir das nicht länger bieten, und mehr gibt es dazu nicht zu sagen. Und nun versuchen Sie einmal, mich aufzuhalten!«

Er machte kehrt und sprang auf das offene Fenster zu. Drew schoß in die Höhe und verpaßte ihm einen einzigen gutgezielten Schwinger.

Ken Brandon brach in die Knie und fiel zu Boden. Seine Nase blutete heftig, und sein Gesicht war in einem dämlichen Grinsen erstarrt.

»Oh, danke, Drew!« stöhnte Mabel aus ehrlichem Herzen.

15

Der Rest des Vormittags verlief ebenso widerwärtig wie der Beginn, obwohl er weniger an unangenehmen Überraschungen brachte und Mr. Gilbert sich mit seinem Gefolge kurz vor eins verabschiedete. Allerdings war die Ruhepause nur kurz, denn eineinhalb Stunden später kehrten sie zurück.

Diesmal setzten sich außer Mr. Gilbert auch die beiden Polizeibeamten ihrem Publikum gegenüber, während der unauffällige Herr in dem braunen Anzug hinter ihnen Platz nahm. Nach dem leisen, unaufhörlichen Kratzen einer Feder auf Papier zu schließen, beschäftigte er sich damit, die Antworten wörtlich mitzustenografieren.

Die Fragen befaßten sich an diesem Nachmittag hauptsächlich damit, wo sich wer wann aufgehalten habe. Es schienen lediglich Routinefragen zu sein, die oft ganz sinnlos klangen, aber eins kristallisierte sich schließlich aus ihnen heraus. Keiner konnte ein Alibi beibringen, das die Zeitspanne deckte, in der Gilly Markham allem Anschein nach ermordet wurde. Denn die ganze Gesellschaft war mit Ausnahme von Em und Mabel nach dem Lunch eigene Wege gegangen. Und nicht einmal Em und Mabel konnten sich ihr Alibi gegenseitig bestätigen, da beide aus, wie Em frostig bemerkte, »offensichtlichen Gründen« zu verschiedenen Zeiten im Gebüsch verschwunden waren. Und später hatten sie geschlafen.

Eden und Lisa, die zusammen weggegangen waren, hatten sich gestritten und getrennt. Nicht etwa, daß einer von beiden den Streit zugab, aber man brauchte sehr wenig Phantasie, um die Lücken in den jeweiligen Berichten zu füllen. Lisa sagte, sie sei »nur so herumgewandert«, und Eden sagte, er habe sich auf einen umgestürzten Baumstamm gesetzt und sei »vielleicht eingeschlafen«.

Ken Brandon behauptete, er habe den Krater verlassen, um die entgegengesetzte Seite zu erkunden, und er sei erst kurz vor dem Zeitpunkt zurückgekehrt, wo auch alle anderen wieder eingetroffen seien. Hector hatte angeblich fast eine Stunde damit verbracht, zwischen den Steinen nach der Fährte des Leoparden zu suchen, dessen Pfotenabdrücke sie zuvor am Seeufer gesehen hatten.

Drew hatte ebenfalls den Krater verlassen und einen Spaziergang gemacht. Victoria wurden endlose Fragen über die Geräusche gestellt, die sie an diesem Nachmittag gehört haben wollte. Sie konnte nur wiederholen, daß sie nach Drews Weggang eine halbe Stunde lang keinen Menschen gesehen habe. Was sie gehört hatte, waren ihrer Meinung nach Laute von Tieren gewesen. Keiner schien auf die Zeit geachtet zu haben, bis es längst nach drei Uhr war. Obwohl Greg die Einzelheiten der letzten fünfundzwanzig Minuten von Gillys Leben immer wieder von neuem durchging, erwies es sich als unmöglich, genau festzuhalten, wo jeder einzelne gestanden oder wer neben wem gestanden hatte. Denn nur Em, Victoria und Drew waren die ganze Zeit hindurch ungefähr an der gleichen Stelle geblieben, und sie und alle übrigen hatten ihre ganze Aufmerksamkeit dem Kampf um Gillys Leben gewidmet, der sich vor ihren Augen abspielte, so daß sie auf die Bewegungen oder den Gesichtsausdruck anderer Leute nicht geachtet hatten.

»Begreifen Sie das denn nicht?« Ems Stimme klang tonlos vor Erschöpfung. »Er starb! Und wir wußten, daß er starb. Keiner von uns ist auf den Gedanken gekommen, es sei Mord. Wie hätten wir auch darauf kommen sollen? Wenn wir einen Verdacht gehabt hätten, dann hätten wir vielleicht einander beobachtet anstatt ihn. Aber wir hatten eben keinen Verdacht.«

»O doch!« widersprach Greg grimmig. »Mindestens drei Personen unter Ihnen hielten einen Mord für möglich. Andernfalls hätte weder Stratton nach der abgebrochenen Nadel gesucht noch Mrs. Markham sich geweigert, den Brandy zu trinken. Und sogar Sie wußten, daß etwas nicht stimmte!«

Em erwiderte müde: »Aber an einen Mord habe ich erst viel später gedacht. Erst als Drew anfing, Fragen nach dem Messer zu stellen, und darauf bestand, wir müßten umkehren und danach suchen. Ich war überzeugt gewesen, Gilly habe einen Herzanfall gehabt, und ich hätte ihn getötet.«

»Ich dachte nicht an Sie, als ich ›drei Personen‹ sagte. Die dritte war derjenige, der das Messer und die Jodflasche versteckte. Oder, falls zwei Leute an dem Mord beteiligt waren, macht es vier. Vier Leute von sieben argwöhnten, daß Markham ermordet worden war, und ich möchte wissen, warum. Vielleicht können Sie mir Ihre Gründe nennen, Mrs. Markham? Warum dachten Sie, Ihr Mann könne ermordet worden sein?«

Lisa umklammerte die Armlehnen ihres Sessels und erhob sich halb. »Das habe ich nicht gedacht! Das können Sie nicht sagen. Sie versuchen nur, mich so weit zu bringen, daß ich Dinge zugebe, die ich nie behauptet habe. Sie verdrehen die Tatsachen! Ich – ich habe Gilly sterben sehen. Drew gab ihm Brandy, und da starb er. Ich hatte keine klaren Gedanken. Ich meinte es nicht so. Ich wollte nur nicht trinken, weil – weil Gilly davon getrunken hatte – und – und starb.«

Greg zuckte die Schultern. Zur Überraschung der Anwesenden drängte er Lisa nicht weiter. Statt dessen verlangte er von Drew, seine Gründe für den Mordverdacht zu nennen. Er wurde jedoch von Eden unterbrochen. Eden bemerkte ziemlich schroff, das scheine ihm eine sinnlose Frage und Zeitverschwendung zu sein. Denn schließlich habe Drew, wie er ja wisse, diese Frage bereits am Abend zuvor ausführlich beantwortet und, mehr als das, ein maschinengeschriebenes Protokoll seiner Aussage unterzeichnet.

»Ich stelle nie sinnlose Fragen«, sagte Mr. Gilbert ruhig. »Nun, Drew?«

Drew antwortete: »Ich wußte aus den gleichen Gründen, die Em Ihnen dargelegt hat, daß es kein Schlangenbiß gewesen sein konnte. Ich habe Männer auf diese Weise sterben sehen. Zweimal habe ich auch einen Mann an einem vergifteten Pfeil sterben sehen. Ich wußte nicht, daß die Symptome eines Herzanfalls dem ähnlich sind. Deshalb dachte ich nicht an das Herz, sondern an Msunguti. Gilly war eine Stunde zuvor zwar ein bißchen beschwipst, aber sonst ganz gesund gewesen, und jetzt starb er. Das war alles.«

»Danke«, sagte Greg kurz.

Der Rest des Nachmittags war nur eine Wiederholung des

Beginns. Der einzige Unterschied war, daß die immer wieder von neuem gestellten Fragen jetzt von jedem einzelnen hinter der geschlossenen Tür des Speisezimmers beantwortet wurden.

Erst lange nach fünf Uhr war Greg mit Victoria fertig, die als letzte an die Reihe gekommen war. Er sah müde und ernst und bekümmert aus, denn mit Ausnahme Victorias waren sie alle seine persönlichen Freunde, Leute, die er seit Jahren kannte, mit denen er gespeist und getanzt und während der schweren Jahre der Krise gelitten hatte. Aber jetzt betrachtete er sie mit dem kalten, unpersönlichen Blick eines Fremden, und seine Stimme war so abweisend und unfreundlich wie seine Augen.

»Wahrscheinlich werde ich Sie während der nächsten Tage alle nochmals vernehmen müssen. Bis diese Sache erledigt ist, wäre ich Ihnen dankbar, wenn Sie sich ständig verfügbar halten könnten.«

Und dann ging er.

»Gott sei Dank, daß das vorbei ist!« Em stieß einen schweren Seufzer aus. »Und er wird wohl nicht gleich morgen wiederkommen, was bedeutet, daß wir wenigstens einen friedlichen Tag haben sollten.«

Doch der nächste Tag konnte kaum friedlich genannt werden.

Gillys Leiche war für die Beerdigung zurückgebracht worden. Nachdem sie Mr. Gilbert von ihrer Absicht benachrichtigt hatten, nahmen sie alle an der Beerdigung teil, deren Feierlichkeit durch Lisas und, in geringerem Ausmaß, auch Ken Brandons Benehmen Abbruch geschah. Lisa bekam einen hysterischen Anfall mit Schreien und Kreischen und mußte unter Gewaltanwendung fortgeführt werden, und Ken Brandon wurde still und unbemerkt ohnmächtig.

Drew fing ihn auf, als er fiel, und fuhr ihn zusammen mit Mabel nach *Flamingo* zurück. Etwa zwanzig Minuten später kamen Em, Eden, Hector und Victoria mit der Nachricht, Lisa sei unter Obhut der Frau des Arztes in ihrem Bungalow und habe eine starke Morphiuminjektion bekommen.

»Was hatte sie denn nur?« fragte Mabel bleich und zitternd. »Sie – Sie glauben doch nicht, daß sie vielleicht... Nein! Nein, natürlich nicht! Man sollte so etwas nicht einmal denken!«

»Daß Lisa es getan haben könnte?« fragte Drew. »Wer kann sagen, wozu irgendein anderer unter einem bestimmten Druck fähig wäre? Oder auch nur, wo der eigene Zerreißpunkt liegt? Aber ich persönlich würde Lisa von der Liste der Verdächtigen streichen, denn falls sie keine bemerkenswert gute Schauspielerin ist, war ihr Ausbruch am Kratersee echt. Ja, sie glaubte, ihr Mann sei ermordet worden, was immer sie jetzt auch behaupten mag, und sie hielt es für möglich, daß das Gift im Brandy war. Damit ist bewiesen, daß sie Gilly nicht ermordet hat.«

»Mein lieber Drew«, stellte Em schroff fest, »alle Frauen sind ausgezeichnete Schauspielerinnen, wenn die Umstände sie dazu zwingen, und je eher die Männer sich das klarmachen, desto besser! Aber natürlich hat Lisa ihren Mann nicht ermordet – obwohl ich nicht daran zweifle, daß es Augenblicke gegeben hat, wo sie es gern getan hätte. Manchmal war mir selbst danach zumute, und ich, das möchte ich betonen, war nicht wie Lisa verpflichtet, Gillys Gesellschaft ständig zu ertragen. Ich sehe sie als eine zweite Mrs. Thompson, jemanden, der davon redet oder träumt, sich einen ungeliebten Mann vom Hals zu schaffen, so wie ein Kind lange und unwahrscheinliche Geschichten erfindet, es aber nie ernst meint.«

Drew sagte leise: »Mrs. Thompson ist gehängt worden.«

Er lehnte eine Einladung zum Lunch ab und ging. Kurz darauf folgten ihm die Brandons. Em sah ihnen nach und gab der Hoffnung Ausdruck, sie – und die Polizei! – würden sich von *Flamingo* mindestens eine Woche lang fernhalten.

Diese Hoffnung sollte sich nicht erfüllen.

Eden und Victoria verbrachten den Nachmittag draußen auf dem See. Als sie in der friedlichen, silber- und rosafarbenen Abendstimmung zurückkehrten, fanden sie sowohl Drew als auch die Brandons wieder im Wohnzimmer, und das Haus war von neuem voll von Polizisten. Denn Kamau, der Liebhaber Wambuis, war gefunden worden.

»Die Hunde haben ihn gefunden«, berichtete Em. Sie wirkte in den Tiefen des großen Ohrensessels merkwürdig eingeschrumpft und hielt das wollene Tuch über ihren Schultern fest, als sei ihr kalt.

»Sie waren wegen Lisas Hündin tagelang eingesperrt und wurden nur an der Leine ausgeführt. Aber ich – ich konnte sie doch nicht für immer einsperren! Ich nehme an, sie haben ihn gerochen…«

Em war auf Kamau gestoßen, als Eden und Victoria kaum eine halbe Stunde fort waren. Em hörte das Bellen, ging mit einer Peitsche hinaus und versuchte, die Rüden zurückzuscheuchen. Ein Boy lief mit den Leinen zu Hilfe und blieb bei der Leiche, während Em ins Haus zurückkehrte, um Greg zu rufen.

Mr. Gilbert und mehrere Polizisten waren innerhalb einer Stunde da. Was die Ameisen von Kamau übriggelassen hatten, wurde aus einem flachen Grab zwischen den Kohlenmeilern, in dem er sorgfältig verborgen worden war, eingesammelt.

Gregs Stimmung besserte sich nicht bei der Entdeckung, daß Eden mit dem Motorboot draußen war und nicht erreicht werden konnte. Er schickte nach den Brandons und Drew und vernahm sie eingehend und getrennt über ihr Tun am Abend von Kamaus Verschwinden.

»Warum Sie und die Brandons?« erkundigte Victoria sich bei Drew.

Sie hatte eine nervenaufreibende halbe Stunde im Speisezimmer hinter sich, wo sie unzählige Fragen beantwortet hatte, und als sie auf die dämmrige Veranda hinaustrat, sah sie Drew Stratton an einem der von Schlingpflanzen bedeckten Pfeiler lehnen und eine Zigarette rauchen.

Drew antwortete düster: »Weil derjenige, der Kamau getötet hat, wahrscheinlich auch Alice DeBrett auf dem Gewissen hat – und Kamau mußte sterben, weil er die Tat nicht nur beobachtet, sondern auch darüber gesprochen hatte.«

Mit schwankender Stimme sagte Victoria: »Aber – aber das ist ja gerade das Sinnlose daran. Etwas anderes wäre es, wenn er ermordet worden wäre, damit er nicht sprechen konnte. Er hatte jedoch schon gesprochen. Er hatte gesagt, es sei Tante Em gewesen!«

»Ich weiß. Das erfuhren wir jedoch erst am Tag darauf, nicht wahr? Und da war er schon tot. Wenn seine Freundin nur gleich die Wahrheit gesagt hätte, statt zu behaupten, er habe nichts als

Andeutungen gemacht, lebte er vielleicht noch – obwohl ich es bezweifle. Offenbar hat jemand es für der Mühe wert erachtet, ihm für immer den Mund zu schließen. Der reine Zufall, daß Gilly, selbst ein Pianist nicht geringen Grades, in der Lage war, Wambuis Geschichte zu durchlöchern. Andernfalls wäre Ihre Tante in einer sehr üblen Lage zurückgeblieben. Allzugut ist ihre Situation auch jetzt nicht. Jetzt, wo Gilly tot ist.«

»Warum?« fragte Victoria ängstlich.

»Wenn Gilly eine Zeugenaussage zu einem Thema gemacht hätte, das er wirklich beherrschte, würde er jede Jury überzeugt haben. Aber das gleiche Zeugnis aus zweiter Hand durch Greg wird bei weitem nicht so unwiderlegbar klingen. Und nun kommt noch diese Geschichte mit Kamau dazu. Gott, was für ein Durcheinander!«

Victoria behauptete: »Niemand wird annehmen, Tante Em habe Kamau getötet!«

»Warum nicht?« fragte Drew ungeduldig. »Sie hatte die beste Gelegenheit dazu. Sie wollte sich an diesem Abend mit ihm am Tor zur Shamba treffen.«

»Wie können Sie so etwas sagen!« flammte Victoria auf, lodernd vor Zorn. »Dazu haben Sie kein Recht! Sie sind einfach d-dumm und – und –«

»Schsch!« Ein Grinsen flackerte um Drews Mundwinkel. »Sie brauchen nicht gleich aus dem Häuschen zu geraten. Sie betrachten das nicht vom Standpunkt der Polizei aus, die sich nur mit harten Tatsachen befaßt und sich von dem persönlichen Blickwinkel nicht beeinflussen läßt – oder das zumindest versucht. Für Sie ist Ihre Tante ein Mensch, den Sie kennen und gernhaben. Aber für die Polizei sind sie alle gleichberechtigte und uneingeschränkt verdächtige Personen.«

Victoria meinte verächtlich: »Dann ist die Polizei auch einfach dumm! Angenommen, sie traf Kamau an jenem Abend und tötete ihn. Gut, und wie schaffte sie ihn vom Tor hinauf zu der Stelle, wo er gefunden worden ist? Und als sie ihn dort hatte, wie brachte sie es fertig, eine Grube auszuheben und ihn zu begraben? Sie ist über siebzig!«

»Zweiundsiebzig, glaube ich – und so stark wie ein Pferd. Aber das ist nebensächlich. Wenn Em es getan hätte, brauchte sie ihn doch nicht am Tor zu töten. Ihr standen ein Dutzend Vorwände zur Verfügung, ihn dazu zu bringen, daß er mit ihr zu den Meilern hinaufstieg, und dann hätte sie ihn an Ort und Stelle umgebracht. Und sie hätte es nicht nötig gehabt, eine Grube auszuheben. Es waren bereits mehrere vorhanden. Es muß ganz leicht gewesen sein, einen Leichnam in einen dieser Gräben zu kippen und mit ein bißchen Erde zu bedecken, die da herumliegt. Und der Qualm von den Holzkohlen-Meilern verdeckte den Geruch, falls Spürhunde eingesetzt wurden.«

»Aber es waren Tante Ems Hunde, die ihn gefunden haben!«

»Ah, das ist etwas anderes. Mittlerweile war er mehrere Tage unter der Erde.«

Victoria zuckte zusammen, und Drew sagte schnell: »Es tut mir leid. Das ist eine gräßliche Geschichte für uns alle, aber wir übrigen haben seinerzeit Schlimmeres gesehen oder gehört. Die Krise war kein Picknick – Verzeihung, das war ein unglücklich gewähltes Bild, nicht wahr? Sie jedoch sind aus einem sicheren und ruhigen Leben in diese Sache hineingeraten, und es muß entsetzlich für Sie sein. Sicher wären Sie lieber nicht hierhergekommen?«

»Nei-n«, antwortete Victoria zögernd. »Ich habe nie daran gezweifelt, daß ich eines Tages zurück nach Kenia kommen würde. Ich wünschte nur, ich hätte ...«

Sie beendete den Satz nicht, aber sie lehnte sich neben ihm an das Geländer und blickte hinaus in die Dämmerung. Drew hatte etwas an sich, was allein seine körperliche Anwesenheit tröstlich machte, und solange er sich hier befand, kam ihr das Haus weniger furchterregend vor. Sie sah ihn an und fragte unvermittelt:

»Bleiben Sie über Nacht?«

»Ja, Greg möchte alle seine Verdächtigen unter einem Dach wissen. Oder vielmehr unter zwei Dächern. Die Brandons logieren unter Protest bei Lisa. Er scheint hier wie dort die Hausdiener zur Befragung eingepfercht und die Arbeiterquartiere fast in ein Konzentrationslager verwandelt zu haben.«

»Dann denkt er, es könne vielleicht doch ein Afrikaner gewesen sein?«

»Natürlich. Er ist ja nicht dumm. Sie sind viel strenger verhört worden als wir. Glauben Sie bloß nicht, daß Greg, nur weil er uns auf kleinem Feuer geröstet hat, nicht auch einen Trupp seiner Jungen hat ausschwärmen lassen, um dasselbe bei jedem einzelnen Afrikaner vorzunehmen, der auf diesem Besitz oder auf meinem oder Hectors arbeitet. Es gibt sogar zwei, die bei dem Picknick hätten tätig werden können. Zacharia und Samuel waren unten im Krater. Und dann ist da General Afrika – immer noch in Freiheit und nicht identifiziert, und vielleicht erweist er sich letzten Endes als die Schlange im Gras. Ganz bestimmt hat Greg diese Möglichkeit nicht für einen Moment aus dem Auge verloren. Ja, ich traue ihm zu, daß er dies ganze Theater, er verdächtige einen von uns, nur gemacht hat, um Verwirrung zu stiften und den Anschein zu erwecken, die Nachforschungen in den Arbeiterquartieren seien nichts als Routine und eigentlich ständen die Bwanas unter Verdacht.«

Victoria stieß einen kleinen Seufzer aus, der teils Erleichterung und teils Müdigkeit verriet. »Darauf wäre ich nie gekommen. Sie haben recht. Schließlich kann er uns nicht wirklich verdächtigen. Jedenfalls nicht Sie oder die Brandons.«

»Warum nicht? Wir alle waren an dem Abend, als Mrs. DeBrett ermordet wurde, zufällig hier oder ganz in der Nähe. Und ebenso an dem Abend, als Kamau verschwand.«

»Die Brandons nicht.«

»Doch. Sie sprachen an dem Abend im Bungalow der Markhams vor. Gilly war nicht da, aber Lisa war gerade von hier zurückgekommen, und es hat den Anschein, daß sie ihnen alles erzählte. Was bedeutet, daß einer von ihnen rechtzeitig herüberkommen konnte, um Kamau zu erledigen. Es ist ja zwischen *Flamingo* und *Brandonmead* keine Entfernung, und der Mond schien in jener Nacht.«

Victoria behauptete: »Nur hätten sie ihn nicht dazu gebracht, mit ihnen zu gehen. Sie erwähnten die Möglichkeit, Tante Em habe einen Vorwand benutzt, um ihn zu den Meilern zu locken. Das wäre den Brandons nicht gelungen.«

»Haben Sie bemerkt, daß Schienen für Förderkarren von der Shamba zur Straße laufen und ein paar Yards an den Meilern vorbeiführen? Es wäre nicht nötig gewesen, die Leiche zu tragen. Sogar Sie hätten sie ohne große Schwierigkeiten transportieren können.«

»Ich! Aber –«

»Nein, ich beschuldige Sie nicht, mit einer Axt Amok gelaufen zu sein. Also brauchen Sie mich nicht so entsetzt anzusehen. Obwohl ich sagen möchte, daß Greg diese Möglichkeit in Erwägung ziehen mußte.«

»Welche Möglichkeit?«

»Daß Sie und Eden das gemeinsam geplant haben.«

Victoria begegnete dem Blick aus seinen freundlichen blauen Augen nachdenklich und ohne Zorn. Sie studierte sein Gesicht im Dunkeln, als sei es ein Brief, den er ihr zum Lesen hinhielt – ein sehr wichtiger Brief.

Endlich sagte sie: »Und was glauben Sie?«

»Spielt das ein Rolle?«

Victoria antwortete nicht, und auf einmal sagte Drew langsam und als denke er laut:

»Menschen, die tief und verzweifelt lieben, sind wahrscheinlich zu allem fähig. Dafür gibt es unzählige Beispiele in der Geschichte und in den Zeitungen, die uns beweisen, daß Liebe ebenso eine erniedrigende wie eine erhebende Leidenschaft sein kann und daß sie eine stärkere und rücksichtslosere Kraft sein kann als Ehrgeiz oder Haß. Denn ihnen vermag man mit kühlem Kopf zu folgen, während Liebe immer etwas heißblütig ist. Es gibt Menschen, die für ihre Liebe oder den Verlust ihrer Liebe gestorben sind. Sie haben Verbrechen dafür begangen, Throne dafür aufgegeben, Kriege vom Zaun gebrochen, ihre Familien verlassen, ihr Vaterland betrogen, haben dafür gestohlen, gelogen und gemordet. Und sie werden es wahrscheinlich bis zum Ende der Welt weiter tun.«

Er drückte seine Zigarette an dem Geländer aus und ließ sie zwischen die Geranien fallen. Nach einer Weile fragte Victoria versonnen und ohne den Kopf zu drehen:

»Und Sie glauben, ich könnte – zu allem fähig sein?«

Drew gab ein merkwürdiges kurzes Lachen von sich. »Nicht zu einem Mord.. Auch nicht zu einem Mordplan. Aber dazu, jemanden zu decken, den Sie lieben oder auch nur gernhaben. Das ja.«

»Selbst wenn ich wüßte, daß dieser Mensch einen Mord begangen hat? Einen abscheulichen Mord?«

»Nein. Weil sie so einen Menschen niemals lieben würden.«

Victoria wandte sich ihm zu. Das letzte Tageslicht verrann mit der Geschwindigkeit des Sandes in einem Stundenglas, und jetzt war es so dunkel, daß sie die Züge seines Gesichts nicht mehr erkannte.

Sie sagte: »Wenigstens trauen Sie es Eden nicht zu.«

»Das habe ich nicht gesagt. Nach dem, was ich weiß, mag er es getan haben, obwohl ich es für sehr unwahrscheinlich halte. Aber schließlich lieben Sie Eden ja nicht.«

Victoria antwortete nicht, aber sie wandte sich nicht ab, und Drew fragte: »Oder doch?«

Es war eher eine Bestätigung als eine Frage, und als sie immer noch nicht sprach, nahm er ihr Kinn in die Hand, wie er es schon einmal getan hatte.

Victoria stand ganz still und war sich bewußt, an einem Wendepunkt ihres Lebens angekommen zu sein. Sie hatte das Ende einer Straße – oder vielleicht den Anfang einer neuen erreicht. Und dann öffnete sich hinten auf der Veranda eine Tür, und die Schatten zogen sich vor einer Flut warmen bernsteinfarbenen Lichts zurück, und es war nicht mehr Abend, sondern Nacht.

Drew ließ seine Hand sinken und drehte sich ohne Hast um. »Hallo, Eden. Ist Greg endlich mit Ihnen fertig? Wie lange wird er wohl noch bleiben?«

»Das weiß der Himmel«, antwortete Eden. »Was in aller Welt tut ihr beiden hier draußen im Dunkeln?«

»Wir unterhalten uns«, erklärte Drew liebenswürdig. »Was dagegen?«

»Nein, natürlich nicht! Aber im Wohnzimmer sind Drinks, falls Sie einen wollen. Ich habe Grandma ins Bett geschickt.«

»Und sie ist gegangen?«

»Ja, es hat mich gewundert. Sie wird als nächste einen Herzanfall bekommen, wenn wir nicht aufpassen.«

»Einen echten?« forschte Drew. »Oder einen von der Art, wie er Gilly erwischte?«

»Oh, um Gottes willen!« Eden drehte Drew wütend den Rücken und nahm Victorias Arm. »Komm, Vicky. Dir ist sicher kalt geworden. Komm und trink ein Glas Sherry. Oder wir machen den Wodka alle und betrinken uns.«

Sie fanden Mabel im Wohnzimmer, wo sie an einem Glas Brandy mit Soda nippte und die Tür im Auge behielt. Hector war, begleitet von Bill Hennessy, nach *Brandonmead* gefahren, um verschiedene notwendige Dinge für die Übernachtung im Bungalow der Markhams zu holen. Ken jedoch wurde noch vernommen, und Mabel wollte nicht ohne ihn aufbrechen.

»Was machen sie nur mit Ken?« fragte sie unglücklich.

»Er ist schon seit Stunden da drin! Sie müssen doch einsehen, daß er über all das gar nichts wissen kann. Es ist nicht nett von Greg – und das nach all den Jahren, die wir ihn kennen! Drew, ob Sie wohl hineingehen und ihm sagen könnten, daß wir alle sehr müde sind und ob er uns nicht nach Hause gehen lassen will?«

»Nein, Mabel, das kann ich nicht«, erklärte Drew fest, mischte sich einen steifen Whisky mit Soda und ließ sich in einen Armsessel fallen. »Erstens wäre es reine Zeitverschwendung, und zweitens habe ich keine Lust, mich hinauswerfen zu lassen. Er wird aufhören, wenn ihm danach zumute ist oder wenn er bekommen hat, was er will. Nicht eher.«

»Aber wir sollen morgen und übermorgen alle hier sein.«

»Lasset uns hoffen«, meinte Drew trocken. »Nun, auf das Verbrechen.«

Er hob sein Glas und nahm einen tiefen Zug, und Eden sagte wutschnaubend: »Müssen Sie unbedingt einen Witz daraus machen?«

»Verzeihung«, erwiderte Drew sanftmütig.

Eden ließ sich nicht beschwichtigen. Sein hübsches Gesicht war verzerrt, und seine Stimme klang rauh vor Erschöpfung, Angst und

Zorn. »Unter den gegenwärtigen Umständen ist eine Bemerkung dieser Art äußerst geschmacklos und außerdem nicht im geringsten komisch!« Drew hob die Augenbrauen und schnitt eine kleine Grimasse, versagte es sich aber, beleidigt zu sein. Er erwiderte freundlich: »Sie haben völlig recht. Das war gedankenlos von mir, und ich bitte um Entschuldigung. Nehmen Sie eine Olive, Mabel, und hören sie auf, die Tür zu beobachten. Ken kann jetzt jede Minute kommen. Hallo, da fährt noch ein Wagen vor. Wer mag das sein? Der Kommandeur?«

Aber es war nur Hector, der mit einem Sortiment von Pyjamas, Zahnbürsten und Pantoffeln von *Brandonmead* zurückkehrte. Er nahm einen Drink an und sagte nach einem nervösen Blick auf seine Frau mit einer gedämpften Stimme, die keinen Widerhall seines früheren dröhnenden Tons enthielt: »Ist Ken noch drin? Sie behalten ihn sehr lange da. Und dabei muß ihnen doch klar sein, daß der Junge nicht ganz auf der Höhe ist. Habe nie erlebt, daß er umkippt. Er müßte ins Bett und sollte nicht mit dummen Fragen gequält werden.«

»Warum machst du dem dann kein Ende?« Mabel war kurz vor einem Tränenausbruch. »Du bist sein Vater. Sie schüchtern ihn ein, ich weiß es. Oh, wenn er ihr nur nie begegnet wäre! Warum mußte das passieren, gerade als es aussah, als ob das Leben wieder friedlich und glücklich würde? Das werde ich Greg niemals verzeihen – niemals!«

Hector sagte betroffen: »Er tut nur seine Pflicht, Liebes. Warum gehst du jetzt nicht mit mir zu Lisa hinüber? Sie wird keine Anweisungen wegen des Abendessens gegeben haben, deshalb sollten wir uns darum kümmern.«

Mabel fing an zu weinen und erklärte beinahe hysterisch, es sei typisch Mann, mehr an das Essen als an das Wohlergehen seines Sohnes zu denken. Drew stand auf und verließ das Zimmer.

Ein paar Minuten später kehrte er zurück. Er sah ganz hölzern aus. Begleitet wurde er von einem blassen und niedergeschlagenen Ken Brandon. Die wiedervereinigte Familie verschwand in der Nacht.

»Wie haben Sie das geschafft?« erkundigte Eden sich mit widerwilligem Respekt.

»Ich habe meinen Kopf hingehalten«, knurrte Drew, »und er wurde mir ordnungsgemäß abgeschlagen.« Er zog seinen Zeigefinger in einer kurzen, ausdrucksvollen Geste über seine Kehle. »Greg ist gar nicht gut gestimmt, aber immer noch lieber das als Mabel in einem Weinkrampf.«

Wie aufs Stichwort erschien Mr. Gilbert im Wohnzimmer und informierte die Anwesenden kurz, er gehe jetzt, werde aber um neun Uhr morgens wiederkommen. Er wäre ihnen dankbar, wenn sie sich um diese Stunde alle im Haus für ihn bereithielten. Er lasse Bill Hennessy zur Sicherheit da. Einen Drink lehnte er ab. Victoria, Eden und Drew nahmen ein frugales Dinner aus Suppe und Sandwiches zu sich, denn die Mehrzahl der Hausdiener hatte den Tag damit verbracht, im Hauptquartier der Polizei vernommen zu werden. Zacharia und Thuku wurden zusammen mit dem Koch sogar über Nacht dabehalten.

Victoria zog sich gleich nach dem Essen zurück und wurde von Eden bis an ihre Türe begleitet. Im Gegensatz zu Drew durchsuchte er ihr Zimmer nicht. Aber er fragte sie, ob sie Aspirintabletten habe, und als er hörte, sie habe welche, riet er ihr, zwei zu nehmen, um gut zu schlafen. Und dann küßte er sie. Nicht leicht wie Drew, sondern hart und hungrig, und er drückte sie fest an sich.

Victoria machte keinen Versuch, sich seiner Umarmung zu entziehen, doch sie erwiderte den Kuß auch nicht. Und als er sie endlich freigab, hob sie die Hand und berührte seine Wange in einer flüchtigen Liebkosung, die nichts als mütterlich war. Erleichterung und Mitleid und Traurigkeit lagen in ihrem Lächeln, als sei sie eine viel ältere Frau, die eine Seite eines verlorenen Liebesbriefs gefunden hat und ein bißchen beschämt vor sich hin lächelt, weil sie sich an den Namen des Jungen, der ihn schrieb, nicht mehr erinnert.

16

Mr. Gilbert hielt nicht nur Wort, er war sogar pünktlich. Es war genau eine Minute nach neun, und man saß noch beim Frühstück, als der jetzt schon vertraute Trupp aus Polizeibeamten auf *Flamingo* eintraf.

Diesmal machten sie die Sache kurz. Maschinengeschriebene Protokolle des vorangegangenen Tags wurden vorgelegt und mußten unterschrieben werden. Als das erledigt war, erhielten Mr. Stratton und die Brandons den knappen Bescheid, sie dürften in ihre eigenen Behausungen zurückkehren. Allerdings hätten sie in Reichweite des Telefons zu bleiben und sollten das Rifttal bis auf weiteres nicht verlassen.

»Und das bedeutet, daß Sie nicht plötzlich den Entschluß fassen dürfen, an der Nordgrenze auf Safari zu gehen, Stratton. Oder einen Ausflug nach Malindi zu machen, Mrs. Brandon. Ich möchte Sie da wissen, wo ich mich jederzeit mit Ihnen in Verbindung setzen kann. Ich hoffe, das ist klar.«

»Sie haben es überdeutlich gemacht, danke«, antwortete Drew.

»Stehen wir unter Arrest?« fragte Hector, der etwas von seiner früheren polternden Art zurückgewonnen hatte.

Greg bedachte ihn mit einem unfreundlichen Blick, sagte »nein« und ging. Bewaffnet war er mit einer Stoppuhr und einem Fernglas, und es sah aus, als wolle er eine Fremdenführung durch *Flamingo* und von da über den Fußweg nach *Brandonmead* veranstalten.

Nach einiger Diskussion wurde entschieden, Mabel solle noch ein paar Tage bei Lisa bleiben. Eden begleitete sie zum Bungalow der Markhams. Em mußte sich irgendeiner häuslichen Krise annehmen, und bevor sie ging, sagte sie nur noch mißmutig: »Ich bitte Sie gar nicht erst, zum Lunch zu bleiben, Drew, weil es wahrscheinlich keinen geben wird. Aber im Speisezimmer finden Sie Bier – falls die Beamten es nicht zur Analyse mitgenommen haben, um nachzuprüfen, ob wir es mit Arsen angereichert haben.«

Die Tür knallte hinter ihr zu, und Drew lachte. Aber Victoria lachte nicht. Sie stand an dem Bogenfenster und sah Eden und Mabel Brandon nach. Die beiden schritten den schmalen, staubigen Pfad hinunter, der durch den Garten zu der Plumbagohecke und dem Bungalow der Markhams führte. Plötzlich fragte Drew: »Woran denken Sie?«

Er hatte sehr leise gesprochen, als wollte er ihren Gedankengang nicht unterbrechen, und Victoria antwortete ebenso leise: »An Eden.«

Eine Biene geriet ins Zimmer und summte herum. Dann flog sie wieder hinaus in den Sonnenschein und hinterließ eine merkwürdige Stille.

Victoria sah immer noch aus dem Fenster. »Sie sagten gestern abend, es sei möglich, daß Eden seine Frau und Kamau getötet habe. Das glauben Sie nicht wirklich, oder?«

»Nein. Das ist meiner Meinung nach eine Wahrscheinlichkeit von hundert zu eins, trotz der Tatsache, daß die erste Frage bei einem Mord immer lautet: *Cui bono?* – Wer hat Nutzen davon? Und zumindest finanziell hat ihn Eden. Andererseits kenne ich ihn seit vielen Jahren, und diese Geschichte paßt nicht zu dem, was ich über ihn weiß. Eden ist kein Narr. Er besitzt eine Menge Intelligenz und ungeachtet all dieses sonnigen oberflächlichen Charmes einen kühlen Kopf und mehr Willenskraft, als die meisten Leute ihm zutrauen würden. Zum Beispiel hätte er klar erkannt, daß und warum er als der Verdächtige Nummer eins dastehen würde. Und deshalb hätte er sich, wenn er schuldig wäre, mit einem glaubwürdigen Alibi versehen. Wer auch immer den Mord an Alice DeBrett beging, plante ihn sehr sorgfältig. Dafür ist die Tatsache, daß Ems rotes Kleid gestohlen wurden, der beste Beweis. Und nur jemand, der kein Alibi brauchte, würde versäumt haben, sich eins zu verschaffen. In meinen Augen – und ich glaube, auch in Gregs – reinigt das Eden vom Verdacht. Aber ich weiß nicht, wie wir dastehen.«

Victoria sagte: »Tante Em, Mrs. Markham, die Brandons, General Afrika – und Sie.«

Drew lachte, und es war ein Lachen, dem jede Spur von Heiterkeit fehlte. »Das habe ich mir selbst zuzuschreiben.«

Und dann öffnete sich die Tür. Em kam zurück. Sie sah müde und verärgert und abgehetzt aus und schimpfte auf suaheli mit jemandem in der Eingangshalle.

Sie brach ab, als sie Drew und Victoria entdeckte, warf die Tür mit herausforderndem Knall zu, sank dankbar in die Tiefen des Ohrensessels und bemerkte, wäre sie nur eine Stunde vor diesem Geschehen gestorben, dann wäre ihr Dasein gesegnet gewesen.

Drew drehte schnell den Kopf und musterte sie stirnrunzelnd, die blauen Augen zusammengekniffen und die Brauen in einer geraden Linie über der Stirn. Es war, als versuche er, sich an etwas Halbvergessenes zu erinnern. Victoria, die ihr bißchen Suaheli ganz verlernt hatte, erkundigte sich: »Mit wem hast du gesprochen, Tante Em?«

»Mit mir selbst. Das ist das Privileg alter Leute.«

»Auf suaheli?« fragte Victoria lächelnd.

»Oh, das. Das war nur Samuel, Hectors Faktotum. Ich traf ihn, wie er in der Halle herumwanderte und Mabels Strickbeutel suchte, von dem er zu glauben scheint, daß sie ihn hier vergessen habe. Ich sagte ihm, das Ding sei nicht hier und wenn überhaupt irgendwo, dann bei Lisa. Er muß sie mißverstanden haben. Was machen Sie so ein finsteres Gesicht, Drew?«

»Hmm?« brummte Drew geistesabwesend. »Oh – nichts Besonderes. Nur so ein Einfall. Ich muß mich verabschieden. Danke für die erzwungene Gastfreundschaft, Em.«

Er ging zur Tür, öffnete sie und zögerte dann, als widerstrebte es ihm, zu gehen. Er drehte sich um und sah die beiden Frauen an. Seine Stirn war immer noch gerunzelt, und sein Gesicht trug einen merkwürdigen, nicht zu deutenden Ausdruck, der Victoria beunruhigte. Es war, als sei er verwirrt und könne etwas nicht recht glauben – und habe Angst.

Er blieb mindestens eine Minute lang stehen, und sein Blick wanderte zwischen Em und Victoria hin und her. Dann zuckte er die Schultern und ging, ohne noch etwas zu sagen. Sie hörten den Motor anspringen und seinen Wagen die Zufahrt hinunterbrummen.

Em meinte voller Unbehagen: »Irgend etwas macht Drew Sorge. Ich frage mich – Na ja, vermutlich geht diese gräßliche Geschichte uns allen an die Nerven.«

Kurz nach Drews Aufbruch hörten sie auch Gregs Auto abfahren, aber es war beinahe zwei Uhr, bis Eden zurückkehrte. Er antwortete einsilbig auf Ems Fragen, war wenig mitteilsam zum Thema Lisa, lehnte die Speisen ab, die Zacharia ihm anbot, und nahm nur einen Keks und mehrere Tassen schwarzen Kaffee zu sich.

Em zog sich nach dem Essen in ihr Zimmer zum Schlafen zurück und riet Victoria, das gleiche zu tun. Aber Victoria war selten weniger nach Schlafen zumute gewesen. Sie ging in das Wohnzimmer, setzte sich ans Klavier und spielte Bruchstücke von Melodien. Es sollte ihre Gedanken ablenken, aber nicht von den furchterregenden Geschehnissen der letzten Woche, sondern von der Vergangenheit und ihren eigenen Problemen. Doch sobald sie die Hände von den Tasten nahm, warteten diese Gedanken schon auf sie, und sogar ihre Hände verrieten sie, denn sie wandten sich von Bach und Debussy den seichten, süßen, sentimentalen Melodien zu, nach denen sie einmal mit Eden getanzt hatte: »Some Enchanted Evening«... »La vie en rose«... »Hullo, Young Lovers«... Und ein älteres Liedchen aus der Zeit vor dem Krieg. Eden und sie hatten eine Vorliebe dafür entwickelt. *Ich kann recht gut leben ohne dich*...

Ich kann recht gut leben ohne dich,
Na klar.
Ausgenommen vielleicht im Frühling –

Aber sie hatte nicht gut ohne ihn leben können. Weder im Frühling noch im Sommer, Herbst oder Winter...

Wie dumm bin ich doch...!

Ihre Finger stolperten in einem schmerzhaften Mißakkord über die vergilbten Tasten, denn sie hatte Eden nicht eintreten gehört, und sie fuhr heftig zusammen, als er ihr die Hand auf die Schultern legte.

Der Klavierschemel drehte sich, und sie lag in seinen Armen.

Er hatte nicht vorgehabt, sie zu berühren. Er hatte eine schreckliche, erschöpfende Woche hinter sich und eine Unterredung mit Lisa Markham über sich ergehen lassen müssen, an die er niemals mehr denken wollte – und die er doch niemals würde vergessen können. Er hatte es verdient, sagte er sich, obwohl die ersten Annäherungsversuche allein von Lisa ausgegangen waren und er geglaubt hatte, sie kenne die Spielregeln und werde sich daran halten. Es war von vornherein ein Fehler gewesen, und nachdem er Victoria wiedergesehen hatte, war er in arge Verlegenheit geraten.

Eden hatte weder damit gerechnet noch sich gewünscht, Victoria wiederzusehen. Es war ihm jedoch unmöglich gewesen, gegen ihr Kommen Einspruch zu erheben. Denn das hätte zu Fragen geführt, und er hatte weder mit Alice noch mit Em jemals über Victoria gesprochen, und er wollte es auch jetzt nicht tun. Er hatte versucht, Victoria aus seinen Gedanken und seinem Herzen zu verbannen, und das war nicht leicht gewesen. Dies sentimentale Lied aus den dreißiger Jahren, das sie entdeckt und unbeschwert in der ernsten Nachkriegszeit gespielt hatten, erwies sich in der Tat als prophetisch. *Ich kann recht gut leben ohne dich – na klar – ausgenommen vielleicht im Frühling*... Oder wenn eine Melodie gespielt wurde, nach der sie getanzt hatten. Oder wenn ein Mädchen ein gelbes Kleid trug. Oder wenn eine Rose oder ein Duft oder ein Laut ihn an Victoria erinnerte...

Und dann hatte Em sie eingeladen, und er hatte den Mut nicht aufgebracht, Em zu erklären, warum sie nicht kommen durfte. Die Gewißheit, er werde sie wiedersehen, führte ihm endlich und mit aller Klarheit vor Augen, daß ihm weder Alice noch eine der oberflächlichen, törichten Affären, mit denen er die Leere in seinem Herzen hatte füllen wollen, irgend etwas bedeuteten, daß nur Victoria zählte und er sie trotz der Blutsverwandtschaft haben mußte. Daß er jedes Risiko auf sich nehmen würde, um sie zu bekommen! Wenn er nur frei wäre.

Victoria war auf *Flamingo* eingetroffen, und Alice war tot. Er war frei. Doch er mußte sich vorsichtig verhalten. Er durfte nicht wenige

Tage – und auch nicht wenige Monate – nach Alices Tod einer anderen Frau den Hof machen. Er mußte warten. Er wollte Em überreden, ihn nach Rumuruti zu schicken, und wenn genug Zeit vergangen und die Erinnerung an Alices Tod nicht mehr so frisch war, würde er zurückkehren und Victoria bitten, ihn zu heiraten. Er würde mit ihr aus dem Rifttal und all seinen tragischen Erinnerungen weggehen, bis die Leute vergessen hatten. Bis dahin wollte er sie nicht einmal berühren.

Aber er war ins Wohnzimmer getreten, und sie hatte die Melodie gespielt, die ihnen allein gehört hatte, und er hatte ihr fast unwillkürlich die Hand auf die Schulter gelegt. Und sie drehte sich um und lag in seinen Armen, und er drückte sie fest an sich. Anstand, Konvention, gesunder Menschenverstand verflogen wie Spreu im Wind und waren vergessen. Er küßte ihr Haar und flüsterte abgerissene Koseworte. Er erzählte ihr, sie könnten sofort heiraten – und es geheimhalten. Niemand außer Em brauche es zu wissen. Er könne nicht warten und jetzt, wo sie wieder zusammen seien, habe nichts anderes mehr Bedeutung.

Mehrere Minuten lang merkte er gar nicht, daß Victoria sich von ihm freizumachen versuchte, und als er es schließlich merkte und sie losließ, dachte er noch, ihre Gefühle für ihn hätten ihr das Blut aus dem Gesicht getrieben und Scheu und Überraschung ließen sie aufspringen und sich von ihm zurückziehen.

Victoria stieß atemlos hervor: »Nein, Eden! Bitte, nicht! Ich will gar nicht erst behaupten, ich empfände nichts mehr für dich, denn das werde ich wohl immer tun. Nur nicht mehr auf diese Weise. Es ist alles vorbei, und das ist mir gar nicht bewußt gewesen. Nicht einmal, wenn jemand es mir sagte. Ich glaubte es dann trotzdem nicht. Bis du mich gestern abend küßtest. Ich wollte von dir geküßt werden –«

Eden machte mit ausgestreckten Armen einen raschen Schritt auf sie zu, und wieder wich sie vor ihm zurück.

»Nein! O Eden, es tut mir so leid! Aber wie sollte ich wissen, daß es dir ernst war? Damals war es dir nicht ernst gewesen, und –«

Eden sagte: »Vicky, ich weiß nicht, wovon du redest, und es

kümmert mich auch nicht. Ich habe es immer ernst gemeint – mit dir. Gleich von Anfang an. Und ich meine es auch jetzt ernst.«

Victoria rang die Hände. Ihr Gesicht verzog sich wie das eines Kindes, den Tränen nahe. Sie flehte: »Nein, das tust du nicht. Bitte, sag, es ist nicht so! Weißt du, ich dachte, du küßtest mich nur, weil – weil du gern Mädchen küßt. Weil es für dich eine Art Spiel sei und nichts zu bedeuten habe. Ich sagte mir, wenn du mich küßtest, würde ich es erkennen. Und so war es auch. Er hatte ganz recht. Es ist alles vorbei. Es ist, als ob – als ob ich endlich erwachsen geworden bin. Das ist albern, in meinem Alter. Ich sollte längst erwachsen sein. Aber das war ich nicht. Ich habe dich sehr gern, Eden, aber ich liebe dich nicht mehr, und ich bin mir nicht sicher, ob ich dich je geliebt habe – so, wie es sein sollte.«

»Wer hatte recht?« Eden stürzte sich auf diese drei Wörter, als seien sie alles, was Victoria gesagt hatte.

Victoria sah ihn verwirrt an, und er wiederholte die Frage mit einer Stimme, die sie erschreckte: »Wer hatte recht? Mit wem hast du über mich gesprochen? Mit Drew?«

Die Röte überflutete Victorias blasse Wangen, und ihre Augen weiteten sich vor Bestürzung. »Nein – ich meine – ich hätte das nicht sagen dürfen. Es war keine Absicht. Eden, sieh mich nicht so an! Ich habe nicht mit ihm über dich gesprochen. Nicht auf diese Weise.«

»Auf welche Weise dann? Seit wann stehst du mit Drew Stratton auf so vertrautem Fuß, daß du deine Herzensangelegenheiten mit ihm diskutierst? Nein, so habe ich es nicht gemeint. Laß uns nicht streiten, Darling. Ich weiß, ich habe dich damals abscheulich behandelt – Alices wegen. Aber ich mußte es tun. Wenigstens glaubte ich, daß ich es tun müsse und daß es für uns beide das beste sei. Ich will es dir erklären, wenn du erlaubst. Und ich weiß, daß ich dich glücklich machen kann.«

Victoria schüttelte den Kopf. Ihre Augen füllten sich mit Tränen.

»Nein, das kannst du nicht. Jetzt nicht mehr. Ich habe dir die Wahrheit gesagt, Eden. Ich liebe dich nicht mehr. Ich bin frei. Das wurde mir klar, als du mich gestern abend küßtest.«

Eden fragte hart: »Oder als Stratton dich küßte? Hat er dich geküßt?«

Er sah, wie die Röte ihrer Wangen sich vertiefte, und entsetzte sich vor der Flut schierer Eifersucht, die sich erhob und ihn verschlang und über die er keine Kontrolle hatte. Er hatte immer ein hitziges Temperament gehabt, und jetzt mußte er zurückschlagen, blindlings zuschlagen und so böse verwunden, wie er selbst verwundet worden war. Er lachte kurz und häßlich auf.

»Also du hast dich in unsern Mr. Stratton verknallt? Sehr lustig! Und das nach all den Schwüren ewiger Liebe, die du mir geschrieben hast. Erinnerst du dich an sie? Ein Brief pro Tag – manchmal zwei. Ich habe sie alle aufbewahrt. Einen ganzen Kasten voll. Ich brachte es nicht übers Herz, mich von ihnen zu trennen, aber ich könnte sie ebensogut Stratton als Hochzeitsgeschenk schicken. Oder möchtest du ihm ein paar zusenden? Jeder Brief ohne Datum würde seinen Zweck erfüllen. Das ersparte dir Zeit und Papier, und die Ergüsse, die du an mich richtetest, werden für ihn auch gut genug sein, wie? Wenn er eine Liebe aus zweiter Hand bekommt, kann er sich schließlich auch mit Liebesbriefen aus zweiter Hand begnügen!«

Wieder lachte er, als er den Abscheu und die Verachtung in Victorias weißem erstarrten Gesicht und den funkelnden Augen sah, und als er einmal angefangen hatte zu lachen, konnte er nicht wieder aufhören. Er ließ sich in einen Sessel fallen und versteckte das Gesicht in den Händen. Er drückte die Finger auf die Augen, als könne er so die grausame Müdigkeit, die niederschmetternde Verzweiflung und die wilde Eifersucht verbannen und das gräßliche Geräusch seines sinnlosen Gelächters ausschließen.

Endlich hörte es auf, und er flüsterte tonlos: »Verzeihung, Vicky. Es war nicht schön, so etwas zu sagen. Ich habe es nicht so gemeint. Ich weiß nicht, was in mich gefahren ist. Die letzten Tage haben mich fertiggemacht – nicht daß das eine Entschuldigung wäre. Verzeihe mir, Liebes.«

Er ließ die Hände fallen, hob sein hohles Gesicht und stellte fest, daß er mit sich selbst geredet hatte. Das Zimmer war leer.

Fünfzehn Minuten später hörte Victoria, die sich auf die Fensterbank ihres Schlafzimmers stützte, das Geklapper von Pferdehufen und sah Eden vorbeigaloppieren. Er hielt auf das offene Land zu und ritt so tollkühn, als befinde er sich auf der Zielgeraden bei einem Rennen. Für Victoria war es eine Erleichterung, daß er fortritt. Sie hoffte nur, er werde eine oder zwei Stunden wegbleiben und ihr Zeit zum Nachdenken lassen. Eins war jetzt wenigstens klar. Sie mußte Tante Em mitteilen, daß sie nicht auf *Flamingo* bleiben konnte. Daß Eden es wagte, so mit ihr zu reden! Daß er sich gegen sie wandte wie ein rachsüchtiger Schurke aus einem drittklassigen Roman! Hatte er ihre Briefe wirklich aufbewahrt? Victoria hatte eine flüchtige Vision von Drew Stratton, wie er einen davon las, die blauen Augen kalt vor Verachtung. Ihr Gesicht brannte bei diesem Gedanken.

»Aber Eden ist nicht so!« sagte Victoria laut in das leere Zimmer hinein.

Es war unmöglich! Er konnte sich nicht in nur fünf Jahren so verändert haben. An seine kurzen Wutausbrüche war sie gewöhnt. Sie hatten nie lange gedauert und nie etwas zu bedeuten gehabt. Und wenn sie vorbei waren, hatte er sich immer sehr geschämt und zerknirscht entschuldigt. Nein, etwas so Grausames und Gemeines würde er niemals tun. Doch der Gedanke an die Briefe ließ sich nicht vertreiben. Victoria fürchtete eigentlich nicht, daß Eden seine unüberlegte Drohung wahrmachen würde. Vielmehr hatte sie Angst, Greg Gilbert werde die Briefe finden.

Wer konnte wissen, ob Mr. Gilbert nicht eine zweite Hausdurchsuchung anordnen und diesmal die Briefe finden – und lesen würde? Es mußten undatierte dabei sein, und die mochten ihn zu dem Schluß verleiten, sie habe mit Eden noch nach seiner Heirat korrespondiert. Er mochte sogar denken, was Drew angedeutet hatte – sie und Eden hätten Alices Tod gemeinsam geplant. Eden, und nicht Tante Em, habe sie herkommen lassen.

In einem impulsiven Entschluß verließ Victoria ihr Zimmer und schritt rasch den Flur hinunter. Vor der Tür zu dem Flügel, den Alice und Eden bewohnt hatten und in dem Eden jetzt allein schlief, blieb sie stehen. Zögernd hielt sie den Türknauf in der Hand.

Es waren die einzigen Räume in dem großen, weitgestreckten Haus, die sie noch nicht gesehen hatte. Der Gedanke an Blaubarts verschlossene Kammer schoß ihr durch den Kopf, und sie fand ihn ganz besonders unerfreulich. Und wenn nun wirklich etwas auf der anderen Seite dieser Tür wartete? Der Poltergeist, der nach der ersten Bluttat seine zerstörerischen Streiche eingestellt hatte?

Ich darf nicht hineingehen, dachte Victoria, plötzlich ganz überzeugt davon. Wenn ich hineingehe, wird es mir leid tun. Es sind Edens Räume. Ich habe kein Recht, die Räume eines anderen Menschen zu durchsuchen. Nicht einmal nach meinen eigenen Briefen –

Aber Mrs. Thompson war aufgrund der Briefe an ihren Liebhaber verurteilt und, wie Drew betont hatte, gehängt worden...

Victoria biß die Zähne zusammen und drehte den Türknauf.

17

Alices Schlafzimmer war ein langer, blauweißer Raum, von dem man auf den Rosengarten blickte. Ein unpersönliches Zimmer: ordentlich und kühl und nüchtern – ganz wie seine Eigentümerin.

Es gab ein blauweißes Bad, ein kleines Schreibzimmer, in dem außer einem Schreibtisch aus Rosenholz noch ein Sekretär mit Rollklappe stand, und schließlich Edens Ankleidezimmer, in dem er offensichtlich schlief, denn es war darin ein Feldbett aufgeschlagen. Fotografien von Alice waren nicht zu entdecken, aber ein einziger kleiner Schnappschuß in einem mitgenommenen Lederrahmen schmückte den Toilettentisch. Er war sehr verblaßt, denn er war vor vielen Jahren aufgenommen worden, und Eden hatte ihn selbst entwickelt und abgezogen. Ein Schnappschuß von einem dünnen kleinen Mädchen, das auf einem Zebra ritt.

Bei diesem Anblick geriet Victorias Entschluß ins Wanken. Sie hatte bestimmt keinen Grund, in Edens Besitztümern nach ihren Briefen zu stöbern. Sie brauchte ihn nur darum zu bitten, und er würde sie ihr geben, es sei denn, Greg Gilbert fand sie als erster –

Das war ein ernüchternder Gedanke, und Victoria machte Schluß mit ihrem Zögern. Aber fünfzehn Minuten später mußte sie sich eingestehen, daß entweder Edens Behauptung, er habe ihre Briefe aufbewahrt, eine Lüge war, oder daß sie sich nicht hier befanden. Gerade wollte sie das Zimmer verlassen, als ihr Auge auf eine Unregelmäßigkeit in der Wandtäfelung hinter dem Feldbett fiel. Victoria kehrte um, zog das Bett von der Wand und entdeckte erst jetzt, daß es noch einen Schrank im Zimmer gab, einen langen, niedrigen Schrank, der in die Wand eingebaut und wahrscheinlich für das Spielzeug eines kleinen Jungen gedacht gewesen war.

Sie kniete nieder und öffnete den Schrank. Er war tiefer, als sie angenommen hatte, und vollgestopft mit alten Schachteln und Koffern, die sie mit einiger Bestürzung betrachtete. Wenn sie voll waren, würde sie nämlich Stunden brauchen, um sie durchzusehen.

Aber die ersten zwei oder drei, die sie herauszog, waren leer, und deshalb würden es wahrscheinlich auch die übrigen sein.

Ein kleiner Kabinenkoffer enthüllte, ans Licht des Tages gezerrt, eine angeschlagene Sammlung von Vogeleiern und eine alte Kamera, fraglos diejenige, mit der Eden das Bild von Victoria auf Falda gemacht hatte. Victoria schloß den Koffer seufzend und holte einen nicht zu den übrigen Gepäckstücken passenden, längst aus der Mode gekommenen Behälter hervor, der nur Edens Großvater Gerald DeBrett gehört haben konnte: einen zinnernen Hutkoffer von vorsintflutlichem Aussehen. Er war leer bis auf einen Haufen vergilbtes Seidenpapier und einige tote Motten, aber Victoria betrachtete ihn mit Interesse. Sie erinnerte sich an ein ähnliches Relikt aus vergangener Zeit, das auf dem Dachboden einer Schulfreundin gestanden hatte: ein Hutkoffer mit einem falschen Boden, in den, wie ihr berichtet worden war, Straußenfedern gepackt werden konnten. Dieser hier war nach dem gleichen Muster hergestellt. Ohne nachzudenken, drückte sie den fast unsichtbaren Verschluß, und der geheime Hohlraum öffnete sich.

Es waren keine Straußenfedern darin, aber etwas anderes. Ein flaches Päckchen, sehr sorgfältig in mehrere Lagen weicher Seide verpackt.

Victoria wußte selbst nicht, warum sie es auswickelte, denn es konnte nicht das sein, was sie suchte. Sie handelte ganz automatisch. Einen Augenblick lang wunderte sie sich nur über den Gegenstand, den die Seidentücher preisgaben. Sie wollte ihn schon zurücklegen, als ihre Hände ihr den Dienst versagten und ihr Herz aussetzte. Sie hockte sich auf die Fersen und starrte das Ding mit großen Augen an. Hundert aufgeregte Gedanken wirbelten in ihrem Gehirn, fielen in phantastische Muster und zerbrachen zu chaotischen Fragmenten, die keinen Sinn ergaben.

Der Poltergeist... Wer hatte doch gesagt: »Ich werde erst dann anfangen, an böse Geister zu glauben, wenn jede Möglichkeit des bösen menschlichen Elements eliminiert ist«? Drew –! Und Drew hatte ebenfalls gesagt: »Wer weiß, wozu ein Mensch unter einem bestimmten Druck fähig ist?«

Ein Dutzend Dinge, die sie in der letzten Woche gesehen oder gehört hatte, isolierte Ereignisse, die keine Verbindung miteinander zu haben schienen, nahmen Gestalt und Bedeutung an – eine grauenhafte Bedeutung. Aber die Niedertracht dabei ängstigte sie am meisten. Em hatte ihre liebsten Besitztümer verlieren müssen, angefangen mit den kleinen, aber in Ehren gehaltenen, und von da an voranschreitend zu immer größeren. Ihren Hund. Die Frau ihres Enkels. Ihren Stolz und ihren guten Namen. Und als letztes würde die Erpressung folgen.

Doch würde Em sich erpressen lassen? Nach dem, was Victoria von ihr wußte, war es ganz gut möglich, daß Lady Emily angesichts einer solchen Drohung eher das Gesetz in die eigenen Hände nehmen, den Erpresser erschießen und die Folgen tragen als nachgeben würde. Hatte der ›Poltergeist‹ daran gedacht? Oder hatte dies bösartige Gehirn hier einen Fehler gemacht?

Victoria wickelte das Päckchen wieder in die glänzende Seide. Ihre Hände zitterten so, daß sie es kaum halten konnte. Sie legte es in sein Versteck zurück, schloß den Hutkoffer und schob ihn in den Schrank. In diesem Augenblick hörte sie draußen vor dem offenen Fenster ein leises Geräusch: ein Kratzen und Rascheln, das von einem Vogel zwischen den Schlingpflanzen kommen mochte. Oder hatte jemand sie beobachtet? Sie fuhr in die Höhe, schob das Feldbett an seinen alten Platz und rannte aus dem Zimmer.

Em ging langsam durch die Halle am hinteren Ende des Flurs. Sie stützte sich auf einen Stock und war offenbar auf dem Weg zur Veranda und zum Teetisch. Victoria tat, als habe sie sie nicht gesehen, und suchte Zuflucht in ihrem eigenen Zimmer. Sie warf die Tür hinter sich zu und verschloß sie. Gerade jetzt wollte sie Tante Ems klugen alten Augen nicht begegnen.

Schwer atmend und zitternd lehnte sie sich gegen die geschlossene Tür und kämpfte mit dem verzweifelten Wunsch, aus dem Haus zu laufen, weit weg, bis sie eine möglichst große Entfernung zwischen sich und *Flamingo* gelegt hatte.

Sie mußte es Drew erzählen. Er würde wissen, was zu tun war. Oder Mr. Gilbert. Nein, nicht Mr. Gilbert! Er war zuerst Polizist, und er würde sich nicht erinnern, daß er auch ein Freund war. Das konnte sie nicht tun. Sie war ebenso schlimm wie Em oder Mabel – oder jede andere Frau.

Erst eine Viertelstunde später trat sie auf die Veranda hinaus, wo der Tee und ihre Tante auf sie warteten.

Em sah nicht so aus, als habe der Mittagsschlaf ihr gutgetan, aber ihre alten Augen beobachteten so scharf wie eh und je. Sie entließ Zacharia mit einer gebieterischen Handbewegung und fragte: »Was ist geschehen, Liebes? Du siehst aus, als habest du einen Geist erblickt.«

»Einen besonderen Geist«, antwortete Victoria mit schwankender Stimme. »Einen Poltergeist.«

»Was um alles in der Welt meinst du?«

»N-nichts«, stotterte Victoria. »Ich wollte nicht – Tante Em, ich muß dir etwas sagen. Ich kann hier nicht länger bleiben. Ich möchte so bald wie möglich gehen. Ich weiß, ich bin undankbar, aber ich muß gehen.«

Em sagte sanft: »Setz dich, Liebes. Ich sehe, es ist etwas geschehen, das dich aus der Fassung gebracht hat. Hier – laß dir Tee eingießen. Nein, trink ihn erst aus... So ist's brav. Jetzt erzähl mir, was los ist. Ist es Eden?«

Die Tasse in Victorias Hand zitterte so heftig, daß der Tee in die Untertasse schwappte. Sie stellte sie schnell ab und stieß hervor: »Warum sagst du das?«

Em seufzte schwer und zuckte die Schultern. »Ich weiß es nicht. Du warst einmal mit ihm verlobt. Zwar glaubte ich, das sei alles vorbei, aber in den letzten paar Tagen war ich mir nicht mehr so sicher. Ich kenne ihn sehr gut, weißt du, und ich beobachte ziemlich genau – auch wenn ich eine törichte alte Frau sein mag! Hat er dich gebeten, ihn zu heiraten? Ist es das?«

»J-ja«, antwortete Victoria. »Aber das ist es nicht. Und ich kann ihn nicht heiraten. Niemals! Nicht einmal, wenn er der – der einzige Mann auf der Welt wäre!«

Sie erschauerte so, daß ihre Zähne klapperten, und war nicht fähig, weiterzusprechen.

Ems Brauen zogen sich ärgerlich zusammen. Sie sagte gereizt: »Wirklich, ich hätte Eden mehr Intelligenz zugetraut! Es wundert mich gar nicht, daß du dich abgestoßen fühlst. Man freut sich schließlich nicht über einen Heiratsantrag von einem Mann, dessen Frau soeben ermordet worden ist. Das ist sehr geschmacklos! Er muß den Verstand verloren haben. Allerdings hat er unter sehr starkem Streß gestanden, und du mußt Nachsicht mit ihm üben, Liebes. Er ist im Augenblick nicht er selbst. Ich werde ihn für einen Monat oder so wegschicken. Nach Rumuruti vielleicht, sobald diese gräßliche Geschichte aufgeklärt ist. Es gibt gar keinen Grund, warum du gehen solltest.«

Victoria stammelte verzweifelt: »Du verstehst nicht! Das ist es nicht. Es ist – etwas anderes. Ich kann es nicht erklären! Heute nachmittag habe ich etwas herausgefunden, das – das mich überzeugte, ich muß entweder abreisen oder zur Polizei gehen. Da-das ist alles!«

Victoria schob ihren Sessel zurück und stand auf. Sie brauchte ihre ganze Kraft, um nicht in Tränen auszubrechen, und sie wich Ems entsetztem Blick aus.

Em keuchte: »Victoria!«

»Es tut mir leid«, sagte Victoria mit hoher, angestrengter Stimme. »Das hätte ich nicht sagen sollen. Ich habe es nicht so gemeint. Ich werde kein Wort mehr sagen. Aber ich muß weg. Ich muß! Ich weiß, es ist feige von mir, aber ich kann nicht anders.«

Ems Gesicht war grau und verzerrt vor Zorn, doch sie sprach mit ganz beherrschter Stimme, als sei sie eine tüchtige Gouvernante, die ein ungezogenes und hysterisches Kind zurechtweist.

»Ich weiß nicht, wovon du sprichst. Ich sehe nur, daß du im Augenblick nicht in einem Zustand bist, der dir erlauben würde, vernünftige Entscheidungen zu treffen. Leider kommt es absolut nicht in Frage, daß du Nairobi sofort verläßt. Greg Gilbert würde es gar nicht erlauben, und wir können ihn heute auch nicht mehr erreichen, um ihm zu erklären, daß du dich weigerst hierzubleiben. Wenn du morgen früh noch der gleichen Meinung bist, kannst du selbst mit ihm sprechen. Vielleicht gelingt es dir, ihn zu überreden, daß er dich gehen läßt. Du wirst dich jedoch damit abfinden müssen, daß du wenigstens noch eine weitere Nacht unter meinem Dach zu verbringen hast.«

Victoria verlor den Mut. Sie hatte Mr. Gilbert vergessen. Nun starrte sie ihre Tante in hilfloser Verzweiflung an und setzte sich langsam wieder. Sie fühlte sich schwach und sehr verängstigt.

»Nein«, flüsterte Victoria, »ich kann nicht gehen. Das hatte ich vergessen. Ich muß hierbleiben.«

»Jedenfalls für den Augenblick«, stellte Em fest und ging davon, sehr steif und sehr aufrecht.

Zehn oder fünfzehn Minuten später kehrte sie zurück, grimmig und unerbittlich und unvorstellbar alt wirkend. Sie befahl Zacharia, Thuku mit dem Landrover herzuschicken. Victoria hatte sich nicht bewegt. Sie kauerte immer noch in einem der Sessel auf der Veranda, den Blick ins Leere gerichtet.

»Ich fahre jetzt los, um Fleisch für die Hunde zu besorgen.« Em ließ sich nicht herab, sie anzusehen. »Ich werde nicht lange wegbleiben. Zacharia sagt mir, Eden inspiziere oben das neue Bohrloch. Deshalb werde ich in die Richtung fahren und ihn informieren, daß du es vorzögest, im Augenblick nicht mit ihm zusammenzutreffen.«

Der Landrover fuhr vor, und Em stampfte die Veranda hinunter. Victoria sah sie steif einsteigen und ihren massigen Körper auf den Fahrersitz wuchten. Ihr fiel ein, daß Eden erzählt hatte, Em reagiere sich immer auf diese Weise ab, wenn sie sich aufgeregt habe. Arme Tante Em! So schnell sie auch fuhr, es würde ihr nicht gelingen, davor zu fliehen!

Der Landrover schoß mit gefährlicher Geschwindigkeit davon und verschwand in einer wirbelnden Staubwolke. Stille ließ sich auf *Flamingo* nieder wie eine graue Wolke auf eine Bergkuppe.

Em hatte die Hunde mitgenommen. Pusser lag auf dem Korbsofa vor dem farbenfreudigen Hintergrund der drei Kissen, die Zacharia ordentlich in eine Reihe gelegt hatte. Jetzt stand sie auf, streckte sich genüßlich, sprang auf die Bodenmatte, stolzierte davon und verschwand über die Stufen im Garten.

Die niedrigstehende Sonne färbte die Akazien mit einem warmen

Orangeton. Blaue Schatten krochen immer weiter über das grobe Gras des Rasens. Jetzt war der richtige Zeitpunkt, Drew anzurufen. Das Haus war leer, und niemand konnte mithören.

Leider hatte Victoria die Schwierigkeit unterschätzt, eine Nummer eines Gemeinschaftsanschlusses zu bekommen. Als sie endlich mit Strattons Nummer verbunden wurde, war Drew nicht im Haus, und der Diener am Telefon sprach nur sehr schlecht Englisch. Nach einer kurzen, aber wirren Unterhaltung sah sich Victoria gezwungen, den Versuch aufzugeben, sich verständlich zu machen.

Sie kehrte auf die Veranda zurück und traf dort zu ihrem Schrecken Zacharia an, der die Kissen zurechtklopfte, die Sessel geradestellte und die Aschenbecher leerte. Er mußte im Speisezimmer gewesen sein. Er betrachtete Victoria mit dem leeren, uninteressierten Blick einer ältlichen Schildkröte, stieg die vorderen Stufen hinunter und bog um die Hausecke.

Em kam erst eine gute halbe Stunde später wieder. Offensichtlich hatte die körperliche Anstrengung bei dieser Gelegenheit keine beruhigende Wirkung auf sie ausgeübt. Sie sah gereizt und erschöpft aus. Ihre Kleider waren fleckig und schmutzig und voll von Staub, den sie in großen Wolken abklopfte. Sie wischte sich das Gesicht mit einem Taschentuch ab. Es mußte das gleiche sein, mit dem sie sich nach dem Ausweiden der Gazelle, die eben ausgeladen wurde, die Hände gesäubert hatte. Kurz verkündete sie:

»Eden kommt heute abend nicht nach Hause. Er ist zu Hector hinübergeritten und wird dort übernachten.«

Auf das Gespräch mit Victoria kam Em nicht mehr zurück. Statt dessen sprach sie von den Fortschritten an dem neuen Bohrloch und der zu dieser Jahreszeit unüblichen Trockenheit. Draußen auf dem freien Land hatte sie Mabel und Lisa getroffen, die aus keinem besonderen Grund, sondern nur, um etwas zu tun zu haben, hinausgefahren waren. Em berichtete, Lisa sei schon wieder ganz die alte.

»Sie sagt, sie habe einige der Kontobücher, die Gilly auf den neuesten Stand gebracht hatte, und sie fragte, ob du sie nicht abholen könntest. Sie wolle dir zeigen, welche Konten vervollständigt werden und welche nur nachgeprüft werden müssen. Ich wäre dir für deine Hilfe bei der Buchhaltung dankbar, falls du Kraft genug dazu hast. Ich fürchte, ich habe sie nicht.«

Victoria antwortete erfreut: »Natürlich mache ich das. Ich will gleich gehen. Es wird schön sein, etwas zu tun zu haben.«

»Das war mein Gedanke«, meinte Em. »Arbeit ist etwas sehr Nützliches in schweren Zeiten. Sie muß weitergehen, und deshalb geht sie weiter. Bleib nicht zu lange. Es wird sehr schnell dunkel, sobald die Sonne einmal untergegangen ist. Du könntest mir einen Strauß Rittersporn schneiden, wenn du nicht zu spät dran bist. Seit Tagen habe ich mich nicht um frische Blumen gekümmert. Ich konnte mich einfach nicht dazu aufraffen. Aber irgendwann muß man ja einen neuen Anfang machen. Du findest eine Gartenschere irgendwo auf dem unteren Brett des Bücherregals im Büro.«

Ems Büro war nicht für seine Ordentlichkeit bekannt, denn sie hatte die Gewohnheit, es als Abstellraum zu benutzen. Victoria entdeckte die Schere zwischen einem Wirrwarr von Bindebast und alten Samenkatalogen und stieß, als sie danach griff, eine Pyramide staubiger Pappschachteln um, die zu Boden polterten.

Als Victoria sie wieder aufstapelte, öffnete sich eine von ihnen und spie mehrere Dutzend Holztäfelchen der Art aus, wie man sie zur Markierung von Saatbeeten benutzt. Unter ihnen hatte ein schwererer Gegenstand gelegen, der mit dumpfem Aufprall hinausglitt.

Es war nichts Verwunderliches daran, diesen Gegenstand an diesem Ort zu finden: ein vielbenutztes und etwas altmodisches Klappmesser mit Hornschalen. Aber Victoria, die es mit zitternden Fingern berührte, sah, daß die kurze Klinge abgebrochen und daß Initialen tief in das Horn eingeschnitten waren. K. D. B.

Also wußte Em es! Und wenn sie es nicht wußte, hatte sie einen Verdacht gehabt. Sie hatte das Messer, das Eden ihr gegeben hatte – seines Vaters Messer! –, in der Faust verborgen, weil ihr klar war, daß Gilly Markham nicht an einem Schlangenbiß gestorben war und weil sie sich fürchtete. Und später, als sie ihren Irrtum bemerkte, konnte sie nicht erklären, warum sie das Messer versteckt hatte. Deshalb hatte sie hartnäckig behauptet, sie selbst habe es zum Kratersee mitgebracht. Das hätte sie für niemanden getan als für Eden.

Victoria hob das Messer mit unsicherer Hand auf, legte es schnell in die Schachtel zurück, bedeckte es mit den Holztäfelchen und verstaute den Karton zuunterst, ganz hinten auf dem Brett.

Sie stand auf, ergriff die Schere, verließ das Büro und schloß die Tür sehr vorsichtig, als sei es lebenswichtig, daß kein Geräusch Tante Em daran erinnerte, wo sie gewesen war.

Aber Em hätte sowieso nichts gehört, denn sie saß am Klavier und ertränkte ihre Sorgen in Fluten von Melodien. Die Musik füllte den Raum und strömte durch die offenen Fenster in den stillen Garten. Victoria blieb auf der Veranda stehen und hörte zu. Da sie selbst nur durchschnittlich Klavier spielte, kritisierte sie die Darbietung ihrer Tante nicht, wie Gilly es getan haben würde. Em spielte eine Fuge von Bach, und zwar nach Meinung ihrer Nichte bemerkenswert gut. Victoria lauschte, besänftigt und verzaubert.

Sie hätte nicht sagen können, in welchem Augenblick ihr bewußt wurde, daß auf der Veranda etwas fehlte, oder warum sie es überhaupt merkte und sich Gedanken darüber machte. Irgendeine flüchtige, bruchstückhafte Erinnerung quälte sie. Ein sechster Sinn flüsterte ihr Worte zu, die sie nicht ganz verstand, und lenkte ihre Aufmerksamkeit auf etwas, das sie nicht sehen konnte.

Sie sah sich beklommen um, aber nichts hatte sich verändert. Die schäbigen Korbsessel und der Tisch standen, wo sie immer gestanden hatten, und Pussers Futter und Milch waren noch unberührt. Warum meinte sie, es sei ein Unterschied? Es fehle etwas?

Victoria zuckte ungeduldig die Schultern und wandte sich ab. Erst als sie das Tor in der Plumbagohecke erreichte, schwebte die Antwort auf sie herab wie ein trockenes Blatt von einer der Akazien über ihr – und fiel so sanft nieder, daß sie darüber lächeln konnte und nur dachte, nun sei es doch eine ganz harmlose Sache gewesen…

Eins der drei übrigen Kissen hatte gefehlt. Nur zwei der auffällig gemusterten Vierecke hatten auf dem langen Korbdiwan an der Wand gelegen, obwohl es früher am Tag drei gewesen waren.

18

Der Bungalow der Markhams schien leer zu sein. Victoria hörte keine Stimmen, doch von irgendwoher aus dem stillen Haus kam ein schwaches, immer wieder aussetzendes Geräusch, das sich als das klagende Winseln eines Hundes herausstellte.

Es gab keine Klingel, und da niemand auf ihre versuchsweisen Rufe antwortete, trat Victoria durch eine offenstehende Tür ein und fand sich in Lisas Wohnzimmer.

Es war ein ganz und gar weiblicher Raum: rosa und weiß und voller Volants, Bänder und Rosen. Aber im Augenblick wirkte er verödet. Die Blumen in den weißen Vasen welkten, eine Staubschicht lag auf dem Klavier und den verschiedenen Tischen, und die Aschenbecher sahen aus, als seien sie tagelang nicht geleert worden.

Ein Victoria bekannter Gegenstand lag auf dem Sofa und brachte eine unpassende Farbnote in all diese Chintz-Niedlichkeit: ein großer Strickbeutel in einer scheußlichen Zusammenstellung von Blau und Orange. Er war das Eigentum Mabel Brandons. Doch von seiner Besitzerin gab es keine Spur, auch nicht von Lisa. Nach einigem Zögern öffnete Victoria eine der Türen, die aus dem Wohnzimmer führten, und stand auf der Schwelle eines unordentlichen Büros. Die Bücher konnten nirgendwo anders als hier sein. Victoria sah sich zweifelnd um. Da merkte sie, daß sie beobachtet wurde, und machte schnell kehrt.

Lisa war durch eine der Verandatüren ins Wohnzimmer gekommen. Sie stand ganz still, den Blick auf Victoria gerichtet.

Im ersten Augenblick erkannte Victoria sie nicht, denn sie hatte Lisa noch nie auf diese Art gekleidet gesehen. Sie trug Hosen und ein verblaßtes Khakihemd, und beides machte den Eindruck, als habe es ihrem verstorbenen Mann gehört. Anstelle ihrer üblichen hochhakkigen Sandaletten hatte sie schäbige Tennisschuhe an, die erklärten, daß Victoria sie nicht gehört hatte.

Im Zimmer wurde es bereits dunkel. Lisa stand mit dem Rücken zu den Fenstern, und Victoria konnte ihr Gesicht nicht sehr deutlich erkennen. Aber selbst in dem unsicheren Licht war sein Ausdruck so beunruhigend, daß Victoria bedauerte, mit dem Abholen von Gillys Büchern nicht bis zum Morgen gewartet zu haben.

Lisa lächelte – aber nur mit ihren roten, steifen Lippen. Ihre violetten Augen fixierten Victoria wie die einer Katze, die einen Vogel oder ein Mauseloch belauert.

Eine Weile herrschte ein merkwürdiges Schweigen, das laut war von unterdrückten Geräuschen. Dann lachte Lisa.

Es war ein fröhliches Lachen, leicht und ehrlich belustigt. Sie kam näher und sagte: »Sie sind also doch gekommen? Ich habe mich gefragt, ob Sie kommen würden. Em hat Sie nach den Büchern geschickt, nehme ich an? Sie sind da drin. Auf dem Tisch hinter Ihnen.«

Victoria antwortete konfus und sich bewußt, daß sie heftig stotterte: »Ent-entschuldigung. Da-daß ich einfach so ein-eingedrungen bin. Es wa-war unhöflich von mir, a-aber es schien niemand dazusein.«

Lisa ging an ihr vorbei ins Büro und nahm einen Stapel Kontobücher von einem der Tische.

»Ich weiß. Die Diener sind wegen Greg und seiner Boys ganz außer sich, und ich habe keine Ahnung, wo dies kleine Biest Wambui steckt. Sie ist in einem schrecklichen Zustand, seit man ihren Freund tot gefunden hat. Ich werde sie hinauswerfen müssen. Hier – das wollten Sie wohl haben? Es wird jedenfalls für den Anfang reichen. *Wetter, 's ist genug!*«

Wieder lachte sie wie über einen guten Witz und meinte ganz erstaunt: »Wissen Sie, Gilly sagte so etwas dauernd, Bruchstücke aus Shakespeare-Zitaten. Es hat mich immer verrückt gemacht. Aber es ist komisch, wie diese dummen Bemerkungen oft passen.«

Sie kehrte in das Wohnzimmer zurück. »Darf ich Ihnen etwas zu trinken anbieten? Es ist Gin und Sherry da und vielleicht auch noch etwas Whisky, falls Hector und Ken ihn nicht ausgetrunken haben.«

»N-nein, danke«, lehnte Victoria rasch ab. »Ich muß nach Hause.«

»Warum haben Sie es so eilig? Es ist noch nicht dunkel.«

»Das ist es nicht, aber Tante Em ist allein. Außerdem habe ich ihr versprochen, einen Strauß Rittersporn mitzubringen. Wir haben seit Tagen keine frische Blumen mehr gehabt.«

»Ich auch nicht.« Lisa warf einen vagen Blick auf die schlaffen, verblaßten Stengel, die über die Vasenränder hingen und das Zimmer mit einem schwachen, unangenehmen Geruch erfüllten. »Der beste Rittersporn wächst am Hügel. Die hohe Sorte mit den rosa Blüten –«

Sie stürzte sich in einen langen und unzusammenhängenden Bericht über die Schwierigkeiten, Blumen in einem trockenen Jahr zu ziehen. Da sie zwischen ihrer Besucherin und der Tür stand, war es Victoria nicht möglich, sich an ihr vorbeizudrängen und zu gehen. Und Victoria wünschte sich ebensosehr, den Bungalow zu verlassen, wie sie von *Flamingo* hatte abreisen wollen. Und Lisa plauderte mit ihrer hellen, spröden Stimme weiter und hielt sich ständig zwischen ihr und der Tür...

»Es würde mich so freuen, wenn Sie ein Glas mit mir tränken. Ich trinke nicht gern allein. Mabel wird es leid tun, daß sie Sie verpaßt hat. Sie dachte, Sie kämen ein bißchen später vorbei. Sie kann jetzt jede Minute kommen. Sie hat Dinah ausgeführt.«

Ein schwaches Winseln strafte ihre Worte Lügen, aber sie schien es nicht gehört zu haben. »Das ist wirklich nett von ihr. Mabel ist überhaupt nett. Sie weiß, daß ich es hasse, mit Dinah spazierenzugehen, weil Ems Rüden uns manchmal nachlaufen. Sie wollen doch nicht schon gehen? Ich habe Ihnen noch gar nichts zu den Kontobüchern gesagt.«

Victoria hatte ganz vergessen, daß sie die Bücher umklammert hielt, und blickte erschreckt darauf nieder. Lisa forderte sie auf: »Geben Sie sie mir, ich will sie Ihnen zeigen.«

Lisa nahm die Bücher und trug sie zu einem kleinen Tisch am Fenster. Dort legte sie sie langsam und sorgfältig aus, als verschwende sie absichtlich Zeit. Nachdem sie sie mehrere Minuten lang studiert hatte, verkündete sie, die Bücher mit den grünen Einbänden befaßten sich mit dem Verkauf von Futtermitteln und Gemüse, die roten mit Obst, hauptsächlich Orangen, und die schwarzen mit Vieh.

»Kinderleicht, nicht wahr? Gillys Idee! Sie werden bestimmt gar keine Schwierigkeiten haben.«

Victoria sammelte die Bücher hastig ein. »Nein. Sicher nicht. Haben Sie vielen Dank. Ich muß jetzt wirklich gehen.«

Lisa blickte über ihre Schulter durchs Fenster und zum Himmel hinauf. »Ja. Das glaube ich auch. Die Farbe Blau ist in der Dunkelheit schlecht zu erkennen. Ich meine den Rittersporn.«

Sie lachte leise und trat zur Seite. Victoria sagte: »Gute Nacht. Und danke.« Schnell verließ sie den Raum.

Die Sonne war untergegangen, und die Fledermäuse führten ein unheimliches Ballett unter den Bäumen auf, während Victoria den staubigen Pfad entlanghastete, der sich zwischen Bambusbüschen, Pfefferbäumen und Jakarandas hindurchwand. Erst als sie außer Sichtweite war, schlug sie ein gemäßigteres Tempo ein. Da flog ein Ziegenmelker mit einem heiseren Schrei auf, und sie erschrak. Etwas raschelte im Gebüsch. Ein Tier, vielleicht eine Antilope, mochte ungesehen an ihr vorbeigeschlüpft sein.

Sie blieb stehen und lauschte. Aber vom See her kam eine Brise, säuselte durch Laubwerk und Gras und übertönte alle anderen Geräusche. Und als sie erstarb, hörte Victoria nichts anderes mehr als die fernen Rufe der Vögel aus dem Papyrussumpf und Ems Klavier, süße Klänge in der Stille.

Sie eilte weiter, bog um eine Ecke und erreichte das Tor. Sie mußte vergessen haben, es zu verriegeln, denn es stand offen. Jetzt schloß sie es sorgfältig hinter sich und durchschritt schnell eine Akaziengruppe. Immer noch tönte die Musik aus Ems offenen Wohnzimmerfenstern über den Garten hin.

Em hatte mit Bach Schluß gemacht und spielte etwas, das Victoria nicht kannte. Es war ein seltsames, leidenschaftliches, eindringliches Stück, das irgendwie in die Landschaft paßte, als sei es stofflich und ein fester Bestandteil des Tals.

Das Rifttal-Konzert! dachte Victoria. Es konnte nichts anderes sein. Toroni mußte diese Landschaft sehr geliebt – vielleicht aber auch gehaßt – haben, um so etwas komponieren zu können.

Victoria hätte den Rittersporn beinahe vergessen. Das Gewicht der Gartenschere in ihrer Tasche erinnerte sie daran. Sie verließ den Pfad und ging durch das Gras zum Fuß des Hügels, wo die Blüten ein Meer aus Blau und Rosa und Purpur bildeten.

Sie hatte gerade mit dem Abschneiden begonnen, als eine neue Brise durch den Garten fuhr und die grüne Dämmerung mit leisem, verstohlenem Geraschel füllte. Victoria richtete sich auf und strengte ihre Ohren an. War das wirklich nur der Wind gewesen, der sich in den Büschen regte?

Die Schere glitt ihr aus der Hand und verschwand zwischen den Blumen. Victoria spürte ihr Herz schmerzhaft gegen ihre Rippen klopfen. Sie hatte nicht gemerkt, daß es schon so spät war, oder sie hatte nicht daran gedacht, daß es hier nur eine kurze Zeitspanne zwischen Sonnenuntergang und Dunkelheit gab. Unten in dem Papyrussumpf jenseits der Shamba riefen und schrien Vögel. Als seien sie von etwas aufgeschreckt worden . . .

Victoria verhielt sich instinktiv ganz still, wie es ein Tier in der Hoffnung tut, übersehen zu werden, statt durch Weglaufen die Aufmerksamkeit auf sich zu lenken. Und während sie dastand, kam eine vertraute Gestalt aus der Dunkelheit und lief auf sie zu, und ihr Herz machte einen Satz vor Erleichterung.

Ein wenig atemlos rief sie: »Es tut mir leid, daß ich mich so verspätet habe. Ich wollte die Blumen noch schneiden –« Und sie bückte sich, um sie aufzuheben.

Ihre Hände waren voll von Rittersporn, als die Erkenntnis sie mit voller Wucht traf. Ihr wurde eiskalt, und es flimmerte ihr vor den Augen. Das war doch unmöglich!

Das Klavier spielte immer noch.

Die Blumen fielen zu Boden. Victoria richtete sich mit einem Ruck auf und starrte die Gestalt an, die ihr im Dunkeln gegenüberstand. Sie starrte wie gelähmt auf eine Fremde, auf jemanden, der sich plötzlich in grauenhafter Art verwandelt hatte.

Ihre Augen waren groß in ihrem weißen Gesicht, ihr Mund öffnete sich zu einem lautlosen Schrei – wie bei Alice. Aber Alice hatte nicht gekämpft. Sie war dem wilden, weitausholenden Schlag mit der scharfen Panga nicht einmal ausgewichen.

Victoria sah ihn kommen und warf sich zur Seite. Die Panga verfehlte ihr Ziel, schnitt durch den kurzen Leinenärmel und ritzte ihre rechte Schulter.

Sie sah die Klinge im Dunkeln aufblitzen, als sie sich von neuem erhob. Und dann rang und kämpfte Victoria. Sie packte etwas, das weich und nachgiebig und erstickend war wie ein Federbett, ihre Hände klammerten sich um ein Handgelenk, das aus Eisen zu sein schien, und drückten es zurück. Ihre Ohren waren voll von grunzenden, röchelnden Atemzügen.

Sie machte keinen Versuch zu schreien, denn sie brauchte ihren Atem und ihre jungen Kräfte für den Kampf um ihr Leben. Ihr Fuß verfing sich in einem groben Grasbüschel. Sie stolperte und fiel auf die Knie, und sie sah die Panga von neuem hochschwingen. Sie fiel nicht mehr nieder.

Es war noch jemand da. Eine dunkle Gestalt, die aus dem Nirgendwo erschien und ihren Angreifer mit der lautlosen Wildheit einer Riesenkatze ansprang.

Victoria hörte, im Gras kauernd, einen heiseren Aufschrei. Die formlose, scharlachrot gekleidete Masse brach zusammen und fiel zur Seite. Und dann wurden der grüne Himmel und die purpurne Dämmerung schwarz und schlossen sie ein. Victoria sank vornüber, und tröstende Bewußtlosigkeit hüllte sie ein.

Da war irgendwo ein Licht, das ihren Augen weh tat. Ihr war kalt und sehr übel, und in ihrer rechten Schulter spürte sie einen brennenden Schmerz.

Da waren auch Stimmen, und eine sagte: »Sie wird wieder gesund. Es ist nur eine Fleischwunde.«

Eine Hand berührte ihre Stirn. Victoria öffnete die Augen. Sie lag auf ihrem Bett, und Drew Stratton beugte sich über sie.

Mit erstickter Stimme flüsterte sie: »Drew! – O Drew!«

Drew sagte: »Es ist alles in Ordnung, Darling. Alles vorbei. Trink das –«

Er lehnte sie an seine Schulter, hielt ihr ein Glas an die Lippen und zwang sie, etwas zu schlucken, das einfach scheußlich schmeckte. Als er sie wieder hinlegen wollte, hielt sie sich an ihm fest.

»Geh nicht. Bitte, geh nicht.«

»Ich bleibe.« Drews Stimme klang ruhig und ausgeglichen und sehr tröstlich. Und plötzlich wußte Victoria, daß sie in Sicherheit war – für immer.

Jemand, der außerhalb ihres Gesichtskreises gestanden hatte, verließ das Zimmer und schloß die Tür. Aber Victoria drehte den Kopf nicht, und Drew bewegte sich auch nicht.

Sie hörte Wagen ankommen und wegfahren und immer wieder das Telefon klingeln. Das Haus war voll von gedämpften Stimmen und Bewegungen. Irgendwo weinte eine Frau mit hysterischer, verzweifelter Unablässigkeit. Doch nichts davon hatte irgend etwas mit ihr zu tun. Und dann hob Drew ihren Kopf und küßte sie, und Zeit und Tod und Gewalt hatten keine Bedeutung mehr.

Endlich sagte sie, den Kopf an seiner Schulter:

»Es war Tante Em.«

»Ich weiß, Liebes.«

»Warum hat sie es getan?«

»Das erzähle ich dir morgen früh.«

Victoria drängte: »Nein! Erzähl es mir jetzt. Ich kann sonst nicht schlafen.«

Drew lächelte auf sie nieder. »Du wirst gar nicht umhin können zu schlafen, Darling. Nicht nach dem Zeug, das du gerade eingenommen hast.«

»Dann werde ich davon träumen, und das wäre noch schlimmer. Erzähl es mir jetzt.«

Aber Drew schüttelte nur den Kopf, und sie schlief ein. Als sie erwachte, stand die Sonne hoch am Himmel. Mabel Brandon, die Augen rot vom Weinen, brachte ihr ein Frühstückstablett, und nachdem sie ihre Schulter neu verbunden hatte, half sie ihr beim Anziehen.

Mabel wollte jedoch ihre Fragen nicht beantworten. Sie sagte nur: »Sie ist tot. Sie starb um drei Uhr heute morgen. Eden war bei ihr.

Man soll von den Toten nichts Böses reden.« Sie putzte sich heftig die Nase und machte keinen Versuch, ihre Tränen zu verbergen. Dann ging sie hinaus.

Das Wohnzimmer war von der Sonne durchflutet. Drew stand am Fenster und sah auf den Garten hinaus. Er drehte sich um und lächelte ihr zu, und Victoria sagte mit schwankender Stimme:

»Mrs. Brandon sagt, sie – sei tot.« Sie konnte sich nicht überwinden, den Namen auszusprechen, denn damit hätte sie zugegeben, daß das Unmögliche Wirklichkeit geworden war. »Drew, was ist geschehen? Ich verstehe das nicht. Ich verstehe überhaupt nichts mehr!«

Drew meinte: »Greg weiß mehr darüber als ich. Frag ihn.« Victoria drehte sich schnell um und entdeckte erst jetzt, daß noch jemand im Zimmer war.

Greg Gilbert bedachte sie mit einem kurzen Lächeln, das seine Augen nicht erreichte und seinem Gesicht nichts von dem grimmigen Ausdruck nahm. Er sprach, aber nur, um eine anscheinend völlig unwesentliche Frage zu stellen:

»Haben Sie je erfahren, warum Eden die Verlobung mit Ihnen löste und Alice Laxton heiratete?«

»Nein«, antwortete Victoria merklich betroffen. »Ich nehme an, er – Was hat das damit zu tun?«

»Mehr, als Sie vielleicht glauben«, sagte Greg müde. »Er löste die Verlobung, weil Ihre Mutter ihm mitgeteilt hatte, daß Geisteskrankheit in der Familie war.«

»Geisteskrankheit! Sie meinen, daß ich –« Victoria wurde blaß.

»Nein. Nicht in Ihrer Familie. Ihr Großvater war zweimal verheiratet. Aber sowohl Lady Emilys Mutter als auch ihr Großvater starben in Irrenanstalten, und es hat immer Zweifel daran gegeben, wie Edens Vater den Tod fand.«

»Aber – aber es war ein Autounfall!«

»Ja. Nur ein recht merkwürdiger. Merkwürdig genug, um ein Gerücht in Umlauf zu setzen, er habe ihn vielleicht absichtlich herbeigeführt. Es gab nicht den Funken eines Beweises, daß er nicht normal oder auch nur nervenleidend war. Aber Ihre Mutter hörte von dem Gerücht, und da sie über Ems Familiengeschichte gut Bescheid wußte, glaubte sie es. Und trotz allem, was die Ärzte darüber sagen, daß Geisteskrankheit nicht erblich sei, war sie gegen Ihre Heirat mit Eden.«

»Ja«, flüsterte Victoria. »Ich erinnere mich.«

»Am Ende teilte sie es Eden mit, weil das der einzige Weg war, die Heirat zu verhindern. Er war jung und leicht zu beeinflussen, und für ihn war es ein furchtbarer Schock. Wie er mir sagte, verschwand er für eine Woche, betrank sich sinnlos, und dann entschied er sich zu einer heroischen Geste. Er wollte Sie nicht aufklären, denn Sie würden sich darüber hinwegsetzen wollen, und er meinte, etwas Unwiderrufliches tun zu müssen. Er wollte die Brücken hinter sich abreißen, bevor er schwach werden konnte. Er hatte Alice Laxton ein paar Wochen zuvor kennengelernt und durch eine Cousine von ihr ihre Geschichte erfahren. Alice hatte als Teenager einen schweren Reitunfall gehabt und würde niemals Kinder haben können. Das war der entscheidende Faktor. Er heiratete sie in einem Nebel aus Selbstaufopferung, jugendlichem Heroismus, Verzweiflung und Alkohol – und purer Eigensucht! Als er daraus erwachte, sah er ein, welche Dummheit er begangen hatte. Aber da war es zu spät.«

Victoria konnte gerade eben kein Interesse und nur wenig Mitgefühl für Eden erübrigen. Sie wischte die Information beiseite und fragte unumwunden: »War Tante Em geisteskrank?«

»Nein«, entgegnete Greg, »sie war durchaus bei Verstand. Aber sie liebte *Flamingo* zu sehr. Ihre Absicht war, eine Dynastie zu gründen. Als sie erfuhr, daß Alice keine Kinder bekommen konnte, bedeutete das für sie nur eins: Es würde nie einen Erben für *Flamingo* geben. Sie hatte den Verdacht, daß Eden Sie immer noch liebte, und sie glaubte, Sie seien das richtige Mädchen für Kenia – was Alice nicht war! Ich vermute, daß der Keim zu ihrem Plan schon sehr lange in ihr geruht hat.«

Victoria sagte: »Aber der – Poltergeist. Es waren ihre Besitztümer. Ihr Herz hing daran. Das kann sie doch nicht getan haben!«

»O doch. Nicht das erste Mal. Da war die Katze im Wohnzimmer hinter einem Vogel hergewesen. Dieser Vorfall gab ihr eine Idee für ein Alibi ein – und das Gerücht, General Afrika verstecke sich irgendwo um den Naivasha-See. Sie beschloß, den Poltergeist zur Tarnung zu benutzen. Vermutlich sagte das irgendeinem verdrehten Instinkt in ihr zu. Sie scheint es als eine – eine Strafe für das, was sie vorhatte, angesehen zu haben. Eine Art Brandopfer auf dem Altar von *Flamingo*. Em hatte zuviel von einer Fanatikerin an sich. Außerdem war sie sehr schlau, denn sie sagte sich, wenn die zerbrochenen Gegenstände ihre eigenen Schätze waren, werde sie als letzte in den Verdacht geraten, den Poltergeist zu spielen. Es muß für sie ein kleines Martyrium gewesen sein.«

»Gegenstände mag sie zerschlagen haben«, sagte Victoria. »Aber sie hat doch ihren Hund nicht vergiftet!«

»Ah! Mit dem Hund lag die Sache anders. Er war ihr Liebling gewesen, und er hatte seine Treue auf Alice übertragen. Das konnte sie nicht verzeihen.«

Victoria erschauerte und flüsterte: »Sie sagten einmal, der erste Mord sei der schwierigste. Vielleicht mußte sie es deswegen tun. Um – zu üben.«

»Es war nicht ihr erster Mord. Sie hat Gus Abbott, ihren Verwalter, getötet. Wir glaubten immer, es sei ein Unfall gewesen, aber anscheinend irrten wir uns. Abbott verlor die Nerven, und als *Flamingo* angegriffen wurde, wollte er nicht bleiben und kämpfen. Er wollte sein eigenes Leben retten, und er dachte, er könne weglaufen und sich im Garten verstecken. Aber wegzulaufen, und das vor einer Mau-Mau-Bande, war für Em eine unverzeihliche Sünde. Offenbar hat sie ihn mit voller Absicht erschossen. Das muß ihr hinterher ein Machtgefühl vermittelt haben. Daß sie es getan hatte und damit durchgekommen war. Vielleicht beseitigte das ihre letzten Hemmungen und machte es ihr möglich, den Mord an Edens unpassender Frau zu planen. Denn sie hat ihn geplant. Sie baute auf der ersten zerstörerischen Tat auf, für die Pusser verantwortlich war, und inszenierte selbst eine Reihe weiterer. Im psychologisch richtigen Moment lud sie Sie ein. Dazu hatte sie ja jetzt einen guten Vorwand.«

Victoria protestierte: »Sie lud mich ein, weil meine Mutter

gestorben war!«

»Nein, das war nicht der Grund. Wenn, dann hätte sie Ihnen sechs Monate früher geschrieben. Sie sollten jetzt kommen, weil ihre Pläne sich zu verwirklichen begannen, und sie ermordete Alice, sobald Sie England verlassen hatten und nicht mehr umkehren konnten. Hätte sie es früher getan, wären Sie nicht gekommen, nicht wahr?«

»Nein«, sagte Victoria langsam.

»Wegen Eden. Ja, sie wußte das. Sie dachten, es sei ungefährlich zu kommen, weil er verheiratet war? Aber bis zu Ihrer Ankunft würde er frei sein, und Em rechnete fest damit, daß Sie ihn heiraten würden.«

Victoria ging hinüber zu dem Fenstersitz, setzte sich und blickte hinaus auf den grünen Rasen und den ruhigen See. Ohne den Kopf zu wenden, sagte sie:

»Da ist so vieles, was ich nicht verstehe. Das Klavier. Gilly Markham. Hat es zwei Platten von dem Konzert gegeben? Eine habe ich gefunden, wissen Sie. Sie lag unter dem falschen Boden eines Hutkoffers in Edens Zimmer. Ich dachte, das bedeute, er – er sei der Poltergeist gewesen, und er habe die Platte behalten, um Tante Em damit zu erpressen.«

»Das haben Sie geglaubt? Ironie des Schicksals! Em wußte das nicht. Sie haben zu ihr gesagt, Sie hätten etwas gefunden und müßten *Flamingo* sofort verlassen oder zur Polizei gehen. Em sah sofort in Edens Zimmer nach und stellte fest, daß Sie an dem Schrank gewesen waren. Natürlich konnte sie sich denken, was Sie gefunden hatten. Daraus zog sie den Schluß, Sie wüßten alles, und deshalb wollte sie Sie umbringen. Sie hat uns eine Menge erzählt, bevor sie starb. Bestimmt hatte sie Angst, wir würden Eden verdächtigen, und sie wollte ihn vom Verdacht reinigen.«

»Dann hat es also zwei Schallplatten gegeben!«

»Nein. Nur eine. Sie brauchte sie, um sich ein Alibi zu verschaffen, und sie brachte es auch nicht fertig, sie zu vernichten. So zerbrach sie eine andere. Die Bruchstücke von verschiedenen Langspielplatten lassen sich nicht mehr unterscheiden, und niemand machte sich die Mühe, sie zusammenzusetzen und den Aufkleber zu lesen. Em hatte bis dahin alles genau ausgearbeitet. Sie fuhr hinaus, um einen Bock zu schießen, wie sie sagte. Doch in Wirklichkeit brauchte sie eine gute Ausrede für die Blutflecken auf ihrer Kleidung. Diesen Punkt hatte ich übersehen. Als sie zurückkam, schickte sie Alice zu den Markhams, zog einen Hausmantel über und begann, Klavier zu spielen. Und als sie Zacharia losgeworden war, legte sie statt dessen die Platte auf, zog den Hausmantel wieder aus und ging, Alice abzufangen.

Sie tötete Alice mit einer Panga, um General Afrika in Verdacht zu bringen. Ins Haus zurückgekehrt, ließ sie die Panga mit einem Bindfaden um das Heft in den Regenwassertank vor ihrem Fenster gleiten. Dann suchte sie ihr Zimmer auf, legte die blutbefleckten Sachen ab, schlüpfte wieder in den Hausmantel und begab sich ins Wohnzimmer. Dort fand Zacharia sie eine halbe Stunde später immer noch am Klavier. Danach war alles leicht. Sie nahm die Platte ab, trug sie in ihr Versteck, holte ihre schmutzigen Kleider, sorgte dafür, daß sie in den Waschkessel gesteckt wurden – den Großteil der Wäsche besorgt Majiri immer abends – und machte sich auf die Suche nach Alice.«

»Aber das Kissen!« rief Victoria. »Wozu hat sie das gebraucht?«

»Sie hat es nicht gebraucht. Da haben wir einen Fehler gemacht, ich ebenso wie alle anderen! Das Kissen lenkte mich von der richtigen Spur ab, und es war der Grund, daß Mabel sich fast zu Tode ängstigte. Offenbar sind bei einem Wohltätigkeitsbasar sechs von diesen Kissen verkauft worden. Mabel hatte zwei gekauft, und eins davon war vor etwa zehn Tagen verschwunden. Ken sagt, er nahm es zu einem Picknick auf dem See mit und ließ es über Bord fallen. Aber Mabel begann, zwei und zwei zusammenzuzählen, und brachte fünf heraus.«

»Warum hat es dann dort gelegen?«

»Jemand hatte es auf dem Geländer der Veranda in der Nähe des Regenwassertanks liegengelassen. Em stieß es hinunter, und es fiel gegen die Panga und wurde ganz blutig. Es konnte mit dem Fleck nicht auf der Veranda bleiben. Deshalb rannte sie mit ihm zurück und warf es ins Gebüsch. Es war das beste, was sie tun konnte, und wie sich herausstellte, versorgte sie das mit einem Alibi, an das sie gar nicht gedacht hatte. Darum nahm sie ein zweites Kissen mit, als sie Ihnen auflauerte. Sie meinte, sich nach allen Seiten hin abgesichert zu haben, aber das war ein Irrtum.«

Victoria sagte: »Sie meinen Kamau.«

»Kamau – und Gilly Markham.«

»Gilly? Er hat sie doch gar nicht gesehen! Er hörte sie nur spielen. Das hat er gesagt.«

»Nein, hat er nicht. Wir zogen nur den voreiligen Schluß, das habe er mit seinen Worten gemeint. Gilly ließ sich auf eine sehr dumme und gefährliche Sache ein. Er gab Em zu verstehen, daß er ihr Klavierspiel von dem Toronis zu unterscheiden vermochte. Er wußte ganz genau, wann Em die Schallplatte mit dem Konzert abspielte. Und er wollte den Posten auf Rumururti haben und dachte, er könne Em erpressen, sie ihm zu geben. Er hätte es besser wissen müssen.«

Victoria flüsterte: »Dann – dann ist sie das auch gewesen.«

»Ich fürchte, ja. Es war für sie leicht zu bewerkstelligen, und sie machte es so, wie ich angenommen hatte. In ihrem Kissen verborgen nahm sie eine tote Puffotter zum Picknick mit. Doch Mabel hatte ihren Plan vereitelt, indem sie das Klappmesser versteckte, und Hector, indem er die Jodflasche in der Hand verbarg.«

»Aber warum?« fragte Victoria. »Welchen Grund hatten sie dazu?«

»Sie wußten beide, daß Gilly nicht an einem Schlangenbiß gestorben war und daß Ken sich an dem Abend, als Alice ermordet wurde, in der Nähe von *Flamingo* herumgetrieben hatte, weil er sie zu sehen hoffte. Und Gilly hatte ihn bemerkt. Außerdem besitzt Ken eine ziemlich umfangreiche Sammlung von vergifteten Pfeilen – es ist hierzulande verdammt leicht dranzukommen! Und das Messer gehörte Ken. Hector hatte es sich zuvor ausgeliehen. Mabel warf es in den See, und offenbar tat Hector das gleiche mit der Jodflasche, weil sie aus Mabels Tasche stammte. Beide scheinen im Augenblick den Kopf verloren zu haben.«

»Nur war es nicht Kens Messer!« widersprach Victoria. »Es hat Eden gehört. Oder vielmehr seinem Vater. Es ist hier, im Büro. Ich habe es gefunden.«

Greg zeigte nicht viel Interesse. »Ach ja? Eden sagte, es liege irgendwo herum, aber er erinnerte sich nicht, wo er es gelassen habe. Es war verlorengegangen. Deshalb behauptete Em, sie habe es zum Picknick mitgenommen, und beschrieb es in allen Einzelheiten. Sie dachte, es werde nicht wieder auftauchen. Ihr war inzwischen klargeworden, daß kein Mensch mehr Gillys Tod als Unfall ansah. Wenn sie nun sagte, es sei ihr Messer gewesen, machte es den Eindruck, sie schütze jemanden. Ein recht guter doppelter Bluff, wenn man es sich recht überlegt. Em war eine ausgezeichnete Pokerspielerin.«

»Dann hat sie vermutlich auch Kamau getötet.« Victoria sah sehr blaß und krank aus. »An dem Abend fuhr sie nach Mrs. Markhams Besuch ebenfalls zur Jagd. Wie – wie beim ersten Mal und gestern abend. Hat sie ihn umgebracht?«

»Ja. Ironie des Schicksals! Em meinte, eine Menge zu wissen, aber sie wußte nicht, daß sie den Mann getötet hatte, den die Sicherheitsstreitkräfte des Landes seit Jahren gejagt haben. Kamau war General Afrika.«

»Großer Gott!« rief Drew verblüfft. »Sind Sie ganz sicher, Greg? Um alles in der Welt, wie können Sie das wissen?«

»Wambui hat es uns gestanden«, antwortete Greg. »Sie wußte Bescheid. Ebenso der alte Zacharia. Na ja, wahrscheinlich wird es von hier bis Nairobi kaum einen Kikuju geben, der es nicht wußte. Aber sie hielten den Mund, weil sie schreckliche Angst vor dem Mann hatten. Besonders nachdem er seinen einzigen wirklichen Rivalen Brigadier Gitahi umgebracht hatte. Und dann kassierte er dafür noch die Belohnung der Regierung ein!«

Greg sah von Victoria zu Drew und wieder zurück. »Sie wissen gar nicht, wieviel Glück Sie gehabt haben, Miss Caryll. Wäre Wambui nicht gewesen, hätte Sie wahrscheinlich das gleiche Schicksal ereilt wie Alice. Wambui hat Ihre Tante erstochen. Sie hatte sich nach ihr auf die Lauer gelegt. Kamau hatte ihr erzählt, die Herrin von *Flamingo* habe die ›kleine Herrin‹ getötet, und sie war überzeugt, daß auch Kamau durch ihre Hand den Tod gefunden hatte. Nun ist er gerächt. Zum Teufel, ich weiß nicht, was wir mit dem Mädchen machen sollen. Theoretisch müßte sie wegen Mordes gehängt werden, aber praktisch hat sie Ihnen das Leben gerettet. Erst ziemlich spät erfuhren wir, daß Sie versucht hatten, Drew anzurufen. Es wäre uns nicht mehr gelungen, rechtzeitig einzutreffen.«

»Und – und wenn Sie zu spät gekommen wären, hätten Sie geglaubt, der Mörder sei jemand anders gewesen.« Victorias Stimme war kaum hörbar. »Eden oder Mrs. Markham oder einer der Brandons. Oder ein Afrikaner.«

Greg schüttelte den Kopf. »Diesmal nicht. Das Schema wurde zu deutlich. Noch einmal wäre sie damit nicht durchgekommen. Ich vermute außerdem, daß Mrs. Markham endlich über die Wahrheit gestolpert wäre. Anscheinend hatte Em ihr gegenüber bemerkt, sie werde Sie hinüberschicken, um ein paar Kontobücher abzuholen, die augenblicklich gar nicht gebraucht wurden. Und Em hatte auch Alice gebeten, ihr Blumen mitzubringen. Der Hügel ist außer Sicht des Hauses. Lisa muß es erraten haben.«

Victoria nickte. Sie dachte an das merkwürdige Gespräch im Wohnzimmer der Markhams. Sie hatte den Eindruck gehabt, Lisa halte sie absichtlich auf – bis es dunkler geworden wäre. Lisa, die Eden geliebt und vor Eifersucht den Verstand verloren hatte!

Ein Wagen hielt vor dem Haus, und sie hörten Stimmen auf der Veranda. Greg Gilbert blickte auf seine Uhr. »Das wird für mich sein. Ich muß gehen.«

Zu Victoria sagte er: »Ich fürchte, vor Ihnen liegen zwei oder drei böse Tage, und Sie werden eine Menge Polizeiverhöre über sich ergehen lassen müssen, bevor Sie das alles vergessen können. Aber ich habe Drew versprochen, Sie bis morgen in Ruhe zu lassen. Auf Wiedersehen.«

Er verließ das Zimmer und schloß die Tür hinter sich. Victoria schwieg lange Zeit, drehte die Hände im Schoß und starrte vor sich hin.

Endlich sagte sie: »Du hast sie in Verdacht gehabt, nicht wahr?«
Drew antwortete nicht gleich, und sie wandte sich ihm zu.

»Ich – fragte mich«, sagte Drew langsam.

»Warum?«

»Ich weiß nicht. Da waren eine Menge Kleinigkeiten. Aber sie summierten sich. Das erste Mal wurde ich stutzig, als Kamau verschwand. Sogar Greg dachte, er sei ins Reservat geflohen. Doch als Em von ihm sprach, benutzte sie die Vergangenheitsform. Als sei er tot.«

»War das alles?«

»Nein. Sie konnte nicht aufhören, davon zu reden, was sie getan hatte. Denke daran, wie oft sie sich anklagte, Alice getötet zu haben – und Gilly! Sie drückte es so aus, daß wir es nicht ernst nahmen. Aber es war interessant. Und dann sagte sie plötzlich etwas, das mehr als interessant war, und ich begann von neuem, mir Fragen zu stellen. Sie zitierte etwas aus Macbeth; erinnerst du dich?«

»Ja.« Victoria überlegte. »Etwas in dem Sinne, wäre sie früher gestorben, dann hätte sie lange genug gelebt gehabt. Ich wußte nicht, daß das aus Macbeth ist.«

»Wär' ich gestorben eine Stunde nur, / Eh dies geschah, gesegnet wär mein Dasein!« zitierte Drew. »Macbeth sagt das, nachdem er Duncan ermordet hat und der Mord entdeckt wird. Ich grübelte über Ems Gedankengänge nach, und sie gefielen mir gar nicht. Ich bekam Angst um dich und zog ernsthaft die Möglichkeit in Erwägung, Em könne die Mörderin sein. Ich ging zu Greg, deshalb war ich nicht da, als du anriefst. Bis ungefähr sechs Uhr war ich in seinem Büro. Dann rief ich zu Hause an, um Bescheid zu geben, daß ich später heimkäme. Und da wurde mir ausgerichtet, die neue Herrin von *Flamingo* habe mich sprechen wollen. Das mußtest du gewesen sein, und du hättest es nicht getan, wenn du dich nicht gefürchtet hättest.«

Victoria nickte schweigend und sah von neuem aus dem Fenster. Und dann stellte Drew ihr wie schon einmal in diesem Raum die Frage: »Woran denkst du?«

»An Eden«, antwortete Victoria, wie sie damals geantwortet

hatte. »Drew, die Sache mit Eden macht dir doch nichts aus?«

»Müßte sie mir etwas ausmachen?« forschte Drew.

»Nein«, antwortete Victoria. »Jetzt nicht mehr.«

Sie drehte den Kopf nicht, aber sie tastete nach seiner Hand, und als sie sie fand, hielt sie sie an ihre Wange. Er fühlte ihre Tränen und wußte, sie weinte: um Eden und Alice – und Em.

Draußen auf der Zufahrt fuhr ein Wagen ab. Greg und die Polizei waren fort, und das Haus war wieder ruhig. Aber es lag keine Gespanntheit mehr in dieser Stille. Der Druck und die Sorgen, die es erfüllt hatten, waren endlich verschwunden. Es hatte aufgehört, ein Götzenbild zu sein, das Opfer fordert, denn seine Hohepriesterin war tot. Jetzt war es nur noch ein behagliches, weitläufiges Haus, dessen Fenster über grüne Gärten auf das reizvolle Glitzern des Naivasha-Sees und all die Schönheit des Rifttals blickten.

Robert Merle

Malevil oder Die Bombe ist gefallen 6808

Die Insel
6864

Nachtjäger
9242

Der Tag der Delphine
8863

Hinter Glas
8595

Die geschützten Männer
8350

Moncada
8957

Der Tod ist mein Beruf
8388

Madrapour
8790

GOLDMANN